番茄出版

爱情它来得刚刚好

御若了蓝◎著

SPM 南方传媒 | 花城出版社

中国·广州

图书在版编目（ＣＩＰ）数据

爱情，它来得刚刚好 / 御若了蓝著. -- 广州 ：花
城出版社，2023.3
ISBN 978-7-5360-9721-6

Ⅰ．①爱… Ⅱ．①御… Ⅲ．①长篇小说－中国－当代
Ⅳ．①I247.5

中国版本图书馆CIP数据核字(2022)第179307号

出 版 人：张　懿
责任编辑：李　卉　方孟琼
责任校对：李道学
技术编辑：林佳莹
封面设计：林　希

───────────────────────────

书　　名　爱情，它来得刚刚好
　　　　　AIQING，TA LAIDE GANGGANGHAO
出版发行　**花城出版社**
　　　　　（广州市环市东路水荫路11号）
经　　销　全国新华书店
印　　刷　广东虎彩云印刷有限公司
　　　　　（东莞市虎门镇黄村社区厚虎路20号C幢一楼）
开　　本　880毫米×1230毫米　32开
印　　张　9.125
字　　数　237,000字
版　　次　2023年3月第1版　2023年3月第1次印刷
定　　价　49.00元

───────────────────────────

如发现印装质量问题，请直接与印刷厂联系调换。
购书热线：020-37604658　37602954
花城出版社网站：http：//www.fcph.com.cn

目　录

第一章　一见钟情

入夜，霓虹璀璨，广场上，美食街，大街小巷里，人山人海，无处不透着人们对夜生活的向往，无处不彰显着夜生活的浪漫。

喧闹的酒吧里，昏暗的灯光下，吧台里坐着一个百无聊赖的女孩，一手托着腮，一手拿着吧勺一下一下地敲打着调酒壶。雾霾蓝的头发慵懒地在后脑勺绑起来一个松松垮垮的丸子，在昏暗的灯光下依然泛着幽幽的蓝光，脸颊有几缕垂落下来的发丝，更为她增添了几分俏皮。冰冰的蓝眸慵懒地看着前方，皮肤嫩白，唇瓣粉润，没有口红的修饰却依然妖孽得像个刚刚从深海里出来的精灵。虽然只是穿着一身调酒师的白衬衫小黑马甲，可那随意的一举一动都透着金贵优雅的气质，不需要耀眼的名牌饰品装饰，也泛着一身贵气。

"叮……叮……叮……"似乎那一声紧接着一声清脆的铁器碰撞声可以缓解她的无聊。迷离五彩的灯光散落在头顶悬挂着的那一排排倒挂的高脚杯上，混杂的空气中弥漫着烟酒的味道，觥筹交错间，暧昧的色调侵蚀着疯狂的男男女女，即使是坐在角落里也充斥着酒杯的碰撞。"无聊啊，今晚一个帅哥都没看到，无敌大帅哥更没有了。"女孩双手交叉，换了个角度继续敲击着调酒壶，蓝眸望眼欲穿地看着大门的方向。"四小姐，现在才八点多，帅哥们还没来，你再等等。"一旁的年轻男调酒师恭敬地对她说道。心里却暗暗吐槽：哪有那么多帅哥，在这域江城里称得上无敌大帅哥的，你家就占了三个，谁还能入得了你的眼。

这位四小姐就是域江城里最大的豪门世家——温家的小公主，温羽熙。她是个实打实的海归，生于国外，长于国外，在这域江城里，除了温家人，没有人知道她是温家的四小姐，身份极为隐秘。别看她头发搞得还挺夸张，但是为人低调，只要别人不惹她，她也不会惹事。一直秉承着"人不犯我我不犯人，人若犯我我必加倍奉还"的精神混迹江湖。只要你先招惹了她，那她就是个小魔女，让你求救无门那种。她回国一个星期了，倒是没有在外面惹事，不过温家大宅的好多用人都见识过这个四小姐整人的手段了。

这时，酒吧大门被门侍推开，几个周身泛着金贵气息的男人走了进来，身高几乎差不多，身形高大挺拔，为首的男人可以说是四人中颜值最高的。他身姿挺拔修长，一头乌黑有型的短发，立体的五官刀刻般俊美，透着棱角分明的冷峻，漆黑深邃的冰眸子闪烁着凛冽锐气的光芒，让人不寒而栗。一身裁剪得体的黑色西装，外套扣子敞开，里面白色的衬衫打开了最上面的两颗纽扣，露出性感的喉结和若隐若现的锁骨。下身修长笔直的双腿，每迈开一步都勾勒出那完美的腿形轮廓，刚劲有力。沉稳中又夹杂着一股狂野不羁，整个人泛着威慑天下的帝王之气。

紧跟在他后面的男人亦是身着一袭裁剪得体的黑色西装，领带、扣子都整整齐齐，脸如雕刻般五官分明，有棱有角的脸也是俊美异常，周身泛着奢华贵气的炫目光泽，那一双漆黑的墨瞳犹如一潭深水，深不见底，除了冷酷，在他身上看不到别的感觉。第三个男人就比较温润一些，他肤色十分白皙，五官清秀中带着一抹俊俏，帅气中又带着一丝温柔，但在那些温柔与帅气中，又有着自己独特的空灵与俊秀，总之是一种很复杂的气质。一身深蓝色的修身名牌运动装，完美勾勒出他的身体曲线，步伐轻盈，脚下生风，一双大眼睛拉低了他的年龄，这双眼睛如嵌着黑曜石一般熠熠生辉。看着像个开朗的大学生，嘴角带着浅浅的笑意，轮廓分明的深邃脸庞，笑着的时候透着一种优雅俊逸之美。第四个是一个身着深灰色西装的男人，那英气逼人的眉宇，深邃锐利的眼神，气质冷酷，但是显然没有前面三个表露出来的那一股唯我独尊的自信。

四人一进来就见酒吧经理毕恭毕敬地迎了上去，一脸巴结讪笑，看来他们几个是什么大人物。温羽熙眸光一亮，花痴的目光一直追随着最前面的那个男人，那颗心脏扑通扑通小鹿乱撞，直到他的身影被电梯门隔离。此时她心里一直有一个声音回响，他好帅，好酷，好有型，好想拥有他……看过无数帅哥的温羽熙第一次对一个男人这样心跳加速，此时的她仿佛隔绝了整个酒吧的喧闹，只听到自己心跳的声音。

温羽熙抬手覆在自己心口的位置：扑通，扑通……完了，绝对是心动的感觉，难道这就是传说中的一见钟情？

"阿呆，刚刚那几个男人是什么人？"温羽熙激动地拉住身边的调酒师问道。温杲无语地翻了个白眼："四小姐，我不叫阿呆，我叫阿杲。"他不服又不敢表现得太明显。这个四小姐并不是不懂汉字，她就是故意的，从她回来的第一天，他就多了阿呆这个称呼。阿呆阿呆，他精明得很，不呆的好吗？不过温羽熙对他也是很照顾，经常和他开玩笑，倒也没有真正对他发过脾气。

温羽熙俏皮地笑了笑，摆摆手："哎呀，多一横不如少一横。"阿杲心中腹非：我只听说过多一事不如少一事。他很无语，又无可奈何，还是极为耐心地解释着："为首的听说就是慕家大少欧凛辰，第二个是柏家二少柏俊卿，第三个叫墨丞轩，第四个是欧凛辰的行政特助李泽洲。"温羽熙皱皱眉，小脸疑惑又嫌弃地看着温杲："阿呆，你这句话是不是病句来着？什么叫听说是？还有慕家大少为何姓欧？"温呆又翻了个白眼，悠然地说道："这个事说来就话长了。"他手上擦拭着酒杯，一副与我无关的闲散模样，根本不想解释太多。反正不管这个欧凛辰是不是慕家曾经抛弃的那个长子，现在都是招惹不起的大人物。

"那就长话短说。"温羽熙蓝色的眸子微微眯起，含笑地看着温呆，笑意却不达眼底，泛着危险的气息。温呆只觉得背后一凉，他缩缩脖子，咽了咽口水，刚想开口解释，就在这时几个客人勾肩搭背地走过来要点酒，他想说的话又咽回肚子里。他咧开嘴给温羽熙露出一个超级甜的笑容，那眼神却在说，对不起啊四小姐，不是我不想解释，是实际情况不允许。

"啧！"温羽熙有些不悦地扫视了一眼过来点酒的那几个男人，并没有对温呆有任何不悦，她也回了一个甜甜的笑容给温呆，只是笑意有些狡黠，"呆哥，人有三急，这里交给你了，我先噔噔噔去某个地方。"说完转身就溜了，直接闪进了暗角里。"哎哎哎……"温呆抬起想要挽留的手，可是哪里还有温羽熙的身影，他默默地把手收回，按压住自己心脏的位置，一脸欲哭无泪："最终还是我一个人独自承受了所有。"温羽熙走到最幽暗的角落里，环视了一下四周，看到没有人后，她才抬手推动一个暗格，一扇隐藏的门被打开，她快速地闪身进入那个房间。温羽熙进去之后，一个黑色纤瘦的身影瞬间从另一边黑暗的角落里跳出来，动作十分灵敏，疾步跟在她之后也进了房间。

巨大的酒柜后面没想到还隐藏了这么一个房间，房间里的灯光比外面亮了许多，里面依然是一排排的酒柜，存放的都是各种有一定年头的限量名酒。温羽熙进到房间之后就双手环胸倚靠在一个酒柜上，蓝色的眸子微微眯起，似乎在想着什么。突然她朝着随她身后进来的女人冷冷叫了一声："小舞！"女人向前一步恭敬地颔首："在！"

一身合身的黑色工装套装包裹着她完美婀娜的身材，宽松短款小外套敞开着，里面紧身的V领黑色背心，胸口上方一个看不出是什么具体图案的文身若隐若现。头上戴着一顶黑色的鸭舌帽，挡住了从上而下的灯光，暗影下看不清楚她脸上的表情，只是整个人透着一股肃杀的冷意。温舞，温羽熙的贴身女保镖，听觉超级灵敏，隔着五米的距离都能听到别人的低语声，而且看得懂唇语。温羽熙嘴角挂着邪肆的笑意，森然开口："刚刚进来那几个男人你看到了吗？查一下他们，重点查最前面那个。""是。"温舞声音毫无温度地应了一声，转身离开了房间。

温羽熙对欧凛辰他们几个是充满了好奇，她一直生活在国外，一星期前才回国，对于域江城的一切都是陌生的。可是既然对方是自己感兴趣的男人，不查好像不是她的风格。从温杲那里也许可以知道一些，但是肯定没有自己查到的详细。看着温羽熙又悠然地出现在吧台，温杲也知道她刚刚并不是去厕所，以他们这个星期的相处以及他对她的了解，她百分之百是去差人查欧凛辰了。

温杲看着是动了真格的温羽熙，忍不住出声劝阻她："四小姐，欧凛辰不是个简单的人，我劝你还是不要去靠近他，你应该也不会查到什么的，但是有一点是大家都知道的，他是出了名的厌恶女人。""为何厌恶女人？"温羽熙微微蹙眉，厌恶女人那可不行，这样她怎么靠近他？温杲小心翼翼地看了一下四周，声音比之前降低了几分，解释道："外面的猜测说他就是二十年前被慕家抛弃的那个长子，这个是他从幼年就造成的心理障碍，传言一直说他不允许雌性生物靠近他五米之内，特别是女人。传言说五米可能有些夸张了，但是确实没有女人敢在两米之内和他说话，就算对方是合作商他也不会给面子和人家握手。"温羽熙听完不以为意地笑了笑，坦然自若地开口："我喜欢具有挑战性的东西，而且这说明他很干净，对吧？"

温杲的眼角忍不住抽了抽，真的很佩服她的侧重点，出于主仆关系，他还是要为她的安全考虑，语重心长地说道："四小姐，如果惹到欧凛辰他们，或许是直接把你踢开扔出去，但是和他有关系肯定也脱离不了慕家那些人的眼，他们用的可不是什么明面上的手段，我看你真的是别去招惹了。"温羽熙笑得更加不以为然了："阿呆，看你说的，好像本小姐没有手段一样。"温呆还想说什么，不过想想，她上面还有三个大魔头，加上她本身也是个小魔头，别人不被欺负就算了，谁敢欺负她。"阿呆，你说我去上面偷窥一下他们可好？"温羽熙看着二楼电梯的方向，笑得一脸邪肆，搓搓手掌已经蠢蠢欲动了。温呆一听吓了一跳，赶紧拦住她："别，四小姐，这事还是从长计议，从长计议，你不要冲动，冲动是魔鬼，你追得太紧了小心适得其反。"万一她真的被欧凛辰一脚踹开，伤了哪里，那域江城要世界大战了，温家那几个宠妹魔头不会放过欧凛辰的。温羽熙撇撇嘴，说得也是，她还是等温舞查出什么东西后再行动吧。反正不管怎样，这欧凛辰她是看上了，这男人她要定了。

就在温羽熙和温呆闲聊着的时候。"啪！"一声，一个精致的名牌手提包被一只涂着大红色指甲油的白皙小手拍在吧台上，尖酸刻薄的声音随之响起："给我来一杯菠萝丽塔。"温羽熙抬眸，就见一个打扮妖冶的女人坐在吧台前，一袭大波浪散落在身后，在五彩斑斓的灯光下也闪动着各种光泽。这个女人五官其实挺精致，就是妆容过于浓重，整张脸看起来有些脏，特别是那姨妈红的口红色，在暗色的灯光下就像女鬼般瘆人。此刻女人看着温羽熙的眸底是不屑和讥讽。所以这杯鸡尾酒是让温羽熙给她调制的意思吗？

温羽熙刚想开口，这时酒吧经理急匆匆地从二楼电梯出来，一脸恭敬笑意地朝吧台这边跑过来。看着有外人在，他又不敢直接叫温羽熙四小姐，因为温羽熙吩咐过，在外人面前不可以叫她四小姐。他收了收脸上狗腿的笑意："喀喀，那个，呃，新来的，楼上壹号包厢的客人要你上去调酒。"说完他把鸡尾酒的单子递给温羽熙。那祈求的眼神仿佛在说：四小姐，给点儿面子，这客人惹不起。温羽熙秀眉微挑，壹号包厢？那可是金卡VIP，听说是谁的专属包厢来着？今晚二楼就上去了一批人，难道是欧凛辰他们？"好嘞，我马上到。"温羽熙粲然一笑，接过单子，看了一眼上面的名称，开始准备需要用到的东西。其实她很好奇，像欧凛辰他们那样的人，酒吧里都有他们存的陈年好酒、名酒，怎么会想着喝鸡尾酒？不过这倒是一个很好的让她接触欧凛辰的机会。经理松了一口气，抬手擦了擦他那额头上并没有流出来的汗。

"喂，是我先来的，让她先帮我调。"刚刚那个打扮妖艳的女人很不悦地拍桌，幽暗的灯光依然能照清楚她那张因愤怒而扭曲的脸。"对不起这位女士，楼上是欧先生他们，是你我都惹不起的。"经理脸上浮现一抹凛冽的笑意。对于这种无知又不可理喻的女人他无感，都懒得赔笑，有时候就是需要直接搬出上面的大人物来压过去。听到"欧先生"三个字，女人原本嚣张的脸变了变，小声嘀咕："不就是一个被抛弃的人吗？有什么可横的。"不过相比于刚才她安分了许多，也不敢再嚷嚷着让温羽熙继续给她调酒。

电梯里，经理帮忙推着放满酒水的推车，恭敬地轻声说道："四小姐，一会儿不管发生什么你都不要管，你调完酒就走。""为什么？"温羽熙不解，难道去的是龙潭虎穴？"一会儿你就知道了，反正别去招惹他们。"经理一脸语重心长地嘱咐着。一路上也没人，都是经理推的车，打开包厢门的一瞬间，一股寒意从房间里涌出来。不是空调的冷气，而是从几个男人身上散发出来的。温羽熙打了个冷战，还是硬着头皮推车进去。

这时她才发现，房间里不只有欧凛辰他们四个，还多了两男一女，她刚刚在一楼居然没注意到还有人上来了，应该是刚刚那个点了菠萝丽塔的丑女人挡住她的视线了。面生的中年男人坐在一边的沙发，和欧凛辰他们隔着挺远。一身黑色纹绣金龙的中山装，大约有五十几的年龄了，剑眉星目的，两鬓已经染上了岁月的痕迹，身材倒是没有随着年龄而发福，一身凛冽的气息，眸底时不时泛出的精光让人不敢忽视。他身后还站着一个助理模样的男人，三四十的样子，一个标准的寸头加上一副黑框眼镜，看起来憨厚老实。中年男人身边坐着一个女人，有二十几岁，低着头，看不到她的脸，不过穿着倒是挺清纯的，一身白色的连衣裙，连坐姿也是温婉小巧，一副让男人我见犹怜的模样。中年男人此刻怒视着欧凛辰，空气中还弥漫着无声的硝烟，一看就是刚刚有过言语冲突。

而欧凛辰并未看他，嘴角上扬，讥讽的弧度恰到好处，视线落在自己手里的杯子上，那漂亮修长的手指拿着杯子轻轻晃动着，里面的拉菲闪烁着漂亮的色泽。他的身子靠在沙发上，一身慵懒高贵，里面的衬衫扣子又多解开了一颗，蜜色的胸膛若隐若现，好不撩人。而那金贵优雅的一举一动不经意间又流露出一阵阵寒意。坐在他右边的柏俊卿则是冷着脸，讥讽地看着中年男人。

随着温羽熙进来，那种剑拔弩张的气氛并未消散一分，仿佛她根本不存在。除了刚才温呆给她提过的四个男人，剩余的几个人她不认识，也不关心，她把车推到小吧台里，把酒一瓶一瓶摆放好。"哇噢，小仙女啊。"墨丞轩看到一头蓝发的温羽熙立刻从沙发上弹了起来，也不管其他人什么脸色，一脸新奇地靠了过来，好奇地打量着她，这才发现她不仅是蓝色的头发，还有一双蓝色的眼睛。欧凛辰他们喝的是顶级的拉菲，来酒吧无非就是浅尝几口，对鸡尾酒这种东西本来就无感，只是墨丞轩也是听了那些传言，嚷嚷着要试试，主要还是想看看那个被吹爆了绝美容颜的调酒师。这一见，果然名不虚传，简直就是不谙世事、干净纯白的小精灵。

都因为温羽熙来酒吧的这几天，她调的鸡尾酒被喝过的那些人夸张化了，其实没有那么夸张，每个调酒师加的材料以及剂量都是一样的，唯独不同的只是摇晃的力度，或许她就是力道刚刚好而已。经过一些人的吹捧，甚至都开始有人慕名而来了，可能有些是因为她的美貌来的吧。"小仙女，你是外国人吗？你的眼睛真的是蓝色还是美瞳？你成年了吗？你多大了？你叫什么名字啊？你有男朋友吗？"墨丞轩看着温羽熙问了一连串问题。雾霾蓝的头发，深蓝色的眼睛，年纪看着不大，又分辨不出来具体多大，清纯中又带着一股成熟稳重。

温羽熙知道他就是温昊说的墨丞轩，不过此刻她只觉得被吵得脑子嗡嗡嗡的，好想直接把他扔出去，但是经理说了，不让她惹事。她礼貌地笑了笑，没有做出任何回答，好奇的目光不自觉地瞥了一眼欧凛辰，却猛然撞入他那深邃的冰眸里，一瞬间被吸了进去。欧凛辰也是一瞬间被她那独特的美给吸引住了才多看了她两眼，没想到她和其他女人一样，看着他的眼神也是如此痴迷，欧凛辰厌恶地收回了自己的目光。温羽熙回过神来，意识到自己失了态，赶紧投身到调酒中。

"瑾城，你到底要怎样才肯回慕家，我不要求你改名，起码改回慕姓，跟我回慕家就有那么难吗？"中年男人一脸愠怒地看着欧凛辰。他是慕家家主慕鸿风。慕鸿风此次前来就是为了劝欧凛辰重回慕家的。

一个月前，欧凛辰突然以NR集团总裁的身份高调出现在域江城，长相酷似妈妈的他让慕鸿风第一眼就认出来了，他就是二十年前被自己送出国后不管不问的儿子，慕瑾城。慕鸿风根本没有忘却当年的事情，他就是看上了欧凛辰的才能和他现在所掌管的NR集团的实力。慕家在域江城算是豪门顶级世家，以前在他的前任妻子欧润茹和慕老太爷的掌管下，慕家也只是屈居第三。两人都去世之后，他的母亲也病倒，而后又隐居，慕鸿风这些年对慕氏集团管理不当，加上现在的妻子和儿女们的挥霍无度，造成慕家现在的惨状，都要跌出前十了。如果欧凛辰回到慕家，以他的才干，肯定可以把慕家公司打理得蒸蒸日上，慕家再和NR集团联手，那慕家在域江城就有可能再次跻身前三，甚至和温家平起平坐。

"呵……"欧凛辰突然冷笑一声，嘴角上扬，讥讽的弧度恰到好处，"慕先生，饭可以乱吃，话可不能乱讲，我姓欧，不是你们慕家的人，你们慕家家大业大，我可高攀不起。"那语气低沉玩味至极，要有多讽刺就有多讽刺。慕瑾城，确实是他二十年前用的名字，那年他才八岁。他这辈子都忘不了那些阴暗的日子，妈妈突然被爆出来艳照门，最后又死于火场，因为他长得太像妈妈了，眼前的这个男人，也就是他的亲生父亲，只要看到他就想到那件有辱门风的事情，就把他送出国了，完全断绝了联系和抚养，让他在国外自生自灭。当初送走他的时候多么狠心决绝，如今他王者归来了，又如此厚颜无耻地来劝他回慕家，呵呵，何等讽刺。

"瑾城，我当初送走你也是迫不得已，你看当时外面对慕家，对你都指手画脚的，把你送出国才是保护你。"慕鸿风神色开始变得悲痛，"我知道你肯定在恨我送你出国后对你不闻不问，你知道那时候，你妈妈和爷爷都逝世了，慕氏集团面临着巨大的整改，我也是分身乏术，后来再找你的时候已经找不到了。"这话只对了中间一句，他是受不了外人对慕家的指手画脚才把慕瑾城送出国的，但是他并没有迫不得已，本来就是要把他送走，也没有要保护他的意思，就是出于厌恶送走的，这些年也没有找过他。

"呵呵。"欧凛辰再次冷笑两声，不再说话，他看着杯中的酒液，眸色深沉，蕴含着深潭般的凛冽，闪动着拒人千里之外的寒意。迫不得已？保护他？找他？当时他只有八岁，可是父亲眼里对他的厌恶他已经看得懂。这二十年来，他夜夜噩梦缠身，一直活在痛苦和仇恨中，是恨支撑着他在那种艰苦的日子里坚强地活了下来。二十年前他差点儿就死在国外冰冻的寒风中了，是他的师父救了他，并且抚养他、培养他，才让他得以幸存。师父救下他的时候已经有六十的高龄了，是个喜欢敲敲打打乱搞小发明的老工匠，就是用他那些无厘头的小发明赚取外快把欧凛辰养到了二十岁，终于还是败给了年龄，欧凛辰二十岁的时候，师父去世了，享年七十二。此后，欧凛辰开始传承他的那些小发明，并且开始专注于机器人的制造。重新活下来的他只有一个目标，那就是让自己成为王者，让那些曾经看不起他、丢弃他的人狠狠打脸。

二十二岁的时候，一个机缘巧合，他参加了一个小发明比赛，那时候他只是利用蓄电池控制的小机器人受到了国外一个科技公司老总的青睐，于是买了他的设计专利，并且愿意为他提供最先进的生产设备。仅仅两年，欧凛辰利用自己的这个设计赚了很多钱，于是脱离了原本的公司，自己成立了一个工作室。胆大又有野心的他不放弃任何一个机会，不断壮大自己，吃了多少苦，受了多少白眼，最终顶着压力，担负着巨额债务创立公司，申请上市，一步步发展到现在的NR跨国集团。

NR的全称是Nirvana Reborn，涅槃重生，这个词用在欧凛辰身上是再合适不过了。涅槃重生的他用了四年，仅仅用了四年，商场上杀伐果断、手段狠厉的他就让他的小工作室站稳了脚，发展成跨国科技大公司，不仅偿还了巨额债务，还让自己稳稳地站在了金字塔的顶端，成为无数人膜拜的王者。欧凛辰绝对是天生的王者，虽然从小被遗弃，一个人过着贫困的生活，但是，他身上那股与生俱来的帝王之气从未消失，仿佛他就是为了当霸主而生的。

因为欧凛辰的沉默，气氛又陷入了诡异中，这时一直不说话的李泽洲突然开口："慕先生，像您这样的年龄真的不适合待在这样的空间里太久，天色也已晚了，您还是请回吧。"看似关心的话语，清冽的声音低沉得没有一丝温度。他已经察觉到欧凛辰的不悦了，作为他的特助，察言观色，第一时间读懂老板的表情是他的技能之一。

"放肆，你区区一个助理，什么时候轮到你说话了。"慕鸿风愤怒地拿起桌面的杯子砸向李泽洲的方向，黑目锐利凛冽地瞪向他。这一刻他把大家族看不起普通人的那种惯有的不屑表现得淋漓尽致。杯子落在李泽洲面前的桌角，顿时四分五裂碎了一地，水渍也稍微溅到了他的膝盖一点。突然的声响，让他身边的女人也吓了一跳，就连温羽熙手中的量杯也差点儿没拿稳。李泽洲依然一脸坦然地坐着，就挨在柏俊卿的旁边，欧凛辰是何等看重他，他才有可能和他们一起坐。对于慕鸿风的举动他丝毫无惧，这点气势比起欧凛辰那是差远了，他坦然一笑，不愠不怒地开口："慕老何必动气，晚辈也只是关心您老的身体。"声音极其讽刺，神色却依然保持着一副谦谦公子的模样。

"你。"慕鸿风被堵得哑口无言，气得咬牙切齿。他无视了李泽洲，转而又看向不说话的欧凛辰："这样，瑾城，我不要求你改名改姓，也不要求你回家住，只要你承认你是我慕鸿风的儿子就行了，慕氏集团的业务你帮忙一下。"慕鸿风自顾自地说着，也不管几人脸上的表情有多讥讽。只要慕家和NR集团挂上关系，那些之前和他们断了合作的人肯定又会顺势回来巴结。慕鸿风的野心是真的毫无掩饰。

包厢里一片安静，其他人都讥讽地冷笑着看着慕鸿风。慕鸿风毫无尴尬之意，继续指着身边的女孩子对欧凛辰说道："这个是颖涵，就是小时候喜欢追在你身后那个小女孩，她是个好女孩，我希望你能和她试试相处。"欧凛辰厌恶女人的传闻他多少也是听说的，他不知道欧凛辰这个心理障碍是从什么时候开始的，现在让姜颖涵来就是试探传言是不是真的。姜颖涵，慕鸿风现任夫人的亲侄女，当初是和她一起来的慕家，这些年算是慕家半个女儿了，不过只是一颗棋子而已。这个姜颖涵来慕家的时候，欧凛辰的母亲欧润如刚刚出事，头七还没过，慕鸿风就把现在的夫人和姜颖涵带了回来，这事还直接气死了慕老太爷。那时候欧凛辰还没有被送出国，虽然只是相处了短短半年的时间，这个姜颖涵一直跟在欧凛辰身边也不见他反感。对于欧凛辰厌恶女人这个事，如果姜颖涵是个例外的话，那就是一颗拴住欧凛辰的好棋子。

柏俊卿讥讽地瞥了一眼姜颖涵，转而看着慕鸿风的眼神更加讽刺了，这慕鸿风的如意算盘打得也太自以为是了吧。心里的算计就差直接写在脸上了，先不说他妄想攀附NR集团，现在连自己亲儿子也算计，用女人这招真的是弱爆了。

温羽熙一边听着他们的谈话，一边操作着手上的酒水。通过他们的对话和之前温呆那句让她以为是病句的话来看，她目前已经能确定欧凛辰就是当年被抛弃的慕瑾城，这个慕总就是当年抛弃欧凛辰的人，也就是他的亲生父亲。温呆说过，让她不要靠近欧凛辰，因为慕家的人不是什么好货色，现在看来并不是没有道理。慕鸿风的话让她微微不悦，不过倒是也没有开口说话，因为她相信欧凛辰对这种女人绝对不会有感觉，即使姜颖涵低着头不说话，温羽熙都知道她是能装的，百分之百的绿茶。而且她对这个慕鸿风是没什么好印象了。果然不出她所料，欧凛辰冰冷的脸面无表情，冰眸子依然看着手中的酒杯，并未给姜颖涵一个眼神。温羽熙很满意，继续专注着自己手上的活。

杯子里倒满碎冰，调酒壶里龙舌兰30毫升、柠檬汁60毫升、黑莓汁15毫升，加入摇冰，盖上盖子使劲摇，直到壶的表面结霜为止，将混合好的酒倒入碎冰中，上卡扣，将整支啤酒插入卡扣内，放入柠檬角。虽然温羽熙也不想打断他们，但是她现在更想调完酒离开这里，现在的局面应该是慕家的家事，而且欧凛辰脸色很好，她今天不适合去撩他。等温舞查到了他的资料，到时候她再对症下药，毕竟一个厌恶女人的男人还是比较难搞的。

"卡扣黑莓丽塔。"温羽熙冷冷地喊了一声，冷眸扫视了一眼房间里的几个人。墨西哥风味的酒，度数不高，但是后劲十足，犹如火星撞地球。也不知道那个勇敢的小家伙点的这个，不用开车的吗？因为她的声音很空灵，整个包厢突然出奇地安静了下来，此刻所有人都转头看着她，一直站在旁边看的墨丞轩已经看呆了。

只见柏俊卿缓缓地起身，迈着大长腿，优雅地走过来，脸上依然是冷酷的表情。温羽熙看着他，似乎感觉他的脸就这么被定格了，根本不会笑。先是过分活跃和话多的墨丞轩，然后到浑身散发戾气不好惹的欧凛辰，刚刚又是一身冷酷看起来又有点儿腹黑的李泽洲，现在又是沉默寡言冷到如万年冰川的柏俊卿。温羽熙是越来越好奇这几个人是怎么凑到一起的了，目前她对他们的认识仅仅是这些表面，好想知道温舞那边查到了些什么。她对欧凛辰的过往更是好奇，特别是他这二十年的经历。

柏俊卿就这样面无表情地拿走了那杯卡扣黑莓丽塔，然后放在自己位置前面的桌面上，一口也没喝。他也不知道这些鸡尾酒，早些年还在柏家的时候，他除了一个二少爷的空头衔，什么也没有，来不了这种高级的地方，低级的酒吧他也没空去，因为他要好好学习，努力终有一天脱离那个家。

"小仙女，我的，你先调我的。"墨丞轩一脸激动地嚷嚷着，一点儿也不在乎刚刚那股因争吵还弥漫的硝烟。温羽熙只觉得他真的好吵，还是礼貌地问了一句："你的是什么？""神风敢死队。"没喝过鸡尾酒的墨丞轩也不知道这是什么，只是觉得这个名字很霸气，就点了。"……"温羽熙差点儿笑出来，她抿着唇，极力控制着自己那不由自主上扬的嘴角。

厚壁带花纹高脚杯放入一块老冰，摇壶里加入冰块，灰雁伏特加45毫升、橙皮酒25毫升，半个柠檬压汁，吧勺沿着壶壁搅拌几圈，盖上盖子稍微摇晃一下，倒入杯中，放一条绿色柠檬皮装饰，所有动作顺滑流畅，还十分优美。"好了，祝你喝下去以后犹如神风助力。"温羽熙说完就低下头，已经控制不住自己的笑意，她抿着唇不让自己笑出声，肩膀憋得一抖一抖的。神风敢死队，半透明白色，白羊座男神专属，用真正的小鸟伏特加调制，提神佳品，饮后犹如借助神力勇往直前。

墨丞轩拿起酒杯，好奇地打量着，最后轻轻抿了一口，那双大眼睛倏然睁得更大。"这味道……"他细细回味着嘴里的味道，许久以后也憋不出一个形容词。温羽熙抬起头来，活动活动了自己的嘴巴，刚刚憋笑憋得难受。而后一脸狡黠地笑看着墨丞轩："是不是很酸爽？提神醒脑。""嗯嗯嗯，对对对，直冲脑门，我的瞌睡一下就清醒了。"墨丞轩很赞同地点点头，说完又抿了几口。温羽熙无语地翻了个白眼，哪有这么神奇。她看了一眼还有一款酒，再偷偷看一眼欧凛辰，是他点的吗？他不知道这款酒的后劲有多大吗？这个喝下去他要是倒下了，其他几个人会不会直接杀了她？她要不要继续呢？

第二章　把自己输给她

就在温羽熙还在纠结要不要继续调出这杯酒的时候，墨丞轩已经拿着空杯过来了："小仙女，还有一款啊，那个是我点给我辰哥的，我觉得名字太合适他了。"温羽熙倒也不着急，微微俯身，双手撑在台面上，一脸认真地和墨丞轩聊了起来："你辰哥知道这款鸡尾酒吗？还有他酒量好吗？"墨丞轩不知道温羽熙为何这样问，但是还是诚实地摇摇头，仍然是一脸诚挚地解释："我哥说他没有喝过鸡尾酒，他平时都是喝拉菲居多，酒量的话不知道，没见他醉过，平时最多的时候他也就喝一杯。"这些年欧凛辰过着苦日子，除了努力让自己活下来，让自己变得更强，他无心去接触这些无关紧要的事情，直到最近他有钱了，公司也稳定了，才带着墨丞轩他们出入这种高级娱乐场所。

"那你和他有仇？"温羽熙又问。墨丞轩还是一脸茫然地摇摇头："没有。"他也不敢有，不然他一定是第一个被弄死的那个。"那你点这杯酒是想搞死他？"温羽熙又问，清澈的蓝眸子泛着幽幽冷光。墨丞轩看着她的眼睛不禁背后一凉，他不安地蹙眉，别过目光，压下心中的异样。为何刚刚他在这个女孩眼底看到了和辰哥一样的肃杀之意。

欧凛辰听着温羽熙的话猛然抬眸，目光剜在墨丞轩身上，犀利而凛冽，不用开口也知道他要表达的意思。"哥，我不知道她说的什么意思，轰炸机嘛，很炸裂啊，看名字就和你一样霸道，我才点的。"墨丞轩慌忙解释着，他对欧凛辰那是真的害怕。欧凛辰比他大三岁，一直就很照顾他，把他当亲弟一样看待，虽然自己是他的救命恩人，但欧凛辰对他是亲弟一般的感情，所以一直对他也是很严格。比起慕家那些同父异母的兄弟姐妹们，欧凛辰更愿意与这些没有血缘关系的兄弟交心。这边两人的谈话也吸引了所有人的注意。

墨丞轩话音刚落，欧凛辰手中的酒杯突然破碎，应该说是被他捏碎的，玻璃扎破手掌，殷红的液体滴落。他却不知疼痛一般，甩了甩手掌上残留的玻璃碎片，握着拳头站了起来。

"辰哥哥，你的手……"那个从未抬起头来的姜颖涵突然出声，声音柔柔弱弱的，犹如一个瓷娃娃一捏就会碎。双眸水汪汪地看着欧凛辰那还在滴血的手，眼底是浓浓的爱意和心疼。她从小就喜欢欧凛辰，那时候她是和姑姑一起来的慕家，一开始的欧凛辰虽然因为妈妈的去世每天都很伤心，但是本身还是开朗的，小小年纪，长得清秀俊美，那时候他八岁，她四岁，他对她也很和善，她一开始就喜欢跟着他了。欧凛辰被送出国后，她对他的思念不减反增，直到长大后，她明确知道那是爱，也曾经背着姑姑查询过欧凛辰的消息，不过因为他早就改变了慕瑾城的名字，所以派出去的人一直查不到任何结果。

姜颖涵还以为他可能死在国外了，一直伤心着，直到欧凛辰回国后，高调复出，又变得那么优秀，长相依然这么丰神俊朗，让她对他的爱更是如洪水决堤一般泛滥了。她的目的就是慢慢接近欧凛辰，不管使用什么手段都要得到他，嫁给他是她一生的梦想。而且现在的欧凛辰，不管是不是慕家的长子，就他NR集团总裁的身份，多少女人对他趋之若鹜，她也是其中之一。即使知道欧凛辰厌恶女人，飞蛾扑火也要试一试。

　　温羽熙也被欧凛辰这突然的一下吓得浑身一颤，蓝眸里有一抹紧张一闪而逝。欧凛辰一个眼神都不舍得给姜颖涵，这个女人他没有印象，除了厌恶没有任何感觉，加上她又是那个女人的侄女，这让他越加厌恶她。欧凛辰迈开修长的腿直接朝温羽熙走过来，脸上犹如狂风肆虐，脸色阴沉得可怕。他本来因为慕鸿风的不请自来，以及刚刚的谈话已经很生气了，现在温羽熙又这么说，他整个人的怒意爆发了。

　　一道黑影笼罩，温羽熙只觉得自己被刺骨的寒意包围了。她无惧地抬头看着欧凛辰，只见他犀利的眼神逼视着她，温羽熙一脸不解："我不知道我说错了什么，你要用这种杀人的眼神看我？"温羽熙净身高一米七，今天穿着三厘米的鞋子，接近他下巴，她还得抬头仰视着他，目测欧凛辰应该都有一米九上下。欧凛辰墨瞳微微眯起，迸射出危险的气息，第一次有女人不怕他，还敢这么坦然地与他对视，甚至质问他。

　　"把酒调出来，我倒要看看你要怎么搞死我？"低沉的声音本来很性感好听，从他嘴里出来却犹如一把把冰刀刺骨。他低眸看着她，他的目光，一直在看着她那双深深倒映着他身影的清澈蓝眸子，这一刻他才发现她的眼睛是那么的明亮干净。除了倒映着他的脸，没有其他任何杂质，欧凛辰脸上一抹讶异一闪而逝。"你先让开。"温羽熙抬起白皙的小手轻轻地推在他的胸膛上。欧凛辰这才察觉自己靠得有多近，整个高大的身子已经把她抵在了吧台上。墨承轩他们都瞪大眼睛看着这一幕，一脸不可置信。终于在一直面无表情的柏俊卿脸上看到了别的表情，薄唇微微张开，一脸震惊的表情。就连表情管理一向极佳的他都失态了，可想这一幕有多么让人爆炸。一向不给女人靠近的欧凛辰居然主动靠近女人了，而且还贴身了。

　　姜颖涵嫉妒地看着温羽熙，看似柔弱的女人，那眼神似乎要把温羽熙千刀万剐。她一直想方设法靠近欧凛辰，五米之外每次都不敢多靠近半分，就像其他女人一样只敢偷偷看着，即使刚刚姑父都那样推荐她了，欧凛辰都不肯看她一眼。现在一个小小的调酒师居然可以和她梦寐以求的男人贴身相视而谈。

欧凛辰也愣住了，他的身体居然不反感温羽熙，而且她身上的香味让他想靠近。不是酒香，不是香水味，说不清楚的一种味道，很清醇。曾经靠近他的女人，一闻到她们那些味道，欧凛辰就会想吐，被触碰严重的时候他真的会呕吐出来，就像吃坏了什么东西一样。

温羽熙看着微微呆愣的欧凛辰，嘴角不着痕迹地勾了勾，即使被酒味覆盖，但是靠得那么近，他身上的味道也很好闻，很清冽，很干净。她可以确定，他不抽烟。她看上的男人，肯定要慢慢攻占他的心，目前看来他并不厌恶自己，算是个好兆头。

"你还是先处理一下手上的伤再喝我调的酒，免得一会儿不是喝酒挂掉而是破伤风而亡，到时候怎样个死法都得赖我。"温羽熙蓝瞳湛湛发光，看着他的同时诡异地笑着，清冽悦耳的声音十分戏谑，这次是大力地推在他的胸膛上。欧凛辰被推得后退了一步，温羽熙得到自由，不顾众人的脸色，转身走向门口。

靠得最近的墨丞轩清清楚楚地看到两人紧贴的身子，以及温羽熙对欧凛辰那一副坦然自若的样子，连他都自愧不如，他艰难地咽了咽口水，大气都不敢出一口。一个小小的酒吧调酒师居然敢和大魔王戗声，而且还可以保持一副坦然慵懒的模样。墨丞轩突然想起温羽熙刚刚看他的那个凛冽的目光，脑子里同时闪过一句话，一物降一物，或许这个女人就制得住欧凛辰。

欧凛辰这才把目光落在自己的手上，还在冒着血，刚刚他抵着温羽熙的时候已经有血滴在了吧台上。欧凛辰有些烦躁，心中的异样让他烦躁，又说不出来什么感觉，他习惯性地抬手想要拉扯领带，却发现自己不仅没有系领带，连领子的扣子也是解开的，抬起的手又握拳砸在吧台上，他讨厌这种不受控制的感觉。

温羽熙再回来的时候手里多了一个医药箱，她把箱子放在长桌上，然后靠回小吧台边，又是一脸戏谑地说道："你们谁帮他包扎吧，再等下去酒没喝到就失血过多晕过去了。"看着一动不动甚至还眼神躲避的几个人，温羽熙冷冷地笑了一声："呵，"随后又讥讽地说道，"怎么，是不是需要我帮忙打120？"所有人还是一动不动，也不吭声。

"辰哥哥，我帮你包扎吧，你都出很多血了。"姜颖涵鼓起勇气站了起来，把手伸向医药箱。刚刚看到欧凛辰并不讨厌这个调酒师，所以厌恶女人兴许只是传闻，这让她顿时有了信心。随着姜颖涵的不断靠近，欧凛辰眉头紧皱，他之所以没有及时阻止，也是因为想知道自己是不是没有了那个心理障碍，还是只是对于这个调酒师不厌恶。"滚。"就在姜颖涵即将触碰到他的手臂的时候，欧凛辰快速地躲开她的手，愤怒地低吼出声，并且退后了三步，直到离她超过两米。还是一样的厌恶，他刚刚腹中已经开始翻滚了。所以他仅仅是对这个调酒师不厌恶，她到底是什么人？

姜颖涵被吓得缩了回去，向后踉跄了两步，大眼睛水汪汪地看着欧凛辰，十分委屈。"瑾城！"慕鸿风愤怒地叫了他一声，如此不绅士地叫一个女孩子滚，实在过分了。

欧凛辰没有理他，只是转过头看向温羽熙，深邃的目光充满了疑惑，他凝视着她那张看好戏的小脸，语气冰冷："你来。"温羽熙淡淡地挑眉，似乎已经猜到了他会叫到自己，她耸耸肩一副很无奈的样子。她走向姜颖涵，想从她手里拿过酒精瓶和棉签，只是姜颖涵并不想放手，紧紧咬住下唇，楚楚可怜的模样，看着温羽熙的眼睛里充满了嫉妒和怨恨。温羽熙的身高比姜颖涵整整高出大半个头，她低头睥睨着她，嘴角扯出一抹讥讽的笑意，眼底寒意渐显，刚想开口说话，就被身后的欧凛辰抢先了。"那个脏了，换别的。"欧凛辰的声音是毫无掩饰的厌恶，声线寡淡无情。

温羽熙无奈地歪头，得意地看了一眼姜颖涵，转身提起整个医药箱走向吧台那边。欧凛辰主动伸出了手，他真的太好奇自己为什么对她不反感了。

墨丞轩看着欧凛辰又主动了，他艰难地咽了咽口水，轻轻地抬脚往柏俊卿的那个方向挪动过去。此刻的柏俊卿和李泽洲看着欧凛辰主动伸出来的那只手，除了惊愕也忘记了给出其他反应。最坦然的就是温羽熙了，刚刚碰到他的手的时候，她的心跳有一阵时间的加速跳动，现在依然跳得很快，但已经在慢慢平复。她娴熟地帮欧凛辰先用酒精擦拭着伤口，怕他痛又轻轻吹着气，还拿出自己的手机照着，仔细检查着有没有玻璃碴残留。

欧凛辰紧盯着那个雾霾蓝的小脑袋，因为她低着头，他看不到她的脸，但是看得出来她很认真。几缕发丝散落在脸颊边，随着她的动作不停摆动着，欧凛辰有一种想帮她挑起来的冲动，不过他忍住了。温羽熙知道有一双眼睛正在紧盯着自己，在抬头转向一边医药箱拿绷带的时候，她因为紧张习惯性地咬了一下唇瓣。浅粉莹润的唇瓣因为那一下，变得微红了一些，犹如上天完美精雕的工艺品，无声地诱惑着，让人想一亲芳泽。欧凛辰性感的喉结不由得滑动了一下，他第一次对一个女人产生这种奇妙的感觉。

包厢里安静得出奇，所有人都看着这一幕，慕鸿风脸上很是愤怒，倒是没有出声打扰。姜颖涵看着靠得很近的两人，只觉得脸上火辣辣的，心中充满了委屈和屈辱感。欧凛辰对她厌恶的表情毫无掩饰，还对她怒吼，而对于一个小小的酒吧调酒师他却主动了，对她没有任何厌恶的表情，甚至还有另一种她没有见过的柔情，就算刚刚他的语气也很冷，可是相比于她的遭遇，那算温柔了，这一切的举动就像在羞辱她。

姜颖涵看着温羽熙，被泪水模糊的双眼，嫉妒中还夹杂着疑惑，为什么？难道就因为她长得漂亮吗？她不否认这个调酒师长得很出众，一副出淤泥而不染的干净模样，自己的相貌虽然不及她，但是也不差，而且她一直走的都是清纯白莲花的路线。

"你叫什么名字？"安静的包厢，因为欧凛辰轻轻的一句话，就如平地一声雷炸开了。反应最激烈的墨丞轩瞪大双眼，用手肘怼了怼身边的柏俊卿，轻轻地问道："二哥，刚刚听到了吗？"他要找个人确定一下，刚刚欧凛辰那句话不是他的幻听。"嗯，他说话了。"柏俊卿同样是惊愕地看着欧凛辰，除了不可思议，他没有其他形容词了。

温羽熙拆开绷带的小手轻轻一顿，心里一阵窃喜，嘴角微微勾了一下又压下，轻声回答："羽熙，羽毛的羽，康熙的熙。""姓什么？"欧凛辰又轻轻问了一句，俊美的容颜上，是难得一见的柔和。"姓……"她本来想说温的，猛然意识到包厢内有一些不属于他们这一派的人，"白。"随后她说了妈妈的姓。白羽熙，为了隐藏自己是温家四小姐的身份，她经常用这个名字出现在某些公共场合。仅仅两秒的停顿，欧凛辰还是捕捉到了，知道她撒谎了，不过他没有继续追问，包厢里又安静了下来。欧凛辰看着温羽熙，眸底闪烁着说不清道不明的情绪，那颗冰封的心仿佛裂开了一条缝隙，有一抹阳光照了进来。

帮欧凛辰包扎完毕，温羽熙把医药箱摆在推车的底部，准备开始收拾酒瓶和工具，她不打算给他调那杯B-52轰炸机了。太烈了，先不说他受伤了，那个后劲他也受不了。"你不调那杯能搞死我的酒了？"看着温羽熙收拾酒杯，欧凛辰突然戏谑地出声，嘴角勾起讽刺的弧度，目光不着痕迹地瞥了一眼慕鸿风，"这世界想搞死我的人那么多，你确定要错失这次机会？"这句话看似是对温羽熙说的，其实是暗讽慕鸿风。毕竟这个亲生父亲二十年前就丢下仅仅八岁的他，这二十年来可是一分钱不给远在国外的他，更是不闻不问，兴许从一开始都当他是死的了。

温羽熙秀眉微微蹙了一下又展开，突然无厘头地问了一句："你吃过晚饭了吗？"欧凛辰一愣，不知道她这突然的关心是什么意思，不过还是回答了："嗯。"他晚饭是吃过了，没什么胃口，吃的也不多，就两三口汤，米饭是一粒没有吃。"死不死不知道，反正你可能会半死不活，你还确定要喝？"温羽熙淡淡地说着，声线浅淡，却是满满的认真，微蹙的秀眉说明了她的担心。

看着她认真又担忧的小脸，欧凛辰心中又闪过一抹异样，他快速地压下，居然难得地开起了玩笑："嗯，试试吧，死了你负责，半死不活你也负责。"说完就这样直勾勾看着她，仿佛其他人都不存在。不知道为什么，知道自己对她不反感之后竟然还渐渐产生了好感，好想主动靠近她。难道是自己禁欲太久了对任何一个不让自己反感的女人都会有好感。还是她身上有着什么特殊的秘密吸引着自己？欧凛辰虽然不喜欢自己这种不受控制的感觉，但还是顺应了自己的心，和她说话也很放松，平时就少话的他愿意为她多开一次口。

墨丞轩轻轻咽了咽口水，又怼了一下柏俊卿："二哥……"没等墨丞轩说出后面的话，柏俊卿就打断了他，十分断定地开口："他疯了！"欧凛辰绝对疯了，不仅靠一个陌生女人那么近，还主动和她说了那么多话，他居然没有任何不适。"二哥……"墨丞轩想开口又被柏俊卿打断了："别说话，看着。"柏俊卿优雅的俊目好奇地落在一直坦然自若和欧凛辰交谈的温羽熙身上，心里只有一个问题：她到底有什么特殊的魔力？

听着欧凛辰的话，温羽熙眉头又轻蹙了几分，没有因为他的玩笑得到放松，心里反而更是紧了一下。她很开心他对自己这么柔和，不过他眼底一直有一抹散不去的悲伤。他的话说得很轻，她还是隐约察觉到了戾气，面无表情的他心里是恨的。

"开始吧。"欧凛辰见温羽熙不动，抬起下巴朝着那一堆酒瓶努努嘴，示意她开始。也就这么看着，在他的眼皮子底下，谅她也不敢动手脚。温羽熙思虑了一下，拿出对讲机："一杯醒酒汤送到壹号包厢，马上要。"把对讲机放下，温羽熙轻叹了一口气。"其实这杯酒不适合你。"温羽熙轻声说着，小手还是拿出一个子弹杯。把开水倒进小盆里，用夹子把杯子放进去让热水充分浸泡预热，然后拿出来用干毛巾擦拭杯底，把杯子放在桌上。"合不合适尝试过才知道，不是吗？"欧凛辰淡淡地说着。就像买衣服一样，你不在身上试过也不知道它到底合不合身。

温羽熙无奈地摇摇头，一边把咖啡利口酒倒进量杯里，一边开口："欧先生，这样吧，咱们做个赌约，反正你喝下去有没有事我都要负责，那我就负责到底，这杯酒喝下去如果你倒下了，你就把自己输给我了，做我的男朋友。"语气很坦然却也很认真。"一口酒就想赌我的后半生？"欧凛辰剑眉轻挑，脸上闪过一抹新奇，看着这个子弹杯，也就一口的量，一口酒赌自己，这赌注这么大，有意思！温羽熙笑意清润地点了点头，笑得有些邪魅肆意："对啊，你死活都要我负责，那我得负责到底不是？"看着她那俏皮的笑脸，欧凛辰嘴角浅浅勾起，薄唇轻启："好！"居然爽快地答应了。所有人都愣住了，包括温羽熙，她也就那么随口一说，他就答应了。不过她心里顿时又是一阵欣喜，这个赌约他输定了。

B-52轰炸机很简单，底部咖啡利口酒10毫升、百利甜10毫升，缓缓沿着吧勺底面倒入在第二层，君度10毫升是第三层，最后以朗姆151封顶，喷枪点火，最后橙皮喷火提香。橙皮上喷射出来的汁液喷洒在火焰上，让原本只是蓝色的火焰瞬间变成如火山喷发一样弹射起来，有点小震撼。

欧凛辰看着那杯还在燃着火焰的小酒，伸出那只缠着绷带的手，准备拿起来。温羽熙突然压住他的手，一脸真挚："你现在后悔还来得及，一杯酒输了自己传出去可不是什么上得了台面的事。""输给你我不亏。"欧凛辰别有深意地看着温羽熙，深邃的黑眸让人看不透他在想什么。"好，记住你说的话。"温羽熙挑眉邪魅地勾唇。

说完她夹起一块柠檬片盖在杯子上，蓝色的火焰顿时熄灭，而后才拿开自己压在欧凛辰手上的小手，笑得一脸自信："请。"这款酒的标配是中间一层的百利甜，有的调酒师也会在最上层加伏特加或者白兰地，反正不管加什么口味，都是高度数的酒，所以别看它只是小小一杯，它的酒劲很足，一般都为63度，而且发明这款鸡尾酒的时间在二战后不久，因而得名B-52轰炸机，可见这款轰炸鸡尾酒不一般。它还有一个更为刺激的喝法，那就是用吸管插入还在燃烧的杯中一口吸入，总之不管怎么喝都是一口闷，都是一样的炸裂。一向喝红酒的他就算不是马上倒下，几分钟或者十几分钟后，酒的后劲肯定会上来，所以，她赢定了！

在温羽熙的注视下，欧凛辰拿起杯子，一口闷，全部倒进了嘴里。原本坦然的俊脸瞬间变了色，真的有像飞机俯冲的那个劲头，从喉咙一路灼烧到胃里，加上他没吃过晚饭，胃里就像炸了一般。因为他选择的一口闷，所以先接触的是最上层烈酒的辣味。温羽熙担忧地看着他，之所以叫轰炸机，因为它喝下去确实有轰炸的灼烧感，而且后劲十足，仅仅一杯，过后就算酒量再好的人也会微醉，更何况他们这些平时只喝一直被严格把控度数的拉菲。慢慢地，欧凛辰觉得嘴里慢慢上升出其他复杂的甜、香、滑的味道，并久久地遗留在口腔里面，非常享受。

他的脸色又恢复了坦然，嘴角扯出一抹邪魅的弧度看着温羽熙："好像也没什么，你好像输了，可惜我要失去你这么漂亮的一个女朋友了。"温羽熙坦然地笑了笑，看了一眼自己手腕上那个一看就价值不菲的蓝色钻石腕表，不疾不徐地开口："别急，时间还没到。"说完又开始整理剩下的酒瓶和工具。欧凛辰看着她那一副坦然自信的模样，心底对她多了一分欣赏，他也不再说话，就倚靠着吧台看着她。

而沙发上的慕鸿风坐不住了，他刚刚就觉得自己像个傻子一样看了一出没什么用的猴戏。"瑾城，颖涵小时候就和你一起玩，你却拿自己的幸福和一个小小的酒吧调酒师去做赌约，你看看她身上穿的，还有那一头无良少女一样的头发，一个出身低微的女人，还在这样的娱乐场所工作，她干净吗？她配得上你吗？"慕鸿风看着温羽熙的眼底充满了嫌弃和讥讽。

原本已经有几分温和的欧凛辰听着慕鸿风的话，全身立即散发出一阵阵戾气，俊颜上瞬间冷若冰霜，整个包厢又骤然变冷，一股冰冷压抑的气息从他身上弥漫开来。温羽熙手上的动作也微微一顿，带着浅笑的俏脸上折射出一抹冷意，蓝眸里一片冰冷。她冷冷地抬眸瞥了一眼慕鸿风，又缓缓收回自己的目光，冷声讥讽道："真出乎意料呢，堂堂慕家家主竟然还会看相，比街上那些算命的可厉害多了，看发色和穿着就知道我出身低微了。还有我每晚都洗澡，挺干净的。""扑哧……"墨丞轩肆无忌惮地笑了出来，看着气氛不对又捂住了嘴巴，憋着笑。就连一直面无表情的柏俊卿也因为这句话，嘴角抽动了一下。这小丫头嘴巴还挺毒。

"你！"慕鸿风被气得一阵语噎，一时间也不知道要说什么，怒吼了一声，"长得一副狐媚模样还强词夺理。""就算我是个狐狸精也不吃您家大米，碍您什么事了？"温羽熙脸上带着得体的笑容，用了敬称的话却讽刺到了极点。慕鸿风被气得胸口起伏，气息急促，愤怒地看着悠然自在的温羽熙："哼！"急火攻心的他突然冷嗤一声，一字一顿讥讽森然地说道，"毕竟是山野丫头，果然没什么家教。"温羽熙嘴角的笑意渐渐扩大，澄澈的蓝眸染上一层寒霜，冷声道："幸亏不是出于您家的家教，不然我能把您给气死。""你！"慕鸿风气得全身发抖，脸上的表情逐渐龟裂，他讽刺地看着一直沉默不语的欧凛辰，"瑾城，你看吧，这种女人你真的要用自己的下半生去赌吗？"

温羽熙本来还想怼回去的，却发现了欧凛辰已经开始不对劲，是刚刚那杯酒起作用了。"你还好吗？"温羽熙不安地看着他，放下手中的酒瓶，疾步转过吧台走出来，抬手想要扶住已经摇摇晃晃的欧凛辰，只是他却顺势倒向她，整个人半压在了她身上，把头抵在她肩膀上轻声说道："你赢了，女朋友。"在没人看到的角度，欧凛辰嘴角优雅地勾了一下，眼底挑起一抹邪肆的笑意，而后假装自己真的醉倒在她身上。其实他开始有些不舒服而已，微醺忍忍也不会倒下。

"喂，你没事吧？"温羽熙小小的身子努力地撑着这个一米九的高大男人。看着晕过去的欧凛辰，柏俊卿他们几个都慌了，就连一直愤怒地看着这一切的慕鸿风眼底也闪过了一抹担忧，也从沙发上站了起来。"喂！欧凛辰，你别碰瓷啊，这才几分钟啊，后劲儿哪有那么快？"温羽熙有些慌乱，她还没追到手的男朋友不会就这么喝坏了吧。她现在才惊觉，他反应那么大，肯定晚饭没有吃，所以刚刚他说谎了，温羽熙心里一阵自责，早知道就不调这杯酒了。醒酒汤呢，怎么还不来？在墨丞轩他们几个的帮忙搀扶下，终于把欧凛辰放在沙发上。

姜颖涵看着这一幕，她很担心欧凛辰，也很想靠近，却没有她站立的位置，只能站得远远地看着。怨恨的视线剜在温羽熙的背上，恨不得她直接消失。

"你这个女人，你对他做了什么？"慕鸿风怒指着就坐在欧凛辰身边的温羽熙。从她进来，就她这一头蓝发，还有妖艳的长相他就不喜欢，再加上刚刚两人的赌约，他恼火到了极点。一个小小的调酒师，他根本是不屑，这种没身份的女人怎么配得上欧凛辰。

"好吵啊，你们不是有房间吗？给我间房休息。"欧凛辰微微睁开迷糊的眼眸，入眼的就是温羽熙担忧的小脸。刚刚他是装的，不过现在是真的开始难受了，头晕了，有些昏昏欲睡。看来他真的要把自己输给她了。"好。"对他的要求，温羽熙没有任何拒绝，看着他真的一脸难受，她是恨死自己了。她把欧凛辰带进楼上的套房，经理终于也把醒酒汤送上来了。

温羽熙在房间里细心地喂着欧凛辰喝醒酒汤，墨丞轩和柏俊卿还有李泽洲三人面无表情地坐在客厅沙发上，虽然全身冷意，但是并没有杀意。不同于他们的是，慕鸿风也跟着上来了，全身泛着怒意，紧盯着房间里的温羽熙。姜颖涵看着温羽熙不停地触碰着欧凛辰，眼里妒意慢慢变成了杀意。经理虽然不知道刚刚发生了什么，可是看着现在这个局面，他这次额头上真的冒冷汗了，后背都湿了。完了，完了，千叮咛万嘱咐，四小姐还是拍到老虎屁股上了。

房间里，温羽熙擦拭着欧凛辰嘴角的汤汁，蓝色的眸子逐渐泛起了水雾："欧凛辰，对不起，我不该给你喝那杯酒。""别吵，让我睡一下，把他们赶走。"欧凛辰没有睁开眼睛，只是淡淡说着。果然，对温羽熙，他已经不自觉地就放柔了自己的声音。他不清楚这是什么，出于对她的好奇，还是自己本能地就对她这样？

温羽熙敛上眼眸，泪水滑落后被快速抬手擦掉，然后起身出了房间。温羽熙扫视了一眼客厅里的人，森然开口："几位，他说想好好休息，请你们先回去。"这是欧凛辰的意思，柏俊卿他们三个没说什么，反正欧凛辰对这个小美女的态度他们都看在眼里。他从来没有对哪个女人这么放心接触过，而且温羽熙虽然嘴上说着要欧凛辰做男朋友之类的话，但是干净的眼底却没有任何算计。可是慕鸿风怒意就爆发了，他气急败坏地指着温羽熙："你这个女人到底使了什么手段，把他交给你我不放心，先是用酒迷晕他，现在又把他留在这里，谁知道你安的什么心。"

"慕总，他现在需要休息，你确定要在这里吵下去吗？"一直不屑于和慕鸿风说话的柏俊卿突然开口，一脸讥讽地看着他。他可不相信慕鸿风是真心担心欧凛辰的安全，慕鸿风对欧凛辰的态度和他父亲当年对他的是一模一样。曾经毫无痛心地抛弃，现在又为了利益过来找他们热脸贴冷屁股。他真的不明白这些人是怎么做到表面一套背地里一套的，人生短短几十年，戴着虚伪的面具活着不累吗？

"你们就是这么做他兄弟的吗？对于一个陌生女人……""我们怎么做他兄弟用不着你教，我只知道他对这个女人放心，我们也放心，慕总，请！"柏俊卿冷着脸毫不客气地打断慕鸿风的话，作势要请他出门。"你！"强硬的态度让慕鸿风气到了极点，上了年纪的他多少有些高血压，这气得差点儿喘不过气来，捂着胸口大口大口地喘着粗气。"姑父，我们先回去吧，辰哥哥他没事的，谅她也不敢对他做什么。"姜颖涵上前搀扶着慕鸿风，嘴上说着不介意的话，肃杀的眼神却紧盯着温羽熙。

温羽熙无视她的眼神，转身回到了房间里，这次还把房门关上了。慕鸿风不死心地想要追进房间，却又被柏俊卿三人同时堵住了。"慕总，很晚了，您还请注意身体！"一直带着温和笑容的墨丞轩掩去脸上的温意，看着慕鸿风的眼里冷然一片。"你们！哼！"在柏俊卿他们的坚持下，慕鸿风只好带着怒意离开了。姜颖涵看着紧闭的房门，有些不舍，但还是跟上了慕鸿风的步伐。这个女调酒师不简单，她一定要回去告诉姑姑，以姑姑的手段，对付这种没背景、没身份的女人，简直轻而易举，谁都不能抢走她的瑾城哥哥。

柏俊卿他们退回了包厢里。"二哥，你说这事……"墨丞轩又换回了之前那张温和的笑脸。"看辰好像是认真的。"柏俊卿面无表情地说道，他早已经过了惊愕的阶段，又变得一脸冷然。那张脸仿佛欧凛辰再做什么举动他冷酷的表情都不会再松动了。"没可能吧，那个女调酒师漂亮是漂亮，BOSS没可能对一个不认识的女人就认真吧，就因为他不反感她？"李泽洲微微往后靠着沙发，一身慵懒。欧凛辰那个大冰山不在，他放松多了。

"泽洲，你知道什么叫一见钟情吗？辰因为那个心理障碍禁欲了这么多年，现在遇到一个不反感的女人，男人的本能身体需求被激发再正常不过了，你现在要做的是在这里躺着吗？难道不是应该马上去查那个女人的资料？"柏俊卿说着，那神色如玄冰般，特别是那英气逼人的眉宇深邃锐利，仿佛对谁，那张俊颜上永远都覆着一层寒霜。"对对对，你去查一查，她说她叫白羽熙来着，人长得漂亮，名字也好听，配辰哥我支持。"墨丞轩起哄道。"是，你去查吧，很晚了，我回去睡觉了。"柏俊卿一边说着一边抬手看了一下腕表，说完真的就直接起身了。"无情！"李泽洲不满地嘟囔了一声，还是乖乖地也从沙发上站起来。这个事柏俊卿不说他也知道要做，等欧凛辰清醒了，不用说肯定是要查的。

"真的要把辰哥一个人留在这里？"墨丞轩不确定地小声问了一句。"他要留的，最多失个身，那个女孩子那么漂亮他又不亏，当了那么多年和尚，吃上肉了没啥不好。"柏俊卿坦然地说着，把手插进裤兜里，优雅地迈开步子离开了包间。"也对。"墨丞轩撇撇嘴，歪头耸耸肩，心安理得地跟上了柏俊卿的步伐。接近凌晨了，三人就这么毫无顾忌地把醉酒的欧凛辰留给了都还算不上认识的温羽熙，一起离开了酒吧。

楼上的房间里，欧凛辰喝了醒酒汤之后，身体的不适好多了，意识也慢慢开始回笼。"你笑起来应该很好看吧？不知道什么时候能看到你笑。"温羽熙坐在床边，托着腮看着他的俊颜，小声嘀咕着。雕刻般的俊美五官，紧闭的双眼上，眼睫毛浓密纤长，鼻梁上的一颗小痣让他本来就绝色俊美的脸显得更特别，这样子的他少了之前那种凌厉的感觉，整个脸柔和了许多。温羽熙轻轻起身，俯身靠近俊脸，吧唧一下亲在他的脸颊上："你输了，所以先印个印记，男朋友。"

她没有注意到，欧凛辰整个身子因为她的亲吻紧绷了起来。看着他睡得熟，温羽熙关了大灯，留了一盏昏黄的小夜灯，心情很好地退出了房间。房门关上后，床上的欧凛辰睁开了眼睛，抬手摸了一下刚刚被她亲过的脸颊，就这么躺在床上望着天花板，不知道在想什么。听着外面没有了任何动静，他起身进了浴室，身子还有些浮，但是身上的酒气让他没办法就这么睡着。

温羽熙退出了套房，去了隔壁自己的那间房。因为她平时都是晚上在这里调酒，夜里懒得回温宅，就在这边住下了。温羽熙刚刚进了房间，温舞也进来了，手里已经拿着一个档案袋，应该就是欧凛辰他们的资料，这办事效率是相当高。

第三章 你这是玩火

温羽熙迫不及待地拿过档案袋，暴力地拆开然后拿出里面的一沓资料，欧凛宸的资料就放在最上面。她翻动了一下，这两张纸是他的资料，都是创建NR集团之后的事情，在这之前的一切生活轨迹就犹如被抹去了一般没有任何记录，干净得可怕。

"就这些？"温羽熙蹙着眉不相信地看着温舞。温舞恭敬地颔首，严肃地回答："是的，四小姐，他在国外的生活轨迹都被抹去了，就像一个死人一样没有任何痕迹。""呵呵，开玩笑吧，二十年前他一个八岁的小孩去到国外，没有身份，没有资料登记是怎么在国外居住的？就算改了名字也要有绿卡啊。"温羽熙有些惊讶，惊讶得她都忍不住想笑。这二十年他是怎么过的？像偷渡一样东躲西藏？那也不应该啊，他还可以在国外创办公司，这说明他是有身份的，而且是得到那个国家政府承认的身份，这个男人也太谜了吧！

温舞依然坦然自若不疾不徐地开口解释道："是有，不过被刻意抹去了，就连近几年的有些记录都被加了密，应该是自己抹去的，能查到的就是外面的人都知道的那些。"温羽熙听着嘴角不禁有些得意地上扬，有意思，她第一眼就看上的男人果然不简单。反正他现在不厌恶自己，查不到就算了，以后有的是机会从他嘴里套出来。心里虽然这么想的，可是她还是有些不甘心，没有欧凛辰的具体资料，温羽熙对墨丞轩他们的资料顿时一点兴趣都没有了，她郁闷地把资料扔在桌面上，站在窗边看着外面的霓虹璀璨。温舞见她没有任何指示，默默地转身离开了房间。

温羽熙在窗边站了好一会儿才转身去衣柜里拿了件睡裙进浴室。把自己梳洗干净后，她抱着一床空调被又去了欧凛辰住的套房。轻轻地推开卧室的门，见床上的男人还是躺着一动不动，似乎睡得很安稳，温羽熙没有进去，而是又轻轻地关上门，就在客厅的沙发盖着自己拿过来的小被子睡了。

欧凛辰并没有睡，就是想知道她会不会进来，只是没想到她看了一眼就关门出去了，以为温羽熙已经离开了，他也慢慢地睡过去了。这小丫头倒也没有乘人之危。半夜里，欧凛辰又被噩梦惊醒，俊脸上布满了汗珠，他痛苦地捂着胸口，大口大口地喘着气。同一个噩梦困扰了他二十年，妈妈在火场里被烧成焦黑一片的尸体夜夜出现在他的梦里，还有一只恶魔的手一直要把他拉进地狱。

因为喝了醒酒汤，他没有头疼，只是喉咙干得厉害。他缓了好一会儿才缓缓起身下床，轻轻打开门出了客厅，趁着窗外的夜色，一眼就看到了沙发上蜷缩的小身影。欧凛辰蹙眉，他一直以为她已经出去了，没想到就直接睡在了这里。这样守着他是怕他半夜有什么不适吗？欧凛辰微微一愣，不明白自己为什么第一时间生出这个想法。

他走过去在沙发边上慢慢蹲下，本想把温羽熙叫醒，却发现月亮的微光下，她睡得一脸恬静。欧凛辰忍不住帮她拨开垂在鼻梁上的发丝，静静地看着那张小脸，她真的很美，像一朵出淤泥而不染的白莲，比他见过的任何一个女人都要干净。他小心翼翼地把沙发上的温羽熙抱起来，怀里的女人蹭了蹭他，发出小声的嘀咕："欧凛辰，本小姐一定要睡到你。"而后并没有清醒，继续熟睡着。欧凛辰轻轻勾唇，抱着她进了卧室放在床上。这一次他闻到了只属于她身上的味道，很特殊，淡淡的清香，但是他不知道具体是什么。温羽熙在床上翻了个身继续熟睡着，没有任何苏醒的迹象。欧凛辰看着，嘴角竟又不自觉勾起，有些嫌弃的话却十分轻柔："睡得跟猪一样，被人卖了都不知道。"

他定定地看了温羽熙一会儿，拿起床头柜上的手机和医药箱转身离开房间，先给自己倒了一杯水喝，才拿着个椅子出了阳台。即便是炎炎夏日，夜里的风还是微凉的。坐在阳台上，欧凛辰打开手机，修长的手指飞快地在屏幕上滑动着，看着上面白茫茫的一片，他淡淡地勾了勾唇角，羽熙应该就是她的名字没错，但是她果然不姓白。他放下手机，看着暗蓝的天幕上繁星点点，皎洁的月亮已经逐渐成圆。还没有黑屏的手机屏幕上一片洁白，最上方有几个字：查无此人！他黑入了公安局的人口统计系统，可是整个域江城里没有叫白羽熙的人。

欧凛辰拿出医药箱里的绷带和消毒药水，娴熟地给自己的手更换绷带，刚刚抱起那个小女人的时候渗了点血。而后他又坐了许久才起身离开阳台，看了一眼客厅那个沙发，他没有走过去，而是进了房间。他可不会委屈自己睡这种沙发，翻个身都会掉下来。温羽熙睡相倒是很好，只是侧着身子睡着，占了大床一个小小的位置而已，睡颜很恬静。

欧凛辰轻轻地在她身边躺下，侧身看着她，昏黄的灯光下，她白皙无瑕的脸颊带着一点点红粉，小嘴微张着，两片唇瓣粉润诱人，浅粉色的吊带睡裙露出嫩白的香肩和性感的锁骨。她全身都散发着淡淡的清香，沁入他的鼻中，很安抚心神。他忍不住抬起手，修长的食指点了点她的下唇瓣，却被温羽熙轻轻含住，而后又放开，翻身背对着他，依然没有苏醒。欧凛辰却如触电般，电流从指尖流向全身，安静的房间，他清楚地听到自己胸膛里的那颗心扑通扑通的跳动声。看着自己的指尖，欧凛辰眉头忍不住蹙了蹙，他刚刚做了什么？为什么会这样，自己竟然会对她做出这样的事情？欧凛辰翻身，看着天花板，陷入了深思。渐渐地，睡意袭来，他也睡了过去，温羽熙身上的味道就像安神剂一样，让他睡得前所未有的安稳。

　　翌日，清晨的第一抹朝阳照亮了整个房间。宽大洁白的大床上，一对男女相拥而睡。温羽熙慢慢地翻了个身，感觉自己身上有什么东西压着，她又翻了回去，这次鼻子却意外撞到了欧凛辰的下巴。

　　"嗷，好痛，什么玩意儿？"温羽熙捂着疼痛的鼻子睁开了眼睛。一张俊脸赫然眼底，再抬眸，猛然撞进一双深邃的黑眸中。"早安，女朋友！"欧凛辰目光柔和地看着她，完美的薄唇勾起浅浅的弧度。低沉又极为好听的声音传来，温羽熙有些愣愣的："早，早安！"她眨了眨那双蓝色的眸子，眼底的俊脸还在，她咽了咽口水，猛然爬起来，目光落在还搭在自己腰上的大手上。"我为什么会在床上？"面对这样的欧凛辰，温羽熙倒是没有局促感，只是蓝眸里充满了疑惑。所以，为什么她会在床上？昨晚明明睡在客厅沙发的。难道因为自己太贪恋他的男色，半夜梦游爬上来的？不应该啊，她没有梦游的历史。

　　欧凛辰优雅地把自己放在她腰上的手收回来撑住后脑勺，慵懒地看着温羽熙："我怎么知道，我昨晚醉酒，你觉得能是我抱你上来的吗？"他一开始还觉得这丫头睡相好，结果他刚刚睡熟一会儿，她就使劲往他怀里蹭，他刚把人推开没一会儿又蹭过来了，越抱越紧，难得睡得安稳的他后来就懒得推了。"难道不是吗？"温羽熙眨巴着一双蓝眸，无辜地看着欧凛辰。欧凛辰语塞，这丫头怎么不按常理出牌？而且表现得也太过淡定了一些了。

　　就在温羽熙一脸不解，各种想着自己怎么上的床的时候，欧凛辰突然起身把她压在了床上。"你到底是谁？"温热的大掌抓着她的两只小手腕压在头顶的枕头上，也不顾自己那受伤的右手，紧紧按住她的手腕，漆黑的眸子锐利地逼视着她，容不得她说谎半分。他在她身边竟然安安稳稳地睡着了，后半夜没有了噩梦，没有了不安，这一切都不在他的控制范围内，她的身上仿佛都是秘密，他却一概不知。因为睡了一夜，和刚刚大幅度的动作，欧凛辰的睡袍已经敞开，露出那蜜色诱人的胸膛。温羽熙没有反抗，看着那诱人的胸肌咽了咽口水，把自己那犹如半年没看到肉的炙热目光从他胸膛上移开，落在冷酷的俊颜上。

"温羽熙，温家老四。"她这次没有任何隐瞒。之前说自己姓白只是不想在他人面前暴露自己真实的身份。欧凛辰微微蹙眉，带着质疑："温家还有个老四？"温家三兄弟他只接触过老大，老三是影帝，目前正在准备接触中，因为要找他当代言人，老二虽然没见过但是也听说了，只是这老四，还是个女娃，没听过温家还有个小公主！

"嗯，爸妈在国外偷偷生的，我没回过域江。"看着他眼底的疑惑，温羽熙半开玩笑地说着。反正爸妈经常说她是他们偷偷生的，说他们家超生了，会被罚钱的。开玩笑，温家不够钱罚这点超生费吗？而且温羽熙是在国外生的，外国的国籍，根本不存在超生这一说法，其实不公开她就是为了保护她而已。

欧凛辰微微眯着眼，半信半疑，撞进她蓝色的眼眸里："你的眼睛？""天生的，因为爸妈的基因都是Aa，我和三哥刚好就是aa隐性纯合子，都是蓝眼。"说起这个眼睛，温羽熙已经坦然了。小时候会被黑色眼睛的小朋友说她是怪物，都不和她玩，后来长大了也渐渐觉得没什么，反而蓝色挺好看的，国外还有绿眼的呢，而且现在都流行戴各种颜色的美瞳，她这个天然的没什么不好。为了衬自己的眼睛，她还刻意染了蓝色的头发。

欧凛辰看着她，蓝色的眼底没有任何心虚和闪躲，俨然没有撒谎，冰冷淡漠的俊颜柔和了几分："你三哥温羽博？"温羽熙点点头："是，因为他是公众人物，所以时常戴着美瞳隐藏蓝眼睛。"对于欧凛辰的提问，她没有任何隐瞒。他有那么大的手段藏自己的身份，查别人的那不是易如反掌，她的身份虽然被温家刻意隐藏着，可是从她出生后的生活记录一直存在的，稍微手段厉害一点的花点时间就可以查到了。即使她不说，以他的手段，不久后也会查出来，所以还不如直接坦白。

"你真让我感到惊喜。"欧凛辰全信了，不管是她的气质，还是她能自由出入这里的套房，都证明她的身份不简单。欧凛辰刚放开温羽熙的手，想从她身上起来，却反被她搂住了脖子。温羽熙稳稳地钩住欧凛辰的脖子，浅浅勾着唇角，邪魅地笑看着他："我都跟你掏完家底了，你难道不应该也和我说说你的吗？"以她这样妖孽的姿色，果真随便一个动作都在毫无声息的撩人。欧凛辰眸光顿时冷然，一股冷意毫无声息地又开始蔓延，一脸淡漠地开口，"该知道的你应该都知道，你还想知道什么？"

温羽熙想了想，除了好奇他这二十年是怎么过的，貌似也没别的什么想知道了，至于他和慕家那些事她无所谓，她无所谓他原来的身份是谁。看着温羽熙认真思虑的小脸，欧凛辰凉薄的唇瓣倏然冷冷出声："你们猜得没错，我就是慕家的那个弃子，一个仅仅八岁就被亲生父亲抛弃的孩子，八岁的我被扔在了国外，本来身上是有钱的，被抢了，那个男人扔了我之后就不曾再找过我，我就开始在国外流浪，和那些流浪汉一样，靠着好心人的施舍填饱肚子，晚上和他们挤在巷子里睡觉，从小锦衣玉食的我不会像他们那样去翻垃圾桶，没人给食物的时候我就饿着，有时候甚至饿上个三四天都没吃进一口食物……"

温羽熙突然微微抬头覆上薄唇，把他未说的话堵在了喉咙里，这种经历听得人心疼，她听不下去了。欧凛辰瞳孔微微睁大，有些错愕，唇上那柔软的触感是他不曾接触过的，很微妙。温羽熙离开欧凛辰的唇，脸上泛着红晕，她的初吻给他了。再表现得怎么淡定，毕竟是她一见钟情的男人，刚刚认识不到一天呢，而且现在两个人的姿势就很暧昧，她不脸红有些难。

欧凛辰的心底闪过一抹慌乱，心跳瞬间不受控制地狂跳起来，他极力掩去那股异样，那一脸的淡漠萦绕着凉凉的气息："我这种低贱的男人，你为什么会喜欢我呢？"他的唇角浅浅勾着，笑得有些自嘲，周身又泛出一抹忧伤。温羽熙心底一阵揪痛，蓝色的眸子温柔而真挚地与他对视着："从你进门的那一刻，我的目光就在你身上了，那时候我不知道你是谁，所以喜欢就是喜欢，它没有理由的，即使你只是一个普通人。"不等欧凛辰开口，温羽熙又紧接着说道："你知道，我是温家的小公主，不需要找那些金龟婿，我只想找一个我喜欢的，他也喜欢我的，而你就算不是NR的总裁，只是一个无权无势的底层小员工，我照样会喜欢你，喜欢这种东西谁知道呢，看对眼了就挪不开了，欧凛辰，我知道你厌恶女人，可是你不反感我不是吗？和我交往吧，我以后会陪着你的。"

在那星空般深蓝色的眸子里，欧凛辰看到自己的脸映在里面，他冰封的心上，原本的那个缝隙又裂开几分，整颗心又亮了几分。她看自己的炽热目光，让欧凛辰快速别过视线，他压下心底的异样，迅速掰开搂着他脖子的双臂，从她身上起来，下了床站定他才出声："你是温家小公主，不应该配我这样的男人，你值得更好的。"即使已经站在最高点，他依然过不了自己被抛弃的那一道坎，他这些年过着的那些贫贱的生活是真实存在抹不去的。

温羽熙快速从床上爬起来，跑到他面前拦住他的去路："欧凛辰，我喜欢你，是真的喜欢，一见钟情，第一眼就挪不开了，我不嫌弃，温家也没有人嫌弃你，你很优秀，堂堂NR的总裁，那么大的一个跨国集团，为什么配不上我？"看着她真挚的脸，欧凛辰布满痛意的俊颜上闪过一抹促狭，不敢对视那双干净的蓝眸："我是地狱重生的恶魔，一身的污点，你是干净纯洁的天使……""欧凛辰，你昨晚赌输了，把自己输给我了，你不能反悔。"温羽熙打断他，小手揪住他胸前的睡袍，俏丽的小脸覆着一层执着之色，"欧凛辰，你扪心自问，你难道不想靠近我吗？尝试着为我打开你那冰封的心，好吗？"盈满水雾的蓝眸深情地望着他，原本揪住睡袍的小手松开然后不安分地滑进里面，覆在他的心口上。

看着他没有推开自己，温羽熙慢慢踮起脚再次覆上了薄唇，一下一下地浅吻着他，小手也开始不安分地乱摸起来。生在国外长在国外的她显然比国内的女人开放多了，妈妈说了，对于喜欢的男人就是要撩，使劲撩，撩到他服。因为她的动作，欧凛辰的眸光沉了沉，她的手很柔软嫩滑，有一些凉凉的，他体内沉睡的欲望被唤醒。他猛然抓住那只作乱的小手，呼出的气息有些急促，看着她一字一顿森然地说："温羽熙，你知道你在做什么吗？"

温羽熙嘴角的笑意逐渐扩大，邪肆魔魅，另一只小手滑上欧凛辰的肩膀钩住他的脖子，头微微抬起，靠近他耳边朝着他的耳垂轻吹了一口气，魅惑至极："撩你。"欧凛辰只觉得一股热意从小腹涌上来，他是个正常的男人，这么多年没有碰过女人，本能和欲望并未消失。他微微蹙眉，掰开自己脖子上的小手，把温羽熙往外一推，语气冰冷："快滚，别以为我不反感你就意味着你可以为所欲为。"

温羽熙往后踉跄了一步，她忍不住微微蹙眉，噘起的小嘴说明这个小魔女有些恼怒了。下一秒，她快速上前，纤细的手臂抱住欧凛辰的腰，以一种连他都没反应过来的速度就把他狠狠摔到了床上。虽然不说很厉害，但是这个小魔女确实会那么一点三脚猫功夫。在欧凛辰错愕之际，温羽熙已经跨身坐在他的小腹上，双手垂在他耳边，傲然地看着他："欧凛辰，你是厌恶女人还是自己身体不行啊？我温羽熙第一次这么勾一个男人，你却想逃？"

本来就很露的吊带裙，因为她的动作，现在一边肩带已经滑落，胸前的风光若隐若现。身上就是柔软的身体，一举一动也都在诱惑着他，欧凛辰只觉得体内的欲望即将全部破茧而出，小腹越来越紧，呼吸也越来越重，他微微眯起危险的眼眸，眸底闪过一抹厉色："你这是在玩火！"温羽熙俯身靠近那张俊脸，坦然与他对视着："没玩过的火，你不想玩吗？你的身体可比你的嘴诚实。"紧抓住床单的小手说明她其实是十分紧张的。

他揽起温羽熙那盈盈一握的细腰，一个转身把她压倒在大床上，他高大的身子压着纤瘦的她，揽着她腰的手臂一个用力，把她的身子微微抬起，让她更加贴合自己，一双已经被欲望占据的黑眸危险地凝视着她："你别后悔。"他低头覆上了红唇，彻底掠夺了温羽熙嘴里的空气，沉积了多年的欲望终于还是战胜了理智。一直禁欲的他不是没有需求，而是所有女人都让他厌恶，他触碰不得，温羽熙是第一个他能碰的女人，他知道自己现在对她还没有爱，只是她太甜美了，初尝这种甜美，让他有些不能自控，他也很生涩，只是依照着本能去探寻。

温羽熙没有抗拒，热烈地回应着，房间内逐渐升高的温度在一阵敲门声中稍微降了下来。欧凛辰依依不舍地退离让他欲罢不能的唇瓣，看着温羽熙肩头上已经被自己扯掉的肩带，眼底的情欲不减反增，他低头吻在香肩上："我是个专一的男人，只要你不背叛我，我会把你宠成全世界最幸福的女人。"低沉而带着些许沙哑的嗓音里充满了诱惑。"嗯……"因为他的动作，温羽熙的声音带着一丝颤抖的娇媚，清澈的蓝眸子有些迷离。

娇媚的声音让欧凛辰越加着迷，温柔的吻渐渐往下移，却被那催魂似的敲门声打断了。他微微蹙眉有些不悦，还是放开了温羽熙，缓缓地从她身上起来，拉好自己身上的浴袍，黑着一张脸开门出去，就连步子都泛着戾气。门被打开，温舞看着是欧凛辰微微一愣，又恢复一脸冷然，便没有了其他多余的表情，朝着门内喊了一声："大少爷来了。"她知道温羽熙就在房内。

"啥？他……他……他怎么来了，不是都不来的吗？到，到哪儿了？"房间里，还没从刚刚的温存中回过神的温羽熙瞬间慌了，说话都不利索了。她快速从床上起来，因为吊带被欧凛辰扯坏了，她只好用手捂住胸前的衣服，滑稽狼狈地从房间里跑出来，像极了被捉奸的模样。从她回来后就说把这个酒吧交给她管理的大哥居然来了，而且还这么早。温舞冷冷地瞥了一眼欧凛辰："昨晚你的酒喝坏了某个大人物，大少爷现在应该要进停车场了。"她说话是能省一个字就省一个字，经理给大少爷打的报告，温杲刚刚给她打的小报告，她一个字都不提。"该死！"温羽熙慌慌忙忙跑向隔壁自己的房间，发现自己没穿鞋又折返回来，跑进欧凛辰的房间穿上自己的拖鞋。路过欧凛辰身边，温羽熙停下，踮脚在他唇角吻了一下："男朋友，我有空再找你。"说完就跑回了自己的房间。

看到这样的温羽熙，温舞脸上一直面无表情十分坦然，一个眼神也没给欧凛辰就随着温羽熙进了隔壁的房间。欧凛辰就这样看着温羽熙跑进跑出，嘴角不经意间勾起了一抹柔和的弧度，他抬手摸了摸自己的唇瓣，酥麻酥麻的。"呵呵。"他居然温柔地笑出了声，发自心底的笑。不过房间里已经只剩他一个人了，只有他听到了自己的笑声。

欧凛辰关了房门，进入浴室里，打开花洒，让冷水肆意冲刷着自己，冲刷体内那股欲望，水流顺着他那完美的肌肉线条滑过，最后落在地面，哗啦啦，哗啦啦……"温羽熙！"冷峻的容颜上突然又溢出一抹温柔的笑意，不曾有过的。仅仅一夜，他就因为这个女人破了许多禁忌，如果她一直留在他身边，他会好好爱她。

温羽熙跑回房间，慌乱中快速整理好了自己，刚穿好鞋子，门就被敲响了。门外，站着一个男人，一袭深色的西装剪裁得体，身材挺拔，颀长华贵的身子背着走廊那霓虹的灯光而站，周身泛着奢华贵气的炫目光泽。一头浓密的头发，映衬着一张成熟俊朗的容颜，高大的身影是掩饰不住的霸气，轮廓分明的深邃脸庞上，带着肃冷倨傲的神情。这就是温舞口中的大少爷，温家长子温羽哲，温羽熙的大哥。

温羽熙深吸一口气，小脸上挤出一抹甜美的笑容，打开了房门："大哥，你怎么来了，呵呵，挺早的，吃早餐了吗？"温羽哲从头到尾扫视了一眼温羽熙，没有任何不妥，脸上的表情柔和了几分，"待会儿再收拾你，欧凛辰在哪儿？""那边。"温羽熙干笑着指了指隔壁房间，说完转身就想逃。

温羽哲及时抓住她的衣领："别跑，你的事还没完！"他俊朗的容颜上，严肃的神色，眸底却没有任何责怪之意，反而有几分宠溺。"哥，哥，有事好好说，你别动手啊，怪没面子的。"温羽熙只是抬手抓住那强有力的手腕，也不敢挣扎，更不敢拍打。"乖乖的！"温羽哲放开她的衣领，宠溺地轻轻戳了一下她的后脑勺。温羽熙理了理自己的领口，乖巧地跟在温羽哲身后，低着头等着他敲响欧凛辰的门。

好一会儿，门才被打开，欧凛辰已经梳洗完了，只是换了一身睡袍，手上还拿着毛巾擦拭头发，一副优雅慵懒的模样。"欧总。"温羽哲看着欧凛辰，俊脸上挂着职业性的商务微笑。欧凛辰轻轻瞥了一眼躲在他身后温羽熙，转身走回房内："进来吧。"他靠在酒柜上，依然坦然地擦拭着头发，淡淡地开口："随便坐。"温羽哲也没坐，依然站着，双手插兜，十分金贵傲然："看来欧总已无大碍，我代表这个小调酒师跟你道歉了，以后在这里有什么要求，尽管提，就当是对你的补偿了。"温羽哲话里每一个字都撇开了与温羽熙的关系，微妙地把她扯离这件事，看来温家真的把她保护得滴水不漏。

"一个小小调酒师先是用一杯酒把我灌倒了，又能让温总亲自出面道歉，她的手段果然不一般。"欧凛辰故意把"手段"两个字说得稍微重一些，似笑非笑地看着那个躲在温羽哲身后仅仅露出半个小脑袋的人。至于这个手段是什么意思，只有温羽熙知道了，她低着头又往温羽哲身后躲了躲。她也没想到欧凛辰原来不只冷酷，还腹黑，明明都知道这个是她大哥了还说这种装傻的话。

听着欧凛辰的话，温羽哲微微蹙眉，显然他认为欧凛辰把他和温羽熙误会成了某种关系。心里明显不悦，温羽哲还是挂着淡淡的笑容："呵呵，我想欧总是误会了，员工犯错是我这个老板管理不周，而且欧总这样的人物，我亲自出面也是对你的尊敬。"俗话说顾客就是上帝，更何况欧凛辰这样的大上帝，只可交友不可为敌。

欧凛辰随意把毛巾挂在椅背上，自己走到沙发上坐下，双腿优雅地叠起，睡袍一角滑落，露出他笔直的长腿一直到膝盖以上，浑身上下都充满着张扬的气势，上身的睡袍也随意而慵懒地敞开着，胸肌若隐若现。他微微勾唇，流露出尊贵之气："道歉就不必了，补偿我也不需要，我衣服脏了，就让这个小调酒师帮我去买身衣服吧。"那双深邃又略带邪魅气息的眼睛看着躲在温羽哲身后的温羽熙。

看着欧凛辰这副诱惑人的模样，温羽哲眉头紧蹙，轮廓显得冷硬了许多，他不着痕迹地挪动脚步彻底挡住身后的温羽熙，原本温润的声音冷了几分："这个我让其他人去就好了，这个小调酒师粗心大意的，一会儿又脏了你的衣服。"他不明白，一向沉稳凌厉的欧凛辰私底下居然是这副模样。他也知道欧凛辰厌恶女人的事情，为了不让温羽熙受伤，他不能让她去靠近欧凛辰半分。听闻之前有个女记者不小心被人撞倒扑向他，直接被他一脚踹飞了，躺在医院里好长一段时间，现在还没出院。

被挡住所有视线，欧凛辰只是挑了一下眉毛，依然慵懒高贵地坐着，只是嘴角勾起诡异的弧度，似笑非笑地看着温羽哲："温总是不想给她赔礼道歉的机会？"温羽哲薄唇紧抿成一条线，俊美的脸上又冷了几分。在温羽哲开口之前，温羽熙突然蹿出来："对不起，我知道错了，我去买，你穿多大的，需要量尺寸。还是直接按照码数买？"

欧凛辰微微抬起头，勾起菲薄的唇瓣，邪魅地笑看着她："最好是量一下，我不确定码数准不准，不用像定制那般很精确，也总不能买极其不合身的。"刚刚被这个小丫头撩得他的高冷都掉光了，这次不调戏回来他亏了。

温羽哲此刻只想把温羽熙直接揪出去扔回国外，知不知道面前的是什么男人，就这么冲出来，不知道什么叫枪打出头鸟吗？在几个小时后，知道面前这个男人成为自己妹妹的男朋友之后，温羽哲更是恨自己今天带着她进来道歉，昨晚就应该给欧凛辰多喝几杯B-52让他一睡不醒。看着温羽熙的动作，温羽哲微微不悦，把她拉回身后，薄唇勾起一抹孤傲，墨瞳凛冽地看着欧凛辰："你看现在这么早，酒吧的男侍们都没有上班，要不量身这事我帮欧总量吧。"我呸，温羽哲说完就后悔了，他堂堂温家大少给欧凛辰量身？但是说出去的话又收不回来了，他一副淡定又真挚的表情看着欧凛辰。

欧凛辰脑海里闪过那个画面，他的眉头蹙了一下，起了一身鸡皮疙瘩。他赶紧摆摆手，冷声道："算了，我就开个玩笑，酒是我要喝的，喝醉了也怪不得别人，只是麻烦温总还亲自跑这趟了。"看着欧凛辰这副坦然的态度，温羽哲身上的凛冽气息也逐渐消散，浅笑道："既然欧总既往不咎，那我就先带这个小员工回去好好训训了。"没等欧凛辰应声，温羽哲就转身把温羽熙带出了房间，真的一秒钟都不舍得她再多待。

离开欧凛辰的视线，温羽哲再次揪起温羽熙的衣领，把她揪进了隔壁她的房间，房门一关才放开她，冷声斥责道："你知不知道刚刚那个人是谁？惹谁不好你要惹他，你知不知道上次靠近他的女人现在还在医院里躺着？"温羽哲神色严肃地看着温羽熙，看着低头委屈的女孩，他微微敛眸，掩去眼底的寒意，墨瞳中泛着浓浓的心疼，把她拥入怀中，声音柔和了下来："熙熙，对不起，哥哥刚刚过于严肃了，你是温家的小公主，这么多年我们把你保护得这么好，真的容不得你有半点闪失。"

"哥，他其实没有那么可怕。"温羽熙靠在温羽哲怀里，声音细细小小的，还有点小心翼翼。她知道哥哥只是担心她，现在她也不敢告诉他，她不仅和欧凛辰贴身相处了，而且欧凛辰已经答应做她的男朋友了，而且他们刚刚差点就……"听话，离他远点。"温羽哲温和的声音不容置喙，嘴角噙着一抹温和的笑容，宠溺地揉了揉温羽熙的头，这才放开她："跟哥哥回家。""回……回家，现在？"温羽熙的小脸上闪过一抹错愕和慌乱。现在回家，她有些话还没有和欧凛辰说清楚呢。

"有何不可？"温羽哲看着她眼底一闪而过的慌乱，微微蹙眉，黑目紧盯着那张小脸。"哥，我想起来我还有事情没有处理，要不你先回去？"温羽熙甜甜地笑看着温羽哲，难得的笑意得体。不过想从他眼底打马虎眼过去可没有那么容易，果然，温羽哲脸色又阴了几分，双手插进兜里，就这么看着温羽熙，邪魅一笑，薄唇瓣缓缓打开："你哥我也不急，我陪你去处理你的事，然后刚好回家一起吃早餐。"他俊朗的容颜上，眼角眉梢都带着邪笑，那双极具穿透力的黑目早就看透了她所有心思，这丫头想故意支开他。

"呵呵。"温羽熙被他的笑瘆得干笑两声，装作不在乎地说道，"哎呀，其实也不是什么重要的事情，我也不急，那我先和哥哥回去吃完早餐睡一觉，然后再去处理吧。"温羽哲诡异一笑，眸光幽深地看了她一眼，知道她刻意躲开他去做什么事，不过他没有直接捅破，转身，颀长的身影，优雅地走在前面。温羽熙拿起自己的包包，硬着头皮跟上温羽哲的步伐。

关好门，她不舍地看了一眼欧凛辰那间房间紧闭的房门，把手机拿出来，转身那一刻给一直站在门外等候的温舞一个眼神，假装小跑跟上温羽哲。温舞紧跟上，不经意间已经拿到了温羽熙一直背在身后的手上的手机，在温羽哲转身消失在拐角后，温舞停了下来，转头走向欧凛辰所在的房间。确定听到电梯关门的声音后，她才抬手敲响了欧凛辰的房门。

以为是温羽熙去而复返的欧凛辰快速地起身前来开门，俊美的脸上染着一层淡淡的温柔。打开房门看到是温舞的那一瞬间，那张俊颜瞬间折射出一股冷意，他看向她，深黑的瞳孔散发出凛冽的光芒。温舞早已经打开了温羽熙的手机，已经开到微信加好友二维码那里，看着黑脸的欧凛辰，她拾起手中的手机，把二维码对着他，亦是目光冷冷地看着他，懒得开口。

欧凛辰冷冷地瞥了一眼手机上的二维码，看清楚那个头像之后，他转身走进房间，在茶几上拿起了自己的手机。温舞看着手机上提示欧凛辰添加好友的信息后，毅然决然地转身离开，一个字都没说过。看着一直面无表情冷若冰霜的温舞，欧凛辰脑海里突然闪过柏俊卿那张俊脸，这两人冰冷的气质有的一拼。他优雅地转身回到沙发上坐下，完美的俊脸上，剑眉舒展，含笑的俊目优雅地落在手机上的那个头像上。

虽然温羽熙那边还没有通过好友添加，可是他看得到她的头像，是一张十分俏皮的笑脸，还比着一个十分老土的耶的手势，不过是她做出来的居然那么可爱。温舞离开没有多久，李泽洲就把欧凛辰的衣服送过来了，收拾好后两人就起身直接去了NR集团。而在回温家大宅路上的温羽熙，虽然温舞已经把手机还给她，可是一路上她都不敢拿出来，因为温羽哲就坐在她身边，她能感觉到他那时不时又落在她身上的目光。

黑色的劳斯莱斯幻影缓缓地驶入一座巨大庄园，那气势恢宏的白色雕花大门上一个拱形的顶架，一个大大的"温"字极为显眼。入了门，首先入眼的就是一个超大的喷泉，巨大的水柱喷射出来又落下，反复循环着，仿佛永远不停歇。车子绕过喷泉这才看到它身后的宏伟建筑，是一个超大的欧式古堡型三层别墅，和其他的古堡一样，白色的墙面，蓝色的楼顶，尖塔的房顶设计，看似简单的外表，却又透着一份简单低调的奢华。一路上，两边都是绿化带隔离的花海，种植着各种鲜花，在阵阵夏风中，泛着迷人的馨香。车子一路行驶到别墅前面的空地上才停下，这里的一片空地用一个又一个长形的高大水池隔开，像是停车位一样的位置，水池里还养着睡莲和金鱼。别墅正厅的门外，两边各五个女佣，五个男佣，足足二十个用人整齐地站成两排，还有一个年纪五十上下的妇人，笑意盈盈地恭迎着。

"大少爷，四小姐，早。"随着温羽哲和温羽熙的靠近，用人们温和恭敬又训练有素的声音响起，整齐划一。"嗯，早。"温羽熙早已经习惯这样的待遇，比起温羽哲冷漠的不吭声，她平时都会有礼貌地轻轻回应一声。在家里，她一向没有什么四小姐的架子，除非有些不长眼的用人自己往她的枪口上撞。

"大少爷，四小姐，早餐已经备好了，二少、三少正在用餐。"中年妇人恭敬慈爱地对兄妹俩颔首着。这位是温家的管家之一，九姨。她的名字里没有九字，温九是她在温家的名号，在温家能走到管家级别的都是可以上温姓的，死后可以选择回乡葬，也有权利选择葬在温家的墓园里。这是温家人对这些对温家有贡献的人提供的一个待遇，她刚好是温家第九任管家，所以得号九姨。听着她的话，温羽熙本来闷闷不乐的小脸上竟然闪上一抹欣喜："九姨，你说三哥也回来了吗？"九姨笑意慈爱地点点头，轻声回答："是的四小姐，三少爷是凌晨两点到家的。"她的话音未落，温羽熙已经穿过豪华的客厅，朝着餐厅飞奔而去。

第四章　温家四兄妹

　　别墅简单的外表下，里面是极尽奢华的客厅，金黄色的水晶体吊顶大灯泛着璀璨的光芒，绝笔或者限量的昂贵名画、名贵的瓷器和摆件随处可见。吊灯的正下方，摆着一架黑色的钢琴，绕过钢琴是一个通往二楼的通透的玻璃旋转楼梯。以钢琴为中心，两边都是客厅坐客区，摆放的都是同款豪华的欧式沙发和茶几，不同的是，左边摆放着电视机，右边则是存放着各种名酒的酒柜，相当于两个功能可以使用。穿过左边的客厅就是白色雕花格架隔开的豪华餐厅，十人位的长桌上摆放着新鲜的花朵、整齐的餐具和诱人的食物。两个动作优雅金贵的男人，此刻正坐在位置上吃着西餐，还有一个华贵优雅又漂亮的年轻女人正在给一个四岁左右的小男孩喂食，主位和一个侧位上，已经摆放好盖着的食物。

　　"小熙熙，你回来了。"男孩一看到温羽熙就笑眯眯地打招呼，肉乎乎的小脸十分俊俏，眉眼之间有一股和温羽哲一样的英气。温涣霖，温羽哲的儿子，小名小宝。"小宝，不得无礼，叫姑姑。"他身边的女人冷声轻轻斥责了一下，柔柔的声音温柔得让人如沐春风一般，一举一动都透着大家闺秀的温婉贤淑。花欣妍，温羽哲的妻子，小宝的妈妈。

“二哥，三哥，大嫂。”温羽熙笑着和几个大人打招呼，这才在温涣霖的前面停下，忍不住伸手宠溺地捏了捏他的小脸：“没事的，是我允许他叫我小熙熙的，这样大孩子的称呼才可以和小宝更亲近，你说对不对呀小宝？”“呵呵，小熙熙，猴子一样皮的大孩子吗？”坐在侧坐第二位上的男人浅浅勾着唇角，蓝色的眸子邪魅地笑看着温羽熙，磁性的声音悦耳动听。一头当下最流行的浅棕色微卷暖男短发，蓬松自然，给人很干净的感觉，一张坏坏的笑脸，俊美突出的五官，完美的脸形，蓝色的眼睛让他看起来像精灵贵族王子一般，左耳上闪烁着亮光的钻石耳钉，给他的阳光帅气增添了几分不羁。

“温羽博，你才是猴。”温羽熙粉嫩的小嘴噘起，十分不悦地瞪着温羽博。哼，臭三哥，刚刚人家听到他回来了还很开心，结果一见面就调侃她。温羽博不以为意地笑了笑，他放下勺子，拿起纸巾优雅地擦拭了一下嘴角，身子微微后仰靠在椅背上，慵懒地看着温羽熙，脸上笑意宠溺：“对呢，我全家都是猴。”“滚，拌嘴别带上我。”坐在他身边的温羽昊很不悦地瞥了他一眼，墨色的冷眸虚眯着，泛着一丝危险。

和温羽博五官都酷似的俊脸上，多了一副金丝眼镜，白色衬衫的领口微微敞开着，袖子卷起到手臂中间，露出白皙的小手臂。白皙的皮肤配上那一副眼镜，再加上一身慵懒邪魅的气质，倒是有一种斯文败类的感觉。温羽昊把目光从温羽博身上收回，看向温羽熙后冷漠的俊颜瞬间又变得温柔宠溺：“熙熙还没吃早餐吧，过来坐下吧。”温羽熙看着自己的餐盘就在温羽博的位置旁边，她很不爽地坐过去，傲娇地侧过一旁不看他。

“哟，小公主还生气了，有没有想三哥，嗯？”温羽博抬手宠溺地揉了揉温羽熙的头发。温羽熙不开心地甩开他的手：“走开，哼！”小手拉起椅子往另一个方向挪了一点。还想继续逗她的温羽博因为温羽哲的进来，把剩下的话都吞回了肚子里，装作若无其事地拿起桌子上的牛奶杯。

"爸爸，刚刚三叔说我们全家都是猴。"原本瞬间恢复安静的餐厅因为温涣霖的一句童言无忌，又开始躁动起来。有温羽熙的憋笑声，有温羽博被刚刚喝进去的牛奶呛到的咳嗽声，还有温羽昊肆无忌惮的大笑，以及温羽哲那即将爆发的怒火。温羽熙低着头憋着笑，温羽博低着头不敢看温羽哲，整个餐厅的气氛极其微妙。

"好了，早晨开个玩笑笑一笑，早餐都冷了，你快吃吧。"花欣妍突然开口含笑看着温羽哲。她的长相是甜美可爱型的，完全看不出来已经上了三十岁的年纪，保养得极好的身材更是看不出是生过孩子的人，一双凤眼炯炯有神，一头齐肩的黑长直发又让她整个人透着一股清冷成熟的魅力。花欣妍是花家的长女，花家在域江城里是继温家之后的第二大家族，是调香世家，独掌失传的调香术以及世代留传下来的老品牌，让花家的香料很受欢迎。

温羽哲和花欣妍从幼儿园就一个班，一直到了大学，虽然不是同班，却也还是校友，称得上青梅竹马的他们是自由恋爱，没有什么家族联姻。温家和花家结亲曾是名流社会的一段佳话，他们一直到现在都是模范的恩爱夫妻。温羽哲的神色柔和了下来，他温柔地看着花欣妍好一会儿，这才拿起餐具。

"我吃饱了，先撤了，你们慢慢吃。"温羽博扔下一句话，逃也似的赶紧离开了餐厅。排行老三的温羽博还是很敬重温羽哲这个大哥的，虽然他还有一个小妹可以欺负，可是每次他欺负完温羽熙都会被温羽哲揍一顿。

温家老大温羽哲三十三岁，是域江城的酒业大亨，几乎所有和酒有关的产业都是他的，那些高级酒吧、娱乐会所也都是他名下的，是比较成熟的年龄，也锻炼了一身的沉稳干练。老二温羽昊三十岁，是最高等大学学府双学位教授，还是个海归的阿拉伯语外教，性情比较孤冷少言。老三温羽博二十八岁，已经是闻名国内外的影帝了，性格和他的外表一样，爽朗暖男，大部分时候都是一副温和的暖男模样。老四温羽熙二十四岁，不用介绍了，这个集万千宠爱的小魔女身上夹杂了很多气质，大哥、二哥、三哥有的气质她都有，还多了自己的一份独有的，那就是腹黑又戏精。

"我也吃饱了，爸爸妈妈，二叔还有小姑姑慢慢吃。"温涣霖扔下擦嘴的纸巾，从椅子上滑下来，追着温羽博出去："三叔，等等我。"餐厅又安静了下来，大家都安静地吃着早餐，只有铁器碰撞瓷器的声音。

而此时，慕家的客厅里，极尽高调奢华，所有的装饰配置都是土豪们最爱的那种土豪金，到处泛着金钱的味道。很具有豪华宫廷风的欧式沙发上坐着一个中年女人，跷着二郎腿，一袭紧身深V的大红色长裙，完美地衬托着那保养得很好的身材。面容虽已不再年轻，但精心打理的发型和妆容很好地遮去了岁月的痕迹，再加上身材和面容都保养得极好，让她依然容光焕发，一副高高在上不可一世的模样。手上、颈上、耳朵上都点缀着很大颗的珠宝钻石，一团珠光宝气，典型的富太太标配。那一张保养得极好的脸上，化着精致的妆容，却依然掩饰不住那一脸的尖酸刻薄和眼底的算计。一个穿着女佣衣服的女孩子双膝跪在她跟前，小手拿着修甲工具正在瑟瑟发抖地帮她打磨指甲。这个高高在上的女人就是现在的慕家主母姜倩青。她进慕家二十年，生过两个孩子，四十几岁的她依然这般身材火辣，诱惑至极，怪不得当年慕鸿风不顾家人反对也要带她回慕家。

依然一袭白色飘逸长裙的姜颖涵出现在楼梯上，抬脚慢慢地往下走，每一步都尽量做到气质优雅、温婉。看着跪在地上的女佣，她神情中带着一抹毫不掩饰的轻蔑，冷冷地瞥了一眼就把目光落在中年女人身上，礼貌地颔首："姑姑，早。"姜倩青这才优雅地抬头，看着姜颖涵眼底那一片青色微微蹙眉，抬手让用人退下去。直到客厅里只剩她们两个人，她那一双充满算计的眼睛才微微眯起，睨着自己那染着红色指甲油的手，冷艳高贵，冷声讥讽道："怎么？这副病恹恹的模样，昨天晚上没见到那个日思夜想的男人？"

对于她这种态度，姜颖涵仿佛已经习惯了，她自嘲地勾了勾唇，脸上是毫不掩饰的失落："看到了，他根本不记得我了。"姜颖涵在沙发上坐下，给自己倒了一杯热茶，惨白的小脸上黑眼圈十分严重，即使用了点儿粉底也遮不住那一脸的颓然。昨晚她失眠了，一夜都在想着欧凛辰留在酒吧那里会和那个女人做什么，他说输了甘愿做她男朋友是不是真的，他难道真的愿意去和一个没身份的调酒师交往吗？各种问题，各种猜测，各种猜不透，让她一夜未合眼。

姜倩青冷冷地扯了一下艳红的唇角，冷笑的脸上越发讥讽，语气也轻蔑起来："都过了二十年了，不记得你也正常，不过他真的是慕瑾城？"姜颖涵轻抿了一口热茶，没有任何精神，犹如被操控的木偶，机械地回答着："他没有承认，不过姑父很确定他就是城哥哥，姑姑，你还记得小时候的城哥哥鼻梁左边有一颗小痣吗？那个欧凛辰也有。"

听着姜颖涵的话，姜倩青脸上的笑意龟裂，那算计的眸底更是染上一层寒霜。从欧凛辰突然在域江城出现她就查过他，不过根本查不到任何东西。她不太相信一个八岁的孩子能在国外存活下来，当年她可是派人追到国外抢了他身上所有的钱财，要不是他跑得快，当时那些人差点儿就能把他杀了，后来慕瑾城就彻底消失了，她也一直认为他死了。但是所有人都觉得现在的欧凛辰就是慕瑾城，因为他的相貌像极了那个女人。

姜倩青算计的眸底闪过一抹一闪而逝的杀意，冷然地看着姜颖涵："昨晚他们聊了什么？""也没什么，不管姑父他说什么，他们的态度都非常不好，聊了没几句气氛很不好，后来又被人打扰了。"姜倩青冷眸微抬："什么人？""一个女调酒师，传言厌恶女人的他竟然和那个女调酒师谈情了，输给她还当她男朋友，昨晚还留在酒吧过夜了，就让那个女的照顾他。"一想到这件事，姜颖涵整个心就好像被什么堵住了一般，连喘气都困难。她实在不愿意去接受那个让她有着疯狂执念的男人就这么和别人睡了。"姑姑，你帮我查查那个女人可以吗？她说她叫白羽熙，羽毛的羽，康熙的熙。"

姜倩青没有在意她嘴里的那个女人，艳红的唇瓣再次勾起冷笑，那一脸的算计逐渐变得恐怖："所以他不是厌恶女人，只是对外宣称的一个谣言？""不是，他很厌恶我，只是不厌恶那个女调酒师，区区一个调酒师，她很漂亮，气质也不凡，蓝色的头发，蓝色的眼睛，像个妖精一样。"说起温羽熙，姜颖涵整个人笼罩着一股愤恨和嫉妒。因为温羽熙的姿色，她真的很害怕连欧凛辰都把持不住。

"昨晚我看到她手上的表了，具体的不知道是哪个牌子的，但是绝对是精品，上面布满了钻石。姑姑，域江城里根本没有什么白姓的大户人家，你说她会是谁？怎么会戴那么贵的手表？"姜颖涵越说越激动，颓然的脸上嫉妒得发狂，大大的眼睛里竟然逐渐染上了水雾，极委屈，一副楚楚可怜的模样。虽然不知道温羽熙具体的身份，不管是姿色还是气质，她与自己相比都占了优势，最主要的还是殴凛辰不厌恶她。

姜倩青看着姜颖涵这般沉不住气，蹙眉冷笑看着她，语气越发尖酸刻薄："在我面前你不要这副模样，这招你还是留着去对付男人。"看着姜颖涵那一副潸然欲泣的模样，姜倩青继续冷声开口，紧蹙的秀眉之间萦绕着一股凛冽，语气比之前更加讥讽："一个调酒师而已，至于令你这般没有自信吗？要么是她勾引哪个富家公子送的，现在又看上了欧凛辰这条大鱼，要么那块腕表就是假的，只是太以假乱真，酒吧那种幽暗的灯光下连你也看错了，总之一个酒吧调酒师是不可能买得起真正的钻石腕表的，带钻石的表就算没有上百万也有几十万，何况你看到的还是布满钻石的。"

姜颖涵赞同姜倩青的话，但是心里隐约觉得那块表还是没有那么简单："姑姑，那块表如果是真的，我可以断定价格不低于一百万。"因为姜倩青的关系，她也一直在上流社会的名媛圈里活动，还没有见过她那些八卦的朋友说过哪个富家公子愿意送一个包养的女人上百万的饰品。温羽熙手腕上的那块手表，仅仅一眼，姜颖涵就知道应该不是自己看错了，她总觉得不是赝品而是真的。

姜倩青那风韵犹存的脸上，一双算计而势利的眸光，别有深意地看着姜颖涵，缓缓扯出一抹阴毒的笑意："涵涵，我教你很多次了，看上的男人就要不择手段得到他，至于那些凑上来的贱女人，不管是富家千金，还是上流名媛，都不要心慈手软。"先用各种手段抢到手，然后再继续用各种手段留住他，女人不心狠手辣，被欺负的永远是你，豪门贵族表面看似光鲜亮丽，背后耍了多少手段才站到今天的地位，她姜倩青是经历过这一切的人。

姜倩青说的这些姜颖涵都懂，只是能不能用在欧凛辰身上她也没有信心，毕竟他和别的男人完全不同。不过不管怎样，她都要先解决那些妄想靠近欧凛辰的女人，那些人都是她的情敌。姜颖涵略显疲惫的脸上强挤出一抹自信的笑容，说道："知道了姑姑，还麻烦你查一下那个女人。"姜颖涵的话姜倩青没有听进去，而是陷入了自己的思绪里："小兔崽子，早知道二十年前就应该继续追杀你，不过来日方长，只要你敢惦记属于我的东西，我照样搞死你。"那妆容精致的脸上因为突然闪现的阴毒而变得有些扭曲。

"姑姑？"见姜倩青没有回应自己，姜颖涵又叫了一声，猛然看到她那一闪而过的阴狠眸光，吓到心中一紧。姜倩青每次出现这样的眼神，那就是有人要被算计了，难道姑姑是要帮自己对付那个白羽熙？姜颖涵想着，脸上的笑逐渐得意起来，小小的调酒师，看你这次怎么跟我抢男人？

"嗯？"姜倩青突然回过神来瞬间收了脸上的阴狠，笑看着姜颖涵，"姑姑会帮你查的。"她的注意力是在欧凛辰身上，至于那个小调酒师她本就不上心，不过既然侄女要求了，她还是意思意思，于是拿出手机找了一个没有备注的电话号码，给对方发了一条信息：帮我查一个叫白羽熙的女人，夜魅酒吧里的一个调酒师。确定发送成功后，她立刻删除了信息，发个信息都这么小心翼翼，可见这女人心思多么缜密。

"我找人查了，需要时间，你等等。"姜倩青那慵懒的声音完全彰显着她的不屑以及漠不关心。"嗯，谢谢姑姑。"看到姑姑在帮自己，心情变好的姜颖涵完全没有察觉她那一份慵懒，只是沉浸在了还没有取得任何胜利的虚拟喜悦中。二十几年的朝夕相处，她很相信姜倩青的办事效率，毕竟她这些年也是用各种手段保住自己在慕家的地位，如今还坐上了主母的位置。

"好了，我看你精神很不好，今天就别去上班了，吃过早餐再去睡睡吧，查到什么我会通知你的。"姜倩青突然收了脸上的算计，看向姜颖涵又是一副慈爱长辈的模样。其实她心里正在谋划更大的阴谋。"知道了姑姑。"姜颖涵很开心，起身心情愉悦地往餐厅走去。从小就是姜倩青带的她，她父母双亡，姜家已经不复存在，是姜倩青带她来到慕家，并且一直像亲生女儿一样对她，她对姜倩青是心存感激的，完全还不知道自己其实只是姑姑的一颗棋子。

在姜颖涵转身之际，姜倩青冷冷地抬眸，看着她的背影，眼底尽是算计与不屑。早期收养，是因为姜颖涵从小就长得很清秀，长大后也会是美人坯子，后面她长大后确实有姿色才开始培养她，只是为了让她钓个金龟婿，以后自己就算没了慕家这棵树，也不至于沦落成乞丐，没想到现在居然还可以当棋子使用。至于欧凛辰，慕鸿风坚持想让他回慕家她没有办法直接制止，但是欧凛辰最好不要有回到慕家的想法，不然她不介意手上再多一条人命，慕家的一切只能是她和她两个儿女的。

慕宅最深处的一个偏园里，一间小木屋贴着高高的围墙而建，外边有一个小小的水车转动着，舀起的水顺着竹条流淌，最后落在一旁小菜园的木桶里。整个小屋萦绕着檀香的香味和白色的烟雾，一声声有序的木鱼敲击声从屋里传出来。屋内，所有装饰都像佛门中的一样，一个神台上摆放着洁白的观音像，神台前面坐着一个满头银发的老妇人，一身素色的粗布衣服，脸上那已经不少的皱纹无声地诉说着岁月的沧桑。她一手拿着佛珠，一手敲击着木鱼，嘴里轻念着佛经。

谁也想不到当年和慕家老太爷年过花甲依然还一起叱咤商场的女强人，慕家曾经的主母苏梓樱，如今竟然过着这样的隐居生活，那一身的粗布衣服出去了外人都不敢相信，她竟是慕家的老夫人。

这时，一个同样上了年纪的老妇人急匆匆跑进来，一脸的欣喜："老夫人，老夫人，有消息了，昨晚慕总又去找那个孩子了，刚刚听姜颖涵说那个孩子就是瑾城，连鼻梁上的痣都一模一样。"语落，苏梓樱手上的木鱼椎子也滑落，在地上弹了几下落在一旁的椅子下。

布满沧桑的脸上，一双已经混浊的眼睛瞬间泛上了水雾，她颤颤巍巍地站起来，有些干裂的唇瓣微微张合："城儿，我的城儿回来了。"她拿起自己的黑木拐杖，泪水滑落，老脸上已经布满了泪痕，她欣喜地拄着拐杖就要出门："他在哪儿，快，快带我去见见他。"她身边的人及时扶住她："老夫人，不可急，我们还不知道去哪儿找他，我们还是再等等。"苏梓樱抬起拐杖捶了一下地面，一脸愤然："阿柔，我等了二十年，二十年了，我的城儿终于回来了，还等什么等？""老夫人，您也知道现在慕家大部分都是听姜倩青那个女人的，您已经许久没有出门了，这样贸然出去会让她起疑的。"

方柔的话让苏梓樱停了下来，她的顾虑不是没有道理，这些年她虽然已经隐居于此，可是姜倩青那个多疑的女人还是经常派人过来给她送吃的，名义上说是送补品看望，其实是变相在监视她。方柔是身边唯一真心陪伴她的人了。苏梓樱突然拄着拐杖转身，走进屋子里的一个更小的小房间，里面只有一张木床和一个衣柜，她打开衣柜拿出一个颜色深棕看着就有一定年头的盒子，打开，从里面众多的首饰中拿出一只翠绿的玉镯，再把盒子放回原来的地方。

苏梓樱把方柔拉到身边，小心地扫视了一下门口的方向，低声和她说道："阿柔，你拿着这个镯子去换点儿钱，找个侦探帮我拍一拍堪儿的活动轨迹，小心点儿。""好。"方柔接过镯子，藏在了衣服里。随后她转身去拿了个竹篮，像平时出门一样悠然离开偏园，一路朝着慕家大门走去。

"站住！"就在方柔准备跨出大门门槛的时候，一个尖锐刻薄的声音在身后响起。她稳了稳心神，转身，坦然看着正在凛冽凝视着她的姜倩青，微微颔首，"夫人，早。"姜倩青上前多疑地扫视了方柔一圈，鄙夷的目光落在空篮里："去哪里？"方柔坦然一笑，不疾不徐地开口："园子里没有芥菜，老夫人让我去买些菜籽，长成了可以拿来熬粥。"

姜倩青蹙眉，一双算计又势利的眸光依然紧盯着她，没有看出什么异样后才不屑地冷哂一声，转身走回主宅。直到离开慕家好远一段，方柔那一颗悬在嗓子眼儿的心才落了下去，她摸了摸藏镯子的内衬衣口袋，小心翼翼地扫视了一眼四周，这才招了一辆出租车，上车就直接报了某个老当铺的位置。

吃过早餐的温羽熙还不知道自己已经被人盯上了，回了房间躺在了自己柔软舒服的大床上，她才敢拿出手机，看着唯一一条新的加好友邀请，她不假思索地按下了接受。对话框一弹出来，她立刻就拨了视频通话过去，大约等了二十几秒，欧凛辰的俊脸才出现在屏幕上。刚到公司的欧凛辰，此刻刚刚在会议室里坐下，并且已经示意了他们开始汇报工作，他的手机就响了。在开会期间不可能看手机的他居然很快速地从口袋里掏出手机，看清楚谁的头像后就按下了接听。要报告这个月以来NR集团在域江城各个线下旗舰店的销售情况的销售部经理已经站起来了，现在不知道自己应该继续站着还是可以先坐下。

看到那张俊脸，温羽熙立刻露出粲然的笑容："辰辰，你在哪里？"俏皮的笑脸出现在手机屏幕上，欧凛辰俊脸不禁柔和了下来，嘴角也不自觉地微微勾起，声音极尽温柔："在公司。""打扰到你工作了吗？"欧凛辰冷漠地扫视了一眼正在张大嘴巴惊讶地盯着他看的其他人，嘴角依然噙着一抹浅浅的笑意："没有。"一边说着他一边站起来，不顾众人诧异的目光，悠然自得地转身，迈开长腿朝门口走去，拉门出去，留下了一室凌乱的下属们。会议室里，欧凛辰一出去，依然鸦雀无声，所有人都低着头，手上忙活着什么，各部门经理的群里直接炸开了。

"女人是吧，刚刚那个？"

"天啊，叫大魔王辰辰，我鸡皮疙瘩掉一地。"

"是吧，总裁谈恋爱了？"

"不是吧，他不是厌恶女人吗？刚刚那么温柔？"

"刚刚他笑了有人看到吗？我想求证我不是幻觉。"

"笑了，我看到了。"

太惊悚了，厌恶女人的冷血大魔王居然和女人视频了，当众视频电话，说话还那么温柔，还笑了。这比火星撞地球还要让人觉得惊悚。淡定的柏俊卿冷冷也看着低头玩手机的各部门经理，凉薄的唇缓缓开启，冷声道："把手机收了，不该八卦的不要八卦，请你们来不是八卦老板的事的。"只是坐着，依然一副冷硬孤傲，气势凌人。所有人立刻收了手机，正襟危坐，不过从柏俊卿那淡定的态度，他们已经可以确定总裁谈恋爱了，而且柏副总肯定也知道对方是谁。这让他们对刚刚那个女人越来越好奇了。

欧凛辰出了会议室，在外面直接找了个地方，颀长的身子背靠着墙，抬起手机对着他的俊脸，那俊逸迷人的脸上一直带着温柔的笑意。"刚刚被我哥直接书走了，没得空和你说声。"温羽熙俏皮的小脸变得一脸歉意。"嗯，我知道。"低沉的声音通过听筒传出来，撩得温羽熙整个人都有些飘了，她小脸微红，小心翼翼地问道："辰辰，那我们的事？""嗯，你不是说要对我负责到底吗？"欧凛辰邪肆地笑着，一向深邃无情的眸底是难得地一直溢着柔情。温羽熙心中惊喜，笑意越发甜美动人，那蓝色的眸底更是毫无掩饰的期待，"那男朋友先生，我中午可以去找你吗？""可以。"

突然，屏幕里多出来一张小脸，一个稚嫩的声音在耳边响起："哦嚯，小熙熙，你男朋友好帅啊。"温涣霖看着与温羽熙视频的欧凛辰，大眼睛闪闪发光，笑得一脸俏皮粲然。知道已经来不及，温羽熙蓝眸微微眯起，威胁地看着温涣霖："嘘嘘嘘，小宝别出去乱说，不然我扔掉你的机器人玩具。"温涣霖的大眼睛依然明净清澈，粉嫩的小嘴上荡着开心的笑容，一点儿也不害怕这样的威胁："好的，姑姑。"转身，俏皮的小脸上划过一抹不易察觉的狡黠。

温羽熙不相信他就这么妥协了，蓝眸紧盯着那个跑出门的小身影。果然，温涣霖刚出她的房门，就扯着嗓门儿大喊："爸爸妈妈，二叔三叔，姑姑有男朋友了，好帅啊，她偷偷地在房间里跟他视频。"一路跑，一路喊，奶里奶气的声音在空旷的别墅走廊里是清润又大声。"辰辰，我这边可能要处理一点点小麻烦，我中午一定过去找你。"知道自己有麻烦的温羽熙只好先把欧凛辰这个新男友晾在一边了，不然她可能中午都出不去。没挂掉视频，温羽熙把手机往床上随便一扔就冲出房间："温涣霖，你站住！"

看着突然出现在屏幕里的灰色的龙猫玩偶，那边已经没有了声音，欧凛辰无奈地摇头挂掉了视频，转身回去会议室。他知道，温家那几个哥哥不会把这个亲妹妹怎么样的。再次回到会议室里，又是一脸冰冷，他坐回自己的位置，抬手示意会议开始，那一脸的淡漠冷然让人产生一种刚刚发生的一切都是海市蜃楼的错觉。温涣霖小小的身子跑得飞快，已经把刚刚的事情一五一十地报告给此刻正坐在客厅里看杂志的三个男人听。

温羽哲，温羽昊，温羽博，像是约好的一般，立刻放下手中的杂志，不可置信地看着温涣霖，同时出声："小宝，你说的是真的？""嗯嗯，是真的，那个叔叔很帅的，可温柔了，姑姑都害羞了。"温涣霖开心地点点头，完全不知道自己这么一报告，温羽熙接下来要面临什么。温羽哲的脸黑到了极致，竟然有人敢打他妹妹的主意？

"哟嚯，给我看看是哪个不要脸的浑蛋敢挖我温家的小白兔，我不废了他。"穿着白色短袖T恤的温羽博挽起那根本不存在的袖子，一副磨刀霍霍要把人痛揍一顿的阵势。温羽昊只是一开始有些惊讶，慢慢也开始坦然了，不过他也想知道对方是谁，能骗到他家小魔女。温羽熙出现在楼梯转口，已经察觉到了楼下客厅那股冰冷压抑的气息，她刚想转身回屋，楼下就响起了温羽哲冰冷的声音，还夹杂着怒意："温羽熙，对方是谁？什么时候的事？"知道逃不了了，温羽熙长长地舒了一口气，心里对自己说：算了，他们早晚都要知道。而后她硬着头皮下了楼。

温羽熙忐忑着一颗心来到楼下，看着三个哥哥审视的目光，她低着头，特别不敢看温羽哲的脸，小声说道："是欧凛辰。""什么？"温羽哲不可置信地看着她，拿着杂志的手骤然握紧了几分，声音也不由得变大，"你们什么时候认识的？"温羽熙犹如受了惊的小白兔，因为他突然大声质问小身子轻颤了一下，从牙缝里挤出不清不楚的两个字："昨晚。"

"啪"，温羽哲把手里的杂志怒摔在茶几上，猛然站了起来，剑眉瞬间紧蹙，眼底隐藏着一股即将爆发的怒火，一股冰冷的气息夹杂着压迫感从他身上弥漫开来，冷眸凝视着温羽熙："昨晚才认识，你跟我说和他交男朋友了，温羽熙，你了解他吗？你知道他是怎样的人吗？你拿感情当什么了？"他心里不禁咒骂欧凛辰这王八蛋，真是衣冠禽兽，平时一副不近女色，冷傲的模样，瞧瞧他早上那一副到处春光乍泄的模样，短短几个小时就把他们家蠢萌的小白兔给骗了，早上他过去道歉的时候还一副不认识的模样在他面前演戏，他昨晚怎么会喝得一醉不醒？

温羽熙害怕地后退了一步，倔强地抬起头，纵然害怕，眼底依然没有一丝心虚和闪躲，冷傲地和温羽哲对视着："大哥，没有谁和谁一开始就是相互了解的，难道不是在慢慢相处的过程中才知道两人合不合适吗？不相处怎么知道爱不爱？所以我现在只是尝试着和他交往，有何不可？他并不像外面传言的那么可怕，他也不反感我，反正我觉得他很干净。"言辞里透着一股傲气和执着。"我赞同熙熙说的。"温羽昊突然开口。欧凛辰他没见过真人，但是由于他的高调，现在域江几乎都认识他，厌恶女人这事他也不知道真假，但是欧凛辰的优秀他挺欣赏的。

"我也赞同。"温羽博也站在温羽熙这边，完全收起了刚刚那一副要把人大卸八块的嚣张气势。温羽昊挑眉，侧目嫌弃地瞥了一眼温羽博，讥讽道："你刚刚不是说了谁敢挖温家的小白兔就废了他吗？"温羽博俊美柔和的脸上，倒也不尴尬，还一脸真挚："这不一样，欧凛辰我打不过，而且据我了解的，他一直不近女色，就这点，我也觉得他挺干净的。"

面对两个弟弟的无原则支持，温羽哲俊脸上浮现出一抹冷冷的笑意，蹙眉冷笑地看着两人："你们两个知道欧凛辰是什么人吗？不是熙熙能去招惹的。"温羽博不以为意地笑了笑："不就慕家那些人嘛，这有什么，熙熙都这么大了，会保护自己。如果欧凛辰是真心的，那他也会保护熙熙的，而且这不也是有大哥你保护着吗？"温羽博抬头看着温羽熙，脸上笑意温柔："熙熙，三哥支持你。"

看着温羽熙那紧握的拳头，明显的紧张，温羽昊身子坐直，一伸手就抓到她的小手。那温暖的大手，轻柔宠溺地掰开她紧握又颤抖的手指，柔声说道："都二十五了，现在谈恋爱不是早恋了，二哥也支持你！""你们两个！三个！"温羽哲气呼呼地看着三个人，他叉着腰仰头重重地呼出一口气，极力控制即将爆发的怒火，想打人又下不去手，而后只能抬手揉着疲惫的眉心，气得不想说话。

而引发这一切的小宝早就跑得不见了踪影，就在刚刚温羽哲加大声音的时候，他就已经知道这事不对劲了，赶紧搬救兵去。前院的玫瑰园里，花欣妍正在采摘玫瑰花，一个小身影朝着她的方向飞奔过来。"妈妈，妈妈，不好了，爸爸又生气了，这次好像很严重。"花欣妍秀眉紧蹙，俏丽的小脸上染上一抹疑惑："怎么了？爸爸为什么生气？"温涣霖一边喘着气一边着急地说道："是我的错，我把小姑在房间里和男朋友视频的事情告诉爸爸了，他现在应该正在教训小姑。"花欣妍脸上闪过一抹诧异："小姑有男朋友了？""嗯，是一个很帅的叔叔哦，不过爸爸知道了就很生气呢。"花欣妍听着赶紧放下手中的剪刀和玫瑰花枝，抱起小宝就往别墅疾步回去。

客厅里，温羽哲神色越发冰冷，深邃的眼底，如同有火焰跳跃着："反正我不同意你和欧凛辰交往，慕家的人太危险了，那个继母不是什么善茬，还有那个慕家二子，出了名的花花公子，你觉得他要是看到你，会放过你这样姿色的？我们保护了你这么多年……""大哥，我不是小孩了，好不容易遇到一个喜欢的人，慕家危险又怎样，人的一生没有一帆风顺的，我不要做一只躲在你们保护羽翼下的金丝雀。"温羽熙直接冷声打断温羽哲的话，蓝色的眸子掠过一抹执着之色，小脸上布满了不屈。

"放肆，是我最近太宠你了，让你开始和我叫板了是吗？"温羽哲深邃的目光愤怒地颤了颤，语气极冷，又带着爆发的怒火低吼出声，深黑的目光凛冽地看着面前一脸不服的温羽熙。这样的目光如刀锋一般锐利，直刺人心。温羽熙不由得心中战栗，小脸上已经梨花带雨，却强忍着不出声，她低下头，委屈至极："我没有。"温羽哲对她从来没有过这般严厉，这一次她是真切地感觉到了害怕。小拳头紧紧握着，指关节都已经泛白，极力克制着心中的委屈，任由眼泪一滴滴滑落在地上。即使心中已经委屈到极点，双唇依然紧抿着不敢让自己哭出声音。看着已经生气到极点的温羽哲，温羽博也低着头，不敢再出声。

"大哥，你吓到她了。"温羽昊起身，把温羽熙护在怀里，无惧地和盛怒的温羽哲对视着。温羽哲看着温羽熙也是心疼的，不过在这件事情上，他不想继续溺爱她，而是坚持自己的原则。他不是反对欧凛辰这个人，只是慕家那些人用的都不是什么台面上的手段，温羽熙和欧凛辰交往，百分之百会吸引到慕家人的注意。他不是没有能力保护温羽熙，只是敌人的手段都是背后耍的，万一他也有失算的时候，让自己最亲爱的妹妹受伤，那后悔就来不及了。与其以后分心抵挡那些人，不如现在就把这个没开始的事扼杀在摇篮里。

第五章　被人跟踪了

花欣妍抱着小宝进来，刚好听到温羽哲刚刚那句话。她不是没见过这样盛怒的温羽哲，但是他对温羽熙生气还是第一次。她放下小宝，疾步朝他走过来，拉起他的手，秀眉微蹙着："阿哲，你吓到熙熙了。"花欣妍看了一眼躲在温羽昊怀里抽泣却不敢发出声音的温羽熙，她也是一阵心疼，看向温羽哲的眸光渐凉，冷声问道："熙熙谈个恋爱而已，你有必要生这么大的气吗？"

"妍妍，她的对象是欧凛辰。"温羽哲俊颜上依然一片冷然，不过声音已经柔和了几分。花欣妍脸上闪过一丝惊愕，稍纵即逝，坦然说道："欧凛辰就欧凛辰，堂堂跨国集团的总裁，配得上我们家熙熙。""这不是配不配得上的问题，只是他和慕家那些恩怨，我不想让熙熙卷进去。"就连花欣妍都站在温羽熙这边，让温羽哲有些无奈。

花欣妍嘴角扯出一抹讥讽的笑意，一脸冷然地看着温羽哲："怎么？区区一个慕家你斗不过，要扼杀自己妹妹的幸福？""不是，我……"温羽哲有些语塞，一身高傲突然变得一脸的无辜。看着他那无奈又绝美的俊脸，花欣妍眼角微微挑起，脸上又出现了温柔的笑容："不是就行了，你生气做什么？欧凛辰如果珍惜我们家熙熙，自然也不会让如涉险，你这个做大哥的要是担心妹妹，私底下保护不就好了。"她顿了顿，俏丽的脸上又闪过一抹郁闷之色，小嘴微微噘起，"你有什么事能不能收一收你那个暴脾气，有话不能好好说吗？一天天的就知道生气、生气、生气，也不见老，气死人了。"温羽哲被堵得语塞，气倒是也消了许多。不过，他生气和他老不老有什么关系，这话的意思怎么还嫌弃他不会老？他不会老不好吗？怎么还能气到她？

"乖，不哭了。"温羽昊声音轻柔地安慰着怀里的温羽熙，大掌轻轻地拍打着她的后背，俊颜上是满满的疼爱。他们三兄弟从小就宠爱这个妹妹，还没有让她这般委屈过。二哥的温柔和大哥的严厉成了鲜明的对比，察觉到温羽哲身上的怒气渐渐消失后，温羽熙终于把心里的憋屈都发泄出来，在温羽昊怀里大声哭了出来。听着温羽熙那委屈至极的哭声，温羽哲心中一紧，俊颜上满是心疼，却只能看着。

"行，既然你们一个个的都支持她，以后谁没保护好她就自己去祠堂受家法。"温羽哲深深叹了一口气，转身走向酒柜后面。酒柜后面还有几个房间，一楼这边还有几个书房和琴房，温羽哲的书房就在这里。"女大不中留咯。"走到转角之前，温羽哲轻轻说了一声，语气里是满满的无奈，不过已经没有了之前的冷意。他这句话无疑是已经同意了温羽熙和欧凛辰的事，不过并不代表他就愿意把妹妹完完全全交给欧凛辰，只要欧凛辰让温羽熙受一点点委屈，他依然会拆开两个人。

"傻丫头，别哭了，你大哥已经同意了。"花欣妍轻轻地拍了拍温羽熙的肩膀，一脸疼爱。在温家，没有人不疼爱这个小公主。

在温羽昊怀里的温羽熙渐渐收了哭声，但是小身子还在一抽一抽的可怜极了，看得他们都心疼。温羽昊轻轻把她拉开，抬手擦拭她脸上的泪水，声音温柔半开玩笑地说道，"我们家熙熙真厉害，欧凛辰那种男人都拿得下了，看来传言中的冷血大魔王也不过如此嘛。"

花欣妍拍了拍温涣霖的小肩膀，示意他出去玩，而后顺着温羽昊的话也略带戏谑地说道："对嘛，我听说了，熙熙一杯鸡尾酒就把他灌倒了，早上你们大哥早早出门就是去看他了。""真的吗？熙熙，跟三哥说说，你是怎么做到的？"他们的调侃让温羽熙一扫之前的阴霾：
"不跟你们扯，我要回房了。"说完红着小脸朝旋转楼梯跑去。

"哎，丫头，跟三哥分享分享你的手段啊，三哥还没女朋友。"温羽博朝着已经跑到楼梯半中间的温羽熙喊道，依然笑得一脸坏坏的。温羽昊冷冷地瞥了他一眼，抬脚毫不留情地一脚踹在他腿上，冷声道："差不多行了，你戏过了。"担忧的目光继续追随着跑上楼的小身影。温羽博不以为然地拍了拍裤子上不存在的鞋印，有些恼怒：
"你踢我做什么，我这不是为了逗一下熙熙，让她开心一点儿嘛。"

突然想到什么，他勾唇一笑："欧凛辰，呵呵，有意思，看来是时候去接触接触这个有可能成为我未来妹夫的男人了。"听着温羽博的话，温羽昊把担忧的目光从楼梯转角收回来，嫌弃地瞥了他一眼：
"你很闲吗？"温羽博往后一靠，一身慵懒，得意地浅笑道："不闲啊，NR集团找我当代言人，我还没答应，有钱收的，给的价钱比我的任何一个代言都要高。"

花欣妍坐在沙发上，原本俏丽温柔的脸上一副严肃冷艳："其实可怕的不是欧凛辰，是慕家的人，最近慕鸿风接触欧凛辰越来越频繁了，看来他是当年的慕瑾城无疑了，这样的话，慕家某些人已经紧盯着他了。""大嫂说得对，我们要防的不是欧凛辰，而是慕家那些人，我们就顺带连未来妹夫一起保护了吧。"花欣妍担忧的目光也看向已经没了温羽熙身影的楼梯，轻轻叹了一口气，"希望欧凛辰真的是熙熙的骑士。""如果他伤了熙熙的心，我一定废了他。"温羽博突然愤愤出声。

客厅暂时安静了下来，花欣妍坐了一下，又回到前院的玫瑰花园继续她没忙完的工作。温羽昊起身去了书房，温羽博没事做只好去找小宝玩了。回了房的温羽熙坐在梳妆镜前，看着自己通红又有点儿微肿的眼睛，小手拉开了抽屉，从众多眼膜中拿出一个绿色的，是快速消除水肿功能的一款定制眼膜。放在眼睛上敷好之后，她就躺在床上，紧闭着眼睛，不知道是在休息还是想着什么事情。

温羽哲坐在书房的办公桌前，眸光盯着手上的文件，却一个字都看不进去。心里想的都是刚刚自己这么凶，熙熙以后会不会害怕他？会不会就不理他了？想着想着，他烦躁地扯了扯自己的领带："温羽哲，你的暴脾气什么时候能改一改？"

"咚咚咚"，门被敲响，温羽哲收了收自己的情绪，冷声开口："进来！"温羽昊推门而进，径直走到温羽哲的桌子前靠着桌子就这么站着，一举一动随意金贵，只是低沉又极具磁性的嗓音却带着浓浓的戏谑："大哥，你什么时候练就了反看文件的功夫？"温羽哲这才意识到，一直心不在焉的，他手里的文件一直都是反着的。窘迫的他干脆直接把文件扔在桌上，身子重重地往后靠，优雅地叠起双腿，冷傲地看着温羽昊："什么事，说吧。"那一脸的淡漠，仿佛只要他够冷酷，那尴尬的就是别人。

温羽昊浅浅勾了一下唇角，笑得有些无奈，不过很快又恢复了一脸严肃倨傲："大哥，要不我们把熙熙的身份公布出来吧，有了温家小公主的光环，慕家那些人应该会有所顾忌。""不可！"温羽哲直接驳了他的想法，"公开熙熙的身份这件事爸爸也想过，但是你想过没有，温家在域江城一直都是一家独大，商场上的对手可不少。在这域江城里，除了花家，你说其他的大家族有多少是真心和我们交好的，熙熙的身份公开了，无疑是给她增加了更多的危险，到时候我们要防的可不只是慕家那几个人了。"

温羽昊听完眉头忍不住蹙了蹙，俊颜上一股冷意。温羽哲说得很对，温家四小姐的身份只是在某些方面让小部分的人不敢动温羽熙，却会让她面临更多不可测的危险。书房里暂时安静了下来，温羽哲低下头，黑目里划过一抹深思，过一会儿他猛然抬起头看着温羽昊："把夜和影都叫回来吧，熙熙身边只有温舞一个我不放心。"温羽昊冷酷的俊颜上闪过一抹赞许，开口道："影可能回不来那么快，老三最近说要休息一段时间，跟他说说让尊先跟着熙熙吧。"温羽哲点点头："嗯，老三那边你去说，我这边会叫人尽快回来。"

不能阻止妹妹寻找自己的幸福，他们只有给温羽熙身边加派保镖，这是兄弟俩达成的共识，温羽昊立刻离开了书房去找温羽博。温羽昊走后，温羽哲拿出手机开始编辑短信，他微微低着头，神色认真迷人，棱角分明的俊颜轮廓精美绝伦，又透着一股说不出来的冷酷，整个人都透着一股成熟沉稳的气质。信息也发出去了，看着桌上的文件，他还是一个字都看不进去。"不知道熙熙怎么样了？"温羽哲小声嘀咕着。早知道刚刚问一下温羽昊熙熙的情况了，现在一个人在这里瞎猜，又拉不下脸去找她。

而已经收拾好自己的温羽熙到楼下，却发现客厅里一个人都没有。看着温羽哲书房所在的方向，她朝着另一个方向的餐厅走去，直接进入厨房里。"四小姐有什么吩咐吗？"女佣很恭敬地询问突然出现在厨房的温羽熙。温羽熙摆摆手："没事，你去忙你的。"说完就直接闪进厨房里。咣咣当当地翻了一阵后，终于翻出一个茶杯和一包茶叶。拿出一个茶叶袋放进杯子里，而后倒下热水，拉着茶叶袋的绳子转了几圈，看着茶水变成浅黄色后就直接把茶叶袋扔进垃圾桶里，端着杯子就离开厨房，朝着另一头书房的方向而去。

其实她也不懂泡茶这东西，看着平时九姨泡出来给他们喝的也差不多就是这个颜色。看着紧闭的书房门，温羽熙纠结着要不要敲门进去，在门外站了好久，眼看着手里的茶都要凉了。她抬手刚要敲门，门就从里面被打开了，吓得她端茶的手微微抖了一下，尴尬地笑道："哥，你要去哪里？"温羽哲看到突然出现在门口的温羽熙，俊颜上也闪过一抹促狭的笑意："去Club。"而后看到她已经穿着得体还背着包包，剑眉又不自觉地蹙了起来："你这是要出门？""嗯。"温羽熙点头轻轻地应了一声，没敢说自己要去哪里。"哦。"明明担心着她，温羽哲却要故意做出一副拒人千里之外的高冷模样。他不着痕迹地瞥了一眼她手里的茶杯，却直接绕过她朝着客厅方向走去。

"哥。"温羽熙看着渐行渐远的高大背影，忍不住出声，"我会小心慕家人的。""嗯。"温羽哲淡淡地应了一声，彻底消失在转角处。看着手里的茶，温羽熙刚要抬起来自己喝掉，一只大手突然伸过来拿起杯子。是去而复返的温羽哲，他拿起杯子把整杯茶都喝了下去，把空杯放回温羽熙手里，冷漠地说道："这茶太淡了，以后泡浓一点儿。"而后优雅地转身，完美的薄唇微微勾起，俊颜上露出一抹温柔的笑意。原本一脸错愕的温羽熙，嘴角也开始上扬，看了一眼手里的空杯子，再看已经消失在自己视线中的高大身影的方向笑得一脸粲然。看来两兄妹对于刚刚的争吵已经都释然了。

温羽熙随后也开着自己的红色法拉利离开了温家庄园。红色的跑车缓缓驶入一栋宏伟大楼前的临时停车位上。下了车的温羽熙抬头看着这栋几乎要高耸入云的建筑，转身又看向它对面那一栋一模一样的高楼，嘴角勾起一个完美的弧度。

她面前的这栋楼就是NR集团，而对面的是EQ集团，那是她的另一个隐藏的身份。NR这栋楼是去年刚刚建成的，与对面的EQ集团是同一个设计师，两栋楼是对称的，一样的高度，一样的面积和外观，就像照镜子一样的存在。两栋楼隔了两条马路和一个小型广场，就像隔岸相望的双胞胎，后来也有人比喻成隔着河的牛郎和织女，彼此深情对视着却触碰不到对方。这两栋楼现在也成了域江城的著名地标，整个城区第一高楼。

温羽熙迈着优雅的步伐走进了NR集团一楼的大厅，惊奇地发现，居然没有一个女人。看来欧凛辰厌恶女人的传闻是真的，连客服前台都是年轻的小哥哥。她没有上去说自己的来意，而是把目光看向了一边的等候区，给自己找了个位置坐下后才拿出手机找到欧凛辰的微信给他发信息。等了一下没见有回复，她拿着手机开始玩起了游戏。

突然一道黑影笼罩她，入眼的先是一双锃亮的皮鞋，熟悉的味道充斥鼻间，温羽熙赫然抬头，就看到了温柔浅笑看着她的欧凛辰。"辰辰。"温羽熙欣喜地站起来，直接扑进他的怀里。

"啪嗒！"身后不远处的李泽洲看着这一幕，手里的文件夹直接掉落在地上，微微张着嘴惊愕地看着。虽然昨晚已经看到过这种场景，但是这一幕远比昨晚的还具有杀伤力。所以昨晚BOSS真的被吃干抹净了才会发展如此迅速？与他一样惊愕的还有那些来回走动着忙活着自己工作的员工，所有人纷纷驻足，不可思议地看着这边，甚至有人不敢相信地揉揉眼睛，以为自己产生了幻觉。

欧凛辰只是转头冷冷地瞥了李泽洲一眼，又转过来看向怀里的人儿，大手轻轻地搂上温羽熙的小腰，语气是在他身上不曾有过的宠溺："你怎么不直接上楼？"温羽熙从他怀里抬起头，笑得一脸俏皮粲然："我怕那些前台不认识我，你又是出了名的厌恶女人，我就不去为难他们了。"欧凛辰眼角微挑，异常俊美的脸上一直覆着一层淡淡的温柔："傻瓜，我已经吩咐过他们让一个叫白羽熙的蓝头发小美女直接上楼了。"

温羽熙因为他帮自己隐藏真实身份而有些错愕，不过听到后面的话，那粉嫩的小嘴上瞬间荡漾着开心的笑容："咦，你夸我小美女我也不会开心的，只会哈哈大笑，哈哈哈……辰辰，你嘴巴真甜。"看着她笑得粲然肆意的小脸，欧凛辰的嘴角扬起越发完美的弧度，带着邪肆的目光看着她，微微低头腹黑邪佞地说道："好像我嘴巴还有更甜的时候。"温羽熙看着突然靠下来的俊脸，视线落在那性感的薄唇上，立刻领会了他话里的意思，小脸瞬间爬上一抹红晕，小手轻轻捶了他一下，娇嗔道："你还是高冷一些好，这样我有点儿受不住！"

"呵呵……"欧凛辰看着她那面带红霞的小脸，难得地笑了，声音从胸腔里发出来，低沉又魔魅。这小女人早上大胆撩他的时候可不是这副娇羞模样。欧凛辰低眸看着她，俊颜上依然笑意温柔："去吃午饭吗？""其实我比较想吃你。"温羽熙不假思索地说出这么一句。"嗯？"欧凛辰微微有些怔住，这丫头刚刚是不是讲了什么虎狼之词？"呵呵。"意识到自己又不矜持的温羽熙干笑了两声，打哈哈道，"我就是来找你一起吃午餐的。"欧凛辰无奈地摇摇头，拉起她的手往电梯方向走去。

还在错愕中的李泽洲终于回过神来，弯腰捡起地上的文件夹，疾步跟了上去。走着走着他又觉得不对劲，自己跟上去是不是就是当电灯泡了？李泽洲的步子越来越慢，越来越小，就在他脑子里头脑风暴想着要什么理由让自己不用跟去的时候，总裁专用电梯"叮"的一声到了，看着缓缓打开的门，他心里一阵哭笑不得。

只是当电梯里出现两个高大金贵的身影后，他又犹如看到救星一般双眸发光。电梯里的柏俊卿和墨丞轩看到欧凛辰和温羽熙相握的手也是微微一愣，随即识相地往一旁挪了个位置。欧凛辰拉着温羽熙悠然地走进电梯，李泽洲紧跟而上，直接往柏俊卿身边凑。宽敞的电梯，欧凛辰和温羽熙单独站着，三个大男人却一起挤在一个角落里，你怼怼我，我怼怼你。

墨丞轩大大的眼睛里充满了疑惑，他早上没有过来参加早会，根本不知道两人视频电话的那一幕，突然看到手拉手的两人，他特别想知道昨晚到底发生了什么，让他们就这么发生了质的飞跃，这都拉上手了。温羽熙总感觉他们一直在看着自己，连耳尖都开始红了起来，通过电梯里的镜面看到欧凛辰依然一脸坦然，她又微微低下头，尽量让自己不要那么紧张。电梯终于停在地下停车场，欧凛辰带着温羽熙先出来。

后面的李泽洲如释重负一般，出来先是大口呼吸了一下新鲜空气，跟在柏俊卿身后尽量降低自己的存在感，他不想给欧凛辰开车。"哥，我们去哪里吃饭啊？中国菜还是西餐？"墨丞轩不合时宜的声音响起，追着欧凛辰就要跟上去。柏俊卿快速拉住他："你刚刚不是说要吃火锅吗？我们去火锅城。"面无表情的俊脸扯起谎来也没什么变化。"我没有说要吃，嗯嗯嗯……""你刚刚说的，说太久没有吃辣的，特别想吃。"柏俊卿直接捂住他嘴巴，把人往自己车子的方向拉。"嗯嗯嗯……"墨丞轩使劲地摇头，求救的目光看着欧凛辰的背影，完全没有领悟到柏俊卿这么做的意思。

"辰辰，他们干吗？"温羽熙一双蓝眸懵懂地看着柏俊卿把墨丞轩粗鲁地塞进车里，小脸上满是疑惑。欧凛辰冷漠地看着嬉闹的两兄弟，缓缓地把视线收回来，温柔地看着温羽熙，"不用管他们，你想吃中餐还是西餐？""呃……中餐吧。"温羽熙秀眉有些蹙着看着也已经上了车的柏俊卿，"不叫上他们吗？他们都还不认识我呢。"

欧凛辰再次把冷漠的视线看向柏俊卿的车，随后看向一边不知该何去何从的李泽洲身上："跟他们说去麒麟轩，你要是不想跟我就上老二的车。""啊？哦！知道了BOSS，我们一定尽快跟上。"李泽洲先是有些微愣，随后立刻一阵窃喜，快步上前识相地把车钥匙递到欧凛辰手里，连嘴角都压不住地上扬，"BOSS，开车小心。"而后跟温羽熙微微颔首，逃也似的朝柏俊卿的车跑去。

"辰辰，他们好像不想和我们在一起，他们是不是不喜欢我和你在一起啊？"温羽熙蹙眉看着刻意远离的李泽洲他们，小嘴微微噘起有点儿不开心。"别乱想，他们只是不想当电灯泡而已，走吧。"欧凛辰拉着温羽熙朝他的车走去。欧凛辰先是绅士地打开副驾的门，手掌撑在车门框上护着温羽熙的头让她坐进去，而后自己才转过另一边去。

而另一辆车上，热闹得很。"柏俊卿，你没事捂着我嘴巴干吗，还有我什么时候说过要吃火锅了？"墨丞轩还在恼火刚刚柏俊卿对他的粗鲁。柏俊卿无语地白了他一眼，俊脸上依然冷若冰霜面无表情："你想当电灯泡的话现在就可以下车。""别吵了，这个灯泡谁也逃不了，BOSS说了麒麟轩。"李泽洲开门进来，打断两人的争吵。车内顿时安静下来。看着欧凛辰的车子已经启动出去，柏俊卿也踩下油门，白皙的十指握着方向盘流畅地转动跟了上去。他们的车子离开NR集团后，一辆不怎么显眼的轿车也随着跟上了，轿车后面还跟着一辆看似普通却是经过改装的车子。

一路上温羽熙都很安静，突然不知道要和欧凛辰聊什么。她不知道欧凛辰开车的时候喜不喜欢被人打扰，也不知道他喜欢聊什么话题。"你哥哥知道我们的事了？"安静了一段时间后，欧凛辰终于开口打破了这份宁静。温羽熙坦然一笑，一脸的不以为意，慵懒地说道："嗯，都知道了，我大哥还骂了我一顿，担心我和你在一起会被慕家的人盯上，我二哥三哥没有反对，后来也不知道怎么的我大哥也同意了。"

听到"慕家的人"几个字，欧凛辰握着方向盘的手不由得紧了紧，眉头也忍不住蹙了起来，俊颜阴沉了下来。他侧目看了一眼坦然慵懒的温羽熙，薄唇轻启缓缓开口："即使知道有危险你也要和我在一起？"淡淡的语气很冰冷，却又带着一丝期待。温羽熙转过头看着欧凛辰，温暖地勾了勾唇角，坦然一笑："你也会保护我的不是吗？"那俏丽的小脸在一双清澈干净的蓝眸映衬下更加美丽动人。欧凛辰侧目猛然撞进那双清澈干净的蓝眸，心中颤动了一下，冷峻的俊颜上渐渐染上温柔的笑意，他轻轻点头："嗯！"浅浅的一声，十分认真。在往后的日子里，欧凛辰也完全贯彻了这一个诺言，随时护着她。

很快，柏俊卿就察觉到了后面跟踪他们的车子。"我们被跟踪了。"他猛踩油门直接超了欧凛辰的车，一路疾驰远离。欧凛辰一开始只是觉得他们玩这种超车游戏无聊，而后却不经意间通过后视镜看到了后面的车子，他看着前面已经绝尘而去的车子，猜到了点儿什么，也用力踩下油门。"怎么了？"温羽熙对他的突然加速有些不解。"我们被人跟踪了。"欧凛辰冷冷地扯了一下唇角，眼底寒意显现，冷冷地瞥了一眼后视镜，又快速收回来，脚上踩油门的力气越来越大，整个车子飞快地在不多的车流中穿梭着。

温羽熙微微倾身看了一眼她这边的后视镜，后面确实有一辆车快速跟上了他们，不过在后面还有一辆她很熟悉的车，她坦然地笑了笑，不疾不徐地开口，"没事，跟就跟吧，螳螂捕蝉，黄雀在后。"虽然一时间还没有领悟到她话里的意思，欧凛辰的车速却慢慢地降了下来。如果车里只是他一个人，他会毫无顾忌地加快车速甩掉后面的车。车子最后在一栋外表全部是用红木搭建而成的中国风建筑前的停车场停了下来，柏俊卿的车早就停在那里了。欧凛辰的车停下后，后面两辆车也跟着他们进了停车场，不过车上的人都并未下车。

看到他们刻意甩开的车子也跟来了，柏俊卿很不解，难道欧凛辰谈恋爱昏了头，这么破绽百出的跟踪都没有发现？察觉到他的疑惑，欧凛辰牵着温羽熙的手经过他们的时候轻声说："小喽啰，不必理会。"而后带着温羽熙优雅地走在前面。看到紧随的另一辆车子后，他已经知道了温羽熙那句话的意思。那辆改装过的车里是温羽熙的人，毕竟被温家保护得滴水不漏的温家小公主怎么可能一个人自己出门。墨丞轩耸耸肩，也跟了上去，大佬都不急，他也没必要着急。

面前的两层建筑物，放眼过去一片红棕色，与周围的高楼显得格格不入，却又气势凌人。牌匾上金色的"麒麟轩"三个大字更加彰显着它的气派。麒麟轩是域江城里最有名的中国菜代表餐厅，是众多达官贵人都喜欢来的一个餐厅，能来这里吃饭的意味着都是有钱、有身份的人。

他们刚刚下车走向门口，另一辆黑色的私家车也缓缓驶入停车场，车内一双恶毒的眼睛紧盯着两手相握的欧凛辰和温羽熙。"倩青，你在看什么？"坐在她身边的女人出声问道，顺着她的目光只看到几个身影金贵的年轻男人走进了大门。姜倩青立刻收去眼底的恶毒，浅笑道："没事，好像看到了一个老熟人，我们也进去吧。"

欧凛辰他们进了餐厅，直接被服务员带去了二楼的一个包厢。

整个餐厅到处都泛着浓浓的中国风，红色的灯笼，深红雕着金丝云纹的帷幔，窗户上、门槛上都是红色镂空雕花。地板是木制的，墙上的装饰都是梅兰竹菊的国风画，走廊上的绿植也是用青花瓷瓶装的富贵竹，整个餐厅的装饰没有哪一件是采用西式风格的东西。

停车场里，车里面的男人看着相机里的照片满意地笑了笑："这钱不好赚也是赚到了，第一次偷拍个人还要考验车技。"他刚刚把相机收好，车窗却被人敲响了。一个身穿黑色工装套装、戴着黑色鸭舌帽的女人冷着脸敲响了他的车窗。"小美女，有事吗？"车里的男人拉下车窗，一脸猥琐地看着满脸冷意的温舞。温舞并未开口，伸出手，一双黑目凛冽地紧盯着男人，目光如刀锋般让人不寒而栗。那只白皙的小手手掌却有着大大小小的薄茧以及伤痕，一看就是常年训练留下的。

男人看着温舞那副冰冷的样子，脸上猥琐的笑意瞬间龟裂，背后发凉，却依然硬着头皮说道："小美女，我这是真的不知道你要表达什么？我们应该不认识吧。""相机！"没有耐心的温舞终于开口，清脆的嗓音本来很好听，却冷如寒冰。"什，什么相机，我不知道你说的……""咚"的一声，车里的男人被温舞直接按住后脑勺儿撞在了方向盘上，暂时晕了过去。

温舞转到车子另一边，打开车门拿出男人放在驾驶座上的黑包里的相机，大概地翻看了一下就看到了刚刚偷拍温羽熙和欧凛辰的那些照片。她把照片全部删除掉，而后又把整个内存卡拔了出来掰断，才把相机放回包里。而后她坐回自己的车里，才给温羽熙发信息报告了刚刚的情况。

包厢里，五个人坐下，谁都没有开口，气氛有些尴尬。温羽熙是不知道该如何开口，柏俊卿他们是一身的不自在，他们还没有和女人吃过饭。曾经也会遇到带着女秘书的合作商或者合作商就是女人的饭局，可是商业上的饭局和现在这种不一样。

"你想吃什么？"欧凛辰把菜单递给温羽熙，打破了一时间的诡异气氛。温羽熙看了一眼菜单，秀眉蹙了蹙："你们吃什么我就吃什么吧，我不挑食的，也不知道你们能不能吃辣，反正我爱吃辣。""我能吃辣！"墨丞轩突然爽朗地开口，抬起的手因为欧凛辰凛冽的目光又慢慢放下。"点你喜欢吃的就好，不用管我们。"欧凛辰看着温羽熙，俊颜上又恢复了难得一见的柔和。温羽熙感激地笑了笑，干净纯粹："那我要一个水煮牛肉，还要一个剁椒鱼头。"

其他人也都点了平时他们爱吃的菜，温羽熙的手机这时叮咚响了一声。她拿出来看了一眼，就看到温舞发过来的信息：那男人是跟着欧先生的，已经处理了。说这话不是没有依据，因为那个相机里拍的照片几乎都是欧凛辰的，只是温羽熙就在身边也入了镜头，不过并没有正面，拍摄者的注意力似乎都在欧凛辰的身上。温羽熙毫不避讳地把短信内容给欧凛辰看，一脸玩味地说道："是不是觉得你厌恶女人，有些男人开始对你产生兴趣？"

其他三个人都不解地抬眸看着温羽熙，完全不明白她这话是什么意思。看着短信的欧凛辰，那张俊脸上瞬间折射出一股冷意，整个人也渐渐冷了下来。他回到域江城一个月，知道很多人都查他，但是遭人跟踪还是第一次，不用想也大概猜到了是谁的人。

欧凛辰敛了敛眼眸，掩去眼底的寒意，嘴角扯开一抹邪魅的弧度，目光邪肆地看着温羽熙："所以你还是看得紧一点儿，别让别人抢去了。"开着玩笑的话，眼底却泛着令人难懂的复杂情绪。"切！"温羽熙不以为意地笑了笑，"除非你配合，不然谁拉得走你。"那浓密如蝶翼般的睫毛闪了闪，蓝色干净的眸底却闪过一抹执着。她不会让人抢走自己的东西的，更何况是男人。

"我去个洗手间，你们先聊。"相比于一开始的紧张和尴尬，温羽熙已经坦然，整个人渐渐自然了起来。温羽熙离开包厢后，李泽洲还是顶着可能被赶出去的压力开口了："BOSS，你对这个女人是认真的吗？我根本查不到有白羽熙这么一个人，除了她在国外用这个名字参加过几次规模蛮大的宴会。"他昨晚查到凌晨三点，没有一丝线索，今早来了公司之后他没去开会就直接又继续查，可是还是没有白羽熙这么一个人，只是查到了几次温羽熙在国外参加商务宴会的时候遗留的一点儿记录。

欧凛辰淡淡地勾了勾唇，悠闲地说道："因为她不叫白羽熙，她的资料不用查了，以后你们叫她白羽熙就行，至于她具体的身份，等她愿意告诉你们的时候自然会说。"这么神秘？听着欧凛辰的话，连一直面无表情的柏俊卿脸上都忍不住露出一抹新奇。"哥，你是不是已经知道她是什么人了？"墨承轩大眼闪闪发光，一脸好奇地看着欧凛辰。欧凛辰身子微微往后靠，抬手解了领口的一颗扣子，慵懒地开口："嗯，信得过的人。"

墨承轩眉头忍不住蹙了蹙，有点儿不悦："都是你的女朋友了，她的身份连我们也不能说？"欧凛辰微微眯起危险的眼眸，深邃的眼底闪烁着厉色，冷声道："你只要知道她以后就是你嫂子，她和我们是一派的人就行了。"墨承轩缩了缩脖子，瞬间闭了嘴，立刻掩去脸上的不悦。柏俊卿一直淡定地听着，欧凛辰不说，他也就不问了，他现在只要知道，这个女人是兄弟的女朋友，以后要加以保护。

温羽熙离开包厢后和一个女人擦肩而过，那人看着她的眼神充满不屑和疑惑，不过这时她包里的手机响了，她并没有注意到人家的目光。随着温羽熙进了卫生间，那个女人也跟着进来了。温羽熙看了一下屏幕上的备注，笑意粲然地按下了接听："哇，亲爱的，这么多天终于想我了，舍得给我打电话了。""温羽熙，做你的白日梦，你干吗不先给我打电话……"听筒那头传出来一声暴躁的女声。

温羽熙赶紧把手机从耳边拿开，一脸嫌弃地把手伸得老远，确定那边没有吼叫声了才放回耳边："你是不是又失恋了？""滚！"那边的女人又是一阵怒吼，随后语气又软和下来，"明天有一批原石要进赌石市场，听说这批料子都算是今年难得一遇的上等毛料，你要不要过来试试？"温羽熙秀眉蹙了蹙，蓝眸里划过一抹纠结："你那里的明天，那我岂不是现在就要订机票飞过去？""话是这样说没错，所以你来不来？"听筒那边的女人又开始暴躁起来。

温羽熙思虑了一下，爽快地应下："去啊，怎么不去，等我吃个午餐就去飞机场。""嗯，那我睡觉了，明天见！"那边留下这么一句话又暴躁地挂掉了电话。"这女人肯定又失恋了。"温羽熙看着被挂掉的电话，很淡定地嘀咕了一声，把手机放回了包里。

她刚刚的对话都被一直在外面洗手台洗手的女人听得一清二楚，不过并不知道是什么意思。温羽熙开门出来一眼就看到了洗手台前那个打扮前卫妖艳的中年女人。而且正在用一种说不出什么感觉，反正就是让人很难受的眼神通过镜子紧盯着她。温羽熙自然察觉到了女人看着她时那诡异的目光，不过既然是不认识的人，她并没有过多在意，洗了手就离开了。

姜倩青看着温羽熙的背影蹙着眉头，充满算计的眸子里也是疑惑，明明只是一个调酒师，为何身上都是看似简单却又价值不菲的东西？今天的温羽熙没有戴那块蓝色的钻石腕表，只是戴了一根看似非常普通的红色手绳。但是上面的金丝线和唯一的硬币一般大并且带着凤尾花纹的金片，又说明了这个看似简单的手绳其实也是价格不菲。这个手绳是爸爸亲手给她做的，上面的金片是纯金的，金丝线也是用最上等珍贵的金丝。出自享誉全球的珠宝大亨之手的手绳，如果放在市面上必定是价格不菲，而今戴在温羽熙手上，对她来说更是无价。那一条看起来普普通通的裙子，是香奈儿的新款，并没有真正上市，旗舰店都是买不到的。那个小包包虽然是爱马仕去年的款了，但也是当时的限量款。脚上一双简单的小白鞋也是古驰的最新款。

所有的这一切，让姜倩青觉得，昨晚姜颖涵看到的她手腕上的手表也是真品。姜倩青拿出包里的手机，找到早上发信息的那个号码，又编辑了一条短信过去：那个白羽熙查到了吗？查得仔细一点儿。

第六章　不安定的慕家

　　温羽熙回到包厢里，看到几个男人静悄悄的都不说话，菜暂时也没有上来，她自然地又在欧凛辰身边坐下。看着另外三个人都在充满好奇地偷偷瞄着她又不敢瞄得太明显，温羽熙笑意粲然地先开口了："刚刚还没做自我介绍，你们好，我叫白羽熙。"空灵的声音悦耳好听，就像清晨的露珠缓缓滴落在水中一般清润柔和。

　　"柏俊卿！"柏俊卿先开口，一直冷若冰霜的他给了她一个难得一见的柔和笑容。"小嫂子，我叫墨丞轩。"墨丞轩笑得一脸爽朗粲然，迫不及待地介绍着自己，看着一旁冷脸的欧凛辰又微微收敛了自己的张扬。"老板娘，我叫李泽洲，是BOSS的助理。"相比于柏俊卿和墨丞轩的自信，李泽洲就显得有些小心翼翼，时刻都在关注着欧凛辰的表情变化。"呵呵，你们别乱叫，以后叫我熙熙就行了。"温羽熙不好意思地摆摆手，嘴角却压不住地上扬，心里乐开了花。欧凛辰侧目看着身边偷乐的小女人，一脸温柔，嘴角的笑意也渐渐扩大。

　　温羽熙突然想起刚刚在卫生间看到的那个女人，收了脸上的笑容，小脸严肃地看着欧凛辰："对了辰辰，刚刚我在卫生间遇到一个女人，总觉得她看我的眼神怪怪的，你说我有什么不妥吗？"欧凛辰自上而下认真地看了她一眼，缓缓开口："没有，都很好。"温羽熙微微低头，一脸疑惑地嘀咕："那女人盯着我像是要把我看透了一般，咦，好可怕。"说着还不禁抖了一身鸡皮疙瘩。听着她的话，欧凛辰给了她一个温柔的笑容，安慰道："或许人家只是看你太漂亮了，嫉妒了。"

温羽熙并不觉得是这样的，她遭到的嫉妒眼神多了去了，没有哪个人的眼神是这样的，刚刚那个女人就好像要把她剥了一般。"可能吧，谁让本小姐绝色倾城。"温羽熙坦然一笑，脸上是不在乎了，可是记在了心里。

几人随意地聊了一会儿，菜就上来了，欢乐的时光总是过得飞快，在一片祥和中结束了这顿和以往都不一样的午餐。几人出来到车边，柏俊卿一眼就看到了旁边车里那个似乎是晕了过去的男人，冷酷的俊颜闪过一抹讶异。是有人帮他们？他凛冽的目光落在了再过去一个车位的那辆改装过的车子上，车窗紧闭，完全看不到里面有没有人，可是他却隐约感觉到了，整个车子都散发着一股冷意。

"他不就是刚刚跟踪我们的那个人？怎么晕了？"墨丞轩靠近那辆车，弯腰仔细看了一眼车内的男人，确确实实是晕死过去了。"是有人帮我们，还是他也得罪了别的人？"李泽洲拉开了另一边车门，看到了黑色包里的相机。他拿出来翻看了一下，里面什么也没有，一脸的疑惑：'什么都没了，内存卡也被拔了，应该是被人拿走了。"

而早就知道这一切的欧凛辰一脸坦然，只是对于突然抱住自己的小女人有点儿不解。离别之际，温羽熙很不舍地抱着欧凛辰的腰："辰辰，我有点儿事要出国几天，你会想我吗？"欧凛辰眉头微微皱起，俊脸有些错愕：'为什么突然出国？"温羽熙抬头看着他，笑得有些邪肆狡黠："就是国外有些好宝贝等着我去发掘。"她没有说自己要去国外赌石，自己的另一个身份还没到告诉他的时候，一下子脱完马甲就不惊喜了。

欧凛辰微微敛眸，墨瞳中亦是有些不舍，并没有追问她要去做什么，只是把人往怀里带了带："嗯，万事小心点儿。"温羽熙微微踮起脚在他的薄唇上印了一个吻，俏皮地笑着："我会给你带一个价值连城的大宝贝回来的。"纵然不舍，温羽熙还是主动放开了欧凛辰的腰，退离他的怀抱，毅然转身走向温舞的车。再不果断一点儿的话，她怕自己越腻歪越不舍。认识还不到一天，她也不知道自己怎么就这么迷恋这个还完全不了解的男人，对他的不舍就像是相恋已久的恋人般的感觉。

欧凛辰的怀里突然空落，他的心也跟着空了一块。他目送着温羽熙上车，车子又慢慢离开停车场，最后驶入车流中再慢慢远去，直到完全消失在他的视线里。已经坐到车里的柏俊卿看着温羽熙上了那辆刚刚也是一路跟他们到这里的车，俊颜上闪过一抹讶异。同时讶异的还有同样目送了温羽熙上车的墨丞轩和李泽洲，两人对视了一眼，都只有一个问题：她到底是谁？

欧凛辰靠在车旁，视线却一直没有收回来，眼底一直有着一抹让人看不懂的情绪。其实连他也不懂，他不懂自己怎么就这么放心温羽熙，他不懂自己为什么这般迷恋她，他不懂自己的心为什么会对一个认识都不到一天的女人剧烈跳动着，他不懂自己为什么就能自然而然地对她温柔，对她宠溺，对她百般顺从。太多的疑惑困扰着他，可是他却不想去解决这些困扰，而是任由自己就这么沉浸。有人爱着、想着、念着，有个可爱的声音一直在耳边叽叽喳喳烦个不停，这种感觉很温暖。

柏俊卿的车里，墨丞轩也早就坐进来了，看着外面一直站着不动的欧凛辰开始有些担心起来："二哥，你说大哥他不会有什么问题吧？"柏俊卿也蹙着眉头看着欧凛辰，一直面无表情的俊颜闪过一抹担忧，只是他也完全看不懂现在的欧凛辰："我也不知道，应该没什么问题吧。""这小嫂子还挺神秘的，刚刚那辆车也是跟着我们一路吧？""嗯，那个男人应该是那辆车里的人处理的。""神神秘秘的，也不知道是男是女，反正下手挺重的。"墨丞轩想起那个晕倒的男人额头上起的大包都忍不住背后发凉。

　　许久之后，欧凛辰收回目光，转成冰冷的视线落在隔壁车位上的那辆车上。车里的男人还晕在驾驶座里没有清醒。"泽洲，把他带回去！"凛冽的声音没有丝毫温度。丢下这么一句话，他转身打开车门就上了车，启动然后油门一踩，车子慢慢离开停车位。温羽熙不在身边，欧凛辰又恢复了那一副冷死人不偿命的模样。

　　柏俊卿见欧凛辰开车走了，也踩下油门跟了上去。看着已经驶离停车场的两辆豪车，李泽洲看向身边那辆破车风中凌乱。所以他要开这辆破车，还要带着这个男人，一会儿还得自己一个人把他弄到后座！"这三个人越来越无情了！"李泽洲忍不住吐槽了一声，还是认命地开始把驾驶座上的男人拖出来。一切准备完毕，他终于坐上了驾驶座："手动挡的！你一会儿别给大爷我熄火就行。"车子虽然普通，可还是坚持到了郊区一栋看起来崭新却完全没有人烟的小型别墅外，只是一路震得李泽洲尾椎都疼死了。

　　欧凛辰和柏俊卿的车已经停在别墅的院子里了。李泽洲的车一到，立即有两个保镖把后座那个晕倒的男人拖了出来，直接拖进别墅一楼的一个房间里。房间里，窗帘都是拉上的，黑暗中，一个男人坐在椅子上，背对着进来的人。"把他弄醒！"欧凛辰凛冽地开口，依然背对着他们而坐，并未转过来。随着一声泼水声，躺在地上的男人渐渐捂着剧痛的额头呻吟着慢慢苏醒然后凝神，入眼的却是一片漆黑。

　　"谁？"他惊恐地出声，整个房间都有从他身上散发出来的寒意。紧接着窗帘被拉开，刺眼的亮光让他不禁又闭上眼睛，等缓过来睁开的时候，才慢慢看清楚房间里的几个人。坐在沙发上的墨丞轩他一眼就认出来了，逐渐适应亮光的眼睛也慢慢看清楚了靠着窗边而站的柏俊卿。不用说，那坐着的人肯定是欧凛辰了。窗外耀眼的亮光打在欧凛辰身上，让他整个人都笼罩着一层金色，可是在身后的这个男人看来，他身上的不是金色的光而是黑色的戾气，让他寒毛直竖。

"欧……欧总，我也是拿钱办事的，是有人给我五万块让我跟踪一下你经常出入的场所，以及拍几张你的正面照。"没有任何逼问，男人却自己全部招了。"是谁？"欧凛辰俊颜上十分冰冷，似乎有着雷霆之怒。"我……我……我，我也不认识，是一个看着已经有六十几的老太婆了，穿着粗布的衣服，我本以为是个没有钱的，她找到我却直接给出了五万块，而且还说如果拍到的照片够清晰的话还可以加钱。"答案并非心里想的那个人，欧凛辰眉头紧蹙，身上的冷意不减反增，不断地向四周弥漫开来。

不是姜倩青，那还会有谁？六十几的老妇人？欧凛辰脑海里突然闪过一张和蔼可亲的笑脸，他只觉得心脏一阵揪痛，忍不住抬手捂住。"辰……"柏俊卿担忧地上前。欧凛辰抬手制止他："我没事！放他走吧！"所有人都很讶异，不过还是放走了那个男人。

男人开着自己的车逃离了别墅，直到完完全全看不到身后的建筑物他才把车停在了路边。他坐在车里不断拍打着自己的胸口，大口大口地呼气，缓解自己刚刚差点儿被吓得心脏跳出来的恐惧感。看着已经破烂不堪的相机，他脸上并没有任何痛意，反而诡异地勾了勾唇。干他这一行的，难免会被人反抓，一旦被抓到相机和底片肯定会被毁掉，还好他有拍了照就直接上传云端的习惯，即使相机和内存卡都毁了，他的照片还在。

别墅房间里，欧凛辰看着窗外："派人跟着他，你们都出去吧，我想一个人静一静。"直到所有人退出去，欧凛辰拿出自己的钱包，在最深处的夹层拿来一张非常陈旧的照片，皱皱巴巴的已经失真。照片上有五个人，四个人都带着幸福的笑容，却有一个人的头被东西贴住了。欧凛辰修长的手指滑过上面一个老妇人的笑脸，嘴里哽咽地轻轻叫了一声，"奶奶！"他缓缓抬起头看着窗外，深邃的墨瞳里弥漫着水雾，就这样坐了许久许久。

男人逃出来后转了许久才找到了回市区的路。他刚刚回到自己那个隐秘的侦探事务所，就看到了站在门口等待的方柔。"你这钱我赚得太不容易了，被欧凛辰抓到差点儿要了我的命，五万块的照片费，我把照片给你，以后你不要再来找我了。"男人看到方柔就是一顿吐槽。原本他还想着只是偷拍，这么简单的事情就能赚五万块，没想到先是被一个女人撞晕，后来又被欧凛辰抓住，差点儿没把他吓死在那个房间里。

"那你拍到照片了吗？"方柔有些期待地看着他。"我现在洗出来给你，你拿着这些照片回去，以后不要再来找我了。"方柔拿着照片，一脸欣喜地离开了事务所，却不知道自己已经被人拍了照。她拿着照片回到了慕家，姜倩青出去了还没回来，不会有人拦着她搜身，她小心翼翼地回到了慕宅深处的偏园里。

小屋里，依然是有序的木鱼敲击声，苏梓樱依然坐着念佛经。二十年前，欧凛辰被送走后，苏梓樱也被气病了，这一躺就是五年，五年后她病愈，却怎么也找不到自己的孙子了。之后她便一直隐居在这里，天天诵经念佛，一直求菩萨保佑着她的乖孙一切安好，平安归来。这一念，十五年都过去了，慕瑾城离开慕家已经二十年了。

看着方柔兴冲冲地跑回来，苏梓樱立刻放下手中的木槌，扶着一旁的椅子站了起来，拉着她就进了房间里，关上门。"阿柔，你是不是带回来了什么？"方柔把藏在怀里的那几张照片拿出来，全部递给了苏梓樱："老夫人，上天是公平的。"说话的同时她已经被泪水模糊了双眼。

看着照片上清晰的俊脸，苏梓樱布满老年斑的手忍不住颤抖了起来，已经伸不直的食指抚摸着那张脸，眼睛渐渐被水雾遮住："城儿，真的是我的城儿。"她抬手擦掉眼泪，重新变清晰的目光落在没有正面照片的温羽熙身上："这个女孩子是？""听说是瑾城刚刚交的女朋友，为此那个姜颖涵昨夜还失眠了。"

一说到姜颖涵，苏梓樱就忍不住皱眉头，冷声道："哼，她以为那个女人带她来慕家，自己就真的是富家千金了？我们城儿不会要她那种女人。"苏梓樱虽然隐居在此，但是有方柔在，她对前院的情况还是一清二楚，只是不去插手而已。苏梓樱把目光放回照片上，每一张都没有温羽熙的正面，最清晰的也只是个侧脸，但还是看得出那是一张十分俏丽的脸。

"倒是照片里这个女孩，看着就很干净，阿柔，你知不知道她叫什么名字？"方柔努力回想着早上姜倩青和姜颖涵的谈话："早上听姜颖涵她们说叫什么熙，好像是白羽熙。""羽熙，羽熙，好，好名字！"苏梓樱一直看着照片里温羽熙的侧脸，越发喜欢这个还未见过面的女孩。只是通过照片，她也看到了欧凛辰在看这个女孩的时候，眼底充满了柔情。孙子的眼光不会差的。

苏梓樱小心翼翼地把照片收起来，一直忧郁无笑的脸上终于爬上了久违的笑容："阿柔，去把我那些衣服拿出来，我要重回大院。""真的吗？老夫人，你真的打算重回大院吗？"方柔心中无比欣喜，等这句话已经等了很多年了。她真的不愿意苏梓樱就这样老死在这个小院子里，而让外人占着慕家的大院，占着慕家那些老太爷和老夫人共同打造的一切。

苏梓樱轻轻点头，布满岁月沧桑的脸上闪过一抹执着之色："隐居多年了，城儿也回来了，是时候出去了，慕家的东西怎么能落到外人手里。""好好，我马上去准备。"方柔欣喜地转身向柜子疾步而去。她打开柜子最下层的小柜门，里面放着一个看着就很有年头，但是外表又很精致的行李箱。上面已经布满了灰尘，十五年没打开过了。

方柔轻轻把箱子拉出来，用抹布轻轻擦掉上面的灰尘，本来脏兮兮的箱子又焕然一新。箱子用的虽是那种古老的扣锁，但轻轻一按就弹开了。打开盖子，里面整整齐齐叠放着仍然崭新华丽的衣服。方柔轻轻拿起最上面的一条墨绿色旗袍，用力地扯了扯，没有腐化。"老夫人，这些衣服都很完好。"苏梓樱满意地勾勾唇，脸上却又泛起了一抹忧伤。这些衣服有的是她的老伴慕老太爷找人给她量身定制的，有的是她的儿媳妇欧涟茹亲手给她缝制的。这满满一箱的衣服承载了她诸多的思念。

二十年前的慕家很辉煌，她们吃的穿的用的都是最好的，只是那一年里发生了许多事情，让原本幸福的一个家破裂了。"阿柔，把最底下那件黑色的旗袍拿出来。"方柔轻轻地翻动上层的衣服，很快就看到了最底层的一件旗袍，也是箱子里唯一一件黑色的服饰。半个小时后，换装完毕的苏梓樱推门而出。

虽然身材已经消瘦，没有了当年的丰腴，但依然还是撑得起这件黑色的旗袍。金丝绒的面料，加上脖子上白色的珍珠项链，手腕上的墨玉手镯，两鬓霜发全部绾起，在脑后梳了个圆圆的发髻，一根玉钗子固定着，雍容华贵，自有一副端庄之姿，令人肃然起敬。看着住了十五年的小屋子，纵然有些不舍，可是比起出去能看到自己的孙儿，苏梓樱已经充满了期待。一向穿粗布衣服的方柔，也换了一身崭新干净的衣服。搀扶着苏梓樱慢慢地走出偏园，朝着前面最宽大的那栋楼走去。

看着一身光鲜亮丽，头发也梳得十分整齐的老夫人突然出现在前院，认识她的用人们都异常惊讶，个个面面相觑、议论纷纷，却没有一个人和苏梓樱问好。看着见到她却不打招呼的用人们，苏梓樱极其讽刺地冷声开口："怎么，这么多年慕家换了女主人，连下人也变得没礼数了吗？"傲然的姿态，睥睨的态度。一语双关，直接批评了用人们没礼数，又暗讽姜倩青这个女主人更加没礼数，才教出这种没礼数的用人。

十几年不出现在前院的苏梓樱依然有当年的风范，傲气凛然，出来就直接给了个下马威。用人们纷纷低下头："老夫人好！"表面上是低了头，很多人心里却是不服的，只是敢怒不敢言。"哼！"苏梓樱讥讽地冷哼一声，挂着拐杖在方柔的搀扶下，缓缓走进了客厅。看着已经完全变样的客厅，苏梓樱心中一阵感慨。

　　十五年不曾进来这里了，就连各种节日她都不参与，慕鸿风怎么请她，她都不会踏出偏园半步。第一是她不想见到姜倩青，更加不想与她同桌吃饭，第二是她气慕鸿风，气他当年狠心送走慕瑾城而后又直接弄丢了他。十五年前的红木家具，全部变成了现在欧式豪华风家具，在苏梓樱看来，这不是豪华，是滑稽。沙发上都是花花绿绿的各种乱七八糟的花纹，让她看了眼花缭乱。

　　一楼的房间，所有的门都换成了和墙纸一样的白色，唯独角落里的一间房还是以前红木的门。苏梓樱慢慢朝着那间房走去。站在门前，她拿出一直捏在掌心里的钥匙，对着那个生锈了的锁眼插了进去。因为生锈了，转动起来有些困难，但是稍微一用力还是打开了。房门一开，里面的东西都用白布盖上了，到处落满了灰尘。

　　"阿柔，叫几个用人来打扫，除了扫灰尘，其他东西一律不得动。""好的，老夫人。"在苏梓樱的威严下，还是有几个上了年纪的用人主动出来打扫房间。她们在慕家待得久了，苏梓樱的脾气还是知道的，即使这个老夫人十几年不出来了，还是有权力将她们这些不听话的用人直接赶出去。

　　豪门就是这样，稍微忤逆主人的话，不管这个主人在家的地位如何，她们作为用人的最终结果都是失去这份工作。用人在房间打扫卫生，方柔一直监督着，苏梓樱在客厅悠闲地吃着水果。其实她特别想见到姜倩青回来后，看到自己这般模样坐着，她的那副表情有多臭。

　　等着白羽熙的资料等了一天，却只等到回复说查无此人，这个答案让姜倩青很烦躁，回到家中，却看到了让她更为烦躁的一幕。苏梓樱褪去了身上的粗布衣服，身着她以前那些定制的华服，一副悠然自得的样子坐在客厅吃着水果。从被慕鸿风带进门那一刻，姜倩青就和这个老太婆不对付。苏梓樱心里只有那个已经死去的儿媳妇欧润茹和那个已经消失了二十年的孙子慕瑾城。对于姜倩青，苏梓樱一直认为她是气死老伴的凶手，也是怂恿慕鸿风送走亲儿子的元凶。明明她的两个儿女也是慕家的骨肉，却得不到这个老太婆的一分疼爱。

姜倩青掩去脸上的表情，皮笑肉不笑地对苏梓樱微微颔首："妈，您怎么突然出来买了？""怎么？不欢迎我这个老太婆出来坐坐，还是我出来了影响到你什么计划了？"苏梓樱眼眸都懒得抬一下，语气里充满了讥讽。姜倩青气得嘴角抽了抽，却依然还是要保持着得体的笑意："妈，您这说的什么话，媳妇这不是看你突然出来了，也没准备什么礼物，都有些过意不去了。""你的礼物我可受不起。"苏梓樱对姜倩青的嫌弃毫不掩饰，她也不想掩饰，反正自己一直以来都讨厌这个女人，整个慕家都知道。姜倩青被气得说不出话来，只能尴尬地站着。苏梓樱不给她坐，她可不敢坐下，省得又被她说得更难听。

"老夫人，都收拾干净了。"方柔从房间里出来直接找苏梓樱报告情况，看向脸色铁青的姜倩青只是浅笑着，并未问候。苏梓樱拄着拐杖缓缓起身，留下脸色极其难看的姜倩青，带着方柔进了房间，并且关上门隔绝了外面的一切。

看着紧闭的房门，姜倩青脸上逐渐显现她独有的恶毒，咬牙切齿地紧盯着那扇门："死老太婆快八十了还不死，我看你还能横几天！"一直隐居，不屑于出来和他们一起过的老太婆突然出来了，姜倩青也知道，百分之百是因为突然出现的欧凛辰。"夫人，请您洗手。"一个女佣端着一个盛水的金盆过来，恭敬地递向姜倩青。"滚！"姜倩青愤怒地朝那个女佣怒吼，扬起手就是一巴掌打在女佣脸上，把刚刚受的气都发泄在她身上，"没看到老夫人出来了吗？以后这些东西不要再出现。"

现在家家户户都用水龙头，而且都是安装着热水器的，随时都有温水可以洗手，洗手台也有消毒洗手液。用金盆洗手只是姜倩青个人的爱好，她就是想享受一下古代的达官贵族一进门就有人伺候的那种感觉，好满足她那种唯我独尊的虚荣心。"是，是是！"女佣忍着火辣辣的半边脸的疼痛，眼泪在眼眶里打转却强忍着不敢流出来，瑟瑟发抖地端着水盆退了下去。"废物，一点儿眼力见儿都没有，连做个用人的料都不是。"用人已经消失在门口，姜倩青还是停不住地骂骂咧咧，一脸的尖酸刻薄，完全没有豪门夫人该有的气度，更像是一个市井泼妇。

看着茶几上苏梓樱没吃完的那碟水果，穿着高跟鞋逛了半天街，双腿早就累到不行的姜倩青嫌弃得连沙发都不想坐，气呼呼地上了二楼。苏梓樱和方柔回到房里，看着完全没有任何改变的房间装饰，泪水又湿了眼眶。整栋楼都被姜倩青翻新过了，唯独这间房慕鸿风不许她动，所以一直保留了下来。

苏梓樱放下自己的拐杖，慢慢走到柜子边，拉开柜门，里面什么都没有，只有一个箱子。在方柔的帮忙下，两人吃力地把那个箱子抬出来。上了年纪，腿脚不好，也没什么力气了。苏梓樱缓缓蹲下，翻开了盖子，眼前一堆相框。她轻轻拿起扣在最上面的那个相框，翻过来就看到了照片上的两个笑脸，是欧润茹和那时候只有六岁的慕瑾城，一大一小长得酷似的两张脸都带着粲然幸福的笑容。

"阿柔，拿块抹布来。"苏梓樱手里拿着抹布，轻轻地擦拭着那些相框，然后一一把它们摆在房间里的各个桌子上，很多都是小时候的慕瑾城，还有一些是她和老伴的合照，整个箱子都是她的回忆。那时候的慕鸿风就不喜欢拍照，只有几张全家福里有他。

苏梓樱在房里一待，就一直待到了晚饭时间。只有姜倩青和她，姜倩青那两个儿女不见踪影，慕鸿风也还没回来。看着一桌子的荤腥，苏梓樱忍不住眉头紧锁，先不说她吃斋念佛，这桌子的菜就算一家人都在也铁定吃不完，浪费！苏梓樱没有明说，只是嫌弃地起身，转身回房，一路吩咐身旁的方柔："阿柔，还是煮两碗菜粥，拿到我房间，我们一起吃。"这十五年她们已经习惯了吃素，同桌吃饭，同房睡觉，是相依为命的两姐妹，在苏梓樱心里，和方柔早已经没有了主仆之分。

姜倩青一脸轻蔑地看着苏梓樱的背影，冷冷勾唇，心里腹诽：爱吃不吃！苏梓樱突然重回大院，完全打乱了姜倩青原本享受的生活，整个慕家都不安定了。吃过晚饭，苏梓樱就以习惯清净为由把所有用人都劝退了，就连一直在姜倩青身边的保姆也被命令下去休息了。以前的姜倩青，吃过晚饭洗过澡之后就会下来客厅里看电视，几个用人跪在她身边给她按摩，享受着那种至高无上的感觉。现在她只能一个人躲在二楼房间里，自己拿槌子敲打因为逛街而酸痛的小腿。

儿子天天不务正业出去鬼混不回家，女儿最近也很少回家了，慕鸿风一天比一天回来晚，而且接触欧凛辰的次数越来越多，现在又出来一个与她不对付的老太婆，姜倩青一想到这些就烦躁到了极点。

“啊啊啊……死老太婆！你什么时候死啊！”烦躁的姜倩青把手里的按摩槌狠狠地摔在了墙上，一双算计的眸子里泛着恶毒的光芒。

郊区的别墅里，欧凛辰一坐就坐到了天色暗下来。柏俊卿和墨丞轩早就回了公司，只有李泽洲在那里陪着他。看着一直紧闭不开的房门，他想敲门又怕欧凛辰发火，不敲门又担心里面的欧凛辰出什么事。看到跟踪那个他们放走的男人出去的保镖把照片拿回来了，李泽洲终于还是敲响了房门。

“进来！”房间里传出来欧凛辰闷闷的声音。李泽洲推开门，却发现房内一片漆黑，他打开了房灯，这才看到欧凛辰依然保持着他们出去时候的那个姿势。欧凛辰以前也经常这样把自己关在房间里，一关就是半天，有时候甚至一整天，出来之后就会接连着一两天都脾气暴躁。他们几个兄弟也都知道他心里一直过不去的坎是什么。

“BOSS，照片拍回来了，你要看吗？”李泽洲看着手里的照片并没有直接给欧凛辰，而是先询问了一句。“拿来！”欧凛辰冷冷地开口，声音因许久未说话有些沙哑。李泽洲轻轻叹了一口气，把照片放在了桌面上。欧凛辰猛然转过椅子，目光落在桌面的照片上，深邃的眼底带着重重的红血丝，不知是哭过还是因为长时间的不合眼造成的。照片里的人就是方柔，即使被岁月侵蚀掉了二十年前的容颜，他还是第一眼就认出来了。那是一直陪在奶奶身边的用人，曾经还是慕家的管家，他小的时候还会亲切地叫她一声"方奶奶"。

欧凛辰面无表情地把照片拿起来，再一点儿一点儿地撕掉，最后扔进垃圾桶里。而后，他站起来，就像没发生过什么事一样，冷漠地说道："回去吧，肚子饿了。"话音还没落，欧凛辰就已经迈着优雅的步子走向了门口。李泽洲发现一整天都猜不透他，干脆不猜了，疾步跟在了他身后。车子离开别墅，整栋别墅的灯都灭了，又恢复了一片死气沉沉。

另一边，大约经历了十二个小时三十分钟的飞行后，温羽熙终于抵达M国L市的飞机场。来之前都没有回温家收拾东西，和欧凛辰分开后，她随后又和温羽哲打了报告，之后就直接和温舞去乘飞机了。这边刚好是中午，烈日当头，而国内正好刚过午夜十二点，在飞机上又睡不着，现在又有时差，温羽熙困得睁不开眼。纵然只是回国待了一周，温羽熙也已经习惯了域江城的作息。每晚她都会在酒吧调酒，酒吧营业时间一直到凌晨三点，但是她最多坚持到十二点就回去睡了。

她一下飞机，就虚眯着一双睡眼先给哥哥和欧凛辰报了平安，然后一边打着哈欠一边走出机场，但还是眼尖地看到了一辆黄色甲壳虫小车旁的美女。一身黑色休闲的小西装套装，长到腰的黑色大波浪卷发，精致的妆容配上正红色的口红，锐气的凤眸炯炯有神闪着精光，周身都泛着一股生人勿近的职场女强人气质，主要的还是那一张俏丽绝美又和周围白种人完全不一样的中国人标准瓜子脸。女人双手环胸，戏谑地看着一直打着哈欠朝自己慢慢靠近的温羽熙："我的小熙熙，你来得挺快啊！"

温羽熙又打了个哈欠："不是我快，是飞机就这个速度。"温羽熙视线落在她身后那辆可以称得上是古董的轿车上，俏丽的小脸一脸的嫌弃，"关夕蕊，你怎么换这个老爷车来了？法拉利它不香吗？"关夕蕊不以为然地笑了笑，义正词严地说道："我这叫复古，研究老古董好吧。""你失恋了？"温羽熙淡淡地迸出一句话，嫌弃地拉开车门坐了进去，拉了安全带扣上后就闭上了眼睛。关夕蕊转身走向驾驶座，一边开门一边略散气愤地说："这不叫失恋，是老娘玩腻了把那个渣男甩了。"

温羽熙睁开迷糊的眼睛，睨了一眼已经坐进驾驶座的关夕蕊，无情地开口："你又被绿了？"关夕蕊忍不住翻个白眼，伸手捏了捏温羽熙的脸蛋："温羽熙，你说话能不能不带刀子，什么叫又？"困到极点的温羽熙眼皮都懒得抬，就让她这么捏着自己的脸，慵懒地说道："我又没说错，你这都换了多少个了？早就让你考虑考虑我家的老二和老三了，你偏偏不听，又吃苦头了吧？"关夕蕊放开温羽熙的脸蛋，轻柔地戳了戳她的脑袋，小脸越加气愤地瞪着她，"温羽熙，你过分了啊，我当你是闺友，你却想让我当你嫂子！"

温羽熙终于微微睁开了眼睛，鄙视地看着关夕蕊："真正的金龟婿他们不香吗？你偏偏要去摘外面那些装土鳖的孙子。"关夕蕊看着这样句句带刀的温羽熙好想掐她脖子，又舍不得，最后把手放在她那小腰上："温羽熙，我好想办了你。"温羽熙睡意瞬间清醒了几分，赶紧抓住自己腰上那乱挠的手："哈哈哈……别挠，痒，我还要留着清白之身给我的男神呢，你不要对我存在任何非分的幻想。"

"切！"关夕蕊无语地翻了个白眼，收回了自己的手，有些担忧地看着温羽熙，"我看你一直打哈欠，你要不要先休息一下？"温羽熙摆摆手又闭上了眼睛："不休息了，直接去现场，我要开个精品赶紧回去。"关夕蕊微微蹙眉，看着温羽熙那一副不像开玩笑的样子戏谑道："哟，这么急，域江城有帅哥等着你？"温羽熙笑了笑："对了，是个无敌大帅哥。"虽然并未睁开眼睛，嘴角勾起的弧度还是看得出来她很开心。"切，你家那三个不够帅？外面还有人入得了你的眼？"关夕蕊一脸不信，慢悠悠地插着车钥匙。温羽熙得意地笑了笑，说道："有啊，我就对他一见钟情了，还追到手了。"

听着她的话，关夕蕊插钥匙的手又顿住了，一脸好奇地凑过来："行啊，温羽熙，怎么追的？""一杯B-52把他灌倒了，然后……嘿嘿！"温羽熙嘴角勾起显得越加得意，故意欲言又止，完全挑起了听者的好奇心。果然，对于温羽熙的欲言又止，关夕蕊越加好奇了："你这么狼的吗？把人家吃啦？"温羽熙无语地睁开蓝眸鄙视地看了关夕蕊一眼："没有，快开你的车，你跟我回去域江城我就告诉你具体的。"

关夕蕊也不着急开车，反而抬手撑在方向盘上，托着腮玩味地看着温羽熙："这么想我回去，我有什么好处吗？"温羽熙又打了个哈欠，敷衍道："有啊，让你当个副总裁怎么样？"而后又闭上了眼睛。她现在好想把眼前这个闺密揍一顿，不知道她困吗？关夕蕊看着她那无奈的小脸也不急，总觉得逗她就很开心："不要，当副总那我得多累啊。""对了，我男朋友身边还有两个无敌大帅哥，都单身哦。"温羽熙突然睁开眼睛，并且坐直了身体，一脸认真地看着关夕蕊。关夕蕊被她这突然的一下给吓了一跳，似信非信地看着温羽熙那认真的小脸，"真的假的？"温羽熙使劲点点头，无比真诚："真真的，比珍珠还真。"

关夕蕊侧目睨着温羽熙，突然想到了什么，她抬手直接捏住了她的下巴，微微眯起危险的凤眸凝视着她："是不是想骗我回去帮你管理公司，然后你好有时间去撩汉？"温羽熙抬手拍掉关夕蕊的手，一脸坦然，毫不心虚："有那么一半是这样的想法，也怕你在国外见不到我孤单又寂寞，还有一半确实是真的有帅哥。"关夕蕊还是半信半疑，抬手戳了戳温羽熙的额头，威胁道："别骗我回去之后只有你家的闷油瓶和超声大喇叭。"

　　听着关夕蕊给自己两个哥哥取的外号，温羽熙忍不住嘴角抽了抽，笑得一脸狡黠地看着她："关夕蕊，你说我二哥和三哥知道你这么形容他们，会不会捏死你？"关夕蕊不以为然地耸耸肩，终于扭动钥匙发动了车子，淡淡地说道："叫他们来和我打一架啊，谁怕谁。"温羽熙抬手竖了个大拇指，却一脸敷衍："关女侠真是厉害，小女子佩服，佩服！我说真的，真的有帅哥，不信你问小舞。"

　　关夕蕊转头看向坐在后面一直面无表情的温舞，看到她点头后才看向温羽熙　"勉强信你，你不说我也会去域江城找你的，这里我也不想待了，你走了之后我太寂寞了，都没人怼我了。""是吧，我不在都没人嫌弃你了，快开你的车，我要睡一下。"温羽熙把椅背微微往后放了一点儿，把头侧向窗户那边。她真的太困了，这次是不管关夕蕊说什么她都不会再接话了。关夕蕊看着连后座的温舞也昏昏欲睡，便也收了自己那话痨的细胞。没办法，虽然电话里对温羽熙挺凶的，但是真正见到她，就会有说不完的话。一路上都很安静，温羽熙睡得还挺安稳。

第七章　翻墙的女朋友

车子最后在一个像古代富家宅院一样的中国式建筑前停下。白色的墙，深灰的瓦片，在周围高楼大厦的映衬下，它显得像个世外桃源，静谧又让人向往。这里就是今天的赌石市场。

这个事情比较正经的说法是谈玉石毛料生意，换个简单粗暴点儿的词就是赌石。周围已经停满了各类豪车，玉石古玩很受一些大老板的青睐，比起娱乐场那种赌钱的扑克牌，赌石玩起来更刺激。和普通石头一样平凡的外表，谁也不知道里面是石头还是翡翠，是绿色的还是紫色的，是整块精品还是只是鸡蛋大小的墨绿。翡翠原料的质量变化无常，进行"赌石"交易，全凭经验、眼力、胆识和运气，正所谓"谋事在人，成事在天"。运气好，或者真的对玉石颇有研究，赌赢，一夜暴富，失败，那就呵呵了。

随着车子停下，温羽熙也清醒了，她从包里拿出来一包湿巾，抽出一张胡乱擦了一下自己的脸，打开车门就下了车。"熙熙，你真的OK吗？"关夕蕊还是有些担忧温羽熙。她这样迷迷糊糊的一会儿会影响她的判断吧？温羽熙坦然笑了笑，郑重其事地承诺道："我完全OK，今天肯定开个前所未有的玉出来。""你也别说大话，前所未有，那也得那堆毛料里有真料才行。"不是关夕蕊不相信温羽熙的眼光，确实是在那堆石头里真的有精品也才能被她找到，不然开完所有石头也只有石头。

温羽熙得意地挑挑眉，一脸自信地说道："我的第六感告诉我，我今天发达定了。"三人进入了内场，通过大门后先是一个小院，再穿过一个圆形拱门还有一个小院，而后才到赌石现场。里面人已经很多了，中国人、老外都有，还是中国人居多。赌什么的都有，温羽熙只是赌过几次，每次都是直接赌色，直接切开看看里面是什么，这种方式能让没什么耐心的她很快知道结果。赌不中，她走，赌中了，她带石头一起走。

一张长桌上，摆着六块外表看起来都十分普通的石头，都是没有开窗的砾石。每块石头上都有一盏小灯照着，其他的五块都有人进行观察，唯独中间那块最大的没有人看。温羽熙也走了过去，标价只有800块，而其他的几块都是上千的标价，最右边的那块石头标价五万，好几个人在那里同时观察。

刚刚睡醒的温羽熙又打了个哈欠，蓝眸迷糊地看着周围的人，指着那块只值800块的石头问道："这块没有人看的吗？"一旁的一位穿得珠光宝气的妇人鄙夷地笑看着温羽熙："小姑娘，看你年纪轻轻的，是新手吧，你看看那块石头的皮料那么粗，皮色也不好，一看就是下品，不信你照照，表皮没有任何绿色显现，里面可能连鸡蛋大小的绿都没有。"而后又十分轻蔑地说道："小姑娘还是回家吧，就别拿父母给的钱来玩这种玩意儿了。""哦？是这样的吗？"温羽熙依然迷蒙着双眼拿起一旁的电筒，对着石头表面各个角度都照了一遍。

确实没有任何绿光显现，不过她好像看到了别的颜色。温羽熙敛了敛蓝眸，奄去睡意，俏丽的小脸恢复了认真严肃的表情。又仔细观察了一下以后，她微微勾了勾唇，又恢复了之前那副睡眼惺忪的模样："这块没人赌吧，那我直接拿去切咯？"周围的人都讥讽不屑地看着她，没有人说话，甚至已经开始有人偷笑议论了。

关夕蕊皱着眉头拉住她："熙熙，你是不是没睡醒，他们都不看好这个，走走走，我们先回去睡一觉再来，明天还有一场。"说着她就要拉着温羽熙离开。"哎呀，别拉我，我就要这块石头，拿去切割室，我要直接切涨。"温羽熙掰开关夕蕊的手，迷糊地看着周围的人，指着他们问道："我切涨，有人赌吗？没有的话这块石头归我了。"赌涨，意思就是她赌这块石头里面有色。

"没事，小姑娘，800块而已，切不出绿色你家人也不会怪你的，赶紧拿去切了回家睡觉吧，哈哈哈……"周围的人都纷纷嘲笑起来。温羽熙对这些嘲笑不以为然，直接找工作人员带他们去切割室。切割室里，温羽熙坐在沙发上哈欠不停，迷迷糊糊的都要睡着了。关夕蕊就不一样了，一直看着切割师傅操作着手上的机器忐忑不安，虽然赌的钱不多，但是她真的觉得温羽熙过于草率了。

"白小姐，从哪里开切？""嗯？"突然被叫到的温羽熙缓缓睁开迷糊的蓝眸，慵懒地说道，"两头，哪边都行，切薄一点儿。"随着机器运行的声响，关夕蕊又忐忑又期待。"是蓝水翡翠。"突然有人惊呼了一声。本来已经昏昏欲睡的温羽熙听到赞叹的声音终于完全睁开了惺忪的睡眼。

"熙熙，真的，快过来看看，发了，发了！"关夕蕊激动地喊着。温羽熙站起来凑过来看了一眼，看着切割出来的那全是冰蓝没有杂质的一角，微微得意地勾勾唇，"切另一头看看。"切割师傅把整块石头翻过来，固定好，切刀对准要切的位置，还是像刚才的步骤把切割机的盖子盖上，按下开关，屏幕里，随着切刀一点点切开，又是一片无杂质的冰蓝。"熙熙，熙熙，这头还是。"关夕蕊激动得快要飞起来了，感觉自己好像已经摸到了上亿大奖的一角。

"中间再切一刀！"温羽熙笑意坦然地看着，仿佛早就料想到的一样，俏丽的小脸上没有任何惊讶。随着第三刀的切割，中间还是一整片水蓝之色，是一整块的蓝水翡翠。"哇……哈哈哈！要发了，熙熙，这次我们发达了！'关夕蕊摇晃着温羽熙，忍不住在她脸上狂亲了几下，十分激动。隔壁拍卖会场里，紧盯着大屏幕的人已经被满屏的水蓝之色惊艳到了，羡慕的同时纷纷抬起手中的牌子喊价。

"这块蓝水翡翠转上吗？我出八千万。"

"一个亿。"

"一亿五千万。"

"一亿八千万！"

"两亿三千万。"

"三个亿。"

那么大一块蓝水翡翠，切了以后制成首饰，那它最终带来的价值可不止三个亿。隔壁已经纷纷喊价哄抢这块石头，这边的温羽熙依然一副昏昏欲睡的慵懒模样。"白小姐，已经有人喊到了三个亿要拍下你这块蓝水翡翠，请问你要转卖出去吗？"一个工作人员进来跟温羽熙转告着拍卖场的情况。温羽熙又打了个哈欠，虚眯着蓝眸说道："告诉他们，不用抢了。出十个亿本姑娘也不转出去，这块石头我要自己带回去。"她是个珠宝设计师，更有着精湛的雕工，她要让这块石头在她手里变得更加价值不菲，意义非凡。

最后，三个人拿着300块钱买下的石头，丢弃三个亿的拍卖价开开心心地离开了赌石场。刚刚出门就有人追了上来，是一个中年男人，那个圆滚滚的大肚子里面不知道积了多少油水，身后还带着几个身着黑色西装、面戴墨镜的保镖，一副有钱大老板的架势。看到三个女孩子都姿色不凡后，男人脸上的讪笑逐渐夹杂着猥琐。

"小姑娘，你刚刚那块蓝水翡翠转卖给我吧，叔叔再给你加个一千万，三亿一千万怎么样？"说话的时候，一口大黄牙露出来，狭长细小的眼睛一直紧盯着温羽熙的胸看。温羽熙冷冷地勾了勾唇，极度厌恶男人看着她的眼神，冷声讥讽道："大叔，我不是说了十个亿都不卖吗？如果你能出到十一个亿我倒是可以考虑一下。"男人尴尬地抽了抽嘴角，依然讪笑道："小妹妹，你这个石头出了这里以后再想转卖出去可就很难了，你转给我，我找人打造出来一套首饰先送给你怎么样？"那油腻的脸上，一双狭长猥琐的眼睛不停对着温羽熙抛媚眼。

"呵！"温羽熙冷嗤一声，讥讽地勾着唇。这意思是他不仅想要这块玉石，还想用它打造首饰出来然后包养她的意思吗？温羽熙眸底冷意渐显，转身直接拉着关夕蕊朝她们的车走去，冰冷地开口："我说了，你要是出到十一个亿我就考虑转让出去。""哎，小美女，别走啊……"男人还想上前拦温羽熙，却被温舞拦住了。看着温舞那肃杀的凛冽眼神，他只好停住自己的脚步。

那辆黄色的小甲壳虫离开后，男人油腻的脸上浮起了一抹更加猥琐的表情。他抬手招呼身后的几个保镖，指着已经离开的黄色车子不知道说的什么，只是狭长的眸底都是算计和猥琐。女人和翡翠他都想要。而后八个保镖开着两部黑色奥迪追上了关夕蕊的车。

车上，温羽熙上车就闭眼睡觉了，关夕蕊很快就发现了后面的车子，不慌不忙地说道："那个色老鬼追上来了，去哪里摆平？"温羽熙微微睁开蓝眸瞥了一眼后视镜，又打了个哈欠，有些幽怨地说道："你找个没人、没摄像头的地方，真的好困，别打扰我睡觉。"这个地方就在城市的边缘，车子拐个弯直走了大约十分钟就出市区了，关夕蕊把车开到了一个废弃的游乐园外停下，就这样坐在车里看着后面跟来的两辆车前后包抄她们。

两辆车一路跟着，不过并没有半路就截住她们的车。八个身材高大的男人从车里下来，有六个东方面孔，还有两个是白人。温羽熙抬手看了一眼腕表，淡淡地说道："小舞，四十秒！"温舞没有说话，打开车门直接下了车。"Woo...It's a sexy girl, Do you want to fuck her? 哈哈哈……"看着孤身下车的温舞，外面的几个男人都猥琐地笑了起来。只是他们的笑声还未停下，一个矫健的黑影已经快速闪过他们身边，紧接着是不停地哀号，还时不时有骨头断裂的声音。看着已经全部倒地呻吟的八个男人，温舞依然面无表情地转身，拉开车门回到车上。

温羽熙抬手看了一眼时间，冷声道："小舞退步了，多了五秒。""对不起，没睡好！"温舞冷冷地回答道。看着外面倒地不起的男人，关夕蕊就看不下去了："熙熙，你这要求过分了，四十五秒打八个男人，你还嫌弃。""我没嫌弃，开车，回去睡一觉，晚上回域江！"温羽熙慵懒地回答着，眼眸都抬不起来了。"你这就走啦，不陪我玩了？"关夕蕊看着她微微蹙眉，凤眸里满是不舍。温羽熙摆摆手，不想说话。

而后，黄色小龟车又缓缓地开回了市区。温羽熙回到别墅也没有睡多久，眯了一个多钟，下午四点多就醒了，她想要尽量赶时间回去，这个时间回去，十二小时后回到域江城刚好下午五六点，不累的话她就可以直接去找欧熹辰了。本想着温羽熙可能待个一两天，关夕蕊和她们一起走的，可是温羽熙怎样都不想留在这里。关夕蕊现在收拾东西又来不及，她还需要时间去办理一些手续。最后只能让温羽熙和温舞先回去了，她过几天才过去找她们。

上了飞机的温羽熙这次学乖了，就算不困也眯着眼睛，她要养精蓄锐回去找男朋友。那个男人的手下带着各种伤回去复命，胖子男人看着他们身上的伤只是欣慰自己幸亏没有跟去。一开始嚣张的气势荡然无存，连她们是谁都不敢再查了。

而域江城里，慕家非常不安定。平时除了做美容就是和几个富太太一起逛街打麻将的姜倩青早上起得很晚。刚刚起来就看到了坐在客厅里的苏梓樱。

"现在的年轻人啊，真的都不如老年人了，一天天不出去工作，除了挥霍钱财就是在家睡大觉，真的养只猪都比养这种人来得实用。"姜倩青一下楼苏梓樱就讽刺出声。没有抬眸看姜倩青一眼，但是每一个字说的都是她。慕鸿风一个晚上都没有回来，本来就生气的姜倩青听着老夫人这种讽刺的话，心里的火气更盛了。

她刚想破口骂回去，慕鸿风就拖着一身疲惫走进来了。一夜未归，整个人十分憔悴。看到苏梓樱的第一眼，慕鸿风也有些错愕："妈，您怎么出来了？"苏梓樱冷冷地瞥了他一眼，一脸讽刺的表情，并未说话。这句话如果没记错的话，她昨天已经听过了，是出自姜倩青之口。怎么，她脱离隐居生活连亲儿子都不待见吗？

"妈，您这次真的出来常住了吗？您的房间收拾了吗？还有什么生活用品需要添置的吗？"慕鸿风掩去身上的疲惫，一副恭敬的模样。苏梓樱再次冷冷地瞥了他一眼，冷声开口道："不需要，你们用的我不习惯，你给我配辆车和一个司机，我和阿柔出去买。"她是有目的的，有车她方便去找欧凛辰。

"好好好，我马上给您安排车和保镖，妈，您还需要什么吗？"对于苏梓樱终于愿意自己踏出偏园，慕鸿风心里是十分开心的。其实他也有自己的算计，自己去找了欧凛辰那么多次都被他拒绝了，如果老太太去找他会不会有别的收获？而且现在公司出事了，如果老太太出马，也许欧凛辰会答应帮忙，毕竟那时候老太太最疼他了。看着对苏梓樱如此殷勤的慕鸿风，姜倩青气得转身直接上了楼。

慕鸿风虽然有点儿大男子主义，也有一定的城府，但也算是个孝子，除了把姜倩青带回家和把慕瑾城送走这两件事，他还没有忤逆过苏梓樱。"妈，那您自由活动，我让人去给您配车，我昨晚熬夜加班了，现在就先回去休息了。"慕鸿风也上了年纪，熬了一夜，加上这段时间的忧虑，整个人老了许多。"都这把年纪了还加班熬夜啊？"苏梓樱笑得有些讥讽。慕氏集团的堕落她也知道，只是不清楚到底亏空了多少。

慕鸿风轻轻叹了一口气："没办法，公司只有我顶着，二弟那边也没有时间帮忙。"疲惫的脸上有些颓丧。"呵呵！"苏梓樱冷笑两声，不再开口说话。其实她心里还有一句话没有说出来，那就是：如果你二十年前不把自己儿子送走，现在也不会自己一个人了，在她那个优秀的孙儿的领导下，慕家只会更加辉煌。看着苏梓樱对自己冷漠的态度，慕鸿风也没有再说话，他知道母亲还没有原谅他，好在现在欧凛辰回来了，他还有机会。

慕鸿风转身去吩咐一个用人给苏梓樱配了一辆车后就上楼休息去了。慕鸿风刚回到二楼房里，就看到姜倩青阴着一张脸怒视着他。

"慕鸿风，昨晚彻夜未归，你去哪里了？"慕鸿风有些烦躁，他很累，不想和她纠结太多。淡淡回了一句："在公司加班。"而后他走进衣帽间找自己的衣服，一个眼神都懒得给她。在姜倩青看来，他这是连和自己讲话都懒了。她暴躁地吼道："慕鸿风，这个星期你天天很晚回来，你是不是在外面有人了？"

疲惫的慕鸿风因为她幼稚的质问烦躁到了极点，低吼道："姜倩青，你能不能不要无理取闹，我说了在公司加班，公司垮了你们拿什么去挥霍，我这个年纪了哪有精力找女人？"他熬了一夜回来，妻子没有给他准备换洗衣物，没有倒杯水，反而跟他无理取闹，就算再好脾气的人也烦。他也不是个滥情的人，当年和姜倩青纯属是酒精的缘故，后来有了一个儿子，才和她一直有来往，再加上后来欧润茹也背叛了他，他才会赌气把这个女人带回家。姜倩青和欧润茹相比，那是连一个手指头都不如。

看着说出这种话的慕鸿风，姜倩青有些不可置信："你的意思是我和儿女们挥霍你慕家的钱财吗？""难道不是吗？"慕鸿风冷冷地反问了一句，走进浴室直接大力地摔上了门。难道不是吗？姜倩青过着富太太的生活，这二十年来，除了挥霍，除了学会和别的富太攀比，对于公司的事她一丁点儿不懂，帮不了忙。那个儿子，比欧凛辰小四岁而已，天天吊儿郎当，除了花钱泡妞惹事，啥也不做。女儿，二十岁就辍学，最近天天去酒吧里鬼混，每天都带着不同的男人一起玩。除了手心向上和他要钱，这三个人会什么？

"啊啊啊……慕鸿风！"姜倩青歇斯底里地叫了一声，已经化好浓重妆容的脸上粉底龟裂，明亮的灯光照亮了一张因为愤怒而扭曲恐怖的脸。慕鸿风洗澡出来后，姜倩青就顶着一张因为哭而花了妆的鬼脸上前揪住他的衣服，阴狠地说道："慕鸿风，你是不是厌烦我了，是不是早就想抛开我了？"慕鸿风恼火地掰开她的手，把人往一旁重重地一推，冷声道："我很累，没工夫和你瞎扯。"而后他直接离开房间，重重地摔上门后直接朝书房走去，关上书房的门还上了锁。他需要休息，也许下午还要去找欧凛辰，就算知道会被拒绝，他也要尽可能试试。

看着慕鸿风决然的背影，姜倩青疯了一般在房间里怒吼，把梳妆台上那些名贵的化妆品都扫落在地上。最近太多的事情让她不顺心，本来一直运筹帷幄的她，突然间好像什么事情都脱离了轨道，完全不受她的控制了。而坐在楼下客厅听见这一切的苏梓樱依然悠然自若地喝茶。吵得好，最好把这种无理取闹的女人赶出他们慕家。

不只慕家不安定，就连NR集团也不安定，如李泽洲所料，一早起来的欧凛辰脾气又变得暴躁了，一早的会议都在他的斥责声中度过。早上醒来看到温羽熙的报平安短信后他心情好了一点点，不过到了公司之后就不好了。开完会后，欧凛辰又把自己关在办公室里，谁也不见。

直到下午两点多，慕鸿风真的出现在NR集团的楼下了。如他所料，欧凛辰不见他，可是这次他不会走，就这么坐在楼下等着他。"你和你们总裁说，我就在楼下等他，等到他下来。"慕鸿风冷冷地对前台客服说道，相比前两次的态度，他这次收敛一些了。而后，他就一直在坐在大厅的等候区等着。NR的员工都议论纷纷，私底下交头接耳，窃窃私语。

"你们说总裁也没承认过自己是慕家的长子，这慕总怎么就不愿放弃呢？"

"换作是你，儿子是跨国集团的老总，你会放弃吗？"

"话是这样说没错，但如果是我，我要是当年也被这样抛弃，我也不承认自己是他儿子。"

"那可不是，一个只有八岁的孩子，他怎么狠得下心？"

"当年那么狠心，现在又来巴结，我真的觉得这慕家人的脸皮挺厚的。"

"嘘嘘嘘，你小声点儿，让他听到你就倒霉了。"

"切，我实话实说。"

"我可听说了，慕氏集团好像出事了，亏空了好多钱，好大一个窟窿，他现在来求总裁，万一总裁念及旧情随手一挥，给了一笔钱，那慕氏的危机直接就解除了。"

"不可能吧，我觉得今天总裁的脾气很不好，这事难。"

虽然只是窃窃私语，可是有些话还是传进了慕鸿风耳朵里，听得他脸上的表情瞬息万变。可是为了见到欧凛辰，他只能忍着。慕鸿风这一坐，就坐到了下午六点，NR已经有很多人都下班了，依然不见欧凛辰的身影。

已经不耐烦的慕鸿风起身走向前台，冷声问道："你们总裁还在楼上吗？"前台的小哥哥笑了笑，歉意地说道："慕先生，我刚刚忙着交接下班，忘记和您说了，总裁的车五点半的时候就已经离开公司了。"听着前台的话，慕鸿风没有说什么，忍着怒意离开了NR，一直坐回车里才爆发出来："小兔崽子就这么绝情吗？"前面副驾驶座的助理以及驾驶座的司机都不知道该怎么接话。好像您当年更绝情吧！接连两天，欧凛辰的脾气都不好，慕鸿风两次都是失望而归。

本打算隔天就回到域江城找欧凛辰的温羽熙，却因为天气问题在回程的某个城市的飞机场滞留了好几个小时，等她回到域江的时候已经是第三天的凌晨了。回到温家，已经连续几天都没有好好休息的温羽熙累到不行，倒头就睡了，这一睡就睡到了下午。温羽熙一睡醒，温舞就给了她一个地址。这是温羽熙睡下之前吩咐她办的事情，让她睡醒之后就去查一下欧凛辰住在什么地方。

　　把自己梳洗好了之后，温羽熙只吃了两个鲜花饼就急匆匆地出门了。这次她没有带温舞，而是换了个小跟班，温呆。知道温羽熙带上自己的理由后，温呆里里外外都是拒绝的，但是又碍于她的淫威不得不去。温羽熙让他去菜市场买菜，说他是九姨的儿子，温家的菜都是九姨管的，他作为儿子应该能学到一点儿。其实说会买肯定会买，但是他也不是专家。

　　买了一堆新鲜果蔬后，两人便一路随着导航开车，逐渐离开喧闹的市区，开上了环山公路，距离目的地已经很近了，从市区出来不到二十分钟的车程，不过却越走越偏僻。渐渐地一个湖出现在视野中，郁郁葱葱的树叶中，隐约有玻璃折射出来的反光。车子最终在导航的终点停下，看着那一条通往湖中心小岛的路，温羽熙没有马上开车过去。在这边，已经能清楚看到隐藏在湖中心翠绿的树叶中的别墅。

　　"四小姐，这里好偏僻啊，真的有人住这种地方吗？"看着周围的环境，温呆突然生出一个想法，好像古代那些文人雅士都喜欢住在这种远离市井喧嚣的地方。静谧是静谧，就是太偏僻了，给他一个人住他可不敢。"不知道，反正查到的就是这里。"温羽熙说着，白皙的手指流畅地转动方向盘，车子驶上通往湖中心的路。路两旁都是路灯，只有白色柱子以及中间用铁链连接而成的围栏，没有任何植被，如果不是路足够宽大，对于开车的新手来说，在这样的路上开车绝对需要一定的勇气，稍微不慎就会有冲进湖里的感觉。

　　车子最终在一个闭实的白色铁门前停下，铁门完完全全隔离了门内的情况，连围墙也是实心的水泥墙，目测有将近三米的高度，外面的人完全看不到里面的情况。温羽熙从车里下来，抬头看了一下整个大门，心里只有两个字：实用！大门的右侧还有一个小门，上面有密码锁。温羽熙走了过去，看着密码锁定定地站着。

　　温呆紧跟而上，指着门上那个按钮："四小姐，按门铃啊！"说着，他的手已经朝着按钮准备按下去了。温羽熙及时拍下他的手，嫌弃地白了他一眼，说道："按什么门铃，一路进来连个门卫或者保镖都没有，小舞说了，他一个人住，现在按门铃鬼给你开门啊？"温羽熙白皙修长的手指放在密码锁上，一副她懂得密码的样子，却迟迟不按下去。"四小姐，知道密码你倒是早开门啊。"以为她知道密码的温呆期待着。温羽熙撇撇嘴，一本正经地回答道："阿呆，我也不知道密码。"温呆无语地翻了个大大的白眼，他的期待又错付了。

　　他十分鄙视地斜睨着温羽熙："那你不问一下欧先生？""问了就不惊喜了。"温羽熙摆摆手，托腮思考着该怎么进去。"无语，难道你打算爬墙进去？我看啊，进去之后不是惊喜，而是惊吓，你说你进去了，然后晚上他回来的时候，以为进贼了，然后痛下杀手，把你……"就在温呆还在自言自语的时候，温羽熙已经走到了一侧的围墙下。她抬头目测了一下高度，如果搭个人，以她的身手，上去不是问题，就是希望上面没有玻璃刺或者什么机关。

　　"阿呆，来来来，让我踩着你的肩膀爬上去。"温羽熙向温呆招手示意他快点儿过来。温呆一边朝着她的方向走过来，一边小声吐槽着："不是，四小姐，你这是私闯民宅，会被抓的。"温羽熙有些不耐烦，拍了一下温呆肩膀，并且把他往下按："你别吵吵，快蹲下。"温呆认命地蹲下，温羽熙毫不客气地踩上了他的肩膀，双手扶着墙让自己平衡。

　　温羽熙一米七的人体重都不过百，而且平衡力也是极好，起先，温呆还可以很轻松平稳地起身。"疼疼疼，你的鞋，鞋硌着我了。"温呆眉头紧蹙，开始摇摇晃晃的。他是比较消瘦的，本身就没什么肉，更不是那种肌肉男，虽然温羽熙也不重，但是鞋底和他肩膀的骨头硌得慌。"阿呆，别动，别动，我要掉下去了。"温羽熙双手已经搭上了围墙上，上面没有什么东西，还挺平整的，只是温呆的晃动让她没有着力点，不能一跃而上。

温呆忍了忍，极力稳住自己的身子，重新恢复平衡的温羽熙很容易就爬了上去，她坐在墙上环视了一眼院子里，全是草坪，没有什么别的装饰，干净得很。这次才清楚地看到了整栋别墅的风格，怪不得刚刚有镜面反光，原来整整两层别墅前面都是玻璃墙，还是那种镜面玻璃，只能从里面看到外面，外面看不到里面。

"住这么偏僻的地方，没有一个保镖，他一个人住不怕吗？"温羽熙嘀咕着，一个转身，两只手撑着围墙，脚下蹬在里面的墙面上，整个身子往后弹了一下，然后平稳地落在草坪上。她拍了拍双手，大摇大摆地走向门口，打开门，探出一个头："阿呆，把东西拿给我，你功成身退，开着我的车回家去。"温呆当着她的面翻了个白眼："无情！"不过还是很识趣地把车里的袋子拿出来给温羽熙。

看着已经关上的大门，温呆小声嘀咕："四小姐还真野！不知道欧先生知道自己有个爱翻墙的女朋友心里会怎么想。"关了门把温呆直接隔离在门外后，温羽熙踩着草坪上唯一一条从门口通往别墅的石子路，朝着那个全是玻璃的两层建筑走去。只是刚到门前又犯难啊，进去的门也锁了，又一个密码锁。

"我擦嘞，你那大门坦克都进不来，客厅还要锁门，里面有矿吗？"温羽熙无力地吐槽，小脸整个贴在玻璃上，却一丁点儿看不到里面，只看到自己的脸清晰地映在上面。她郁闷地顺着门坐了下来，背靠着门，蓝眸盯着大门。看来惊喜是没有了，她只能等欧凛辰回来了。

玻璃不仅防偷窥，防弹效果都很好，而且隔音也不错，温羽熙还没察觉客厅里面有一个蓝眼睛并且很高大的身影在慢慢地朝她的方向移动。

突然，背后的门毫无预兆地从里面被打开，温羽熙因为惯性整个人往后倒下去。"哎哟喂，有人在……""啊"字还没出来，温羽熙就因为眼前的高大身影怔住了。只见一个身形高大的人形机器人，闪烁着一双蓝眼睛弯腰俯视着她。它的身上大部分都是白色，胸口有一个苹果一般大小的蓝色信号灯，亮着蓝光，身上的各个连接处有黑色的条纹，手指也是黑色的，领口还戴着一个黑色蝴蝶领结，像极了一个绅士。

"你好，我是欧小A。"机器人俯身看着躺在地上呆住的温羽熙，用它那机器人独有的声音做了个绅士的自我介绍，随后问道："你是谁？你找谁？"没等温羽熙做出反应，小A的蓝眼睛突然闪烁起了红光，声音也变得急促，"雌性生物，清场清场清场……"一边发着警报一边来回转动着寻找什么东西，一副慌乱的模样。"等等，等一下！"温羽熙终于从惊愕中回过神来，慌忙从地上爬起来，"你好，我叫温，不不不，弓，白羽熙，是欧凛辰的女朋友。"

慌乱的小A突然停下，眼睛依然闪烁着红光："老板厌恶所有女性，没有女朋友。"没有任何表情，也没有任何感情，话里只听出了冷意。"我真的是他的……"温羽熙话还没说完，就看到小A的眼睛已经恢复了蓝色，手里还拿着一个不知道突然从哪里找来的扫帚对着她，那副模样象极了要把她扫地出门。温羽熙灵活地一个闪身，跑进客厅里，隔着一个沙发与小A对峙着："我跟你说啊，你可别过来，我会功夫的。"要说真功夫那她可没有，虐一下小混混还是可以的，不过机器人，那也就是吓唬吓唬，要要嘴上功夫的份儿。

听了她的话，小A直接扔掉手中的扫帚，还要起了一套醉拳："我颠颠又倒倒，好比浪涛，我一下低，我一下高，摇摇晃晃不肯倒，嚯嚯嚯哈哈哈，你看我还会醉拳。"坚硬的钢铁躯壳，虽然没有人类的柔韧度，动作耍起来还真的有模有样。"扑哧……哈哈哈……"温羽熙被它这副模样给逗笑了，她使劲拍打着沙发的边缘，弯腰笑得停不下来，'你这个机器人倒是灵敏，但是我真的是欧凛辰的女朋友。"

刚刚还在搞笑的小A突然严肃起来，食指对着温羽熙："无稽之谈，出去，不然我开枪了。"从它被创造以来，一直是欧凛辰的家庭管家般的存在，包揽了所有用人会做的事情，就是没有见过老板提过什么女朋友，更没有女人进来过他的家，以前在国外是，现在回来这里也是。温羽熙不以为意地笑了笑，摆摆手一副看好戏的模样说道："搞笑，你开一个看看。"反正她是不信它那个食指上还有枪。

"嘭！"伴随着一声消过音的枪声，温羽熙身后的玻璃瓶"啪"地一下碎了，子弹嵌入了后面的木柜上，而小A的食指还冒着硝烟。

温羽熙咽了咽口水，干笑道："呵呵，机器人大哥，能说话就别动手，我知道你厉害了。"她终于知道这栋住宅为什么不需要任何保镖了，这个机器人不知道顶多少个专业保镖。"离开这里！"刚刚小A是故意打偏的，这次是真正对准了温羽熙的头。本来就没有表情的机器人，说出来的话也不带任何感情，越加地冷。"你……你……你别乱来啊。"一把真枪对着自己，说不慌是不可能的，一向沉着的温羽熙也开始有些慌乱了。

她面对的可是一个机器人，但是她都进来了，不想出去。温羽熙蹲下，让沙发挡住她的身体，只露出半个蓝色的头顶："我就要等欧凛辰回来，我就是他女朋友，不信我们就一起等，他回来了要是一脚把我踢出去我就拜你做老大。"就在这时，大门密码锁开启，一个金贵的男人推门而进，只是那张冷峻的脸庞写满了不开心，周身泛着戾气。小A刚刚转过头，温羽熙小小的身影快多了，在小A之前就已经跑出了门，朝着欧凛辰飞奔过去。

"辰辰！"温羽熙小脸荡漾着粲然的笑容，迫不及待地奔向那个心心念念的男人。"主人，小心……"小A刚刚跑了几步就定住了。因为温羽熙已经跳进了欧凛辰怀里，她双臂环着他的脖子，欧凛辰稳稳接住了她。冷酷的俊脸，在看到温羽熙之后已经变得柔和，周身的戾气也快速消失。看着那张做梦都梦到的俊脸，温羽熙闭着眼睛就对着薄唇吻了下去："辰辰，好想你。"欧凛辰回应着她，这两天他也想她，除了一开始的那一条报平安的短信，后面温羽熙都没有再联系他。所以他这两天暴躁的脾气多少也是跟这个有关。

“哇噢，我的妈呀！”小A抬起手遮住眼睛，又从粗大的黑色手指指缝里偷偷看着。它虽然是个机器人，但是电视看多了，这些人类的情情爱爱还是知道的，而且它和NR集团所有的机器人都有一个共同点，就是看得懂主人的表情和感情状态，也会随时转换自己的情感。比起市面上的那些机器人，它聪明多了，会做的也多，而且还多了一个武器装置，算起来它还是NR集团所有机器人的老祖了。当看到一直不近女色的主人抱着个女人狂亲，它也是惊讶的。

欧凛辰和温羽熙来了一个浪漫又炙热的法式深吻后，才缓缓地离开了彼此的唇。只是小A不出声还好，这一出声音，温羽熙就记起来刚刚那一枪之仇了。“辰辰，它刚刚朝我开了一枪，我怕得现在心脏还扑通扑通跳呢！”温羽熙噘着小嘴指着身后的小A，小脸上十分委屈。欧凛辰再不回来她真的有可能被这个机器人打爆头了。

下一刻，欧凛辰那张俊颜瞬间冷然，微微侧身，犀利的目光凛冽地剜向小A，冷声道：“傻A！”小A立刻低下头，两个粗大的黑色食指互戳着，像极了一个做错事的孩子：“对不起主人，我去面壁！”说完它转身走向客厅门口，只是没有进门，而是左转走了几步，对着那面玻璃墙就这么站着。依然挂在欧凛辰身上的温羽熙略微有些得意地看着面壁的小A，她也不是故意打小报告，只是自己刚刚真的被吓到了，不报一下仇不符合她小魔女的人设。

第八章　欧凛辰的另一面

　　欧凛辰抱着温羽熙向客厅走去，所有不好的情绪在见到她的那一刻都消散了。在他们准备踏进客厅的时候，小A偷偷瞄了一眼欧凛辰怀里的温羽熙。温羽熙自然也看到了，粲然地笑着，对欧凛辰说道："辰辰，算了，别罚它了，我开玩笑的，也是因为我爬墙进来，它赶我走也是职责所在，它是个很厉害的机器人哦，而且很搞笑。"听到她是爬墙进来的，欧凛辰的墨瞳微微怔了一下，转头看了一眼那两米多高的围墙，有些不可思议："你爬墙进来？"这丫头到底有多少技能，这么高的墙也爬得上来？

　　"嗯嗯。"温羽熙有些不好意思地点点头，突然意识到自己好像又不矜持了。"你有没有受伤？"欧凛辰眉头微蹙，赶紧把人放下来，仔细观察了她一圈。"没有！"温羽熙摇摇头，任由着他从头到脚地扫视着自己，"你这里静悄悄的，我以为没有人在家，所以就没有按门铃。"欧凛辰有些无奈，自己又对她发不起脾气，微微舒了一口气就拉起她的手往沙发走去："你吃饭了吗？""没有。"温羽熙摇头，指了指门口那一袋东西，"我买了菜过来，等着你回来吃的。"

　　欧凛辰的目光落在门口那看起来就很重的袋子上，俊颜上又是一阵无奈，冰冷的目光瞪了一眼还在面壁的小A："傻A，还不滚去做晚

110

饭。"小A转身，弯腰拎起那个大袋子走进来，然后进了厨房。粗大的机械手从袋子里把东西一样一样拿出来，认真检查着有没有欧凛辰不喜欢吃的东西。厨房里，咚咚当当传出来各种声音，而客厅里的两人腻歪地聊着天。

温羽熙窝在欧凛辰的怀里，紧紧抱着他的腰就是不放开。欧凛辰抬手摸了摸靠在自己胸膛上的那个蓝色脑袋，声音温柔地问道，"你怎么找到这里的？"温羽熙微微抬起头，小心翼翼地看着欧凛辰："偷偷查的，你会生气吗？"欧凛辰微微低下头，低眸看着那小脸，浅浅勾唇，笑意轻松："不生气。""辰辰……"原本还有些微蹙的秀眉瞬间舒展，笑意甜美动人。

"叫辰哥哥。"浪和的声音带着不容置喙的霸道。"为什么？"温羽熙再次抬起头，大眼睛里带着疑惑。欧凛辰带着她，身子微微往后靠，修长的双腿抬起，优雅地叠放在茶几上，嘴角噙着一抹温和的笑意，目光颇有深意地看着她，透着一股天然慵懒的魅惑，缓缓开口："我比你大四岁，是应该叫哥哥，而且我想听你这样叫。""辰哥哥。"温羽熙没有任何犹豫就直接叫了出来，小脸上笑得粲然幸福，一双蓝眸深深地看着他。欧凛辰看着她，那张俊朗迷人的脸上比任何时候都要柔和："再叫。"

"辰哥哥，辰哥哥，辰哥哥……"

看着那一张一合的粉红唇瓣，粉润粉润的，就像上天精心雕刻的完美工艺品，更像待人品尝的柔软果冻，欧凛辰终于忍不住抬手覆上她的后颈，慢慢地让她压近自己。一定是温羽熙拥有什么特殊的魔力蛊惑了他，这才几天，就让他对她这般难以自制。这么多年没碰过任何女人，有没有需求都这么过来了，却直接栽在了她这里，就像沼泽一样，陷下去就出不来了。

他刚刚触碰到温羽熙的唇，厨房里就传出来相当销魂又被篡改过歌词的歌声："One！Two！Three！像我这种男人你要懂得珍惜……

哈！偶尔一点儿软言细语说来听听……嚯！眼睛一睁一闭不要太挑剔，要爱就要欢喜。有的时候急急忙忙袜子会反穿……啊！有的时候真的很想明天再洗碗……我还是爱你的，虽然你的脾气很暴躁，谁让你是我的主人，我没什么好跟你争……"小A围着一件深棕色还带着小黄鸭图案的围裙，黑色的大手手掌里伸出一只更小巧的机械手，正在一点儿一点儿掰着青菜，钢铁的屁股随着音乐节奏一扭一扭的。

欧凛辰咬着后槽牙，冰冷的视线仿佛能透过那隔开客厅和厨房的酒柜，直直剜在小A身上，厨房里的声音戛然而止。欧凛辰把温羽熙抱起来，让她像只考拉一样趴在他身上，迈开长腿疾步向楼梯走去，一路上他已经忍不住还是吻住了红唇，两人一路亲吻着上楼。别墅不大，客厅和厨房仅仅是一个酒柜隔开的，客厅的动静完全被小A掌握了，它娴熟地掰着菜，一边小声嘀咕着："我是个没有感情的机器人，我不酸，我不会吃柠檬，我也不想被喂狗粮，真的，我只是个没有感情的机器人，没有感情，对，没有感情，但是我为什么觉得自己现在是一只单身狗机器人？嗯，可怜的单身狗！"

两人进了房间，欧凛辰一边亲吻着红唇一边轻轻把人放在床上，大手焦急地扯掉自己的领带，顺带解了两颗扣子。温羽熙回应着，因为紧张，小手紧紧抓住欧凛辰腰上的衣服，整个身子也有些紧绷，可是她感觉自己有些不受控制，即使怕也没办法拒绝他。察觉到了她的紧张，欧凛辰慢慢放开了那让他不舍的红唇，抬手抚摸着她洁白无瑕的脸蛋，声音轻柔："你害怕？"温羽熙抿了抿唇，轻轻地点点头，而后蓝眸紧紧盯着欧凛辰，生怕他因此而生气。

只是欧凛辰优美的薄薄唇勾起一抹温柔的笑容，他英俊的脸，神色温柔地看着她，那双还带着情欲的眸子深深地看着她，没有任何怨意："傻瓜，你不想，我又怎么会强迫你。"白皙修长的手指，一寸一寸抚摸着她的脸颊，感受着嫩滑的触感。之后，欧凛辰再次低头深深吻住那莹润的双唇，好一会儿才放开，食指指尖点了点温羽熙的鼻头，邪魅地笑看着她："但是你以后不要乱撩我，哪天我忍不了就办了你。"温柔的声音带着别样的威胁。温羽熙笑意清润地点点头，面上是答应不撩了，可是谁知道哪天她不矜持了又开撩了。不过因为欧凛辰的绅士，她心里对这个男人更是好感倍增了。

知道身上的男人不会对自己乱来后，温羽熙紧绷的身子也渐渐放松了。纵然压在她身上的欧凛辰因为情欲起的身体反应还未消失，她那不安分的小手又慢慢抚上了他的脸庞，拇指指腹摩挲着他那比樱花还要红一些的下唇："辰哥哥，你有没有想过有一天自己身边居然会有我这样的一个女人？""没有。"欧凛辰任由那只小手在自己脸上作乱，回答得很干脆。他以前心里只有恨，只有让自己变得足够优秀、足够强大。

听着他的回答，温习熙脸上的笑容越加灿烂："那你以前没有要花心思去找一个能让自己不反感的女人的想法吗？""没有！"欧凛辰的回答依然很干脆。深知自己一直厌恶女人的他怎么可能会有这种无聊的想法，与其花时间在这种不可能的事情上，他不如用这些时间多做几个机器人的系统编程，多谈几个大合作，多赚点儿钱，心情好还可以发展一下副业。温羽熙很满意，他从来没有把心思放在情爱这种事情上，说明他对于自己身心都是第一次，就连想法都是第一次。但同时，她的心里又些不安起来，既然没想法他又为何这么果断和自己交往呢？

"那你答应和我在一起只是因为那杯酒的赌约吗？"温羽熙顿住了自己还在欧凛辰唇上摩挲的手，蓝眸紧盯着他的眼睛，不想放过他脸上任何细微的表情。"不是！"欧凛辰不假思索地否定了，温柔的脸庞没有任何表情变化，双目依然充满柔情地看着温羽熙。如果仅仅是一个赌约，他最多是答应做她名义上的男朋友，怎么可能会不出两天就和她在这里滚床单。就算她是自己第一个不反感的女人，如果对她没有一点点好感，他也不会对她这般柔情。

"你已经开始爱上我了吗？"这句话，温羽熙问得小心翼翼的，蓝眸里有期待，有忐忑。欧凛辰没有回答，只是定定地看着她。因为他的沉默，温羽熙的心漏跳了半拍，秀眉逐渐紧蹙起来，蓝眸对上他的墨瞳充满了期待。可是他依然沉默，她该怎么办？虽然只是几天，但是她还是希望听到他说已经慢慢喜欢上自己了。

欧凛辰看着那蹙起来的秀眉，放在她脸颊的手抬起，抚平她的眉头，薄唇轻轻开启："或许我还不知道爱是什么，但我知道我喜欢你在我身边，喜欢听你叽叽喳喳说个不停，你可以扫除我所有的不安和坏心情。"从二十年前他变得自闭后，就不再向别人表达自己内心的想法，这是他第一次把自己心里想的都说了出来。就算是对柏俊卿他们，他也不会找他们倾诉，有心事的时候只会像前两天那样把自己关起来。

欧凛辰抚平了温羽熙的秀眉，也抚平了她紧张不安的心。他没有直接说喜欢她，但每一句话都是对她的喜欢。或许他不知道怎么说那些让她感动的表白情话，但是每一句都是真心的，还有就是他不想看到她不开心。温羽熙很开心，莹润的红唇上瞬间漾出粲然的笑容，双臂抬起搂住了欧凛辰的脖子，微微抬头在薄唇上印下一吻。此刻，除了吻他，她不知道该怎么表达自己开心激动的心情。

看着她又重新扬起笑容，欧凛辰的嘴角也浅浅勾起，笑得愈加温柔。"还有，我喜欢你身上的味道，让我很安心的味道。"欧凛辰说着，把头埋在了温羽熙的颈窝里，深深地呼吸了一口来自她身上那独特的气息，"那天晚上和你睡在一起我睡得前所未有的安稳，你让我难以自制。"话落，他轻轻地咬住了她那嫩滑的脖子。"啊……"因为欧凛辰在她脖子上突然的啃咬，让温羽熙不受控制地轻叫出声，电流从脖子蔓延开来袭满全身，她感觉连手指头都在颤抖着。

因为刚刚那一声，欧凛辰原本已经控住的那根弦又崩了，把吻再次移到了红唇上。发出急促又粗重的呼吸声，可想他一直压抑得多痛苦。两道逐渐急促的呼吸声交缠在一起，这次温羽熙不再像之前那样紧张，小手不安分地潜进了他的领口，搭在他肩膀上。这种举动无疑让欧凛辰得到了鼓励，他的吻越来越炙热，两人的呼吸越来越粗重，体温越来越高，整个房间的温度都在不断攀升。渐渐地两人的衣物都已经混乱不堪，满床的旖旎风光。

"咕噜噜噜……"突然，某人的肚子一个不合时宜的声音瞬间浇灭了这场火。"咕噜噜噜……"又是一声。温羽熙睁开眼睛，小脸尴尬得通红，她快速用手捂住了自己的肚子。她饿了，凌晨回到家倒头就睡，一直睡到下午，一天没吃东西，出来的时候只是抓了两个鲜花饼垫了垫肚子。欧凛辰微微抬起头，充满情欲的黑眸看着她，有些无奈地笑了笑。看来是老天爷不给他太快吃到这口肉了，到嘴的肉又飞了。

他快速从温羽熙身上起来，顺手把她一起拉起："晚饭应该差不多煮好了。"声音依然温柔。欧凛辰细心地帮她整理被他弄乱的衣服，薄唇却突然吐出一句话："下次不会再放过你了。"温羽熙通红的小脸布满了歉意。两人情投意合，你情我愿，本来就开放的她也觉得这种事情自然而然，只是她也没想过两人这事一次又一次被打扰，而且问题都在她身上。欧凛辰稍微压了压自己体内的火，带着低头不说话的温羽熙下了楼。

楼下，已经香味扑鼻，闻到饭菜香的温羽熙，肚子又控制不住地叫了起来。欧凛辰看着她，笑意愈加温柔宠溺："看来是真的饿坏了。"拉着她快速下了楼。小A正端着最后一盘菜从厨房里出来，看到这么快就下楼的两个人有些不相信，主人的速度那么快？这才上去半个钟头就下来了？不过它是个没有表情的机器人，两人都不知道它那个冷冰冰的钢铁脑袋里想的是什么。

看着桌上的四菜一汤，有模有样，有颜有色，而且香味扑鼻，温羽熙的小脸上圭满了惊奇。"太神奇了吧，机器人做的饭菜看起来比某些酒店的大厨还好啊。"她忘记了之前的尴尬，看着桌上的饭菜垂涎欲滴。欧凛辰温柔地揽过她的腰，语气轻柔："先去洗手。"而后带着她往厨房走去。小A的工作做完了，看着到处撒狗粮的两个人，它脱下身上的围裙，孤零零地走出了院子，独孤地坐在院里的石凳上，看西方天空的一片红霞。太阳并未落山，只是别墅周围都被郁郁葱葱的山峦挡住了，看不到即将落入天边的夕阳。

　　而客厅里，虽然四个菜都没有自己最爱的辣椒在里面，温羽熙还是吃得津津有味。看着大快朵颐的小女人，欧凛辰的嘴角不停上扬："慢点儿吃，没人抢你的。"他不由得放下了自己手里的筷子，就这样看着她。她没有像大家闺秀那样温婉优雅地小口咀嚼，而是大口大口往嘴里扒饭，却也不弄脏桌子。这个女孩儿身上到处都透着一股活泼可爱的气息，而且不做作，有一种让人看了心情也会跟她一样变得开心的魔力。

　　"太好吃了，你家机器人太完美了。"温羽熙嘴里塞得满满的还不忘嘟囔一句，不停竖起来的大拇指毫不吝啬地表达她的夸赞。会做饭的机器人已经很神奇了，做出来的饭菜还这么好吃，虽然有一部分原因是她真的太饿了，但是这饭菜是真的好吃。"呵呵……"欧凛辰由衷地笑了笑，拿起汤碗帮她盛了一碗汤。温羽熙终于扒完碗里的饭，端起汤碗咕嘟嘟又一口气喝下去。放下碗后，一脸满足地靠着椅子摸着自己那鼓鼓的肚子："好饱。"

　　欧凛辰拿起纸巾细心地帮她擦拭唇上的油渍，俊脸上满是柔情："吃得太饱就去外面院子走走，别撑得难受。"温羽熙这才意识到刚刚自己又不淑女了，小脸又泛起了浅浅的红霞："辰哥哥，我刚刚吃饭的样子是不是很丑啊？"欧凛辰温柔地笑了笑，轻声道："没有，很可爱。"看他没有嫌弃自己，温羽熙也就放心了，她不是一个习惯装的人，很多时候就是随着自己的心做事，刚刚在他面前过于自然随意又暴露了自己平时大大咧咧的本性。

　　看着他面前饭碗里的米饭刚吃了一个小角，温羽熙不禁蹙眉：

"辰哥哥，你为什么不吃啊？"欧凛辰把目光落在自己面前的碗，才吃了几口，刚刚光顾着看她吃了。他耳尖微红刚想开口，两只小手就端起了他面前的碗和筷子："辰哥哥，我喂你吧。"看着筷子已经夹起一块肉放到自己嘴边，欧凛辰整个头微微往后躲了一些，再看那个认真期待的小脸，终于还是张开了嘴巴。他不习惯这样的互动，有点儿受宠若惊。

看着他吃进去了，温羽熙粲然一笑，又往碗里夹了几块肉。"丫头，我自己吃。"欧凛辰抢过她手里的碗，低头优雅地扒了一口饭，耳尖通红。温羽熙托腮看着他的一举一动，仿佛在欣赏一幅赏心悦目的画，小脸上很是满足。

欧凛辰被她盯得浑身不自在，吃饭的速度不禁快了一些，他已经很久没有用这么快的速度吃饭了，噎得他有些难受。吃到最后连额头都微微冒出了细汗，耳尖依然通红，甚至已经蔓延到了脖子上。他以前不喜欢别人盯着他看，纵然不可避免被人盯着他依然可以做到一身凛冽不受影响，怎么现在被这丫头盯着他竟然有些害羞了。

"辰哥哥，你好帅。"温羽熙看呆了，蓝眸一直在那俊脸上。欧凛辰有些无奈，拿起纸巾优雅地擦拭着嘴角，还有额头上的汗，整个人慢慢地恢复了自然。眼看着外面天色已经暗了下来。"你今晚要住这里？"欧凛辰之前的不自在已经一扫而空，看着温羽熙的俊颜上又泛起了邪肆的笑容。"你给我住我就住啊。"温羽熙不以为然地浅笑着，蓝眸依然紧盯着他的俊脸不愿移开。这张脸真的怎么看都不厌烦，越看越喜欢。

欧凛辰邪魅地挑起眉毛，一脸腹黑地笑看着她，并未说话，只是那笑容隐约泛着一股不可意味的危险。温羽熙猛然惊觉自己住在这里将会面临什么，她终于收回一直落在俊颜上的目光，小脸微红地转过一旁："我还是去酒吧看看吧，几天没去了。""呵呵……"欧凛辰不禁轻笑出声，这丫头真可爱，逗一逗就怕了。

他微微倾身，一只手撑在了她背后的椅背上，俊脸在靠近她仅剩五厘米左右的距离才停下，邪肆地勾着唇角，黑目湛湛地看着她："你在害怕我？"鼻间被浓烈的男性荷尔蒙充斥，温羽熙脑子"嗡"的一下又宕机了，咽了咽口水支支吾吾地反驳道："我，我干吗害怕，怕你？"欧凛辰微微又靠近了一分，侧过头一副要吻她的模样，温羽熙闭上眼睛微微扬起下巴等待着他的吻。只是许久之后唇上都没有任何感觉，她缓缓睁开眼睛，就看到面前的俊脸正在腹黑地笑看着她。

欧凛辰邪笑着抬手轻轻点了点她的额头："快起来了，送你去酒吧。"知道自己被逗的温羽熙秀眉微微蹙起，不甘心地抬手捧住那张俊脸，在薄唇上重重地吻了一下才放开，而后傲娇地起身，走向沙发去拿自己的包包。看着连背影都透着高傲的温羽熙，欧凛辰的嘴角不禁又勾起了宠溺的笑容，也优雅起身跟在她身后。

院子里，小A依然坐在石凳上。欧凛辰直接忽略它，带着温羽熙在大门的密码锁上录入了她的指纹。他心里都承认这个女朋友了，可不想她下次过来还翻墙。"小A，我先走咯，改天再找你玩！"温羽熙笑意粲然地和小A告别。这个机器人挺逗的，不过她今天不能留在这里和它玩耍了。

"傻A，把碗洗了。"欧凛辰出门之前冷冷地瞥了一眼落寞的小A，留下这么一句话就带着温羽熙离开了别墅。小A缓缓起身，朝着客厅方向走回去："全世界都散发着恋爱的酸臭味，只有我散发着单身狗的清香，香气扑鼻！"听到门外车子发动离开的声音后，别墅的厨房里又传过来小A那销魂的歌声："Single dog, Single dog, Single all the day…"

而此时的慕家别墅，姜倩青还是一个人吃着满满一桌的山珍海味。苏梓樱依然没有在餐厅吃饭，早就和方柔吃过晚饭的她现在正在房间里打坐念经。小屋的观音像她已经让人搬出来，安置在了她现在住的房间里。虽然有一定的隔音，但是二十年前的木门隔音比起现在的房门那是差得太远了。

姜倩青被那一声声的木鱼敲击声烦得饭都吃不下。佛门的木鱼声，本是修身养性、净化心灵的一个声音，可是对于姜倩青这种充满算计的人来说就是让人心烦的噪声。姜倩青愤怒地把筷子往桌上一扔，黑着一张脸离开了餐桌。客厅的沙发上坐着一个女孩子，一身夜店的装扮，脸上化着鬼魅般的厚重妆容，手里拿着手机玩着游戏，嘴上还不停地和别人语音。

"慕瑾薇，你一天天就知道玩游戏和出去鬼混，你能不能有个大家闺秀的样子？"姜倩青抢过她手里的手机，愤怒地摔在地上。这个女孩儿就是她和慕鸿风的小女儿，慕瑾薇，刚刚过二十岁，大学也不去上了，整天都是和那些吊儿郎当的小混混儿玩耍。慕鸿风又不回来吃晚饭，她儿子也不见踪影，这个小女儿好不容易回来，饭也不吃，一直坐在这里玩手机，姜倩青憋了几天的怒火都没地方发泄。地板铺着地毯，虽然手机没有被摔坏，但是慕瑾薇正在玩的游戏角色挂掉了，此刻队友们正在各种骂她。

"妈，我每天都这样你也没管过我，今天吃了什么火药要发泄在我身上？"慕瑾薇漫不经心地捡起地上的手机，对于姜倩青的怒意一点儿也不害怕。"慕瑾薇，马上给我去换掉你身上的衣服。"姜倩青阴沉着一张脸怒斥道。慕瑾薇擦了擦自己的手机屏幕，不慌不忙地坐回沙发，一个眼神都不给发火的姜倩青，淡淡地开口："不换，我一会儿还要和朋友去夜店喝酒。"

"慕瑾薇！"怒意爆发的姜倩青忍不住声音加大了几分，眼底隐藏着一股爆发的怒火。慕瑾薇这才微微抬眸看她，却是一脸的冷然："妈，你要是有什么不顺就找别人发泄去，我可不是你的受气包，我出去了，拜拜！"说完她背起自己的包包，也不顾姜倩青的脸色有多臭，头也不回地朝门口走去。"慕瑾薇，你给我回来！"姜倩青怒吼，抬脚追了出去。可是回应她的只有慕瑾薇那和夜色混为一体的黑色背影。一身黑色包臀，长度只是盖过屁股的夜店裙，除了那两条白腿，其他的都和夜色混为了一体。

"啊啊啊……"姜倩青看着慕瑾薇那决然的背影，气得只能原地跺脚。气到了极点的姜倩青跑回了房中，拿出自己的手机就拨打了慕鸿风的电话，可是连打五次却没有人接听。"啊……"她撕心裂肺地怒吼了一声，抬手把手机扔在了墙上，好好的手机顿时四分五裂，那张脸愤怒扭曲，眼底都是恶毒的光。整个慕家都不受她控制了，姜倩青觉得自己再不做点儿什么，恐怕就要失去现在的生活了。

而后，她收了收自己的情绪，仔细梳洗了一番，穿得婀娜性感，化了个精致的妆容，看着镜子里的自己，艳红的唇瓣勾起一抹冷笑，那一脸的算计让人看着很恐怖。姜倩青开车离开了慕家，她的车子朝着慕氏集团的方向而去。前两天吵过一架之后，慕鸿风现在连白天都不回来了，她可不信他只是加班。

另一边，欧凛辰把温羽熙送到了夜魅门口，两人依依不舍地吻别之后，温羽熙刚要转身，一个极具调戏性质的口哨声在身后响起。紧接着就是一声戏谑又极为讽刺的男声："哟，这不是二十年前被抛弃的慕家长子吗？这样低贱的男人居然也有美女在怀？"只见一个二十五上下的男人，笑得一脸邪恶，极为讽刺地看着欧凛辰。那俊朗的眉间像极了慕鸿风，只是又多了一份纨绔子弟的浪荡不羁。

慕瑾烨，慕鸿风和姜倩青的儿子，只是比欧凛辰小四岁，今年已经二十四了。就是这个私生子让慕鸿风背叛了欧润茹后还一直和姜倩青来往，在欧凛辰被送出国，苏梓樱也病倒后，他就把这个已经在外面养到了四岁的私生子带回了慕家认祖归宗。虽然慕瑾城已经失踪，但是因为他的存在，让慕瑾烨来到慕家之后只能永远带着个二少的头衔，奶奶苏梓樱病好后对他也没有任何疼爱，心心念念的都是慕瑾城，这让他对素未谋面的慕瑾城产生了恨意。即使这二十年慕瑾城都消失无踪，他都对这个不存在的"死人"一直记恨着。可万万没想到，消失了二十年的人突然又出现了，而且还那么优秀，爸爸慕鸿风一直又想把慕瑾城接回慕家，慕瑾烨心里更恨了。

慕瑾烨身后的几个公子哥儿也纷纷吹起了口哨，不屑地看着欧凛辰，把目光落在了温羽熙的背影上："看背影是个美人哦，嘿！小妹妹，你身边的男人可听说是不近女色的，搞不好是身体不行，不如来哥哥们这里，带你一起本验不一样的快感啊？哈哈哈……"挑衅又猥琐的笑声响起，温羽熙刚要转身，就被欧凛辰一把拉回怀里。他把她整个脸按在自己怀里："别理他们，我送你回家。"他揽起她的腰微微用力，带着她转身，整个身子彻底隔绝了身后几个男人的视线，打开车门把她塞进了车里。

"慕瑾城，你真是个孬种，我好歹也是你同父异母的弟弟，怎么？你连面对我的勇气都没有？"慕瑾烨对于欧凛辰对自己那一副不屑的态度恼怒到了极点。这个男人就是这样，随便一个举动、一个眼神都能让自己显得不可一世，高高在上。而慕瑾烨最恨的也是欧凛辰这一点，天生带着王者的气势，这是自己身上所没有的东西。再次被叫到慕瑾城这个名字，欧凛辰的拳头紧了紧，一身凛冽的戾气逐渐散发出来。

"哦……烨哥，原来他就是你那个被抛弃了二十年的哥哥啊，长得也不像你啊，该不会是他妈背着你爸和某个男人的种吧？"一个黄头发的男人轻蔑地看着欧凛辰，说出的话阴阳怪气的。"谁知道，毕竟他妈妈是那种不干净的女人，不是我爸亲生的也不奇怪，谁知道是从哪里来的孽种，你们说对吧？哈哈哈……""哈哈哈……啊！"本来还轻蔑大笑的几个男人，突然全部止住了笑声，那个黄头发的男人已经被欧凛辰踢出去两米远，正在地上痛苦挣扎着。慕瑾烨还处在欧凛辰突然靠近自己的震京中，下一秒他的脖子也被掐住了。

欧凛辰突然以一种谁都没看清的速度闪身到了慕瑾烨面前，一身戾气，双眸猩红地怒视着他，掐住他脖子的手渐渐用力把他抬起："你嘴巴最好放干净点儿，不然我不介意过两天去慕家参加葬礼。"声音很无情，一字一句都透着杀意。曾经过得很贫贱的他可以忍受别人骂他低贱，他是不是慕鸿风的儿子他也不在乎，但是不能容忍有人诋毁他的母亲，辱骂他在乎的人。

"慕……慕瑾……城，我可是……你弟……弟，你杀了……我，慕家……不会原谅……你的，染上……人命……你……你也……逃不了。"慕瑾烨被掐得满脸通红，只觉得的肺部的空气正在一点点被抽空，即使已经开始翻起了白眼，可是话里依然带着不服。"我可不是慕家的人。"欧凛辰一字一顿森然地说着，那一身黑色的戾气让他就像刚刚从地狱出来的修罗，手上的力气也逐渐加大，理智渐渐被恨控制。"弟弟"两个字刺激着他，他这辈子最恨的就是姜倩青，对于她的儿子，欧凛辰恨不得现在就要了他的命。

"道歉！"欧凛辰猩红而凛冽的目光死死地盯着慕瑾烨。"对……对不起！"慕瑾烨纵然不服，但是死亡面前，他不得不低头。刚刚还嚣张的几个男人渐渐后退，谁也不敢上来阻拦，不敢从他手里救下慕瑾烨。岂料欧凛辰手上的力道却依然没有松弛半分，慕瑾烨觉得自己死定了，整个身子被死亡的恐惧围绕着，意识也渐渐模糊。

"辰哥哥！"一声空灵的声音唤回了欧凛辰的理智，他瞬间松开了已经翻白眼即将晕过去的慕瑾烨。再迟几秒，他手上就有一条人命了。

看着躺在地上身体还在抽搐，并且大口喘着气的慕瑾烨，欧凛辰的眼底依然猩红一片。"辰哥哥。"温羽熙小手覆上他的大手，又轻轻地叫了一声。欧凛辰回过头，掩去眸底的寒意，却拿开了自己的手："我这只手脏了，等我洗了你再牵我！"他的右手刚刚掐着慕瑾烨的脖子，他不想让温羽熙触碰这么肮脏的东西。温羽熙因为他躲开自己的动作微微一愣，却又因他的话让她心里涌起一阵暖意。她温柔地勾了勾唇角，拉着欧凛辰的手腕带他进了夜魅的大门。

　　看着欧凛辰已经不见人影，那几个跟着慕瑾烨来的男人这才敢凑过去扶起还没缓过来的慕瑾烨："烨哥，你没事吧，要不要去医院？"慕瑾烨依然在大口大口喘着气，一颗心还在剧烈跳动着，他刚刚真的以为自己要死了。而此刻三楼的一个窗边，一个戴着金丝眼镜的男人看着楼下的这一幕，那张冷漠的俊脸上勾起了满意的笑容。

　　温羽昊很满意刚刚欧凛辰护着温羽熙的那一下。他抬手召来身后的男人，指着楼下的几个男人冷声开口："尊，那几个人看到了吗？特别是那个慕瑾烨，以后防着他点儿，还有把这几个人都从夜魅的VIP名单上除名，以后不允许他们再踏进这里半步。""是，二少！"男人面无表情的转身，一个黑色的文身在脖子上清晰地显现出来，是一个"尊"字。一身军绿色的工装依然隐藏不住那一身的肌肉线条，配上脚上黑色的军靴，一个标准的寸头，英挺的剑眉下一双锐利的眼睛，古铜色的皮肤彰显着一身硬汉的气势。

　　温羽熙带着欧凛辰直接上了她在楼上住的那间房，除了温羽哲，欧凛辰是第一个进她房间的男人。整个房间都是她身上那种清香的味道，欧凛辰刚刚的焦躁渐渐平息了下来。他任由温羽熙把他拉进浴室，并且把洗手液挤在他手上，细心地帮他洗手。手掌上，还有前些天被玻璃扎破的伤痕，虽然已经愈合，但是看起来还是很触目惊心。

　　温羽熙用指腹轻轻抚摸着那些伤痕，很是心疼："这些伤还疼吗？""不疼了。"欧凛辰低眸看着那个蓝色的小脑袋，想起了那天晚上她帮自己处理伤口的画面。"丫头，我刚刚那副样子，你害怕吗？"俊颜上一双有着温柔目光的眼睛深深地看着她，说出的话小心翼翼。温羽熙帮他擦干手上的水渍，抬头看着他，嘴角溢出一抹温柔的笑意，神色半开玩笑地说道："不怕啊，我哥生气的时候比你恐怖多了。"

　　欧凛辰忍不住把她拥进怀里，英俊的脸上，带着十分认真的神情："丫头，我不会用那样的一面面对你的。""嗯。"温羽熙搂上他的腰，神色幸福地靠在他温暖的胸膛上。"丫头，你房间里的是什么味道？"欧凛辰还是忍不住问出了心中的疑问。她整个房间都是这个味道，所以她身上的味道应该也是长时间的熏香才有的。就是这个味道，让他很安神。

"熏香啊。"温羽熙说着，退离他的怀抱，拉起大手带着他进了她的卧房。在干净整洁的衣柜里，温羽熙拿出了一个小盒子，里面有六个瓶子，但是只有三个瓶子里面有粉红色的液体，其他的都是空的，每个瓶子只有拇指般大小。温羽熙把空瓶拿出来，又把盒子盖好，转身把整个盒子塞进欧凛辰手里，一脸认真地叮嘱着："这些是安神香，对于失眠多梦、焦躁不安都有奇效，你全部拿回去，就打开盖子放在房间的床头柜上就好了。"突然那小脸又笑得一脸的神秘得意："偷偷跟你讲哦，这可是我嫂子专门给我调的，一般人是没有的。"

欧凛辰低头看着手里的小盒子，浅浅勾起唇角，邪魅地笑看着她，语气低沉："丫头，如果这个对我没用的话，那我可是要把你扛回家一起睡的。"温羽熙坦然地耸耸肩，蓝眸里挑起一抹邪恶的笑意："如果你不怕半夜我把你踢下床，随便你把我扛回去。"欧凛辰眼角微挑，忍不住抬起手点了点她的鼻尖。这丫头真是一时一个样，有时候他一句话她就脸红，有时候她撩得你都害羞了她照样脸不红心不跳。他好像捡到了个宝。

楼下的慕瑾烨过了好久之后才恢复正常的呼吸，看着欧凛辰那辆黄色的兰博基尼Aventador，他突然邪佞一笑，狭长的眼底划过一抹羡慕，慢慢又变成轻蔑，最后变成算计。刚才他还没有机会看到温羽熙的容颜，只是残存的意识下隐约听到她的声音特别好听。不管是女人还是豪车，欧凛辰的一切他都要抢过来。本来想来夜魅见识一下那个传闻姿色不凡的女调酒师的，结果在门外就被羞辱了一番，慕瑾烨面上无光，只好带着几个兄弟离开了。离开之前，他的目光再次轻蔑地落在那辆兰博基尼上："慕瑾城，咱们走着瞧！"

　　和温羽熙又待了一会儿后欧凛辰就离开了。只是刚到门口，就发现自己的车上靠着一个身影金贵的男人，一双没有任何敌意的黑目正通过那一副金丝眼镜似笑非笑地看着他。

第九章 慕氏的危机

　　"温羽昊。"温羽昊绅士地朝靠近的欧凛辰伸出手，白皙修长的手指，在路灯的灯光下，骨节分明。欧凛辰微微一愣，继而也伸出了自己的手："欧凛辰。"两只同样白皙修长如璞玉般的手握在了一起。温羽昊儒雅地笑了笑，收回自己的手又放回了兜里，一举一动斯文儒雅，抬头看了一眼温羽熙房间所在的方向："和你在一起，熙熙她很开心！""嗯。"欧凛辰清冷倨傲的眸光凝视着温羽昊，深邃的眸底充满了疑惑。这个温家二少平时除了在学校上课，课后的行踪也是神神秘秘的，欧凛辰也没想到他会先找上自己。

　　"呵呵……"看着欧凛辰那一副防备的模样，温羽昊忍不住轻笑出声，慢慢地笑意中却渐渐升起一股淡淡的冷意："想必你已经知道熙熙的身份，所以你爱就从一而终，如果你对她只是因为自己身体的不反感，那……"听着他的话，欧凛辰眉头忍不住蹙了蹙，冷声打断："只要不是她先背叛，我会好好宠她。"温羽昊完美的俊颜上依然是那一副冷冷的笑意，他抬手用食指关节顶了顶鼻梁上的眼镜，一举一动仍然随意轻松："那如果是你先背叛呢？"

　　"我不会背叛她！"欧凛辰果断地答道，路灯的灯光打在他的脸上，那线条分明的冷峻俊颜盈着一股真挚。他这辈子最恨的就是欺骗、背叛和抛弃，所以他不会是那个先背叛的人。温羽昊浅浅地勾了勾唇，高雅的俊目别有深意地看着欧凛辰："你话也别说的那么满，这世上有太多的不确定因素，就你的身份，遭人算计也可能有失策的时候，外力因素胁迫下的背叛也算背叛。"在他们这些豪门之间，特别是欧凛辰这种身份的男人，想要得到他的女人太多了，而惯用的就是下药，没有了自我意识的情况下，谁又能够保证他依然可以守身如玉呢？

"如果真的有那个时候，别说你们不放过我，我第一个不放过自己。"欧凛辰异常俊美的脸上染着一层寒霜。他知道温羽昊说的外力因素是什么，也知道他说的背叛是哪种背叛，无非就是药力作用下他的身体碰了别的女人。如果真有那个时候，他就算让自己爆体而亡也不会让别的女人碰自己一下，他不会用一个脏了的身体去爱温羽熙。温羽昊满意地勾勾唇，没有再说什么，从车子上起身，抬脚一个侧身直接与欧凛辰擦肩而过，走了两步后突然又停下："夜路昏暗，开车小心！"他没有转身。说完就跨步走向夜魅的大门，毅然地走进门里。欧凛辰看着温羽昊的背影，摸了摸兜里的那个小盒子，冷若冰霜的俊颜上终于勾起了浅浅的笑容。

温羽昊回到大厅里，看到温羽熙已经在吧台里和温呆聊得很开心了。他停下脚步目光柔情地看了一下那个笑意粲然的女孩儿，最终只是有些无奈地摇摇头，朝着电梯走去。"四小姐，欧先生家里好玩吗？"温呆突然靠近温羽熙，一脸好奇地问道。刚刚温羽熙拉着欧凛辰进来的那一幕他也看到了，看看那一脸的幸福笑容，他都酸了。温羽熙得意地勾唇，说道："阿呆，他家里有一个很搞笑的机器人，可好玩了，而且还会做饭，做的饭可好吃了。"

"机器人吗？长什么样？大不大？"说到机器人温呆两眼放光。他对NR集团的机器人垂涎好久了，他可是它们的头号粉丝，不过那些人形机器人都太贵了，他只是温家的一个下人，在这个酒吧当个调酒师，他暂时还买不起。NR集团的机器产品很受欢迎，早在两三年前他们的机器人就畅销全球了，不过前几年一直都不销往域江城，这次搬回来还开了许多旗舰店，仅仅一个月的时间就直接席卷整个城区了。他们造的机器人仿佛带着人类的思维和感情，它懂得主人的喜怒哀乐，然后转变它们的声音与主人聊天。

"你猜？"温羽熙狡黠地一笑，还故意卖了个关子。"哎呀，四小姐，熙熙大美女，熙熙小仙女，你就告诉我嘛！"温杲双目湛湛发光地看着温羽熙。

"咯咯咯……"突然，吧台被什么东西敲响。温羽熙和温杲同时转头，只见一个打扮妖娆、一脸妖魅烟熏妆的女人用车钥匙敲击着桌面。看着面前的女人，温羽熙有些眼熟，好像见过。温杲看清来人的面容后，暗道一声不好，这不就是慕家三小姐慕瑾薇，出了名的嚣张跋扈，高傲自大。

他嘴角立刻勾起职业性的微笑："请问需要点儿什么？"慕瑾薇白皙却有些粗短的手指指着温羽熙："让这个新来的给我调一杯菠萝丽塔，上次来了没喝成，我可听说了，喝过她酒的人都想喝第二杯，我倒要看看是不是真的这么神奇。"那浓重妆容的脸上，看着温羽熙的眼神还是那样轻蔑和不屑。温羽熙这才猛然想起，这不就是那天晚上同样点了菠萝丽塔的丑女人。

温杲小心翼翼地看了一眼温羽熙，只见温羽熙礼貌性地勾了勾唇角，并未生气，白皙修长的手指拿出一个杯子，先是往里面倒了八分满的冰块，用吧勺沿着杯壁转动了一下冰块，把它放到吧台前离慕瑾薇比较近的位置。然后拿起两个调酒壶，在其中一个壶里倒入45毫升的龙舌兰，再是90毫升的菠萝汁，滴入橙味苦酒二注，紧接着挤半个柠檬汁。另一个调酒壶倒入冰块，然后把原先那个壶里的酒水用力一抛，一条淡粉色的水柱飞过空中，落入带冰块的壶里，就这样来回互倒八次之后，把调好的酒倒入放了冰块醒杯的杯子里。顶上放一块菠萝肉，用火枪稍微烤一下，插入吸管，橘粉色的菠萝丽塔完成。

华丽优雅的动作没有丝毫停顿，雾霾蓝的头发随着她的动作轻轻摆动着，在灯光下泛着幽幽的蓝光，认真调酒的温羽熙就像一只刚刚走出森林的精灵，恬静而且一尘不染，让人不敢亵渎打断。"你的菠萝丽塔。"温羽熙目光含笑地对慕瑾薇做了个请的手势，只是那笑意却不达眼底，冷然一片。别人对她什么态度她就还什么态度。

慕瑾薇微微扬起下巴，不可一世地看着温羽熙，拿起杯子轻抿了一口，原本想着不管好不好喝她都要发火的，因为她看着温羽熙过于妖魅漂亮，她嫉妒了。一个酒吧调酒师而已，竟然长得比域江城里任何一个豪门名媛都美。前几天晚上她也是进来第一眼就被她吸引了，没想到好几天都不见她，今晚看到了干脆就过来找碴儿了。

结果慕瑾薇只是抿了小小一口就被惊艳到了，她忘记了自己是要生气的，又喝了一口。拥有特殊香气的龙舌兰和酸果汁的完美结合，在舌尖撞击出酸甜的异国口感。"嗯，一般般吧。"慕瑾薇又喝了蛮大一口才放下杯子，眼底还是不屑，不过看着已经见底的杯子表情有些不自然。温羽熙只是勾唇浅笑着，并未说什么。

这时，一个银灰头发的男人过来，娴熟地揽上了慕瑾薇的腰，看到温羽熙后眼底闪过一抹惊艳，再也挪不开眼。一双带着某种情绪的眼睛盯着自己，温羽熙有些不悦。"怎么，看上这个小妖精了？"慕瑾薇早就发现了男人看温羽熙的眼神，讥讽地抬眸看着他，浓重妆底的秀眉间萦绕着一股凛冽，"赵云析，她这样的身份可没有钱给你挥霍，你可别忘了，离开本小姐，你依然还是某个娱乐会所里的'少爷'，还多个被本小姐抛弃的名声。"一双眼睛闪着傲慢的眸光看向温羽熙的脸，带着满满的鄙夷和不屑。

男人没有想到慕瑾薇会直接在别人面前这样爆出他是男公关的身份，有几分俊秀的脸上闪过一抹尴尬。赵云析缓缓把自己的目光从温羽熙身上收回来，冷然看着慕瑾薇。随后又重新挂上谄媚的笑容，揽在她腰上的手开始不安分地乱摸起来："薇薇，你错怪我了，我只是好奇她的眼睛用的什么美瞳而已，你没发现她的眼睛是蓝色的吗？"

"切……"慕瑾薇看着温羽熙，语气比之前更加讥讽，"这样的美瞳本小姐又不是买不起，你喜欢的话明天我们买一双一起戴。"慕瑾薇扬着下巴得意地勾唇看着温羽熙，那一副高傲的表情仿佛在说：看吧，这就是有钱和没钱的区别，你这种身份的女人也就只能看看！

"薇薇，你最好了。"赵云析忍着一副略微嫌弃的表情，在慕瑾薇那都是粉底的脸上亲了一下，别过脸在她看不到的角度忍不住皱起了眉头。要不是她说只要当她男朋友，就可以肆无忌惮地花她的钱，看着她身材也不错，他才勉为其难，答应跟她在一起，不然他当男公关，每天上班接触那些上了年纪的富太太一样有钱赚。

温羽熙的神色越发冷，冷眼看着面前的这出戏。倒是温杲被这一幕恶心得快要吐了，他偷偷瞄了一眼淡定的温羽熙，心里不由得佩服她的耐力。"云析，这个小妖精调的酒不错，要不我们喝一杯长岛冰茶，然后找个房间……"慕瑾薇欲言又止，一直不安分的手渐渐滑向赵云析下裆，一脸得意地看着温羽熙。赵云析享受地闭上了眼睛，就是因为这个慕瑾薇不仅有钱，床上功夫也不错，他才那么认命地待在她身边。此刻的温羽熙只想说五个字：真的是，有病！温杲咽了咽口水，再次小心翼翼地瞥了一眼温羽熙，他已经能感受到她身上散发出来的寒意了，他摇摇头，心底默默地为面前的两人祈祷。只是温羽熙却突然笑得一脸邪魅桀骜，一股淡淡的冷意依然萦绕着她的周身，一字一顿极为森然地说道："两杯长岛冰茶，好的嘞，马上来！"

温羽熙拿出两个长杯，分别放入2块冰块。摇壶里倒入金酒30毫升，紧接着是伏特加30毫升，而后倒朗姆酒，依然是30毫升，最后一种烈酒龙舌兰还是30毫升。最后加入香橙酒和柠檬汁各30毫升，加入摇冰，放入滤冰器，起听rolling开始，反反复复rolling倒酒。温羽熙唇角一直勾着浅浅的弧度，心底却不知咒了多少句：去你的长岛冰茶，我喝不死你俩！拉酒6次混合完成后，每个杯子里分别倒入蓝可乐半杯，再分半倒入混合好的酒，形成悬浮分层效果，柠檬各一片，放入吸管，蓝色沉积在底部，就像深海一样。和经典款的长岛冰茶不一样，经典款的是红茶颜色的，这款是深海蓝色的，颜色看起来更加妖艳。

"两位，请！"温羽熙把两杯酒往慕瑾薇二人面前轻轻一推，俏丽妖孽的脸上浮现出一抹冰冷又不达眼底的笑意。看着那蓝色的酒水，慕瑾薇微微蹙眉，冷笑而讥讽地看着温羽熙："你会不会调酒啊？别人的长岛冰茶都是红茶色的。"温羽熙坦然地笑了笑，把刚刚用到的酒一瓶一瓶摆在了桌面上，一脸的坦然自若，不疾不徐地开口："我用的酒都一样，差别只是普通可乐和蓝可乐，你不尝尝怎么知道味道一不一样？"

慕瑾薇哪里懂这些鸡尾酒加的都是哪些原料，只知道这款鸡尾酒是酒吧里有名的失身酒，都是烈酒混合调制而成，有助于她去了酒店能趁着酒精效果玩一些刺激的。看着温羽熙那不容置疑的神色，她只好拿起杯子轻轻吸了一口，果然和她之前喝过的那些没什么差别，好像还更烈了一些，不过正合她意。"云析，干杯！"慕瑾薇目光别有深意地看着身边的男人，抬起杯子和他碰杯以后，通过吸管把杯子里的酒全部喝光了。而后拉着只喝了半杯的赵云析走去前台付款，二人就离开了酒吧。

看着已经消失在门口的两个人，温呆还忍不住抖了抖身上的鸡皮疙瘩："四小姐，我刚还以为你会直接叫人把他们扔出去呢，不过我怎么觉得你更想搞死他们俩？""这种人不搞死要留着在你面前恶心你吗？"温羽熙忍不住爆了句粗口，继而冷冷地继续说道："扔出去便宜他们了，有钱不赚还得罪人，我又不傻，出了我的酒吧去酒店随便他们怎么玩，玩出人命也和我无关。"她一脸嫌弃地指了指吧台上的三个杯子："阿呆，这些杯子你拿去扔掉，我怕我得病。"

"四小姐，我也怕啊！"温呆看着那三个杯子也嫌弃地后退了一步。"嗯？"温羽熙侧目看向温呆，蓝眸里泛着一丝危险，威胁地凝视着他。温呆一脸的哭笑不得，硬着头皮蹲下身子从吧台下面的柜子里拿出一副一次性手套，小心翼翼地拿起杯子，甚至杯垫都扔进了垃圾桶里，然后又赶紧脱掉手套也扔了进去。而后又打开水龙头挤了好多消毒洗手液洗手。

另一边，姜倩青到了慕氏集团，直接通过总裁专用电梯往顶楼而去。所有的员工已经下班，整栋楼只有顶楼的某几个窗户依然亮着，其他楼层已经黑乎乎一片。楼下的保安看着怒气冲冲的姜倩青，他们也不敢拦。平时姜倩青也不怎么来公司，可是只要一来，那排场可大了。放在平时也没人敢拦她，更何况现在满脸怒气的她，就这几天慕鸿风天天在公司加班的情况，这两人铁定是吵架了，谁敢拦正在气头上的母老虎。

满脸怒意的姜倩青突然出现在总裁办公室，可是看到的不是慕鸿风，而是一个年轻女人在他的办公桌前收拾文件，看穿着应该是秘书之类的。"你是谁？为什么在我老公的办公室里？"姜倩青阴毒着一张脸怒视着女人，恨不得上前就直接刮她两个大嘴巴子。她也真的这么做了，几步上前揪起女人的头发，然后就是重重的两巴掌甩在那颇有姿色的小脸上。慕鸿风身边的助理一直都是男的，从来没有换过女秘书，这几天他们刚一吵架就有女人在他的办公室，让她不得不怀疑这个女人就是小三。年轻女人从她突然出现就有些错愕，现在又被打了两巴掌更是错愕。

"你是谁啊？怎么上来就打人？"她毫不客气地甩开姜倩青的手，无缘无故遭受两巴掌，她没还回去已经算是给面子了。"你这个贱人，就是你勾引我老公让他彻夜不回家的是吗？你年纪轻轻的怎么这么贱？别的不学就学会勾引别人家的老公了，他的年龄都可以当你爸了。"姜倩青的语气尖酸又刻薄，愤怒地用自己的名牌包包用力拍打着面前的女人，一张愤恨扭曲的脸上写满了恶毒。辱骂别人的话一句又一句，完全忘记了她当年又是怎么勾引慕鸿风这个有妻有儿的男人的。

"啊……"年轻女人被打得一脸蒙，不断退后躲避她的敲打，"你老公是谁啊？我没事勾引一个能做我爸的老男人做什么？啊……别打了！"那包包上带着的金属的标志勾到她手上的皮肤，姜倩青每个动作都狠到了极点，让她根本没有机会还手。

"姜倩青，你疯了吗？"突然一声怒吼在门口响起，紧接着一只大手就抓住了姜倩青的手腕，并且狠狠地把她摔到了一旁。慕鸿风一脸怒意地瞪着她，转而看向年轻女人又是一脸歉意："对不起啊乐乐小姐，贱内可能是误会了，我让人带你去处理一下伤口吧，稍后再带着她跟你道歉。"慕鸿风一脸的歉意，面前这个年轻女孩儿可是他刚刚找到的救命稻草，她可不是什么小秘书，而是王氏集团王总最疼爱的女儿王乐乐。

王乐乐看着自己手上的伤痕讥讽地勾了勾唇角，冷冷地瞥了一眼姜倩青："真是委屈慕总了，尊夫人的脾气一般人可受不了。"本来被慕鸿风推了一下处于呆愣中的姜倩青听着那讥讽的话语又回过神了，扬起包包又要打过去："你这个贱人，你说什么呢？"王乐乐害怕地往后一躲，快速离开了慕鸿风的办公室。

"啪！"慕鸿风忍无可忍，重重的一巴掌甩在姜倩青脸上，"姜倩青，你闹够了吗？不觉得丢人现眼吗？""啊……"姜倩青捂着半边火辣辣的脸颊，愤怒而撕心裂肺地吼叫了一声，愤然又绝望，"慕鸿风，你居然为了那个贱人打我？啊……"使劲尖叫的模样就像一个疯女人一般，完全没有任何优雅可言。"闭嘴！"慕鸿风被她的尖叫弄得十分烦躁，也朝着她大吼了一声，神色冷然地看着她，"姜倩青，一巴掌还打不醒你吗？你知道刚刚那个女人是谁吗？我好不容易找到王老板合作，暂时填补了公司的空缺，她可是王老板最疼爱的女儿，你打了他女儿，如果他生气一撤资，慕氏就完了，我们住的豪宅别墅就要全部拿来抵押了，到时候就全家人沦落街头了，你知道吗？"

这次，姜倩青真的愣住了，满脑子都是他那句豪宅别墅拿来抵押，全家人沦落街头。不，不行，她不能失去这一切。"鸿风，我错了，我错了，你几天没回家了，我害怕，害怕你离开我，真的，道歉吗？我去，我去跟她道歉。"姜倩青突然拉住慕鸿风的手，刚刚嚣张的气势一扫而空，取而代之的是撕心裂肺的哭求。

要真心道歉，姜倩青是不服的，但是她更不想失去现在拥有的一切。二十五年前她设计慕鸿风，并且怀上他的孩子，就是为了有朝一日能进入慕家享受荣华富贵，这二十年在慕家她习惯了这种富有的生活，她不要被打回原形。"唉……"慕鸿风无奈地叹了一口气，甩开了她的手，"你把她伤成那样，就算她原谅你，王总也不一定会原谅你。刚刚那个女人是王总最疼爱的女儿，把她放在我身边当秘书就是为了培养她，让她慢慢学习，以后是要做王氏接班人的。"

"鸿风，慕氏不能倒，我们就没有办法了吗？"此时的姜倩青全然恢复了一脸委屈温婉的模样，和刚刚那个大吼大叫的女人天差地别。慕鸿风走到办公椅坐下，揉捏着疲惫的眉心，连续几天的焦躁，下巴和上唇边浮上的青色胡楂让他看起来又苍老了几岁。"没有办法，如果妈能请得动瑾城回来帮忙，那慕氏就还有救。"慕鸿风整个手掌盖在眼睛上，每一个字都透着疲惫和无奈。

慕瑾城，又是慕瑾城，姜倩青一听到这个名字，原本梨花带雨的样子又带上了一抹恶毒。她不能让慕瑾城回慕家，如果他接手了慕氏，那她和她的一双儿女就什么都没有了。"我去和那个女孩子道歉。"姜倩青突然出声，转身疾步走出了办公室。在隔壁的秘书办，她找到了还在清理手上伤口的王乐乐，那张小脸两边脸颊都红肿了起来，而慕鸿风真正的助理李阜成却只是站在一旁看着。他三十多了，男女授受不亲，不能帮王乐乐处理伤口。

"王小姐，刚刚多有得罪，我在这里给你赔不是了。"一向高高在上的姜倩青难得在人前低头，对方还是个比她小一轮的女孩儿。嘴里说着道歉的话，可心里依然停不住算计。王乐乐悠然抬眸看了一眼姜倩青，看到她左边脸颊那红肿的一片，心中的怒气也消失了一些，不过语气依然冰冷："慕夫人，凡事得讲证据，你这种脾气以后还要吃很多亏的，并不是所有女人都像我这样柔弱手无缚鸡之力的。"言外之意就是，今天你要是遇到的是平时勤加锻炼的女人，那被打的就是你这个年纪的女人了。

"是是是，王小姐说得是，我一定改。"姜倩青卑微地低头，因为只有低头才能隐藏她那一脸的不屑。"你不用这么卑微地和我道歉，我们王家和慕氏的合作已经定下了，我不会因为这点儿私人恩怨坏了我爸爸的合作。"王乐乐的语气依然冰冷，不过态度已经缓和了许多。比起姜倩倩的小肚鸡肠，这位王家女儿可识大体多了。

"王老板有你这样的女儿真是幸福啊，处处为他着想，不像我们家的，唉……"姜倩青叹了一口气，那上扬的唇角已经压不住了，"还是感谢王小姐大人有大量。"看着前后完全两副面孔的姜倩青，王乐乐心里也是鄙夷无比，不过她并不表现出来。知道王家不会撤资之后的姜倩青的心情大好，一改之前的无理取闹，对慕鸿风百般顺从，只是心里已经在谋划其他的阴谋。她不知道的是，慕氏的危机暂时解除而已，如果以后还是亏空，那慕鸿风依然是欠下王总一笔巨大的债务。

回到湖心别墅的欧凛辰，洗完澡后第一时间就把温羽熙给他的安神香打开放在了床头柜上。很快整个房间就充斥着那股香味，一向习惯在房间办公的欧凛辰只觉得温羽熙就在身边。明明是安神香，却让他越加心乱，文件上的字一个也看不进去，脑海里都是那个俏皮的小身影。欧凛辰的目光定定地落在下午被他们两个搞得一团乱的大床上，那个带着俏皮笑意的小脸愈加在他脑海里挥之不去。

他坐了许久，几份文件一个都没批阅，却鬼使神差地打开了电脑，打开了整个别墅的监控录像。把时间调回五点多的时候，果然看到一个小身影矫健地爬上那个接近三米的围墙，然后又从围墙上轻轻一跃而下，身轻如燕。随后又见她拎着一大袋很重的东西慢慢地往别墅靠近，再到小A打门，两人对峙。到小A射出那一枪的时候，他的心都揪在了一起。再后来他回来，两人在客厅里的亲昵，最后亲吻着上二楼，所有的瞬间都充斥在脑子里。

欧凛辰渐渐觉得浑身开始燥热起来，他抬手压下电脑的屏幕。反正一个字看不进去，干脆扔下工作，躺在床上关灯闭着眼睛，鼻间都是那股味道，让他心烦意乱。辗转到十点多，欧凛辰突然从床上坐起来，打开房灯快速地起身下床，走进衣帽间就给自己换了一身黑色的休闲服。拿起桌面的车钥匙和手机疾步往门口走去，刚打开门就看到了在门外刚要敲门的小A，它的手里还端着一碗黑乎乎的汤。是欧凛辰平时需要用来助眠的安神汤，不过这个汤对他的噩梦没有任何作用，只是能让他快一点儿入睡。

"主人，你要去哪里？"看着已经换装的欧凛辰，小A忍不住询问。"出去一趟，你在家看好家。"欧凛辰淡淡地说着，绕过小A疾步朝楼梯而去，那飞快的脚步有些迫不及待。小A歪头看着已经没了人影的楼梯口，一脸问号。欧凛辰怎么直接不回家，一般回家之后他都不会再出去，更何况现在已经接近十一点了。没过一会儿，就听到围墙外地下车库的门开启的声音，再一会儿就是跑车启动的声音，还是那辆黄色的兰博基尼，飞快地驶离了湖心别墅。

很快，兰博基尼再次停在了夜魅酒吧外面的停车场。一个黑色金贵的身影从车上下来，快速走进了夜魅的大门，直接朝吧台走去。吧台里已经没有了温羽熙的身影，只有温杲无聊地擦着杯子。"她呢？"欧凛辰看着温杲冷冷地说，他知道这个男人是她下午带去湖心别墅的小跟班。看着突然出现的欧凛辰，温杲一脸蒙的状态，他不确定地眨眨眼，眼前还是欧凛辰，然后木讷地指着电梯的方向："刚刚上楼了。"欧凛辰快速转身，疾步朝电梯走去。

看着欧凛辰的背影，温呆突然回过神了，忍不住惊叫一声："我的天！"察觉到自己失态的他缩缩脖子扫视了一眼周围的客人，幸亏没人发现他刚刚的那副样子。"这四小姐什么魔力，让欧凛辰半夜还来找她？"温呆小声嘀咕了一句，脑子里不由得开始脑补一场浪漫的大戏，而后又一个人在吧台里一边擦着杯子一边傻笑。

欧凛辰上楼后，直接寻着温羽熙的房间而去，抬手就敲响了房门。走廊一处的暗格里，一个高大威猛的身影刚要推开隐形门出来，另一个纤瘦的身影快速拦住他，"那个是四小姐的男朋友。"是温舞冰冷无温度的声音。好一会儿，温舞又冷冷地出声，"尊，大少让你来保护四小姐，但是四小姐不喜欢动不动就现身的暗卫。""哦。"男人淡淡地应了一声，一切又恢复了平静。

敲了一次房门不见有人开门的欧凛辰有些焦急，抬手又敲了一次，这次门终于从里面被打开了。只见温羽熙穿着睡裙，头发湿漉漉地出现在门口，小脸错愕地看着门外的欧凛辰，本来擦着头发的手都顿住了。欧凛辰跨步进门，直接把温羽熙抱起来，抬脚踢了房门关上，然后就把她摆在门后面的鞋柜上，双手撑在她小蛮腰的两边，俊颜逼视着她："丫头，你给我的那些小瓶子是安神香还是蛊，我打开以后文件也看下去了，睡也睡不着了，满脑子都是你。"

温羽熙微愣地看着那靠近自己，还带着一丝小小委屈的俊脸，一时之间脑袋宕机了。看着那微微开启却不说话的小嘴巴，欧凛辰忍不住低头吻了下去，依然是甜蜜的味道，让他欲罢不能的味道。温羽熙终于回过神来，小手轻轻推了推他的腰。欧凛辰不舍地放开她，俊颜上越发委屈地看着她。

"你的意思是说因为太想我了，所以心不在焉，也睡不着觉吗？"温羽熙看着难得露出这种表情的俊脸，嘴角忍不住上扬，得意的声音带着一丝戏谑。"对。"欧凛辰一改一身高傲，变得一脸委屈。他虽然不想承认，但是事实就是这样的，他想她，睁开眼是她，闭上眼还是她，脑海里都是她。

温羽熙笑意粲然地抬手搂上他的脖子，眼底一片狡黠："所以你这么晚过来是想在我这里睡？""可以吗？我不乱来，只是抱着你睡。"欧凛辰小心翼翼地询问着，俊眸里充满了期待。"当然可以啊。"温羽熙爽快地答应了，收回自己的手拿起肩上的毛巾又开始擦拭湿漉漉的头发。看着他一身休闲服，她忍不住又开口问道："辰哥哥，你需要换睡袍吗？我去拿一套给你。"欧凛辰低头看了一眼自己的一身装扮，点点头轻轻"嗯"了一声。温羽熙直接在身边的盒子里拿出一串钥匙，轻轻推开欧凛辰，从鞋柜上轻轻一跳落在了地面上。"等我，很快回来。"温羽熙打开房门，直接朝着走廊尽头的房间走去。

用钥匙打开房门后，里面是一个又一个的衣服架子，而且上面都挂着用袋子包装好的睡袍。这些睡袍都是崭新的，而且已经经过清洗消毒才存放在这里。酒吧很多时候会有一些喝多的客人直接住下，有些人不喜欢和别人共用这些贴身的东西，所以楼上房间的被单、被套、毛巾、拖鞋，甚至睡袍，都算是一次性的东西。不管这些东西是多么上等的材质，有客人用过之后就直接拿去处理掉了，下一个客人来又是全新的一套。温羽熙只是拿了一套睡袍和一双拖鞋，其他的东西她有自己准备的给他。

温羽熙离开房间后，欧凛辰就坐在沙发上，整个房间还是像他房间的那个味道，可是这次，温羽熙真真切切地就在他身边。很快，温羽熙就抱着睡袍回来了，一眼就看到了坐在沙发上一身慵懒的男人，那俊颜上还带着一抹得逞的笑意，不过她并不知道那一抹笑容的意思。"辰哥哥，你在笑什么？"温羽熙把睡袍放在他身边的沙发上，小脸疑惑地看着似乎在傻笑的欧凛辰。欧凛辰敛了敛自己那压不下来的嘴角："没什么，想到了开心的事。"

而后看了一眼温羽熙拿回来的睡袍后，欧凛辰直接起身，当着她的面掀起自己的上衣脱掉。蜜色的肌肤，完美的肌肉线条，腹部的八块腹肌，再往下的人鱼线。温羽熙蓝眸直勾勾地盯着那一身完美的肌肉，小嘴吧唧吧唧咽了两下口水，炙热的目光犹如一只见肉的狼。欧凛辰把她的表情尽收眼底，唇角又上扬了几分。

他也不着急套上睡袍，而是光着上半身慢慢走向发愣的温羽熙，长臂一捞，直接把她揽进怀里，那俊颜上，笑意邪肆，他微微低头，靠近她耳畔，低沉而性感的嗓音魅惑人心："好看吗？"鼻间充斥着满满的男性荷尔蒙，眼前是一片蜜色的胸膛，温羽熙不受控制地点点头，又吞咽了一口口水。"想不想拥有我这样的男人？"耳边低沉好听的声音又响起。"嗯，想。"温羽熙心跳加速，脑子里一片空白，仿佛被人控制一般木讷地点头。欧凛辰邪魅地笑着，黑目湛湛发光地看着她，抬手捏住她的下巴，轻轻抬起，俊脸渐渐靠近。

"那……那个……我头发还没吹干，我先……先吹头发。"就在薄唇将要碰到自己嘴唇的那一刻，温羽熙突然回过神，猛然推开欧凛辰，红着脸跑进了浴室里，"嘭"的一下大力地甩上了门。欧凛辰看着那临阵脱逃的小身影，宠溺地勾唇笑着，转身拿起沙发上的睡袍套在了身上，遮住了那一身的肌肉和后背大小不一的伤痕。

"呜呜呜，温羽熙，你怎么像个饿汉一样盯着人家看，太不矜持了。"温羽熙靠着门捂着自己滚烫的脸颊，不过就那么一会儿，那张红扑扑的小脸上又泛上了花痴的笑容，"不过，他的身材也太好了吧！呵呵呵……赚到了赚到了。"就在温羽熙在浴室里一边嫌弃自己不矜持又一边犯花痴的时候，欧凛辰已经连下身的裤子也脱掉了，浴袍已经穿好，腰间也别上了一个简单的结扣。

他推开了那个几个小时前他刚刚进来过的小房间的门。第一次他是被温羽熙拉着进来的，当时他的注意力都在她身上，再到后来拿着那些熏香离开也没好好看一眼这个房间。这次终于能好好观察这间房了。放眼过去一片浅蓝色，房间里只有一张床，床头有几个小玩偶，床上的床单和被套都是带着白色羽毛印花浅蓝底的，顶上还有一个同款浅蓝色的围帐，两个床头柜，一个衣柜，一张小桌子上面摆着书本和笔记本电脑，所有的装饰很简单，又摆得满满的，很是温馨，就是一个简单的公主房。

这间房和他之前住的那间不一样，这里就是一个单独的小房间，浴室在外面。看着那张床，欧凛辰掀开上面的被子就钻了进去，那娴熟自然的动作就像是上自己的床。床头放着一本书，是调酒知识，欧凛辰拿起来随意翻看了一下，刚好翻到自己输给她的那杯B–52的调制方法，上面用的各种酒的度数也标注得清清楚楚。欧凛辰大概算了一下，31.5度的咖啡利口酒加上17度的百利甜、40度的君度、75.5度的朗姆151。脑海里算出来的数字让欧凛辰忍不住失笑："呵呵……怪不得当时她那么自信，幸亏这丫头没搞死我。"

欧凛辰靠着床头坐了许久，手里的书都翻了一半了，眼看时间都快到十二点了，温羽熙还没进来。他忍不住皱眉起身开门出去，只听见浴室里还有吹风机的声音。"吹个头发那么久？"欧凛辰蹙眉走过去，敲响了浴室的门，"丫头，你还没好吗？"里面的声音停了下来，传出来温羽熙柔柔的声音："马上好了。"而后又重新响起吹风机的声音。

欧凛辰半信半疑地看着紧闭的门，还是转身回到了屋里，钻进被窝又躺了下去。过了好一会儿，温羽熙终于推门进来，欧凛辰立即掀开身边的被子，拍了拍床单，笑得一脸邪魅："丫头，来，睡这里。"温羽熙奇怪地看着他，总觉得有陷阱，但还是听话地走了过去。温羽熙爬上床，刚刚在他拍的那个位置躺下，房间的灯就黑了。

"你关灯这么快干吗？"温羽熙有点儿不解。紧接着一只手臂揽上自己的腰，把她往一个温暖的怀抱拥了进去。鼻间都是欧凛辰身上清冽的味道，以及感受到的都是那暖暖的体温，温羽熙又想到了刚刚那一身肌肉，有些心跳加速。"都十二点了，不关灯睡觉，你还想干吗？"头顶传来欧凛辰低沉的嗓音，温羽熙又被撩拨得心跳加快了几分。

黑暗的房间只是安静了一会儿，黑暗中……

"辰哥哥，你别乱摸。"

"我没有乱摸。"

"你的手别放在我腰上，痒！"

"那我放哪里？"

"放自己腰上。"

"有谁睡觉又着腰的吗？乖，让我抱着你睡。"

"辰哥哥，你别乱动，耍流氓啊你！"

"是你一直在动！"

"啪！"一声拍打的声音，紧接是温羽熙微怒的声音，"欧凛辰，你的高冷呢？"

"放家里了，刚刚着急出来忘记带了，乖，别动，你再动我不用睡了。"

房间又安静了下来，迷糊中只听见欧凛辰呢喃了一句："丫头，你才是我的安神药。"他长臂紧紧圈住了怀里的小身子。渐渐地，两道均匀的呼吸声交叠在一起，整个房间一片静谧。

第十章　冤家路窄

　　翌日，上午八点五十五分，离NR集团的早会还有五分钟时间。李泽洲抱着几个文件夹一脸厌世地推门走进柏俊卿的副总裁办公室，把所有文件往他面前一放。柏俊卿冷冷地瞥了一眼面前的一沓文件夹，冷漠出声："什么意思？"李泽洲无奈地耸耸肩，慵懒地说道："这是昨天下面几个部门交上来的方案，最上面这个是一会儿会议需要公布的，这些都还没审阅，你审一下签个字。"柏俊卿微微蹙眉，语气越发冷漠："关我什么事？"这是欧凛辰的工作，他昨晚拿回去了自己不签，为啥这个时候才扔给他？

　　李泽洲撇撇嘴，摊开双手越发无奈地开口："今早小A说，BOSS昨晚十一点出门，彻夜未归。"柏俊卿眉毛忍不住挑动了一下，依然一脸冷漠："那又怎样？"李泽洲很断定地说道："BOSS现在还没起！"柏俊卿惊讶的同时又忍不住皱起了眉头："你打过电话了？"李泽洲赶紧摇摇头一脸屎样："不敢打！""那你怎么知道他没起？""猜的，而且昨晚百分之百去白小姐那里过夜了。"虽然嘴上说是猜的，可李泽洲脸上那副坚定的表情已经笃定了这件事就是这么个事实。

　　柏俊卿抬眸冷冷地瞥了他一眼，拿出自己的手机，找到欧凛辰的号码就拨了过去。温馨的房间里依然一片静谧，灿烂的阳光早就透过浅蓝色的窗帘照亮了整个小房间，床上的男人依然睡得安稳，丝毫没有要醒来的迹象。"呜……呜……呜……"放在床头柜上的手机突然亮起并且剧烈振动了起来。欧凛辰蹙了蹙眉，没有睁开眼睛，抬起手顺着声音摸到了手机，直接放在了耳边，三秒钟后触感触发自动接听。

"喂？"他的声音沙哑又带着惺忪的睡意。"还没醒？"柏俊卿冷漠的声音不禁夹杂了一丝惊讶。听着这种沙哑慵懒的声音，他突然想到两个词：红颜祸水，荒淫无度。"嗯，什么事？"欧凛辰懒懒地回答着，声音依然那般低沉沙哑。柏俊卿沉默了几秒，而后冷漠地吐出三个字："开会了！""哦，你们自己开！"慵懒的声音没有一丝波动。"你昨晚几点……"柏俊卿看着被直接挂掉的电话发出一阵"嘟嘟嘟"的声音，本来就一片冰霜的俊脸又冷了几分。

他也是好奇，想八卦一下欧凛辰昨晚奋斗到几点，才会累到这个点都没起，结果就被他这么无情地挂掉电话了。柏俊卿有些生气地把手机往桌上一扔，看着李泽洲冷冷地开口："把会议推迟到十点！"语气里带着一丝赌气的小傲娇。他偏偏就不要自己开会，就要等他来，欧凛辰能赖床，他还不能赖着不开会了？反正大魔王今天要是赖着不来公司这会就不开了。

挂掉电话后，欧凛辰把手机一扔，抬手摸了摸身边的位置，一片冰凉，哪里还有温习熙的身影。他猛然睁开眼睛，整个房间确确实实都没有了她的身影。"丫头？"他忍不住叫了一声，却没有任何回应。欧凛辰撑着坐起来，准备下床，手上却粘着一张小字条，上面写着几行娟秀的小字：辰哥哥，我去给你买早餐，你醒了浴室里有你的洗漱用品，记得等我回来。这张纸刚刚是粘在他手机上的，他接电话的时候被蹭掉了。看着那些字，欧凛辰空落的心瞬间又充盈了起来。他拿起手机看了一眼时间，九点过了，俊朗的脸庞上闪过一抹错愕，他从来没有这么晚起过，而且昨晚又是无梦的一晚。

就在这时，外面响起门被打开的声音，欧凛辰快速起身下床开门出去。"你醒了。"温羽熙刚好把打包回来的食物放在茶几上，被突然开门出来的欧凛辰吓了一跳。"你赶紧去洗……"温羽熙话还没说完，就突然被拉进了一个温暖的怀抱。欧凛辰紧紧抱着她也不说话，只是手上的力道像是抱着稀世珍宝般。"你怎么了？"温羽熙总觉得他有些奇怪，又猜不透。好一会儿，欧凛辰才放开温羽熙，在她额头印下浅浅一吻后才温柔地开口："我先去洗漱。"然后转身进了浴室。温羽熙有些莫名其妙，但是又不知道他怎么了。

欧凛辰出来的时候，温羽熙正弯着腰把打包袋里的早餐一份一份拿出来摆在桌面上，小心翼翼的动作，认真的表情，慵懒缩起的蓝色头发有几丝垂落在脸颊边，一举一动都让她看起来温婉贤淑，像极了一个刚刚给丈夫准备好早餐的贤惠女人。欧凛辰不由得看呆了，脑海里憧憬着两人以后每天都有这样的生活。也许可以换成是他穿着围裙，为她烹饪她最爱吃的东西，每天看着她的笑脸，出门前笑着和她吻别，归来时笑着把她拥进怀里。如果以后都是这样幸福该多好！

"辰哥哥，快来吃早餐啊，见你睡得安稳我也没叫你起来，虽然你这个总裁上班迟到没关系，不过你再磨蹭下去就到中午了。"温羽熙一边把剩下的筷子拿出来摆好，一边说着，只是她一直没抬头也没看到男人看着她傻笑的表情。温羽熙的声音拉回了欧凛辰那飘远的思绪，他掩去自己那傻愣愣的笑容，换成了温柔的笑朝着沙发走去。

早餐袋上、餐盒上印的都是麒麟轩的标志，欧凛辰不免有些惊讶："丫头，你跑这么远去买早餐？"温羽熙坦然笑了笑："也不算远啊，就是不知道你喜欢吃哪个餐厅的早餐，我们就一起去过麒麟轩，上次见你吃得挺多，猜想你应该喜欢那里的口味。"欧凛辰心底涌出一股暖意，他伸手把温羽熙拉进怀里，抬手抚摸着那俏丽的脸庞，目光柔和真挚地看着她："丫头，你买给我的不管是哪里的我都不挑，以后我会带你吃遍全世界所有最受欢迎的美食，玩尽所有最好玩的景区，好吗？"温羽熙开心地搂上他的腰，笑得幸福肆溢："好呀，那我们这周末就一起去玩好不好？""好！"欧凛辰轻轻地点头，低头又在她光洁的额头上落下一吻。然后，两人一起吃过早餐后就分开了。

虽然平时白天里几乎没什么事做的温羽熙很想跟着他一起去公司，但是她前几天从国外拿回来的蓝水翡翠还没有处理，她还有自己的事情要做。黄色的兰博基尼驶入NR集团大楼的地下停车场后，一辆红色的法拉利超跑和一辆黑色改装跑车也随之驶入了对面EQ集团大楼的地下停车场。

温羽熙把车停在她的专属车位后，直接通过总裁专用电梯往顶楼而去。EQ集团成立以来，所有人都知道这个珠宝集团有一个天才设计师，也就是这个集团的总裁，设计出来的珠宝不管是受欢迎程度还是销量，都紧随著名珠宝大亨温韬寒所创立的创世珠宝集团。可就连集团里的员工都没见过这个总裁兼设计师的容颜，更不知道人家是男是女，年龄几许，只知道这个人惯用的签名叫：Eternal Queen（永恒女王），简称EQ。身份神秘，设计出来的珠宝却又无处不在。

顶楼一片空旷，除了一间总裁办公室，其他的都是空的，没有秘书，没有助理。温舞和尊都没有随着温羽熙进去办公室。温羽熙没事不会来公司，来的话可能是有工作要做的。公司是爸爸送她的二十岁生日礼物，品牌是她创立的，对于这个集团，她只负责设计和制作成品，然后再让人运送回国展售。之前还在国外的时候，她会通过邮件来分配各个部门的工作，有时候真的需要视频会议的时候，她会让关夕蕊以助理的身份代替她出面，本人从未露过面。回国差不多两个星期了，她这次也只是第三次走进这里而已。温羽熙一进到办公室，啥也不管直接从办公桌的抽屉里拿出一个金属小圆管，一拉开居然是个单筒望远镜。她站在窗边，拿着望远镜看着对面那栋楼。

欧凛辰也是刚刚上到楼上，此刻正坐在自己的办公桌前，而后就看到李泽洲进来，也不知道说了什么，紧接着欧凛辰起身，和他一起离开了办公室。只是欧凛辰出门之前突然蹙眉回头看了一眼对面的这栋楼，他总觉得有人在看着他。见他突然转过头，温羽熙吓得赶紧放下望远镜，怎么觉得自己像个偷窥的女变态？被人盯着的感觉消失，欧凛辰压下心中的异样，和李泽洲去了会议室。

柏俊卿是真的傲娇，非要等他来才开会。宽敞的会议室里，所有部门的经理或者总监都已经入座了，每个人的座位上都有部门的牌子。众人看着一身休闲服出现的欧凛辰差点儿闪瞎眼，他们还没见过总裁穿休闲套装，而且今天刘海也没有梳上去，就是这么松软地放下来。妈呀！要不是那张面无表情的脸，那就是邻家暖男一枚啊！

欧凛辰除了刚刚那一下察觉有人监视着他的时候俊颜冷了一下，其他时候身上的气息都比平时暖了几分，虽然面无表情，可是似乎整个人神采奕奕，心情极佳。就连柏俊卿都不由得有些讶异，他不是因为昨晚奋斗到很晚所以才晚起吗？怎么看起来反而精神百倍？会议在欧凛辰一声慵懒的声音下开始，虽然他不像平时那么冷峻，可底下的人反而更加如坐针毡，总觉得是幻觉。

而温羽熙再次抬起望远镜确定欧凛辰真的离开办公室之后，只好撇撇嘴把它扔在了沙发上。她有些不开心地走进了办公室里的休息间，在衣柜旁边的架子上摆着一只翠绿的翡翠大白菜，小手轻轻一转，衣柜旁的一个暗门打开。那个缝隙与墙几乎是完全融合的，不仔细看根本不知道这里还有个门。门里有一个很大的空间，比整间休息室还要大，里面摆着各种机器和工具。一张长桌上，那块从国外带回来的蓝水翡翠就直接摆在上面，只有两个大块的，一开始先切开的两块不知在哪里。桌面上还摆放着各种工具，光雕刻刀都有十几把，还有打磨纸、小锤子、小镊子，等等。

温羽熙把包包往一边的小沙发上一扔，走到桌子边上拿起手套戴在了手上。然后拿起其中一块翡翠走到角落里一个小型的切割机边把它固定好，打开开关切下来大概鸡蛋这么大的一块，切面上水蓝的颜色非常通透漂亮。然后她拿起那块鸡蛋大的走回了桌子边坐下，在各种工具的切割和敲击声中，时间一点点过去，没有人打扰她，她也仿佛可以这样一直坐着专注手上的事情。许久许久之后，她前面的桌面上摆着一堆大约只有芝麻粒大小的蓝水翡翠碎片，每一小粒的大小都差不多，非常均匀。

温羽熙摇了摇有些酸累的脖子，从桌子侧面的抽屉里拿出来一个盒子，打开里面是六支崭新的钢笔，表层都是用羊皮做的装饰。她拿出所有笔，起身走向另一张桌子，每一支笔都蘸了蘸墨水，找出笔尖最好用的，又小心翼翼地把它重新擦干净，而后把外壳和笔帽都拆了下来，拿着它们重新回到刚刚的工作台。温羽熙细心地研究了一下表面那一层羊皮，拿起一把很像手术刀的小刀子，找了个切口把整层羊皮都卸了下来，只留下了里面的铁壳。

紧接着她拿起镊子一颗一颗地夹起桌面上的翡翠碎片，然后蘸了玉石衔接专用的胶水，再一颗一颗地粘在笔壳上，直到摆满整个笔壳，再用胶水补充缝隙处，等它干透以后就固定在打磨器上。温羽熙手里拿着打磨纸，随着机器快速不停地转动，笔壳上原先凹凸不平的碎石渐渐都被磨平了，中间不停地水洗、擦油，让它变得油亮，这道工具来来回回持续了好几次，最后整个笔壳都变得焕然一新，透着蓝水翡翠特有的蓝光。接着再到笔帽，温羽熙不厌其烦地把所有工序又重复了一遍。

这一坐就从上午十点左右坐到了下午两点多。看着手里那闪着透亮蓝光的钢笔，温羽熙总觉得还少了些什么。她又拿出一把很细小的刻刀，拿着笔帽，在上面小心翼翼地刻下了一个"熙"字。简单的一个字又觉得不够亮眼，她拿出金粉在上面做了填充，把笔帽又重新打磨了一层。等所有的工作做完，墙上钟表里的时针已经指向了下午四点。

看着那支完全崭新的钢笔，特别是上面那显眼的"熙"字，温羽熙满意地勾勾唇，"辰哥哥一定会喜欢你的！"而后她小心翼翼地把笔放进了包包里最隐秘的夹层。坐了半天了，她终于舍得起来活动活动自己酸痛的脖子和腰了。"妈呀，四点了！"温羽熙拿出手机看了一眼时间，不由得惊叫出声。一支钢笔居然花了差不多六个小时的时间，她做一副玉石耳环也就两个多钟头"咕噜噜……"温羽熙的肚子叫了起来，她上午九点吃了一顿早餐，到现在什么都没吃。

手机里有很多未读信息，温羽熙大概翻看了一下，居然没有一条是欧凛辰的。她有些不开心地嘟起小嘴："我都消失半天了，他都不找我的吗？"温羽熙大概收拾了一下桌面，背起包包离开了房间，门一关，看上去又是一面完整的墙。到办公室，温羽熙再次拿起沙发上的望远镜看向对面那栋楼。只是欧凛辰的办公室里一个人都没有。

"咦，人都去哪儿了？"温羽熙忍不住嘟囔了一句。好奇的她还是拿出自己的手机给欧凛辰发了个信息，不过却石沉大海了。温羽熙有些不开心，想直接给他打视频电话，却又怕他在忙什么重要的工作。"咕噜噜……"肚子的响声再次提醒她她饿了。"算了，先去找吃的吧。"温羽熙噘着小嘴把手机塞回包里。

而隔壁，等了温羽熙大半天的温舞和尊竟然无聊到玩起了两人扑克牌，还是最低级的接龙。见到温羽熙出来，他俩赶紧收了桌上的扑克。"饿了，去吃饭吧。"温羽熙对温舞说着，转而指向尊，"你回温家吃，不用跟我们去。""可是，四小姐……"尊的脸上闪过一抹为难，温家三魔头可是让他和温舞寸步不离地跟着温羽熙，自己回去会被罚的。

温羽熙俏脸上浮起一抹不耐烦，冷声道："哎呀，你就和我哥说我不要你跟着，你的个头太大块了，跟着我出入一些场合会引起别人的疑虑。""四小姐，你不要为难我。"尊肃敬的脸上还是闪过一抹执着之色。温羽熙无语地翻了个白眼，叹了一口气："算了，你回去把温杲带出来，五点半网球馆见，我和小舞先去吃点儿东西。"温羽熙说完直接走在了前面，刚走几步又转过头来警告地看着尊："你换一身运动服再去，到时候别让我看到你还是这一身。"这次是真的毅然决然地朝着电梯走去。

温舞一直冰冷无表情的脸上难得出现了一抹笑，看了一眼尊，紧跟上了温羽熙。温羽熙带着温舞随便找了家小吃店垫了垫肚子，然后去换了一身运动装，就直接朝着网球馆去了。

红色的法拉利超跑停在了网球馆侧面的停车场内，两边的门像翅膀一样缓缓升起，副驾驶座上伸出一条白皙的大长腿，而后是一个雾霾蓝的头钻了出来。温羽熙一身露脐运动套装，紧身的短款上衣包裹着她丰满的上身，那盈盈一握的白嫩小腰更是撩人，腹部上还有若隐若现的马甲线，下身是短裤装，两条腿修长笔直。不过另一边的温舞就保守多了，大热天的依然还是运动长裤。

就在她们刚刚下车的时候，一辆白色的宝马敞篷跑车停在了她们身后隔着一排车的车位上，车上两双充满羡慕嫉妒又疑惑的眼睛紧盯着温羽熙。自从上次在歆凛辰包厢内见过一次温羽熙，姜颖涵这几天再也没见过她，而且她忙于自己的工作，这两天也没回慕家，今天刚一回来就听姑姑说查不到白羽熙这个人。先是戴着满钻的手表，现在又是几百万的跑车，虽然还不确定这车是不是她的，但是姜颖涵对温羽熙的身份越来越好奇了，也更加嫉妒了。而慕瑾薇嫉妒温羽熙是因为她太美了，不仅脸蛋好，现在看身材也贼棒，昨晚她的小男友还第一眼就看上她了。

温羽熙没有注意到后面的几个人，和温舞直接就进了网球馆。场馆内人很多，下午了，很多人都喜欢这个时间出来锻炼，出出汗。"嘿嘿，四……熙熙，小舞，在这里，这里！"温杲手里拿着球拍朝着两人挥动。差点儿就习惯性地喊出四小姐了，还好反应快，不然回去铁定被温羽熙剥一层皮了。尊虽然也换了一身灰色的运动装，但是那军人般的站姿真的让人想象不到他是来打球的。温羽熙和温舞朝着他们的方向而去。

"四小姐，还好我没在外面等你，不然进来都没场地了，也不知道今天怎么那么多人。"温呆有些得意，想要邀功。这是他们进来后能订到的最后一个场地了，其他的都被人订完了。"嗯，表现不错。"温羽熙满意地笑了笑，而后又变得一脸的狡黠，"但是在外面喊我四小姐扣一分。""啊？"温呆欲哭无泪，"靠这么近也不能喊四小姐啊，那我以后怎么叫你吗？"温羽熙浅笑着，低声说道："出了温家大宅你叫我熙熙就行，私底下也这样叫，谁能保证隔墙没有耳。""哦。"温呆听从地点点头。

"嘿，那个调酒师。"身后突然响起一声尖锐又极为不屑的声音。温羽熙转过身，只见三个女人都用同一种鄙夷和不屑的眼神看着她。触及姜颖涵的脸时，温羽熙的蓝眸眯了眯，这个女人她可记得的，真是冤家路窄啊。对于不再是烟熏妆的慕瑾薇她有点儿眼熟，不过并不记得是谁，还有一个她压根儿不认识。不过看着她们这个样子，是打算过来找碴儿？

"阿呆，她们谁啊？"温羽熙微微侧头低声问温呆。

"中间那个就是昨晚点长岛冰茶的丑女人，慕家的小女儿慕瑾薇，左边那个是姜颖涵，慕瑾薇她妈带过来的慕家的侄女，右边那个叫王瑶瑶，是慕瑾薇的闺密，家里做房地产的，有点儿小钱，不是什么好鸟。"

经阿呆这么一说，温羽熙还真的觉得慕瑾薇和昨晚被欧凛辰掐脖子的那个男的有点儿像，都是慕家的人，怪不得行事作风都有点……呃……脑残！

"需要把她们赶走吗？"温舞突然冷冷地开口。

这次尊是安静等待指示了，反而温舞有些没耐心了，同为女人，她已经察觉到对面三个女人明显的敌意了。"不用，且看她们想干吗。"温羽熙悠然抬起双手环胸，微微扬起下巴倨傲地看着三个女人，就等着她们说接下来的台词。

看着温羽熙一副坦然又倨傲的样子，慕瑾薇的脸上闪过一抹尴尬，转而又恢复了那一脸的高高在上："我们没场地了，想和你们一起打，我们怎么也算是有过两面之缘，你不会这么小气吧？本小姐可是经常光顾你工作的酒吧，心情好给你一点儿小费也是有可能的。"不仅面上不屑，字里行间都是鄙夷。温羽熙不怒反笑，坦然接受："好啊，我们这边有一个大个子不会打，刚好愁着没人一起双打。"眼底不经意划过的一抹狡黠暗示着这个小魔女正在谋划着什么。尊不好意思地挠挠头，默默地走到了一边，温羽熙这话可没冤枉他，他确实不会打网球，来这里就是当雕塑的。

姜颖涵的目光来回盯着温羽熙和温舞还有尊看，她知道温杲是温家酒吧的调酒师，也知道他是温家的下人，但是温舞和尊她都没见过。四人对打，看着都是女孩子，温杲主动退到了尊的身边，论力气他一个男人比她们那边任何一个女的都大，他就不参与了，免得一会儿又说他一男的欺负她们女的。"小舞，朝脸打！"上场后，温羽熙突然靠近温舞耳边说了这么一句话，脸上的狡黠不再掩饰了。

慕瑾薇这边是和姜颖涵先上场，依然一副高高在上的模样，眼底看着温羽熙越加不屑，脑海里已经幻想着怎么把温羽熙她们打到求饶了。"姜小姐看着瘦瘦弱弱的，不知道有没有力气接球哦？"温羽熙突然似笑非笑地看着姜颖涵，手里的球扔在地上弹起后又准确无误地接住，整个人悠然慵懒却又十分优雅。姜颖涵微微蹙眉，心里恼火脸上依然还要做出一副娇婉可人的表情，咬牙切齿地说道："那还请白小姐手下留情了。"她怎会听不出温羽熙话里有话。一想到她抢了自己心爱的欧凛辰，姜颖涵心底默默地决定，一会儿一定要虐她，最好是打花她那个漂亮的脸蛋。

温羽熙勾唇一笑，俯身准备发球："你们可要接好了！"白皙纤细的手臂轻轻扬起，手里的球抛至半空中，灵活的身子轻轻一跃，开局直接一个扣杀，快速转动的球先是擦网，然后直直朝姜颖涵的脸飞去，直接重重地打在了她的额头上，然后弹落又滚回了温羽熙这边。

"唑……"姜颖涵手里的球拍落地，捂着剧痛的额头直接蹲下了，眼底一片漆黑，缓了好一会儿才重新看到光线。她刚刚完全没反应过来，那个球太快了。得逞的温羽熙心里偷笑，脸上却是十分不悦："喂，你到底会不会打啊，拿球拍接球啊，谁让你用脸接啊，不会打就换人咯，别浪费大家时间。"

"你是故意的吧？"坐在边上的王瑶瑶突然起身怒指温羽熙。"什么故不故意的，难道不是那样发球吗？不然换你们发球。"温羽熙把手里的球往慕瑾薇的方向一扔。慕瑾薇接住了，有些担忧地看了一眼姜颖涵："表姐，你没事吧，要不换瑶瑶上来？"姜颖涵揉了揉刚刚被打的额头，怨恨地瞥了一眼温羽熙，摇摇头："我没事，继续吧。"手放下的时候发红的额头已经有些肿起了。

这次是慕瑾薇发球，同样是想朝着温羽熙的方向扣球过来，却直接打在了网上。温羽熙抿了抿嘴唇，极力憋着笑又不能表露得太明显，她刚刚差点儿笑出声。"再给我一次机会。"慕瑾薇有些尴尬。温羽熙耸耸肩，一副你随意的模样。

为了避免被拦网的尴尬，慕瑾薇这次发了个高球，被温羽熙打回了姜颖涵的方向，是一个超高球，让她根本没办法跳起来扣杀，只能往上打，球又回到了温羽熙这边。她是可以扣的，但是又不想玩得过于明显，还是轻轻地把球打向了慕瑾薇的方向，她又把球打给温舞，是个超高球，不过球到了温舞这里就和普通球没什么差别了，多高都能扣。只见温舞纤瘦又矫捷的身影一跃而起，完美的一个扣杀，直直地打在了姜颖涵的右肩膀上，直接震落了她手里的球拍，连拿起球拍挡下的机会都没有。明明是网球，却被温舞打出了羽毛球的轻松感。温羽熙抿着唇与温舞对视了一眼，她有点儿憋不住笑了。

"我就说姜小姐柔柔弱弱的不适合这种运动的，你没事吧？"温羽熙故作担心地上前几步看了一眼姜颖涵的情况。只见她整个右手都在发抖，紧皱的眉头说明她痛得快不行了。"要不要去医务室看看啊，看你好像很痛苦。"温羽熙突然一副很担忧的模样绕过球网往姜颖涵的方向走云。

看着痛苦的姜颖涵，温羽熙转变成一副语重心长的模样继续开口："哎呀，这网球又不是羽毛球，你这样柔弱的身体以后还是少来打，毕竟球无眼，我觉得你还是去医务室看看，免得落下什么后遗症。""你们是不是故意的？"慕瑾薇突然扔下手里的球拍，怒气冲冲地指着温羽熙的鼻子。略矮的身高，比起温羽熙那一脸的坦然，光是气势上就输了。

温羽熙微微蹙眉，也有些不悦："搞笑吧你们？是你们要和我们共用场地的，你把球打过来我们就是正常的反应打过去啊，谁知道球能飞得那么准。而且谁又知道她不是用球拍接球而是用身体啊？"慕瑾薇被堵得哑口无言，温羽熙说得不无道理，就算是专业的网球运动员，都不能保证控制球的方向每次都打得那么准，也要看对方怎么把球打过来的。

温杲看着浑身是戏的温羽熙，忍不住对身边的尊说道："尊，你说四小姐的演技比起夫人的，谁更胜一筹？""夫人。"尊不假思索地直接说出答案。温杲微微一愣，有些不解："你为何这么确定？"

"因为夫人是拿过影后奖的人。"尊依然是面无表情的脸，话却说得十分认真。温杲的嘴角忍不住抽了抽，敢情这家伙根本和他不在同一个频道上。他说的演技，跟拿不拿奖有什么关系，四小姐这样的要是把她往娱乐圈里那么一放，也是有大把奖可以拿的。

"算了，是我球技不好，你们继续玩吧，我去医务室看看。"姜颖涵捂着剧痛的肩膀站了起来，冷冷地瞥了一眼温羽熙，转身朝着球馆工作室的方向走去。"表姐，我陪你去吧！"慕瑾薇有些担忧地跟上去。姜颖涵摇摇头，用只有她们两个人能听到的声音对慕瑾薇说："你们继续玩，下次也朝她们的脸打。"此刻她那已经盈满水雾的眼底充满了恶毒。慕瑾薇看着姜颖涵落寞的背影，握紧拳头回到了球场上，还有王瑶瑶也上来了。

温羽熙和温舞不再那么明目张胆地打她们，中间还放水让她们赢了几次，然后时不时又把球打在她们身上。王瑶瑶被打中脸一次、肚子一次，胸部又一次。慕瑾薇就比较惨了，额头和脸颊都肿了，手臂和大腿都不知道被攻击了多少次。

姜颖涵回来的时候说是肩膀骨头可能被打裂了，球馆的医护人员建议她去医院看看，额头上也是又红又肿。温羽熙也不知道温舞下手这么重，有些过意不去："那个，既然是我朋友打到的你，要不医药费就我们出吧。""不用了，谁稀罕你那点儿破钱，你还是留着自己花吧，一个调酒师天天熬夜上班挺难的。"慕瑾薇讥讽地留下这么一句话，就带着姜颖涵去医院了。这笔账她记下了，以后慢慢算。

温羽熙其实有些无奈，行吧，既然你们钱多就自己付吧！"哈哈哈……"三个人的身影彻底消失后，温羽熙憋不住了，大笑了出来，"妈呀，笑死我了，看看她们那一副猪头样，敢怒又不敢言的憋屈死了，也不看看自己一副什么德行，还想来虐本小姐，哼！"温羽熙和她们其实算不上有什么恩怨，不过姜颖涵惦记着她的男人，她就是想虐她，至于王瑶瑶和慕瑾薇，谁让她们是一丘之貉，虐一送二，来了就一起虐了。

"小舞，以后遇到这种绿茶婊，在她们欺负你之前，你先给她们来个下马威，省得她们见你好欺负然后……"温羽熙看着温舞突然语重心长地说着，不过再看她那一脸冷漠的表情又感觉自己有些对牛弹琴了，把剩下的话吞了回去，摆摆手有些嫌弃，"算了，你这种冰块没人敢欺负你，当我没说。""四小姐，我发现你挺腹黑的，她们都没察觉你是故意的。"温呆突然凑过来，笑得一脸粲然。他最喜欢看这些女人虐女人的戏码了，特别是某一方从一而终都占上风，另一方被完虐的。

"阿呆，说了不许叫四小姐。"温羽熙有些愠怒地瞪了一眼温呆，突然灵光一闪，狡黠地勾了勾唇，更加腹黑地笑看着他，"阿呆，我突然有个更好的称呼，你以后叫我熙姐得了。"温呆脸上的笑容龟裂，微微眯起眼眸鄙视地斜睨着温羽熙："四小姐，你这样就有点儿过分了，就算你和我同一年的，但我怎么说也比你大两个……熙姐！"温呆都想哭了，虽然他真的比她大两个月，但是他没办法不妥协，因为此刻温羽熙已经突然后退了好远，准备对准他发球了。碍眼的人都走了，四个人开心地玩了起来，就连尊也加入了。

姜颖涵去了医院之后发现，骨头没有断裂，只是脱臼了，不过挺严重的，整块骨头都歪了，还得拿绷带固定挂了脖子才能回来。姜颖涵和慕瑾薇回到慕家，就看到了难得和苏梓樱同时坐在客厅里的姜倩青。"你们两个怎么鼻青脸肿地回来了？涵涵，你的手怎么了？你们打架了？"姜倩青一看两人身上的伤就冷着脸询问。

"奶奶。"慕瑾薇毫无感情地叫了苏梓樱一声，觉得打球被别人虐成这样太丢脸，她不想说，就坐在沙发上低着头玩手机。"奶奶。"姜颖涵也礼貌地朝苏梓樱问候了一声，继而立刻转头看向姜倩青，"姑姑，还不是那个白羽熙用球打的，专往我们身上打。"她快速地说出来了原因，一脸委屈。她心底恨死温羽熙了，她的右手是要画设计图的，而且两个月后她就要代表现在的公司去参加一个珠宝设计大赛，听说这次著名珠宝大亨温韬寒会收拿到设计奖冠军的人做他的第二个徒弟。可是现在她的右手却要休养半个月才能动，以后吃饭都费劲。

本来对她们漠不关心的苏梓樱听到"白羽熙"三个字后突然双眸微睁，认真地听了起来。姜倩青没注意到苏梓樱脸上表情的变化，只是越加冷然地看着姜颖涵和慕瑾薇："你们怎么遇到她了？"两个人被一个调酒师用球打成这样，她都替她们觉得丢脸。

姜颖涵越发委屈地低下头："在网球馆遇到的。""网球馆这么大，你们怎么就被人家打成这样？不是你们先找人家的碴儿吧？"苏梓樱突然冷然地出声，那双眼睛早就看透了许多东西，也看透了她们的心思。直接被苏梓樱一语道破，姜颖涵的头低得更低了，不敢说话。确实是她们先去找人家分享场地，还妄想虐她们的。

"呵……"苏梓樱冷嗤一声，轻蔑嫌弃地冷冷瞥了一眼姜颖涵和一直不说话的慕瑾薇，"天外有天，人外有人，这句话你们有空应该多参悟参悟，别以为自己生在慕家就独大了，哪天再挑衅，可不一定能像今天这么完整地回来。"亲奶奶不关心自己却帮着外人说话，慕瑾薇不再沉默，她猛然站了起来，倔强地瞪着苏梓樱："奶奶，我才是您的孙女，我都被打成这样了，您还要冷嘲热讽的吗？""怎么？难道我应该鼓励你再去找人家报仇，再让你多一点儿伤回来？"苏梓樱毫无感情地怼了回去。她也想心疼这个孙女，但是慕瑾薇被姜倩青惯得连礼貌都没有了，她宠爱不起来。慕瑾薇哑然，愤然转身上了楼。

这次，姜倩青没敢顶撞苏梓樱，虽然她的话是有点儿过于冷情了，说得却都对。姜颖涵察觉气氛不对，起身朝苏梓樱和姜倩青微微颔首，转身也上了楼。姜倩青赶忙一副担忧的表情跟了上去。苏梓樱冷冷地瞥了楼梯口又缓缓收回目光，讥讽地勾着唇角："无事去找别人的麻烦，这点儿伤算轻的了。"不过她心底对白羽熙这个人愈加好奇了，也不知道是怎样的一个女孩子又能俘获了她孙儿的心，又能虐欺负她的人？

姜倩青跟随着姜颖涵进了房间，关上门直接冷声开口询问："你们怎么会遇到一起打球的？还被打成这样？""她们比我们先进去，我们没场地了，瑾薇表妹也不知道和她有什么恩怨，就说上去和她们拼场地，本打算虐一下白羽熙的，没想到我们反而落下这种结果，白羽熙下手好狠，和她一起的那个女的更狠，一个球就把我的肩膀打脱臼了。"姜颖涵讲述的时候脸上还带着一副怨恨的表情，完全没觉得她们就是自找的。

想起什么，她又突然出声："姑姑，我见白羽熙从一辆价值几百万的法拉利超跑上下来，和她一起的是一个之前都没见过的女人，冷冷冰冰的样子，而且那个车牌可神气了，域A66666。"姜倩青不禁皱眉，势利的眸底闪过一抹惊讶："怎么可能，五个同样数字的车牌那可是温家专属的。"姜颖涵听到这个也很惊讶，温家那可是不得了的家族，难道白羽熙真的和温家有关？不过她确实和温家有关啊，不就是在温家酒吧打工吗？

想到这个姜颖涵不屑地笑了笑，讥讽出声："姑姑，那也不一定是她的车吧，她是从副驾驶座下来的，而且温家管家九姨的儿子温昊也来了，温大少赏他一辆车开也有可能，白羽熙又和他在酒吧工作，感情好了借她开出来拉拉风也可能，也有可能是另外一个女人的车，不管怎样，我们再查一查那辆车不就知道了。"姜倩青用看白痴一样的眼神瞥了姜颖涵一眼，冷声讥讽道："怎么查？一个白羽熙都查不到，你觉得温家的车查出来了又能说明什么？就算她就是开温大少的车出来，又能证明什么，那也查不到她真实的身份。"

"姑姑，我们可以找人跟踪她啊。"姜倩青微微挑眉，有点儿赞许这个方法，这可能也是目前唯一可行的方法了。对这个白羽熙她本来根本没什么在意的，不过查了那么久都查不到她的资料，这让她开始好奇这个女人了，而且上次看到她和欧凛辰感情好像很好，查清楚她的身份以后或许是个可以利用的棋子。

第十一章　我喜欢你

一直到晚上八点钟，温羽熙出现在夜魅的吧台里，欧凛辰都没有回复她的信息，温羽熙很不开心，闷闷不乐地盯着手机看。百无聊赖地呆坐了两个小时，温果也不敢打扰她，有人过来点酒他就全部揽在身上。直到十点多，温羽熙等来的不是欧凛辰，而是门口闹哄哄的争吵声。放眼过去，看到几个头发染着各种颜色、烂仔打扮的年轻小伙子暴怒地揪着经理的衣领。

"你们什么意思？你们无缘无故为什么要撤掉我们的VIP，还把本少爷拉入你们的黑名单？"一个黄头发的男人揪着经理的领子暴怒地大吼。"抱歉了刘少，这是上面的意思，我也只是照办，你拿我撒气也没办法。"经理任由他揪着自己，说着看似抱歉的话语，脸上却冷然一片。上面是这么命令下来的，他只是一个执行者，今天打死他也不知道是什么原因。

"你是说温家大少有意要和我们过不去？"突然，一个冷然高傲的声音响起。紧接着几个公子哥儿让开，慕瑾烨走了进来，一脸高傲的表情，讥讽勾唇冷冷地看着经理。慕瑾烨不算很高，目测只有一米八上下的样子，在几个公子哥里他都不算最高的，姿态却是最傲然的。他长得很像慕鸿风，完全继承了他的俊朗，只是那一身正儿八经的西装却被他穿得松松垮垮的，里面花色的衬衫解开了四颗扣子，露出来的肉都要到肚脐眼儿了，脖子上一条银色的粗链子也是土到了极致，再加上那一副吊儿郎当的模样，活生生的一个街头烂仔，完全没有富家子弟的优雅和金贵。

经理坦然地笑了笑，说道："慕二少，你这话我可没办法回答，上面的命令我也是奉命执行，上司的想法岂是我可以猜测的。"他心里却暗诽：你可我我怎么知道，一向不管世俗之事的二少突然针对你们，你们怎么惹到二少的自己心里没点儿数吗？黄头发的刘少再次揪起经理的领子，却被慕瑾烨制止了。"呵呵……"慕瑾烨冷冷地笑了两声，嘴角讥讽的弧度更甚了，"行吧，算你们温家有种。"

而后他转身离开，却在转身那一刻不经意瞥见了坐在吧台里低头看手机的温羽熙，仅仅一个低头的侧面却深深地吸住了他。眼底的惊艳毫无掩饰地外放，他顿足紧盯着那个绝美的侧脸挪不动腿了。经理顺着他的目光看去，暗道不好，微微挪脚挡住了慕瑾烨的视线，礼貌颔首，朝他做了个请的手势："慕二少还请见谅，只是撤了你们夜魅的VIP而已，各位少爷还是可以移步温氏旗下的其他酒吧，同样的VIP待遇。"被挡住视线的慕瑾烨脸色顿时阴沉了下来，对于这个决策很是不解，但鉴于夜魅的保安们都已经出动了，他也不敢闹事，只好带着那几个狐朋狗友离开了夜魅。

坐回车上，慕瑾烨依然有些不舍地看着夜魅的招牌。刚刚那个女人就是新来的调酒师吗？果然绝色倾城，仅仅一个侧脸就能让他起反应了，要是能睡到，那岂不是升仙了。慕瑾烨光想着都觉得浑身燥热，他拇指指腹摩挲着自己的唇瓣："阿义，找人跟着那个女调酒师，找个机会把她绑来给我。"他突然转头对着身后的黄头发男人说道，眼底闪过一抹毫无掩饰的算计和欲望。

刘浩义邪佞地笑着："烨哥，果然第一眼就看上她了，跟你说了是绝色美人，没骗你吧。"慕瑾烨的嘴角一直勾着，没有说话，手上不停地摩挲自己的唇瓣，喉结滑动了一下，光是想着他下腹都紧了起来。"我们先去找几个妞玩儿玩儿。"欲望被点燃了，慕瑾烨需要找女人泄泄火。"好嘞！"车上几个人吹着口哨，十分兴奋。两辆敞篷跑车在一阵阵不正经的口哨和喧闹的起哄声中驶离了夜魅酒吧。

慕家二楼的一间房内，慕瑾薇坐在梳妆台前看着自己脸上大大小小的瘀青，愤怒地把手里的遮瑕膏往桌上一扔。怎么遮都遮不住，让她怎么出去玩？而且大腿上、手臂上被打到的地方也痛得要死，现在都变成了看起来黑乎乎的瘀青。慕瑾薇的眼底闪过一抹阴狠，拿出自己的手机拨打了一个备注哥哥的电话。电话一接通，传出来的不是慕瑾烨的声音，而是女人放荡的娇叫声。

慕瑾薇微微蹙眉："哥，你又乱玩女人，你好几天没回家了，别让爸爸去逮你。""慕瑾薇，你先管好自己。"慕瑾烨的声音沙哑又带着喘息。慕瑾薇听得厌烦，暴躁地吼道："我今天被人打了，你找几个人去把夜魅酒吧新来的女调酒师办了，最好划花她的脸蛋。"听到"夜魅酒吧女调酒师"几个字，慕瑾烨突然停下了自己的动作："你说那个蓝头发的小美女打了你？""对，就是她，蓝头发、蓝眼睛的小妖精。"慕瑾薇愤愤地说着，看着自己脸上的伤恨不得现在就亲自刮花温羽熙那张漂亮的脸。"没问题，我会找人办的。"慕瑾烨勾唇阴险地笑着。那么漂亮的女人他只会留给自己，怎么可能让别人先动。

挂掉电话，想着温羽熙那个侧颜，慕瑾烨顿时对身下的女人毫无感觉了，从她身体里退了出来，先是点了一根烟，冷漠疏离地从钱包里拿出一千块钱扔在她身上："拿钱，你可以滚了。"而后他深深吸了一口烟，再把白色的烟雾吐出来，迷茫的一片烟雾下看不清他脸上的表情。女人收了钱，却依然不舍离开，再次贴上了慕瑾烨的身子，却被他直接甩开，"滚！"暗色里，他的脸阴沉得可怕。被吓到的女人赶紧捡起地上的衣服胡乱套在身上，拿着包包和钱逃离了房间。慕瑾烨一直坐着抽烟，昏暗的房间和白茫茫的烟雾遮住了他脸上算计的表情。

依然坐在吧台前对着手机发呆的温羽熙就这么定定地待到了十一点多，还是没有看到欧凛辰回复的消息。担忧的她最终忍不住还是按了语音通话过去，却没有人接听。这时候她突然有些恼怒自己，两人在一起的这几天她怎么没想着要存他的电话号码呢。难道是和他在一起的时候被甜蜜甜昏了头，智商都下降了吗？担心欧凛辰出事的温羽熙拎起自己的包包就冲了出去，温呆都没来得及询问她去哪里，不过多少能猜到一点点。温羽熙开着车先去了NR集团，只是一栋楼都一片黑色，欧凛辰根本不在加班。难道回家了？为什么不接她的语音电话也不回复信息呢？

温羽熙掉头向湖心别墅的方向开去，只是刚刚出了市区驶上两边都是山林的环山路就被几辆车围堵了。这时她才意识到刚刚可能她出来得太快，温舞他们都没察觉，一路都没有跟上她。她坐在车里淡定地拿出自己的手机拨打了温舞的电话。

看着从车上下来还吹着口哨的几个男人，为首的是一个黄头发的，温羽熙微微蹙眉，这不就是昨晚被欧凛辰踹了一脚，刚刚又被赶出夜魅的那个黄毛小子吗？刘浩义下车后先是打了个电话，而后才吊儿郎当地朝着温羽熙的车走过来。幽暗的房间里，桌上的烟灰缸已经放满了烟头，慕瑾烨依然坐在那吞云吐雾，穿好衣服的他又恢复了那一副衣冠禽兽的模样。直到电话响起，接听了电话后，他把手里的烟按在烟灰缸里，勾着阴沉的笑容出了门。

温羽熙看着直接就坐在她车前的刘浩义，俏脸上一片冷然，蓝色的眸子就这样冷冷地看着。反正她不会下车，车锁不打开，他们也照样进不来，就看谁耗得过谁。

"小美女，车不错。"刘浩义慵懒地坐在驾驶座的车头盖上，也不知道烫不烫屁股，反正整个人跷着腿都坐上去了，抚摸着后视镜，眼底划过一抹羡慕。原本还以为只是一辆普通的法拉利，现在靠近一看才知道，竟是法拉利812，售价五百多万。一个小调酒师竟然比他这个富二代开的车还要好。

温羽熙抬眸，眼底有着让人不敢正视的清冷，就这么冷冰冰地看着他，车的隔音很好，但是她依然听得到他说的是什么。"啪啪啪……"刘浩义抬手敲了敲前窗玻璃，微微俯身邪佞地看着车内的温羽熙，"小美妞，下车我们谈谈呗。"他只觉得车里的温羽熙现在就是一只待宰的小白兔。温羽熙讽刺地勾起唇角，蓝眸越发凛然地看着刘浩义，她是不可能下车的，再等等，再等等小舞他们就来了。看着车内一脸坦然无动于衷的温羽熙，刘浩义眼底溢出不耐，抬手让身后的人送上来一根铁棒，然后摸着红色的车身一脸不舍地说："可惜这么好的车了，这一棒砸下去拿去修怎么也得几十万吧？"温羽熙神色越发冷峻，秀眉紧蹙着，握着方向盘的手猛然抓紧，整个车子发出了轰鸣声，就像即将上赛道的跑车，蓄势待发。

刘浩义自然知道她要做什么，赶紧从车头跳下来，下一秒温羽熙果然踩下了油门，红色的车影"咻"一下飞了出去。她本来想通过前面两部车的中间隔缝里冲出去的，只是她怎么都没有想到，一部黑色的车子从后面过来，拐了个车头又把她的车逼停了，没反应过来的温羽熙踩下刹车的时候，车子已经撞上了前面的车，身上的安全带勒得她半边身子都疼，而且整个法拉利刚好被堵在三辆车中间。只见前面黑色车子的车顶渐渐往车尾收，变成一个彻底的敞篷车，慕瑾烨坐在驾驶座上邪佞地看着温羽熙，似笑非笑的表情看得人心慌。

紧接着他直接起身从车座上站了起来，再坐在前面的挡风玻璃上，刘浩义立刻凑了上来："烨哥，这妞是个烈货。"慕瑾烨不以为然地笑了笑，抬手摩挲着他的唇瓣，这次终于见到这张俏脸的正面，只一下就让他眼底已经有了欲望的光。"敲掉她的车窗，把人拉出来，我现在就想办了她。"慕瑾烨色眯眯地盯着温羽熙，眼底的欲望毫无掩饰地表露着，十分变态。

温羽熙看着刘浩义抬起的铁棒，握着方向盘的手紧了紧，认命地闭上了眼睛，"辰哥哥。"这一刻她最希望出现的还是欧凛辰。在刘浩义手里的铁棒即将落下的时候，一道刺眼的远光灯从后面射过来，让他不得不停下动作遮当住眼睛。暗色中，一辆黄色兰博基尼就停在他们这些车的后面，十分刺眼的远光灯照着他们，不停地按着喇叭，清脆的喇叭声在接近凌晨这个寂静的时候显得特别刺耳，驾驶座上的男人冷峻的俊颜上一片冷然。

"是谁多管闲事？"刘浩义放下铁棍，在地面上拉动着往那辆车走去，刺眼的灯光让他们根本看不清是什么车。靠近后，他才知道是辆兰博基尼，抬眸就对上了欧凛辰那如刀锋般锐利的目光，让他不由得后退了两步，赶紧转身跑回来向慕瑾烨报告："烨哥，是……是慕瑾城。"微微听到声音的温羽熙猛然转过头看向身后的车，莫不是老天爷听到了她的祈祷，他真的来了，心里欣喜的同时却又微微担心起来，他们这么多人，又有铁棍，要是他打不过怎么办？

慌乱中的温羽熙再次拿出自己的手机想要打给温舞，只是号码还没拨出去，"嘭！"突然一声巨大的声响吓得她手机不慎滑落，紧接着又是连续的捶打声，车窗上渐渐出现裂痕，慕瑾烨正猩红着一双眼砸她的车窗。看着车内的温羽熙吓得抱头，手里的手机也不见，慕瑾烨停了下来，勾唇讥讽地看着欧凛辰的车，手里的铁棍还在一下一下敲击着温羽熙的车顶："我同父异母的哥哥，难道你想多管闲事英雄救美？既然这样，你下来吧，我看看你今天怎么带走她。"

慕瑾烨并不知道车内的温羽熙就是欧凛辰的女友，只当他是多管闲事，还不知道现在的欧凛辰心底多担心车内的温羽熙。他刚刚并不想管，只是他们堵住了他回家的路，他打开远光灯和大喇叭只是希望他们让个路，在看到红色法拉利的车牌后，他才知道车里的是他心爱的女朋友。

对于慕瑾烨的挑衅，欧凛辰不恼不怒也不慌不忙，悠然地打开车门下车。关好车门后，他脱掉身上的西装外套往车顶上一放，侧身背靠着车门而站，慢慢悠悠地解开手腕上的袖扣，优雅地把袖子挽起来到小手臂中间。就连一个不屑的眼神都懒得给慕瑾烨，凉唇瓣轻启，凉薄地出声，"你们是打算一个一个上还是一起上？"

这些人都是混街头的，最经不起有人看不起他们，听到欧凛辰这么说，个个都从车里拿出铁棒或者棒球棍。"嗤……"慕瑾烨讥讽地冷嗤一声，看向欧凛辰的目光像是看个笑话，"行，那就速战速决，所有人一起上，谁在他身上留下一个伤口我赏他一万块。"所有人顿时吹起了口哨，个个勾唇斜睨开始往欧凛辰的方向走去。这些人里除了刘浩义，个个都是街头上的混混，一万块对于他们来说可以做很多事情了。

刘浩义带头，一开始还是慢慢悠悠的，当靠近到只有两米的距离后，突然扬起手中的棍子加快脚步向欧凛辰冲过去。欧凛辰抬手直接接住他落下来的铁棒，然后快速扭动手里的棍子，刘浩义吃痛松了手，欧凛辰抬脚就在他肚子上狠狠踹了一脚。侧面一个男人手里的铁棍即将落在他手上，欧凛辰快速侧身躲了过去，拿手里抢过来的铁棒打掉他手里的棍子，之后每一个人的攻击他都能快速躲开并且快速还击，招招狠厉却不是直打要害，每一棒下去，打的不是手腕关节就是手肘关节或者肩头。不致命却又让你疼得动弹不得，没一会儿，七八个人就躺在地上打滚哀号了。

刘浩义被踹了一脚后，刚从地上爬起来，欧凛辰手里的铁棍就已经直指他的喉结，这一棒子戳过去不死也落下个痛不欲生。刘浩义害怕地咽了咽口水，不敢动弹。欧凛辰嘴角逐渐扯出一抹冰冷的笑意，挑眉瞥了一眼慕瑾烨，冷若冰霜的俊颜上难得地勾起一抹戏谑的表情："你不一起过来吗？"

慕瑾烨脸上原本得意的表情早已经龟裂，取而代之的是弥漫全身的恐惧，他只是一个看客，所以他看清楚了欧凛辰的每一个动作。他一直以为那种快速躲闪并且还击的打架速度都是电影里夸张化了，可他今天真正见识到了。知道打不过欧凛辰的慕瑾烨突然砸了一下身边红色法拉利的车窗，玻璃全部震碎。他刚打开门想要把里面的人拉出来做人质的时候，一看，车里哪里还有人。

欧凛辰快速一棍打在刘浩义的脖子上将他打晕了过去，飞快地跑过来直接把慕瑾烨踹干。"丫头。"而后俯身担忧地朝车里喊了一声，却不见了温羽熙的身影，他不禁倾身往车里看了一眼车座后面，看她是否躲在里面了，可是依然没人。"嗷！咣当！嗷，哒……"身后突然传来惨叫和铁棒落在地面的声音，欧凛辰快速起身回头，看到刚刚被他踹得老远的慕瑾烨正在以一种非常痛苦的表情躺在离他脚边不远的地上，一手捂着出血的额头，一手捂着肩膀，而温羽熙只是冷着脸坦然地站在一旁。

欧凛辰微微蹙眉，疑惑的目光先是落在慕瑾烨身上，又转回温羽熙身上，似乎在询问她，地上这人怎么回事？温羽熙坦然地笑了笑，指着慕瑾烨愤愤说道："他刚刚想偷偷过去打你，然后自己不小心摔倒的，棍子落下来砸了自己的头。""你扯淡，明明是你……嗷！"刚刚想出声的慕瑾烨又被温羽熙一脚踹在脊椎上，她紧接着又连踹了几脚，慕瑾烨疼晕了过去。温羽熙把脚收回来后咧着八颗牙冲着欧凛辰露出一个甜美的笑容，直接冲向他怀里："辰哥哥！"

她才不会给慕瑾烨机会说是她刚刚摔的他，不过棍子确实是他没拿住砸到头的。"丫头。"欧凛辰紧紧拥抱住怀里的人儿，想到她刚刚一个人在车里害怕而深深自责，"对不起，让你吓到了。"温羽熙摇摇头："我不怕的。"他的怀抱让她感觉到温暖，所有的恐惧都消散了。其实她也算不上怕这些人，只是刚刚被慕瑾烨砸窗那一下吓到了而已。她这样说反而让欧凛辰更心疼了，抱着她的力道更紧了。

他冷冷扫视了一眼地上横七竖八不是晕过去就是还在呻吟的人，

拉起温羽熙的手，带着她朝自己的车走去。他没有直接打开车门让温羽熙进去，而是把她壁咚在车上，心疼的眸里带着一丝审视看着她："这么晚你为什么被他们堵在这里？"这个时间她不应该在酒吧吗？怎么会跑出来而且还不带保镖。

　　不问还好，这一问温羽熙委屈的脾气就上来了，小嘴微微噘起，蓝眸里渐渐盈上水雾："还不是因为你，一天都不回我的信息，害人家担心跑去公司不见人，所以就跑来湖心别墅看看咯。""对不起，手机没电了。"欧凛辰一脸抱歉地看着温羽熙，看着那委屈的小脸心脏抽痛了一下，抬手心疼地抚摸她的脸颊。他今天很忙，一天都在实验室反复测试新型机器人的性能，也是刚刚从实验室出来后才知道自己手机没电了，现在还放在车里充着电。

　　"哼，你说对不起就完事了？我可是担心了你大半天，不然也不会出来，也不会被他们堵在这里，也不会被吓到，也不会差点儿被……嗯……"看着那喋喋不休的小嘴巴，欧凛辰忍不住低头吻了她，堵住了她剩下的话。而刚刚赶到的温舞和尊刚看到这一幕，惊愕的尊把油门当成了刹车，还好反应快及时抬脚换过一边，不然就撞上兰博基尼了。

　　欧凛辰有些愠怒地放开温羽熙，凛洌的目光瞥向刚刚停下的车，他倒要看看谁又打扰他。他突然觉得老天对他不太友好，给他送来一个甜甜的女朋友，却每次都吃不到，现在连亲个嘴都被打断。车子的灯光照在两个人身上，也照亮了温羽熙微红的脸："是小舞他们来了，我要和他们回去了。""去我那里！"欧凛辰有些吃味地说着，带着霸道，微微拉开温羽熙，打开车门就把她塞了进去，而后自己也转到驾驶座那边，拉开门把车顶的外套拿下来也坐了进去，把衣服往温羽熙怀里一扔，立刻启动车子。

　　"小舞，怎么办？"尊微愣。"你倒是倒车啊，等他撞你啊？"温舞冷冷地出声。尊后知后觉地开始倒车，刚刚后退开两米的距离，欧凛辰的车也紧跟着后退，一个摆尾绕过前面的车子立马开走。可是看着前面慕瑾烨那辆车的车屁股，欧凛辰的脸更冷了，他停下又倒退了一点儿，把后视镜都收了起来，猛踩油门。本以为会撞到，结果擦都没擦到一点儿就过去了。

　　欧凛辰的车彻底不见踪影后，温舞才打开车门下车，看着这一地的狼藉，再看那一部最悲惨的法拉利微微蹙眉。"尊，打个电话给警察说这里有人聚众斗殴，这个车你开回家。""开回家？"尊有些惊愕，随后变得一脸的认命，"那我们惨了。"这个车要是就这么开回温家，他们铁定被罚，不过这事早晚温羽哲都会知道，他们的最终结果都是被罚。温舞蹙眉冷笑着看着他："看这个现场，你觉得我们不该罚？"

　　如果不是欧凛辰，四小姐今天不知道什么下场。以她对温羽熙的了解，如果打得过早就打了，不可能任由人家这样砸她的爱车。而他们作为保镖失职了，在温羽熙出来的时候都没有及时发现，最严重的是他们当时还在玩扑克。"当然了，最少五十圈。"尊坦然说着，拿出手机开始打报警电话。

　　警察来的时候，只看到躺着一地的十来个男人，个个身上都有伤，所以就全部当作斗殴者带回了警局。而兰博基尼里，一路回到湖心别墅都没人说话，欧凛辰似乎有一股莫名的火气，所以温羽熙也不敢说话。车子停在铁门外，欧凛辰快速解开安全带开门出去，转过副驾打开门就把温羽熙拉出来，紧接着就弯腰把人扛在肩上。

　　"啊……辰哥哥，你干吗？"身子突然的悬空让温羽熙不禁惊叫出声。欧凛辰沉默着打开了门，扛着温羽熙直接往客厅方向疾步回去，看到迎面出来的小A冷声吩咐道："傻A去把车停回车库去。"而后直接冲上二楼。小A看着两人的背影，忍不住唱出声："Oh my love，my darling……"欧凛辰进了房间就把温羽熙扔在了床上，过轻的体重让她从柔软的床上微微弹了起来，一脸不知所措地看着正在扯领带的欧凛辰。

这个似曾相识的画面让温羽熙紧张地咽了咽口水，她今天又没有撩他，他干吗这副要吃了她的样子。温羽熙回神刚要爬起来，脚就被欧凛辰抓住，又把她拉回来，紧接着就是高大的身体欺身而下。欧凛辰微微眯起眼眸，危险地凝视着她："想逃？"温羽熙使劲摇头："不不，不逃，肚子饿。"欧凛辰紧盯了她三秒，侧头就要吻住红唇。

温羽熙快速抬手挡住了他的嘴："辰……辰哥哥，我真的肚子饿。"欧凛辰眯着眼睛睨了她好一会儿，抬手摸到床头柜上的一个位置，一个暗格突然打开，升起来一个红色的按钮，食指按下："傻A，煮两碗牛肉面。"温羽熙有些错愕地看着他刚刚的一举一动，这是什么鬼操作？

欧凛辰拿开放在自己嘴上的小手按在枕头上，不由分说就要低头吻她，温羽熙又快速抬起另一只手推开他的脸："辰哥哥，我还没洗澡。"

欧凛辰有些恼火，行，就看你这丫头还有什么借口。他快速从她身上起来，站在床边双臂环胸居高临下地看着她向浴室的方向努努嘴："去吧，浴室在那里。"温羽熙有些欲哭无泪，扭扭捏捏地爬起来，朝浴室走去，到了浴室门口突然转过头："辰哥哥，我没有换洗的衣服，我先让小舞送一套过来再洗，我的包刚刚掉在楼梯了，我去拿手机。"

温羽熙说着就往门口的方向跑，却被欧凛辰一把抓住了，他拉着她走进了他的衣帽间，拉开柜门，拿出一件比较宽松的白色衬衫塞进她怀里："先穿这个，马上去洗！"那声音霸道极了。

温羽熙噘着小嘴幽怨地瞪着欧凛辰，却还是乖乖地往浴室那边挪步。欧凛辰看着那个不情不愿的纤细背影，邪肆地勾着唇角，今晚就吃了她，不然他不姓欧。看着温羽熙进了浴室，突然想起今天晚上的事情，欧凛辰的俊脸瞬间阴沉了下来，周身开始泛着戾气，他转身离开了房间。

　　在楼梯上捡起了温羽熙的包包刚刚到楼下，就看到了小A从车里帮他拿回来的手机就放在客厅茶几上。欧凛辰走过去，拿起手机就拨了个号码，那边很快接通，欧凛辰冷冷出声，"找一批人，以后见到慕瑾烨的车一次砸一次，人在车里再砸。"低沉的声音带着爆发的怒意。挂了电话后，欧凛辰又拨了另一个号码："一套S码的女装，内衣80C的，明天早上送过来。"而后又冷漠地挂了电话。那一头的李泽洲："……"什么鬼，他都睡下了，上哪儿准备去？

　　欧凛辰挂了电话就一直坐在客厅沙发上，侧头看着一旁那个小包包不知道在想什么，只是嘴角一直浅浅勾着。相对于这边的一片静谧，温家庄园简直是乌云密布，过了凌晨的庄园却突然灯火通明。温羽哲面色阴沉地看着面前那辆一边车窗完全被砸碎的法拉利，微急的呼吸代表着他正在极力压制着怒火。而温舞和尊低着头站在车边，等待着被训话。

　　"呜呜呜，我的小红，你怎么被人砸成这样了？"温羽博心疼地摸摸这里，摸摸那里。这车是他送给温羽熙的，不仅温羽熙喜欢，他也十分喜欢。突然想到什么，温羽博停下了那夸张的演技："我的熙熙呢，她怎么样了？有没有受伤？有没有被吓到？"一脸的严肃和担忧，跟刚刚那个戏精完全不一样。

　　"四小姐无伤，是欧凛辰救的她，也被他带走了。"温舞低着头如实回答。"我就问这事是谁做的？"没说过话的温羽哲突然冷冷地怒吼出声，眼底的怒火爆发了，一向优雅的他从没有这样爆过粗口。所有人都因为他这一声吓得抖了一下。"是慕瑾烨。"温舞答道。温羽哲眼眸微抬，眼底的戾气更甚："人呢？""公安局。"

　　"夜！"温羽哲微微侧身朝身后叫了一声。从他身后出来一个男人，身高体形相貌穿着都和尊一模一样，只是表情比尊更冷，如果不是脖子上那个不一样的文身和尊依然还站在温舞身边，都还以为就是尊换了个脸色，换了个站位。没想到温家两个暗卫居然是双胞胎。

"叫人来检查这辆车，估算赔偿金额，然后再叫律师拟一份起诉书，最后打电话给赵局，说情节严重，法院没有判决之前不允许慕家探监保释。"温羽哲冷漠无情地说道，随后一字一顿极为森然地对着温舞和尊怒吼："你们两个，现在立刻马上给我围着庄园跑五十圈，以后再跟丢熙熙我就把你们扔回特种部队重新历练。""是！"温舞和尊同时立正，大声回答，然后转身开始跑了起来。两人跑开后，温羽哲再次看向夜，眼底的怒火不减反增："带几个人，以后慕瑾烨的车见一次给我砸一次，还有这辆车审查好了拿去处理掉，换一辆一模一样的。"

温羽哲只是不想直接动用温家打压慕瑾烨而暴露了温羽熙的身份，要求赔偿最多只是以保护自己酒吧员工的理由，倒是没有想到自己竟然会做出和欧凛辰一样的举动。"是。"夜颔首，面无表情地回答。温羽博有些不舍地摸着车头："别啊大哥，小红修修还可以继续开。"温羽哲冷冷地瞥了他一眼，怒吼道："滚回去睡觉，红什么红！看看你这副样子，尊都是跟你学的，都变懒散了。"温羽博撇撇嘴，悻悻地往别墅里走回去，心里腹诽：关我什么事？我就是这副模样了，难道要像你们一个个的都是冰块脸。

湖心别墅这里，纠结了许久，温羽熙才扭扭捏捏地从浴室里出来，是不是由于她太高了，她总觉得这个衬衫有点儿短了，虽然已经盖过了大腿中间一点儿，她还是觉得空落落的好奇怪。随着她的走动，衣服下摆一上一下的，大腿外侧一个蓝色的文身忽隐忽现，两条笔直修长又白皙的细腿在灯光下显得愈加如璞玉般勾人。"辰哥哥？"温羽熙小声叫了一声，发现欧凛辰根本不在房间里。她走向门口，把门开了一个小缝，探出那个蓝色的小脑袋，左看看右看看，发现一个人都没有后，就想回来关门然后反锁。可是刚刚把头缩回来，就听到楼下小A说："主人，面煮好了。"然后一阵香味飘散上来。

"咕噜噜……"本来只是拿这个当借口的温羽熙一闻到这味道就真的饿了，肚子也开始抗议了起来。"不行不行，温羽熙你不能饿，你现在要是出去了，今晚就肯定被大魔王吃掉了。"温羽熙把门关上，努力地在给自己洗脑。而后她反锁了门，回到床上，用被子蒙住头："我不饿，我不饿，我不饿……""咕噜噜……"可是，肚子远远比她诚实太多了。

没坚持多久，三分钟还不到，温羽熙就向食物妥协了，快速爬下床，开门直接朝楼梯口疾步走去，心里又多一个借口：不吃饱怎么对抗大魔王。温羽熙闻着香味，完全忘记了自己刚刚还嫌弃衬衫短，一跑一跳，快速下楼朝着餐桌飞奔过去。而欧凛辰似乎早就知道她会自己下来一样，正在细心地帮她搅拌碗里的面。

"哈哈，好香啊。"温羽熙自然地在欧凛辰身边坐下，拿起筷子就迫不及待地夹起了碗里的面。"别急，还很烫。"欧凛辰目光宠溺地看着她，微微低眸就看到了那两条白嫩的大腿，腿上的文身此刻完全显现着，是一根蓝色的羽毛，很立体，就像真的一样。他喉结滚动了一下，慢悠悠地收回目光，低头开始认真吃面。

温羽熙吃了一口之后赞不绝口："哇，好吃，辰哥哥，你公司还有这种会煮饭的机器人吗？我也想要一个。"她一边夹起面条一边跟欧凛辰说着，目光却一直落在面条上，吹了吹又往嘴里塞。"今天刚刚开始测验一批有这个系统功能的，目前还不知道能不能成功。"温羽熙有些惊讶地抬起头看向他："所以你们现在的机器人只有小A会做饭的吗？"欧凛辰点点头："是，其他的机器人在家务这方面目前只有扫地和端茶倒水功能。"温羽熙挑眉，放下筷子拍了拍欧凛辰的肩膀，啧啧两声："你真会过日子，好的都留给自己独享。""确实是。"欧凛辰微微勾唇，别有深意地看着她。

温羽熙又快速地拿起筷子，所以没看到他那个带有某种意思的目光，忘我地和面条奋斗着。渐渐地，看着欧凛辰碗里的面条快没有了，而自己的还有半碗，温羽熙突然放下筷子："我吃饱了。"然后头也不回地跑上了二楼。她回到欧凛辰的房间，先是锁了门，想想又觉得不好，太刻意了，然后又把锁打开，钻到床上打算装睡。

没多久，欧凛辰就拎着她的小包上来了，只是看了一眼床上的温羽熙，把包放在他办公的桌子上后就进了浴室。听着浴室里的水流声，温羽熙越来越紧张，越紧张越睡不着，水声停后她又立刻闭上了眼睛，小手放在被子里紧紧捏住胸前的衣服。欧凛辰穿着自己的睡袍出来，出来后慢慢悠悠地开始擦头发，然后又转回浴室关上门吹头发。可对于温羽熙来说，他越悠然自得，她就越紧张。

终于，身边的位置有人上来了，欧凛辰好像洗的冷水，身上还带着一股凉意。温羽熙紧张地咽了一下口水，只是欧凛辰并没有动她，她好像听到了翻书的声音。她想翻个身又怕自己装睡暴露，心里一阵吐槽：什么鬼？一点多了还不睡，看个鬼的书啊？不仅翻书，还有笔在纸上摩擦的声音，看文件？不会吧？温羽熙有些好奇，最终还是睁开眼睛翻了个身，欧凛辰真的在签文件。

"吵醒你了？"欧凛辰侧目温柔地看着她。温羽熙微微蹙起了眉头："辰哥哥，你不管多晚回来都会先处理完文件才睡吗？""嗯，习惯了，我平时也很晚才睡得着。"欧凛辰坦然地说着，把目光从她身上收回又落在了手里的文件上。温羽熙突然爬起来，小手收起他手里的文件直接扔在床头柜上："别看了，明天周六你又不用去上班，大把时间看，睡觉了。"欧凛辰目光柔和地看着她，她不说他都忘了明天是周六，以前的他每天都在工作，根本没有双休日这种概念。

欧凛辰听话地躺下，目光深深地看着温羽熙："丫头，我……"他想说的话又顿住了，"算了，睡吧。"温羽熙有些郁闷地看了他一眼，躺在他肩膀的位置，小手抬起搂着他的脖子，然后不安分地摸着他那个柔软的耳垂。"辰哥哥，如果今晚你不出现，你猜我会是什么结局，那个慕瑾烨看上我了。"一想到慕瑾烨看自己那个变态的眼神，温羽熙的身子忍不住颤了一下。

　　她早就想到自己的结果了：第一是他们砸开她的车，她下车反抗，只要不被他们的棍棒打到，她巧妙应对应该勉勉强强能逃；第二是她打不过他们，逃不了，然后被……如果只是遇到慕瑾烨，她的三脚猫功夫完全可以虐得他起不来，可是人多她就没把握了。欧凛辰蹙眉，抬手紧紧抱住她："我不会让他碰你一下的。"

　　"辰哥哥，你真的喜欢我吗？"温羽熙突然抬起头，蓝眸期待地紧盯着欧凛辰的眼睛。欧凛辰抬手抚摸着她的脸，这次没有犹豫："喜欢，我喜欢你。"他是喜欢她的，从心底喜欢，喜欢到想完全占有她，让她只留在自己身边。所以他昨晚又破了自己的原则半夜出去找她，今晚又不询问她的想法就直接把她带回别墅，就是想看到她，想让她待在自己身边。温羽熙心里很是欣喜，她很开心能从他嘴里听到"我喜欢你"这句话。"辰哥哥，要不我们深入了解一下吧！"

第十二章　未来妹夫

　　欧凛辰眼眸微微眯了一下，俊脸划过一抹不解："怎么个深入了解法？""呃……"温羽熙蓝色的眼珠子滴溜溜一转，蹙着眉头一副很难解释的表情，"就是说说心里话咯，讲讲以前的故事咯，谈一谈人生谈一谈理想咯，大概就是这样的深入了解。"欧凛辰看着她一本正经地胡说八道，无奈失笑："呵呵……你确定不是在忽悠我？"温羽熙装作不悦地拍了一下那坚硬的胸肌："哪有忽悠你，不然你说是哪种深入了解？"

　　欧凛辰起身把她压在床上，俊脸逼近，脸上一片邪魅："我所理解的深入了解好像和你说的不太一样。"低沉魔魅的声音摄人心魄。温羽熙温柔地勾唇，微微扬起下巴让粉唇更靠近那两瓣薄唇："我不介意先认识一下你的深入了解是什么。"欧凛辰抬手，食指划过那两瓣粉润的唇瓣，目光深情真挚，"丫头，你真的愿意吗？"温羽熙抬手拿起他放在唇上的手，小手与大手十指相扣，"辰哥哥，我害怕像今晚那样的场面，我要做你的女人，温羽熙就要做欧凛辰的女人。"俏丽的小脸执着又真挚。

　　欧凛辰带着复杂的情绪看了一眼两只相扣的手，再落在温羽熙的脸上，只见她蓝色的眸底无比认真，渐渐地，他的眼底掩去其他杂质，只带着浓浓的情意："丫头，不要离开我，我把什么都给你。"
他最恨的就是欺骗、背叛和抛弃，而他最怕的也是被抛弃。欧凛辰微
微侧头，慢慢地靠近渴望已久的粉润唇瓣，轻轻柔柔地浅吻着，比之
前的吻要温柔。温羽熙温柔地回应着，没有了之前的紧张，坦然又
期待地等待着接下来的一切。

　　温暖的大掌滑过白皙的大腿，滑过那个蓝色的羽毛文身，搂住
那盈盈一握的小腰，温柔的吻渐渐移到白皙纤细的脖子，诱人的锁骨
上。逐渐紧促的呼吸，逐渐变烫的体温，逐渐凌乱的衣物，两具交缠
的身体，美妙的欢愉声……欧凛辰把这辈子都不曾表现过的温柔都给
了温羽熙。

　　冰冷的公安局收监室里，晕倒的慕瑾烨刚刚醒来，头上的血已
经干成块，脊椎却疼得他动弹不得。他只记得自己想偷袭欧凛辰的时
候，就被那个女人狠狠一个过肩摔摔在地上，自己手里的铁棍还砸到
了头，紧接着又被她踢了几脚痛晕了过去，后面的事情他一概不知。
慕瑾烨努力抬头看了一眼周围，整个房间黑乎乎的什么都没有，外面
只有昏暗的灯光，到处都泛着霉味，而且他整个后背都是痛的，动一
下都不行。

　　"谁能告诉老子这里是什么地方？"慕瑾烨暴躁地吼了一声。好
一会儿才听到脚步声，一个警员拿着电棍敲了敲铁门："大半夜的你
鬼叫什么？这里是公安局，有什么事天亮再说。"慕瑾烨怔住了，他
怎么就到公安局了？

　　"喂，我要叫我家人保释我。"慕瑾烨躺在冰冷的床上大喊着。
警员烦躁地又敲了一下铁门："闭嘴吧你，天亮再说。"说完他就绝
情地走了。"你知道我是谁吗？我要让我家人保释。""喂，有人
吗？我是慕家二少，快打电话去慕家叫我妈妈来保释我。"可是不管
慕瑾烨怎么喊叫，都只有自己的声音。渐渐地，喉咙喊哑了，他就停
了下来。"啊……欧凛辰，我一定不放过你。"最后，慕瑾烨突然愤

怒地吼了一声，而后又绝望地躺在床上。

　　数日后，太阳已经当空照，钟表里的时针也已经指向了十二点，大床上的男人才悠悠转醒。欧凛辰缓缓睁开惺忪的睡眼，微微侧身抬手拿起床头柜上的手机看了一眼，又轻轻地放下。温柔的目光落在怀里女人的脸上，他慢慢撩起垂落在她脸上的发丝，轻轻地在她额头上浅吻了一下，俊脸上满满的柔情，肆溢的幸福。

　　"辰哥哥……"温羽熙轻轻呢喃了一声，又往欧凛辰怀里靠了靠，柔柔的声音带着些许沙哑。欧凛辰宠溺地轻揉一下她的脑袋："丫头，该起床了。"昨晚他把她折腾到凌晨四点多，虽然知道她很累，但是又不想让她饿肚子。"呃……不要，再睡一会儿。"温羽熙撒娇地摇摇头，抱着他的腰的双手又紧了几分，这次的声音是真的明显的沙哑。欧凛辰温柔地笑了笑，没有再吵她。

　　半个小时后，欧凛辰怀里的温羽熙慢慢地睁开了眼睛，转身伸了个懒腰，只觉得自己的腰酸痛无比。"醒了？"欧凛辰没有睡，只是就这样陪着她又躺了半个钟头。耳边低沉性感的声音传来，已经没有睡意的温羽熙猛然想起昨晚的所有画面，小脸上立刻爬上了红霞。她拉起被子盖过自己的头，闷闷地出声："你怎么还在啊？不去上班吗？"这时她才发现自己的声音就像公鸭嗓一样沙哑，脸上又烫了几分。

　　欧凛辰拉下被子，微微起身半压着她，戏谑地笑看着她："昨晚撩我的时候怎么不见你害羞？""我……我……我没有撩你。"温羽熙娇羞地抬手捂住脸，想起自己昨晚说的那些话，小脸更红了。啊啊啊，温羽熙你太不矜持了，怎么那么不要脸，说得出做人家的女人这种虎狼之词。现在好了，她真的被吃干抹净了。

　　欧凛辰脸上一直带着温柔宠溺的笑容，他抬手拿开那两只小手，低头直接噙住粉唇，温柔的吻比任何言语都能安抚她。许久之后，欧凛辰才放开温羽熙，温柔地摸着她的脸颊，轻声道："乖，先起床吃饭。"然后先起身。温羽熙乖巧地坐了起来。

在欧凛辰套上睡袍之前，温羽熙看到了他后背的伤，有很多她留下来的红色抓痕，更刺眼的却是那些密密麻麻大小不一的伤疤。柔软的小手轻轻触碰那些伤痕，欧凛辰的动作顿住了，他没有回头，只是冷冷地出声："这些伤就是我开始厌恶女人的原因。"仅仅一句话，其他的他没有再给出任何解释。温羽熙也不再多问，有些事情他愿意讲的时候自然会讲，毕竟没有人喜欢在人前剥开以前的伤疤。

欧凛辰快速套好睡袍，起身转过来看向温羽熙的时候还是那一脸的柔情，他伸手想要抱她起来，却被拒绝了。"我自己起来。"温羽熙抓住被子紧紧遮住自己的身子，脸上的红晕不曾退散过。欧凛辰有些无奈地收回了手，笑看着她："如果你能站得起来我就不抱你。"温羽熙羞涩地瞋视了他一眼，慢慢地往床边挪，双脚落地刚刚要站起来，却因腿软直接往欧凛辰怀里倒。

欧凛辰勾唇邪笑着："是你投怀送抱的。"而后扯开被子直接把人打横抱起。"啊……"身上遮挡物没了，温羽熙赶紧搂住他的脖子往他身上靠，小脸靠在他肩上，越加热辣辣的，都红到了脖子。想着他欺负自己，她气呼呼地咬在了他的脖子上。

"啰……"虽然不是很用力，欧凛辰还是有些吃痛，不过并不恼怒："丫头，快放开，不然我就把你扔回床上像昨晚那样让你喊到下午。"温羽熙立即松开了他，虽然脸越来越红，但是看着那个牙印她就有一种报复的快感。哼，把她吃干抹净后就各种逗她，下次就把你撩得上火再逃，让你冲冷水澡去。

"辰哥哥，你别逗我了好不好？"哑哑的声音撒起娇来更让人心痒痒。欧凛辰把她放在花洒下，已经再次被她撩得全身火热，他微微低头靠在她耳边，沙哑地出声："丫头，自己洗还是一起洗？"温羽熙低着头闷闷出声："自己洗。"脖子和耳朵都因为害羞变得红红的，使得她更吸引人，这男人刚起床就开撩，她快要受不住了。欧凛辰突然轻轻含住那红粉粉的耳垂，柔声呢喃："那我在外边等你。"

而后他真的放开了温羽熙，转身出了浴室轻轻关上门。他知道再继续逗下去吃苦的只有自己，明明是撩她怎么反而勾起自己的火了。

听着浴室里传出来流水声，欧凛辰才走回到床边，看着一床的凌乱，开始俯身收拾，目光触及床单上那一抹红，嘴角柔柔扬起。她的身材真的很迷人，当了二十八年和尚的他初次体验这种美妙的感觉，还好出于本能让他没有完全暴露出他的生涩。欧凛辰娴熟地收起被子，而后又快速拆掉了床单，转进衣帽间找干净床单的时候，才发现自己所有的床单和被套都是深色的。看着柜子里不是黑就是白，要么深灰要么藏青，视线所到之处都是暗色系的，那俊逸迷人的脸庞上浮起一抹思虑。

他没有拿出新的床单更换，而是到床头柜拿起自己的手机走向落地窗边，只见他轻轻踩下脚边的一个正方形小格子，整个落地窗慢慢往两边打开，与此同时，地面有一块玻璃慢慢往外延伸出去，最后护栏升起，一个完全透明的阳台玻璃就这么出现了。欧凛辰抬脚走出去靠在护栏边，找到李泽洲的号码就直接按了过去，好一会儿那才接听，传来有些惺忪睡意的声音："BOSS，又有什么吩咐？"今早他早早起来去买女装，送来别墅后人都没醒，这会儿他刚刚吃饱午饭睡下，好不容易熬到周末，结果睡个觉都不安稳。

"泽洲，你现在立刻给我找一个高定家纺店，让他们带人过来测量我家里的所有家纺尺寸，我要更换新的！""更换家纺？"李泽洲有些惊讶，睡意瞬间就消失了。这大魔王又搞什么，刚回来一个多月，别墅里所有东西都是新的，这怎么又换了。

欧凛辰不理会他，继续幽幽开口："还有找一个装修公司，在我院子里装一个秋千，你去植物园给我买十几株已经成熟开花的蔷薇回来，还有……""等，等一下，你慢点儿说，我记不住。"李泽洲打断他，那边传来窸窸窣窣翻东西的声音。"算了，我发信息给你。"欧凛辰说完就冷漠地挂了电话，修长的手指开始飞快地在屏幕上跳动着编辑信息。

过了一会儿，李泽洲看着那一条全是字的信息愣了好久。窗帘被单被套沙发套都要浅蓝色带羽毛图案的，院子里要秋千、凉亭、盆栽，小鱼池还要带睡莲的，围墙墙脚要种植蔷薇和玫瑰花，两种花都要多种颜色的。"你干脆换栋别墅得了。"李泽洲忍不住吐槽，不过还是快速起床穿好衣服，火急火燎地出门了。

而欧凛辰站在阳台上看着空落落的院子，除了小A天天坐的那个石凳，什么都没有，他挑挑眉，确实需要添些东西。这时浴室里传出来温羽熙的声音："辰哥哥，你在外面吗？"欧凛辰快速转身回到房里："在的，怎么了？""我没有衣服穿。""你等一下，我去给你拿。"欧凛辰说完也转身疾步出了房门。

李泽洲早上送来的衣服就放在了客厅，欧凛辰没起来，没人敢上楼吵他。欧凛辰拿着衣服回到房间的时候，刚好看到温羽熙只围着一条浴巾在吹头发，肩膀和纤细的手臂，还有那两条大长腿都露在外面。"先放着吧，我吹干头发再穿。"温羽熙只是淡淡说着，之前的羞涩好像已经一扫而空。

欧凛辰把手里的袋子放在床上，然后倚靠在自己的办公桌边就这样静静地看着她。他真的还挺佩服这丫头的，害羞的时候羞得一脸通红，不羞的时候那坦然的样子就好像跟你只是个好哥们儿。随着温羽熙不停地摆动肩上的头发，肩膀和脖子上那些深深浅浅的吻痕也若隐若现，欧凛辰眸光沉了沉，收回了自己那如狼的目光进了浴室。

等欧凛辰出来的时候，温羽熙已经穿戴好了。一身白色软薄的粗花连衣裙，袖子和领口都是很薄的白色薄纱。李泽洲买完这套衣服的时候还觉得自己的想法可能有些多余，他就是觉得温羽熙可能需要遮吻痕才买薄纱款，只是没想到，多余的想法竟然还想对了。虽然温羽熙平时不怎么爱穿裙子，但是她也很满意这条裙子，领子上的薄纱刚好能遮住她脖子上的大部分吻痕，不过夏天的衣服设计领口毕竟不是很高，有些地方还是遮不住，她只好把自己的头发散下来了。

看着腰间只围着一条浴巾就出来的欧凛辰，温羽熙突然朝他跑出去，小手搂上他的腰，动作暧昧，脸上笑得一脸狡黠。"辰哥哥，那我先去楼下咯，等你哦。"温羽熙轻轻踮起脚在他唇角吻了一下。就在退离他怀抱准备转身的时候，温羽熙笑得一脸邪恶，转身之际，小手拉住他腰上的浴巾，顺带一扯。"哈哈哈……我先走咯。"温羽熙把手里的浴巾往后一扔，头也不回地跑离房间。哼，来啊，互相伤害啊，谁让你刚刚扯我的被子。

欧凛辰看着落在脚下的浴巾，再看着一丝不挂站着的自己，抬手捶了捶额头，嘴角却扬起非常完美的弧度。他好像惹到了个不得了的小魔头。欧凛辰有些无奈地弯腰捡起浴巾再次围在腰上，这才走进了衣帽间。

温羽熙得意扬扬地下了楼，就听到了厨房里传出来小A的歌声："Although loneliness has always been a friend of mine，l'm leaving my life in you hands，People say l'm crazy and that I am blind，Risking it all in a glance……"[①]虽然早已习惯与孤独形影相伴，我把自己交给你掌管，人们说我被感情冲昏了脑袋，竟转眼赌上了未来……在国外长大的温羽熙听着那歌词马上就对上了中文翻译，不过她却满脸问号，此情此景，再加上这歌词，怎么听都像是形容欧凛辰的啊。

温羽熙悄悄地靠近厨房，走到门口就看到围着围裙的小A依然忘我地唱着歌，两个小巧的机械小手从手掌伸出来，拿着锅铲正在娴熟地翻炒着锅里的菜，屁股一扭一扭的好不销魂。"嘿，小A！"温羽熙突然蹦到它身边。"哎哟，你吓死老子咯。"小A手里的锅铲掉落在锅里，抬手拍了拍那根本不存在的心脏，出声就是一股浓重的四川腔。

"你说什么？"温羽熙听不懂这种方言，歪头郁闷地看着它。小

---

① 本段歌词来自后街男孩歌曲 *As Long As You Love Me*。

A重新拿起锅铲翻炒，悠然出声："我说你把我吓得心脏都要蹦出来了，虽然我没有心脏，哈哈哈！""小A，到底谁造的你啊？"温羽熙突然很好奇，冷酷如欧凛辰怎么会造出来这么有趣的机器人，难道他冷酷的外表下也有一颗幽默的心？"当然是主人了。"小A顿了一下，又继续说道，"但是我身上有一个芯片不是主人给的。"

温羽熙眉毛微挑，更是好奇："那是谁？"

"墨丞轩。"

"哦……"温羽熙故意拉长语调，一副原来如此的表情，"怪不得这么搞笑。"

"请注意用词，我欧小A是幽默不是搞笑。"

"呵呵，你说是就是吧。"温羽熙干笑两声，看着锅里香气四溢的菜不禁问道，"小A，你平时需要吃饭吗？"

"你是不是傻？"虽然面无表情，但是小A的声音里有着一股嫌弃。温羽熙嘴角抽了抽，她是不是饿晕了才问这种白痴的问题？她尴尬地扯开话题："上次见你手指是武器，你身上还有别的地方是武器的吗？""有的。"小A回答道，紧接着右边肩膀的铁块突然掀开，从里面慢慢升起一个像气球打气筒一样的东西。

"这是什么？枪吗？"温羽熙抬手好奇地摸了摸。"别乱动，危险的。"小A轻轻拍开温羽熙的手，然后从围裙的兜里拿出一个气球放在上面，一本正经地说道，"其实它就是用来打气球的。"只见那个红色兔耳朵的气球渐渐变大，差不多的时候小A就拿下来递给温羽熙："来拿着，别漏气了！"温羽熙看着手里的气球，无语地翻了个白眼直接转身离开了。她好像知道欧凛辰为什么叫它"傻A"了，再待下去她怕自己也变傻。

温羽熙出去后，小A又唱起了自己的歌。温羽熙坐在沙发上，把气球的口打了个结，看着就觉得搞笑，她也忍不住笑出声："呵呵呵……什么鬼！"小手轻轻往上一拍，气球就飘了起来，只是下一秒就被一只大手抓住了上面的兔耳朵。温羽熙往后仰头，一张俊脸靠近自己，最后凉凉的唇印上她的唇，还轻轻地咬了一下她的下唇瓣。

温羽熙愣愣地看着欧凛辰那性感的喉结滚动了一下，旁边还有被她咬的痕迹，再到渐渐退离自己的俊脸，她的小心脏扑通扑通直跳，他怎么那么会撩？这样浪漫的仰头69吻，任谁遇到心里都会小鹿乱撞吧。欧凛辰转过来坐在沙发上，把气球往旁边一扔，长臂一捞把温羽熙整个人抱起来搂坐在他怀里，大手覆上她的腰轻轻揉捏，黑目炯炯地看着她，柔声开口："还累吗？"温羽熙摇摇头，小脸微红神色幸福地靠在了他肩膀上。昨晚他从头到尾都很温柔，所以她只是有些腰疼，并没有别的不适。

欧凛辰微微侧头，一个浅吻落在她额头上："那今天想去哪里玩？"温羽熙抬起头来，眸光中带着歉意地看着他："明天再去吧，好不好？我觉得我应该要回家看看，我怕哥哥们担心我。"她昨晚发生那样的事情，虽然温舞他们回去后哥哥们肯定也知道自己是安全的，但是怎么也要回去一趟。而且温舞到现在都没有找她报告什么事情，不用想应该是被大哥罚了，她得回去看看。

"好，那吃完饭我送你回去。"欧凛辰抬手抚摸着那张美艳动人的脸蛋，眸底泛着浓浓的不舍，看着那莹润的唇瓣，忍不住又吻了上去。对于温羽熙的感情，欧凛辰根本控制不住，昨晚得到她之后，对她就更加的难以自持。小A端菜出来，只觉得到处泛着虐杀单身狗的"敌敌畏"的味道，虽然它没有嗅觉。因为通过隔栏的空格一眼就看到了沙发上拥吻的两个人，它默默地转身回到厨房，再把另一盘菜端出来，来来回回，就当没看到他们一样。得亏它是个没有心的机器人，不然天天看着这种虐狗场面肯定会得心梗。

两人又度过了一个开心的午饭时间，温羽熙的包包还在楼上，欧凛辰本来是自己上去拿的，可是刚转身出门就看到她也跟着上楼了。温羽熙一把拿过自己的包，然后把他重新推回房间，低头开始在包里翻找东西："辰哥哥，我有个东西要送你。"欧凛辰有些期待，静静等着她，只见嫩白的小手从包包最隐秘的夹层拿出一支晶莹透亮的水蓝色钢笔。'这个送给你。"温羽熙把笔递给欧凛辰，蓝眸带着期待。其实她也不确定他会不会喜欢这种东西。

　　欧凛辰把笔拿在手里，只觉得比他拿过的任何一支钢笔都要重。上面的翡翠说到底就是石头，石头和钢铁拼接在一起的笔怎么也会有一定的重量。他轻轻转动手里的笔，看到那个金色的"熙"字，心底涌出一股浓浓的暖意。"丫头，谢谢你。"欧凛辰伸手把温羽熙拥进了怀里，紧紧抱住她。"你喜欢就好，我怕你不……""喜欢，你送的都喜欢，不管是什么都喜欢。"欧凛辰紧紧地抱着怀里的人儿。以前的他不善于言辞，可是在她面前，他一点儿都不吝惜自己的话。

　　纵然不舍，欧凛辰最终还是放开了怀里的女人，亲自送她回了温家。直到那个身影彻底被门口的巨大喷泉挡住，欧凛辰才拿出那支笔，俊颜上漾起了一抹幸福粲然的笑容。对于这个女人，他同样也不吝惜自己的温柔和笑容。

　　温羽熙是从庄园大门一路走回别墅的，一路上两边弥漫开来的花香让她心情更好了。只是刚刚靠近大门就看到了右侧空地上顶着大太阳站军姿的温舞和尊。温羽熙走过去，两人身上的衣服已经被汗水浸透，微微发抖的双腿说明他们已经站了很久了。昨晚跑了五十圈，一直跑到凌晨两点，一旦起来吃了早餐就站在这里了，午餐还没吃，不抖才怪了。

　　温羽熙急忙转身跑回别墅，温羽哲坐在客厅里拿着平板写写画画的，好像在办公。"大哥，你别罚他们了，是我跑出去不告诉他们的。""嗯，舍得回来了？"温羽哲淡淡出声，头都没有抬起来，目光依然落在平板上，他的气还没消。温舞和尊作为贴身暗卫，这么多年一个一直跟在温羽熙身边，一个跟在温羽博身边，自己的职责难道还不清楚吗？难不成主人出去还要跟他们提前报告吗？

"哥，求你了，让他们回去休息吧，累坏了就没有人保护我了。"温羽熙在温羽哲身边坐下，拉着他的手臂摇晃撒娇着，"哥哥……你原谅他们吧，我以后再也不自己一个人跑出去了，哥……拜托你……"这一声又一声的哥叫得温羽哲心里美滋滋的，终于抬起头看她，语气有些吃味："你不是有个保护你的骑士了，还需要这些暗卫保护吗？"只是一抬头，锐利的目光就看到了温羽熙脖子上的吻痕，他是个结了婚的男人，很清楚那是什么。所以昨晚欧凛辰乘虚而入，把他温家的掌心宝大白菜给拱了。

温羽哲快速收回自己的目光，抬手抚额按住痛得抽抽的太阳穴，闭上眼睛冷冷出声："你先上楼休息吧。"他不能再看到那些痕迹，不然他怕自己忍不住扛着他那四十米的大刀出去就把欧凛辰砍了。心痛啊，自己捧在手心的宝贝妹妹就这么被人糟蹋了。

"哥，那小舞他们呢？""九姨，让他们两个回去休息，再写一千字检讨交过来给我。"温羽哲依然没有睁开眼睛，看似很疲惫地微微侧过头。"哥，就知道你最好了，那我先上楼咯。"温羽熙开心地蹭了蹭温羽哲的肩膀，完全不知道他现在气得想杀人。

幸亏欧凛辰的房间放的也是温羽熙用的熏香，而且他平时也没有用香水或者什么熏香的习惯，本身没有什么过于浓郁的味道，所以都被温羽熙给的熏香完全盖过去了。

温羽熙身上现在依然还是她那一股熏香的味道，要是被温羽哲闻到的是别的味道，他估计现在立刻马上就杀过去找欧凛辰了。温羽熙的身影彻底消失在二楼楼梯口转角后，温羽哲暴躁地踢了一脚茶几："欧凛辰，你个王八蛋。"

"大哥，你怎么了？"温羽博从门口进来就看到黑着脸的温羽哲，一脸不明所以地看着他。"没什么。"温羽哲冷冷地抬眸瞥了他一眼，继续开口，"事情办得怎么样了？"温羽博粲然一笑，慵懒地坐在沙发上："车头凹陷，车灯损坏，车窗碎裂，车身多处剐伤，赔它个三百万吧。"

"慕瑾烨呢？"温羽博讽刺地轻笑出声，"呵呵，他的脊椎被打歪了，手臂脱臼了，现在还躺在牢房里动弹不得，慕家还没人知道，话说这未来妹夫下手挺狠的啊。""嘭！"温羽哲愤怒地又踹了一脚茶几，"去你个鬼的未来妹夫。"而后他愤愤地起身，向一楼书房的方向疾步走去，仿佛连背影都冒着火。

温羽博缩了缩身子，犹如一只受惊的小白兔缩在沙发上，愣愣地看着被踢歪的茶几："什么鬼，他又吃火药了？"刚从一楼琴房出来的温羽昊刚好和满身火气的温羽哲擦肩而过，看着他进了书房，然后"嘭"一声大力地甩上门，俊脸上爬上一抹莫名其妙的神情。温羽昊来到客厅，看着歪了的茶几微微挑眉，鄙视地看了一眼缩在沙发上的温羽博："你又惹到他了？"温羽博摇摇头，对于温羽哲刚刚的火气也是一脸茫然："又不是我，我回来茶几已经歪了一点点了。"

"那他干吗生那么大的气？"温羽昊一边弯腰把重重的茶几挪回原来的位置，一边问着。"鬼知道，他刚刚对我怒吼说，去你个鬼的未来妹夫，喏，然后就这样了。"温羽博缩了缩脖子，还一脸惊魂未散。"呵呵……"温羽昊突然轻笑出声，听到"未来妹夫"这几个字就瞬间了然了，原来还在气欧凛辰啊。也不怪他，最近熙熙一直和欧凛辰待在一起，可能冷落了这个醋王了。

"你笑什么？"温羽博蹙眉一脸不解地看着他，这有啥好笑的？温羽昊冷冷地白了他一眼，转身向门口走去，一边还讥讽道："没笑什么，你这个笨蛋是不会知道的。"温羽博气呼呼地看着那个冷酷的背影，抬脚踹了一脚刚刚被摆好的茶几，结果茶几却一动不动，反而震得他脚疼。"咝……嗷嗷嗷。"他捂着剧痛的脚板，指着茶几愤愤地说，"连茶几也欺负我，没天理了。"

温羽熙回到房里，从窗口看下去，已经不见温舞和尊的身影了，看来哥哥真的放他们回去休息了。然后百无聊赖地躺在床上玩着手机，她又忘记存欧凛辰的手机号码了。她打开微信把自己的号码发给了欧凛辰，就等着他打过来。可是等来等去也没等到，因为昨晚欧凛辰不想被人打扰，把手机调成静音了，这时候的他正在开车回湖心别墅的路上，根本没空看手机。

欧凛辰回到别墅后，就看到别墅大门敞开着，里面热热闹闹的，李泽洲已经带着他需要的人过来了。把车停好的欧凛辰也加入他们，和其中的一个设计师交流自己对于院子布置的一些想法，一时间也没空拿出自己的手机。无聊的温羽熙看着时间才下午三点，于是乎从床上爬起来。没几分钟，一辆白色的法拉利开出了温家大门。

"夜，去跟着她。"看着白色车子从车库里出来，温羽哲立即对身后的夜吩咐。紧接着一辆黑色越野车也从温家庄园出来了。温羽熙不是去找欧凛辰，而是去了EQ集团，又把自己关在那个隐秘的房间里，继续用那块蓝色翡翠制作首饰。

这一待就待到了天微微暗，如果不是欧凛辰的电话，她也不会停下手中的活。看着那个没有备注的号码，温羽熙还是立即按下了接听，果然熟悉又好听的声音传来："丫头，吃饭了吗？"温羽熙抬头看了一眼那个小窗外面已经微微暗下来的天空，如实回答："还没有。""这么晚还不吃，你在哪里？酒吧吗？"欧凛辰的声音有些急促，带着担忧。"不是，我在你公司的附近，我一会儿就去吃。"温羽熙没有直接报出自己所在的真实位置。"把位置发过来，我去接你。"欧凛辰说完就挂了电话。而后微信就弹出来信息了：位置马上发给我！

温羽熙还在纠结要不要发实地位置，还是随便找附近一个地点发呢？欧凛辰的信息又来了：马上，快点儿！温羽熙听话地发了所在的位置过去。欧凛辰看着EQ集团并没有多想，那确实在他公司附近，拿起车钥匙就出了门。

温羽熙收拾了一下桌上的东西，她要制作的手链其实刚刚刻好两颗小珠子。只有黄豆般大小的蓝色珠子上，却用电动雕刻刀雕刻出了葡萄串的模样，每一条纹路都清晰光滑。所有东西依然摆在桌面上，温羽熙只把刚刚自己使用过的工具归位，而后她就下楼了。欧凛辰开车一到EQ集团楼下，就看到了站在门口等待着他的人。

温羽熙打开副驾的车门坐了进去："辰哥哥，你怎么那么快就到了？"欧凛辰立即俯身帮她系上安全带，趁机浅吻了一下粉唇："担心你，所以超速了。"温羽熙盈盈一笑，温柔地斥责道："以后别这样了，很危险的。""好。"欧凛辰快速应下，然后又柔声问她，"饿了吧，想去吃什么？""那你吃了吗？"温羽熙反问道。"没有。"欧凛辰也是刚刚忙完院子里的事情，拿出手机看到她的信息就直接按号码拨打过来了。其实他出来的时候，小A和李泽洲都还在院子里处理一些剩下的垃圾。

温羽熙蹙眉想了想。她想吃辣，他又不吃辣，所以最好去一个又有辣菜又有清淡菜的地方，但是麒麟轩已经去过了，再去没意思，而且有点儿远。"要不我们去吃西餐吧，听说临溪大厦56楼的餐厅很受情侣们的青睐哦。""好，你想去哪里吃都行。"欧凛辰宠溺地笑着，踩下油门，白皙修长的双手熟练地转动着方向盘，车子疾驰出去。

而后面黑色的越野车里，夜也快速启动车子跟了上去。他就像狩猎中的黑色猎豹，在暗处静悄悄地盯着，不动也不发出任何声音。夜的话比温舞还要少，整个人冰冰冷冷的很神秘，用温羽哲的话说是少说话多做事，所以他一向就是能不开口就绝对不开口。

欧凛辰的车子最后开进了一栋大楼的地下停车场。这是一栋圆柱形的楼，外面亮着各种不停变换颜色的灯，有时候又会变成一些广告词，因为夜色已经完全暗了，所以灯光使整栋楼变得十分绚丽。夜的车没有跟进云，只是在下面一个靠路边的停车位停下了，有欧凛辰在，他不需要跟得太紧。他知道他们需要自己的空间。

欧凛辰带着温羽熙从地下负一楼直接乘电梯上了56楼，电梯慢慢上升的过程中，是可以看到外面的夜景的，随着高度的增高，视野也变得更远，见到的霓虹更璀璨迷人。电梯门一打开，就听到了从56楼餐厅传来优雅动听的轻音乐。它不是一个情侣主题餐厅，但是由于到处都是偏粉色系的装扮，所以很受年轻情侣的喜欢。

现在这个时候也刚好是晚餐时间，所以餐厅里已经坐了很多人了。欧凛辰和温羽熙没有预约，不过刚刚好还有一个靠窗的位置没有人预订，就是偏角落了一点。56层的楼在域江城这个高楼纵横的城市里不算高，但是坐在窗边依然可以看得到很远处美丽的夜景。他们的位置刚刚好在A区这边，这边是向着城市边缘的一区，没有太多的高楼，看得到的风景也比较远，不远处就有一个游乐园，不停转换着灯光颜色的摩天轮还在转动着。如果是在白天，这边是可以看得到大海的，不过晚上看过去就是黑乎乎一片了。

看着与夜幕相连的那一片黑色，温羽熙突然开口道："辰哥哥，要不明天我们出海玩吧？"欧凛辰没有直接回答，而是拿出手机看天气预报，而后才轻声开口："天气预报说明天有雨，我们下次再去。"看着那个有些失落的小脸，欧凛辰又开口柔声安慰道："如果下周天气好我一定陪你出海玩，但是明天不行，我们可以去逛街或者看电影，好吗？"温羽熙有些不开心地撇撇嘴，但还是乖巧地点头答应。

而后两人都是点了一份牛排，温羽熙想吃辣，又多点了一份放辣椒的意大利面。温羽熙把自己的椅子往窗边挪了挪，趴在窗上看着那个摩天轮。欧凛辰托着腮温柔地看着她，心里想着今晚还要不要再把她骗回家一起睡。仿佛周围的所有背景都变成了灰色，他的眼里只有她，这一幕异常温馨。

第十三章　我生气了

　　而此时的慕家，慕鸿风和慕瑾薇都难得地回家吃饭了，苏梓樱在慕鸿风的再三劝说下才愿意和他们同桌吃饭，姜颖涵也在，看起来像是满满一家人的温馨晚餐。只是筷子刚刚拿起来还没来得及夹菜，这顿饭就被客厅刺耳的电话铃声打断了。姜倩青的保姆宋雪梅快速接起了电话，没一会儿就急匆匆地冲进了餐厅，脸色苍白："夫人，慕总，是公安局的电话，说是烨少爷出事了，让你们过去。"晚饭没的吃，慕家又起了风云。

　　慕鸿风带着姜倩青急急忙忙赶到公安局，可等待他们的却是车辆损伤鉴定书和高价赔偿金签署书。警官把这些文件递给他们的同时冰冷的声音也随之响起："慕瑾烨同时犯下故意毁坏财物罪与寻衅滋事罪，且毁坏财物数额过大，情节严重，已经被受害人家属起诉，如经我局核实并上交法院判决，极有可能判处慕瑾烨一年有期徒刑，鉴于他受伤严重，可以让你们带回家医治，这是赔偿条款，只要你们赔了这些钱，立刻可以带他回去治疗。"

　　"什么车要三百万？"看着那三百万的赔偿金额，姜倩青只觉得眼前一片眩晕，差点儿没站住，还好慕鸿风及时扶住了她。

　　三百万还只是赔偿款，而他们慕家的车最贵的也就一百多万。慕鸿风大致看了一眼手里的文件，车辆损伤鉴定书的文件里还包含一些照片，看着那昂贵的车子变得凹凸不平，还有那碎裂的玻璃，慕鸿风的手忍不住颤抖起来，心里有气又不能撒，只能忍着。

三百万对他来说，说多也不算多，但是现在公司刚刚找到救星，平时慕瑾薇和慕瑾烨还有姜倩青又习惯了花钱大手大脚的，这没必要的钱他是能不出就不出。平时慕瑾烨也经常惹事，但无非就是打打架，赔人家几万的医疗费，第一次碰到这么大金额的，而且还判刑一年。不管是豪门，还是寻常百姓家，进过监狱服刑的，不管你是两个月还是一年，都不是什么上得了台面的事。更何况是他们这种死要面子的豪门世家，更加不想让家族因这种事情蒙羞。

"警官先生，这件事没有回旋的余地了吗？"慕鸿风难得低声下气地询问着，强忍着自己的怒火。"慕先生，他同时犯两项罪名，判一年算轻的了，而且你看看他砸的是谁的车。"警官冷冷地回答道，眼底有一丝讽刺。他是不是老眼昏花了没看清赔偿条约上的字？

"车主是谁？"慕鸿风焦急地又问了一声。警官指了指慕鸿风手里的赔偿条约："喏，自己看咯。""温……温家温羽博。"这次就连慕鸿风都差点儿站不稳了，怎么就惹上温家了？怪不得他连请律师的机会都没有，是温家啊，怎么斗得过。

听到"温家"两个字，姜倩青缓了缓那崩溃的情绪，拿过照片仔细看了一下。这个车牌不就是姜颖涵回来和她说的，那个白羽熙的车吗？原来是温羽博的车，那她和温羽博是什么关系？还是和她在一起的那个女人和温羽博有关系？温羽博作为知名影帝，对外一直都说自己是单身状态，不应该是男女朋友关系吧？

就在姜倩青陷入自己的思绪中的时候，慕鸿风终于从错愕中回过神来，开口问道："是不是这三百万什么时候到温羽博的账上，我们就什么时候可以带我儿子回去？""温家是这么说的，如果你们不想马上赔这笔钱，也可以请医护人员来牢房里给慕瑾烨治疗，不过看他的伤挺严重的，我觉得还是赶紧去医院，不然恐怕以后就起不来了。"警官冷冰冰地说着，他说的话都是转达温家的意思。

"起……起不来是什么意思？"姜倩青终于回过神来，刚刚那一脸的算计都变成了担忧。"意思就是残废呗。""啊！怎么会这样？"姜倩青受不住又踉跄了一步。"警官，我们可以先看看他吗？"慕鸿风有些纠结，他还是想先看看慕瑾烨的伤。警官看着慕鸿风脸上闪过的那一抹纠结，心里备觉讥讽，慕家这么大的家族，连拿出三百万把自己儿子从牢房暂时带出去都还要如此纠结吗？不过他可没空管人家的表情，还是先带他去看慕瑾烨，赶紧把人带出去，不然不仅吵，还动弹不得的，吃喝拉撒都要人伺候。

在肮脏的牢房里，慕鸿风和姜倩青终于看到了浑身发臭的慕瑾烨。狱警只是喂他吃饭，拉撒他都在裤子里解决了。"小烨，小烨。"姜倩青隔着铁门心疼地呼唤着他。慕瑾烨悠悠转醒，转头看到了自己的爸妈，又开始叫嚷起来："妈，妈，快带我出去啊。""好好好，妈妈马上带你出去。"姜倩青安慰着他，然后立刻转向慕鸿风，哭得梨花带雨，"鸿风，快啊，快给他们打钱啊，你看看小烨多可怜啊。"一直站在一旁看着的警官心里冷嗤，果然是慈母多败儿！

一路进来都是一片潮湿和昏暗，空气中都是发霉的腐臭味，慕鸿风一直都是蹙着眉头，看着躺着不能动的慕瑾烨后眉头更皱了。他终于拿出手机，在昏黄的灯光下给赔偿条款上的账号打过去了三百万。"我可以带我儿子离开这里了吗？"慕鸿风收了手机冷冷地开口询问着。这时另一个警员跑进来："李队，温家来电话，说可以放人了。"

李警官朝慕鸿风笑了笑，态度缓和了一些："当然可以，不过还请慕总叫人进来把他抬出去。"而后他让狱警打开了铁门。钱到了温羽博的账上了，那他的事就差不多了。门一开，姜倩青就冲了进去，可是靠近慕瑾烨闻到他身上的屎尿味后又后退了几步，一脸嫌弃：

"小烨，你怎么那么臭？"慕瑾烨抱怨地哭喊道："妈，我的腰被那个死女人踢断了，动弹不得，你们又不来保释我，没人管我，我总不能憋着不拉出来吧。"慕瑾烨还不知道自己接下来要面临一年的牢狱之灾，心里想的都是出去治好腰后怎么找那个女人狠狠虐她。

纵然很想知道慕瑾烨嘴里的女人是谁，但是姜倩青知道不能在现在这种环境下问他，还是出去之后再说。慕瑾烨最后被送进了医院，全身屎臭味，害得他颜面尽失。

病房里，慕鸿风愤怒地把手里的文件全部砸在慕瑾烨脸上："你个混账东西，自己看看你都做了些什么？"急火攻心到心口起伏让他顿了一下，随后继续开口，"往日你打架滋事，赔点儿小钱就算了，现在居然大胆到敢动温家的车子，我慕鸿风怎么会有你这种不知天高地厚的浑蛋儿子？"对于温家，慕鸿风一直有和他们平起平坐的野心，可同时又对他们充满了忌惮。

慕瑾烨讽刺而又不以为意地笑了笑："我是我妈生的，你从小有陪过我、教育过我？""你，浑小子看我不打死你！"慕鸿风愤怒地一巴掌刚要落在慕瑾烨脸上，却及时被姜倩青拦住了。"鸿风，鸿风，你冷静点儿，小烨的身上还有伤。"姜倩青死死地抱住慕鸿风的手臂不让他打下去，眼神一直暗示慕瑾烨不要再惹他。可是慕瑾烨并不把她的暗示放在眼里，反而继续幽幽开口："什么狗屁温家的车，我砸的只是一个酒吧女调酒师的车。""你还真是执迷不悟。"慕鸿风扬起手臂又要朝慕瑾烨打下去，气得咬牙切齿，每一个字几乎都是从牙缝里挤出来的，眼里闪烁着无法遏制的怒火。

不料慕瑾烨却突然冷笑出声："呵呵，有意思，这么漂亮的女人居然是温羽博的女人啊，可惜了。"慕瑾烨还能动的一只手一抓就拿到了那一份赔偿单上的照片，看着那些车子的照片，笑得一脸邪恶。温羽博的女人又怎么样，这次要不是半路杀出一个欧凛辰，他早就把那个女的办了。

慕鸿风听着他的话有点儿不解，顿住了扬起的手，冷声质问他："你什么意思？什么温羽博的女人？"就连姜倩青也忍不住出声询问："小烨，你说那个调酒师是温羽博的女人，你怎么知道？"从慕瑾烨说自己砸的是女调酒师的车的时候，她基本已经确定昨晚开这个车的人是白羽熙了，而她这个儿子肯定是看上人家了才会围堵她的车。"妈，换作是你，如果不是自己的女人，你会送她五百多万的豪车开？反正我是不会。"慕瑾烨嘴角的笑意逐渐扩大，眼底的算计越发明显。

听着慕瑾烨的话，姜倩青又陷入了沉思，如果白羽熙真的是温羽博的女人，那之前所有的一切都对得上了，所以钻石手表、一身名牌、豪车，都是温羽博送的。温羽博这么多代言，商家不知道送了他多少大牌东西，原来都送给白羽熙了。突然想到什么，慕瑾烨直接把手里的东西一扔，愤然地低吼出声："居然被欧凛辰那个浑蛋救走了。"愤怒使他额头的青筋暴起，挂了彩的脸变得异常扭曲。

慕鸿风一直不知道母子俩在说什么，好像姜倩青也知道的样子，而且怎么还有欧凛辰？"什么调酒师，什么温羽博的女人，怎么还有瑾城在里面，慕瑾烨，你最好跟我解释清楚，你昨晚到底干了什么事？"慕鸿风对着慕瑾烨怒不可遏地吼叫着，而后闪着犀利精光的双目转过来紧盯着姜倩青，"还有你，是不是也知道，然后还隐瞒了我什么事情？"慕瑾烨闭上眼睛，他不想回答慕鸿风的问题，这个爸爸除了骂他什么都不管。

对上慕鸿风质问的眼神，姜倩青眼底闪过一抹心虚，她微微别过视线躲闪到一边，轻轻开口："我不知道具体的事情，我只知道开那辆法拉利的只是一个在温家酒吧调酒的女人，昨天下午还打伤了薇薇和涵涵，涵涵的肩膀就是她打伤的。""你们不是说打球伤到的吗？怎么又变成被人打伤了？"慕鸿风的语气愈加严厉。好像每个人都有什么事瞒着他。

"就是用球打伤的。"姜倩青语气也变得有些不耐，干脆全说了，"那个白羽熙只是温家酒吧的一个调酒师而已，开着温羽博的车，所以说她是温羽博的女人，这段时间又勾搭上你大儿子慕瑾城了，所以昨晚小烨就被他打了，他还带走了那个女人，大概就是这样，你听懂了吗？"慕鸿风眉头皱得更紧了，把思绪梳理了一遍，女调酒师，慕瑾城，白羽熙，所以是那天晚上那个蓝头发的女孩儿。先是温羽博，然后又勾搭上欧凛辰，呵呵，果然如他所料，这个在酒吧工作的女人不是什么好货色，可是这个和慕瑾烨砸她的车有什么关系？

"妈，你说什么？她和欧凛辰还有一腿？"慕瑾烨突然睁开眼睛，有些不可置信。激动的他想要起身却拉扯到背后的疼痛，又无力地躺了回去。怪不得当时他打开车门后，欧凛辰要那么着急地冲过来踢飞他，原来他也喜欢这个女人。姜倩青看了一眼低头想着什么的慕鸿风，冷声讥讽道："这个你问你爸可能更清楚，反正涵涵说她和欧凛辰交男女朋友了。"其实她心里也清楚白羽熙和欧凛辰两人的关系，毕竟她亲眼看到两人亲昵进入麒麟轩的画面。

"就算是这样，这是她和温羽博以及瑾城之间的事情，你掺和进去做什么？"慕鸿风突然出声冷斥道。两兄弟为了一个别人的女人打架，这种事传出去岂不是让外人笑掉大牙？慕瑾烨没有理会慕鸿风的问题，而是还陷在自己的疑惑中，欧凛辰不是厌恶女人吗？

"我问你，你掺和进去做什么？"没有得到回应的慕鸿风愤怒地拍了一下慕瑾烨的头。慕瑾烨吃痛，抬眼瞪了他一眼，不可一世地开口："我看上她了，所以就围堵她，有何意见？""你说什么，你个混账，看我今天不打死你。"慕鸿风气得直接揪住了慕瑾烨病服的衣领，"你平时玩那么多女人还不够吗？现在居然敢盯着别人的女人，那个女的勾三搭四的有什么好？你还想拿着我的钱去养那种贱女人吗？"大力的拉扯让慕瑾烨背后的疼痛更甚了，右手臂又被温羽熙一个过肩摔拉得脱臼，他现在根本没有反抗的余力。

　　"鸿风，别扯了，你是想让小烨彻底残废吗？"姜倩青奋力拉住慕鸿风的手，对他怒吼着。"残废待在家总比天天给我出去惹事好，残废了就不用坐牢了。'气急败坏的慕鸿风有些口不择言。可是被疼痛袭满全身的慕瑾烨根本没心思去听他这句话。"鸿风，放手放手，别拉了。"病房里喧闹无比，漫天的火气，一直持续到慕瑾烨再次疼晕过去。

　　另一边，环境浪漫幽雅的餐厅里，温羽熙和欧凛辰有说有笑地结束了两个人浪漫的晚餐，温羽熙还不知道自己和三哥的关系被误会了。欧凛辰埋单的时候，温羽熙去了趟卫生间，不过人美就是容易遭人嫉妒，连上个厕所都不安稳。她刚刚走进门，有几个女人有说有笑的刚好出来，其中一个女人撞了她的肩膀一下。

　　温羽熙怕欧凛辰等太久，本来不想理会这个无礼的人，可刚往里走几步就被人叫住了："喂，那个蓝头发的。"身后一个尖锐又不屑的女声响起，温羽熙顿足慢慢转过身，一脸冷漠。三个打扮婀娜妖艳的女人正微抬下巴一脸鄙夷地看她。哦嚯，中间那个她记得，王瑶瑶嘛，昨天打球一起虐的那女的，脸上的瘀青粉底都遮不住也敢出来玩，心真大。

　　温羽熙冷漠地转身，如果她没猜错，这会儿应该是看自己一个人想报仇，如果是平时她可以跟她们玩玩，不过现在她可没时间陪这种女人玩。"站住！"身后的声音再次响起，已经带着愤怒。温羽熙头也不回地直接进了一个隔间，只是她刚刚上了锁，外面就有人踹门。

　　"你叫白羽熙是吧，出来！"王瑶瑶一边拍打着门一边怒吼，"本小姐今天一定要刮花你的脸，狐狸精。"温羽熙敛眸，再睁开，蓝色的眸底闪烁着怒火，她生气了。温羽熙低头看了一眼自己的裙子，微微把裙脚往上拉到大腿根，然后抬脚确定不勒以后又往后退了一步。白嫩修长的腿一抬，直接踹在门上。

　　"嘭！"突然的一声巨响让门外的王瑶瑶吓了一跳。还没回过神来，一个冲力就直接打在她脸上，整个人往后仰就飞了出去，最后重重地摔在全是水的地面上。一些螺丝钉从门上掉下来滚落在另外两个女人脚边，刚刚还结实的门现在歪扭地挂着，摇摇欲坠，只剩一颗螺丝钉在那里坚持着了。受到惊吓的她们互相搀扶着瑟缩地往后退了一步，恐惧让她们不敢上前把王瑶瑶扶起来。

而温羽熙优雅而又缓慢地放下自己的腿，然后悠然地把裙摆放下来整理好，慢悠悠地从里面出来。"行，想玩是吧，我陪你们玩。"她双手环胸，居高临下冷冷地瞥了一眼地上捂着脸疼痛不已的王瑶瑶，然后把冰冷的目光落在另外两个女人身上，"我和你们也不认识，不想死的快滚！"那一身的肃杀之意不断扩散开来。两个女人惊慌失措地跑出了卫生间。

鲜红的血滴从王瑶瑶脸上滴落下来，落在地面的水渍里然后又晕开。"啊啊啊……"王瑶瑶惊慌失措地尖叫起来，带着血的手不停地摸着自己的鼻子。温羽熙被尖叫声吵得耳朵嗡嗡的，嫌弃地瞥了她一眼，这才看到那全是血的脸上，原本坚挺的鼻子完全塌了下去，两个鼻孔朝上，变成了一个彻底的猪鼻子。

"哈哈哈……你的鼻子是假的啊，你看它歪了。"王瑶瑶过于滑稽的脸让温羽熙不厚道地笑了。听了温羽熙的话，王瑶瑶赶紧从地上爬起来，趴在洗手台上打开水龙头洗掉脸上的血，再抬头看向镜子，发现自己的假鼻子真的全毁了。"不，不要，不要……"王瑶瑶惊慌地叫着，不停地用手按压鼻子想让它恢复原来的样子，她花了很多钱整了很多次才让这个鼻子看起来像现在这样真实。可是已经变形断掉的硅胶怎么可能手动弄回来。

"别挤了，赶紧去整容医院吧。"温羽熙冷冷地勾唇，抬脚离开了卫生间，她没空与这种人费话，如果王瑶瑶不先挑衅她，也不会落得这种下场，都是她自找的。温羽熙出来刚好看到让她暖心的一幕，欧凛辰拿着一朵红玫瑰就站在收银台前面笑看着她。本来就比周围人都耀眼的欧凛辰，在前台明亮的灯光下，整个人变得更加金贵炫目。他的目光一直看向这边就为了等她出来，第一眼就能看到她。

温羽熙掩去脸上刚刚那股寒意，勾起唇角露出了一个温柔粲然的笑容，朝着那个耀眼的男人跑了过去。欧凛辰的嘴角温柔地勾着，他把手里鲜红的玫瑰花递给了温羽熙说："有个卖花的小男孩儿说我的女朋友很漂亮，让我买朵花送给她。"温羽熙满脸笑意幸福地接过玫瑰，小嘴却微微噘起："人家觉得而已。""我也觉得你很漂亮。"欧凛辰忍不住抬手轻点温羽熙的鼻尖，但下一秒，他温柔的脸色瞬间变得阴沉。他快速揽住温羽熙的腰带着她转了一圈，一个卫生间里的水桶落在了刚刚她站着的那个位置。

只见王瑶瑶顶着一张扭曲的脸站在不远处恶狠狠地怒视着温羽熙，猩红的眼底带着毫不掩饰的杀意。"白羽熙，我要杀了你，杀了你！"王瑶瑶像发了疯一般拿起身边一个桌子上的刀叉就朝温羽熙冲了过来。脸上的妆也花了，黑色的眼线晕开从脸颊上流下来几条黑色的痕迹，鼻子也歪了，还在往外冒着鼻血，湿漉漉的头发配上那一袭红色紧身包臀裙，让她像个女鬼一般瘆人。

欧凛辰紧紧抱住怀里的温羽熙，抬手接住了朝她脸上刺过来的叉子，紧接着抬脚就直接毫不怜香惜玉地狠狠踹在了王瑶瑶的肚子上，王瑶瑶向后弹飞出去撞上了桌角，晕了过去。原本她朝温羽熙扔那个桶的时候已经吸引了所有人的注意，所以现在他们也都看到了是她先动手的。

"怎么回事？闹哄哄的。"一个西装革履的中年男人从后厨的方向疾步走出来，脸色阴沉严肃。当看到欧凛辰后，他微微一愣，而后变得一脸讪笑："没想到欧总莅临我们餐厅，真是让小店蓬荜生辉啊。"

欧凛辰完全没有理会他，也不管有多少双眼睛正在盯着他们看，只是低头温柔地看着似乎受到了惊吓的温羽熙，他不介意所有人都知道怀里的女人是他女朋友，也不介意让所有人看到他对她的温柔。她是他最想公之于众的秘密，他就是想告诉所有人，这个女人是他欧凛辰的，谁都不要再惦记或者妄想加害了。

见欧凛辰没有理会自己，中年男人略显尴尬地收了收自己的讪笑，转而阴沉地看向柜台的收银员。"经理，这个女人先是拿桶扔向欧先生他们，然后又拿刀叉想要刺过来，欧先生出于自卫把她踢出去，她撞晕过去了。"收银员一五一十地把自己刚刚所看到的都说了出来。

"欧总，抱歉，实在抱歉，让您和……"经理讪笑着看了一眼欧凛辰怀里的温羽熙，却不知道该怎么称呼她，不过看着两人的姿势应该是情侣没错，"让您和您的女友受惊了，这样，这个女人我们帮您处理，还请您见谅，期待下次光临。"欧凛辰终于抬眸冷冷瞥了经理一眼，而后直接揽着温羽熙的腰离开了，留下一群看热闹的人。如果不是李泽洲不在身边，他今天肯定要处理这个女人。

欧凛辰离开后，经理转过身对着几个服务员又是一阵怒吼："还不把这个女人给我扔出去。"哪里来的疯女人，瞎了吗，看到欧凛辰都敢撞上去。"经理，扔恐怕扔不得。"一位刚刚负责接待王瑶瑶的服务生吞吞吐吐地说道，"她……她是王氏集团王总的小女儿。"经理皱了皱眉，语气缓和了几分："把她抬到里面去，打电话让他们王家过来把人带回去。"而后他看向门口的方向，心底一阵无奈，一个个都是他惹不得的主，那就留着以后他们解决吧。

王瑶瑶被抬走，所有人又坐回了自己的位置，继续没吃完的晚餐，不过整个餐厅却比之前更热闹了一些，因为每一桌都在窃窃私语。刚刚和王瑶瑶一起的那两个女生坐在她们的位置上瑟瑟发抖，幸亏刚刚在卫生间里面她们选择了逃跑，而不是留下来帮王瑶瑶对付那个女人。欧凛辰居然有女朋友了，不过他真的好可怕，传闻说他看到女人靠近自己就会毫不客气地把人踢飞，看来都是真的。

域江城里许多女人对这个男人充满了向往，却又瑟缩不敢向前靠近。所有人都在议论厌恶女人的欧凛辰居然有女朋友的事情，同时也猜测着这个蓝色头发的女人到底是谁，竟然能驯服欧凛辰这样的狼。欧凛辰带着温羽熙下了楼，一路上抱着她的力道从未松过一丝一毫。

看着到了车边依然不开口说话的温羽熙，欧凛辰有些担忧，心疼地抚着她的脸："丫头，刚刚被吓到了吗？"温羽熙微微回过神来，小脸上有些迷茫："呃？"欧凛辰抬手宠溺地戳了戳她的额头，柔声笑道："吓傻了？"'才没有！'温羽熙撇嘴白了他一眼。她才没有被这点儿事情吓到，只是在思考自己是不是外表看起来太弱了，才让这些人觉得自己好欺负？

温羽熙低头看了一眼自己身上的裙子，眉头蹙了起来，她长得那么高，看起来很好欺负吗？难道是穿得太淑女了？难道要穿成小舞那样才显得冷酷一点，让人不敢靠近？温羽熙又抬手捏了捏自己的脸蛋，有点儿肉，看起来像个小姑娘一样，可能看起来很软萌，所以她们敢肆无忌惮地欺负她？一定是她平时的表情出了问题。温羽熙想着，又从包包里拿出手机打开了前置摄像头，对着屏幕做了几个看似很严肃的表情。但是做了几下都觉得太刻意了，总觉得这张脸有点儿欺骗大众。

温羽熙并不知道自己生气的时候那种肃杀的表情是怎么样的，光是眼神就让对方感觉到压迫和害怕。毕竟她并没有对着镜子做出过那样的表情。欧凛辰目光柔和地看着脸上各种表情变化的温羽熙，俊脸上满是疑惑，不过并不打断她，他觉得她这个样子很可爱，就想这么静静地看着。

"辰哥哥，走了，我们回家洗洗睡觉吧，明天去逛街买衣服。"温羽熙突然说着，焦急地把手机往包里一塞，推着欧凛辰往驾驶座去，而自己则是快速开门进了副驾驶座，小手拉起安全带就给自己绑好了，脸上认真的表情似乎表明刚刚决定了什么重要的事情。欧凛辰蹙蹙眉很是疑惑，不过还是快速上了车，回家睡觉正合他意啊，只是他刚一上车，温羽熙就给他泼了一盆冷水。

"辰哥哥，送我回温家，然后你回你家，我们明天早上起得早一些。"欧凛辰拉安全带的手顿住了，转过头一脸不解地看着她："为什么？"语气里竟然带着那么一丢丢的委屈。对啊，为什么？为什么要各自回家，一起去他那里住，然后明天起床了一起出发不好吗？

温羽熙抬手微微朝他的方向倾身，拉过他的安全带给扣住，不慌不忙地开口，"我才不去你那里住，不然明天又要晚起了。"没有明说，字里行间却又包含了某些重要信息。欧凛辰有些无奈失笑："呵呵呵……"他怎会听不懂温羽熙说的是什么，不过这丫头还真敢说，怎么把他想得像头狼一样，昨晚是他初尝美味，吃得有点儿久有错吗？

欧凛辰微微低头靠近那张俏丽的脸："丫头，如果我今晚一个人睡不着的话，明天照样会晚起的，这样就不能陪你逛很久的街了。"一本正经的俊脸上带着一丝委屈。温羽熙微微眯起蓝眸审视着他："以前没有我的时候你还不是每天早起去公司，你休想骗我。"欧凛辰撇撇嘴："我那是习惯了。""我们就一起睡过两晚，你别说就成习惯了。"温羽熙小脸微红地说着。"是的，习惯了。"欧凛辰赞同地点点头，浅浅勾着唇笑着。那湛湛的目光仿佛在说：对的，没错，就是你说的这个样子。

温羽熙嘴角不禁抽动了一下，上扬的弧度有些压不下去，她收回身子坐正，看着正前方："欧凛辰，你的高冷都是骗人的。"欧凛辰挑挑眉，笑容变得有些邪肆，不紧不慢地开始插车钥匙，薄唇轻启："面对自己的女朋友为什么还要高冷？不知道高冷总裁一般都追妻路漫漫吗？"温羽熙的嘴角再也压不住了，傲娇地彻底别过头看向一侧的窗外，故作姿态地说道："我不管，我就要回温家庄园。"心里却是美滋滋的。

"湖心别墅。"欧凛辰悠然开口。

"温家庄园。"

"湖心别墅。"温柔的声音依然悠然。

"温家庄园！"温习熙有些急了，转过头瞪着欧凛辰。

欧凛辰轻笑着，依然不紧不慢地吐出四个字："湖心别墅。"

"温家庄园！"温习熙的声音忍不住大了几分。

欧凛辰腹黑一笑，突然改口："温家庄园。"

"湖心别墅！"温习熙微怒地脱口而出。

"好的！"欧凛辰得逞地勾唇，启动车子立即驶离了地下停车场。

温羽熙得意地笑了笑，不过也就那么一会儿，秀眉就蹙了起来，自己刚刚脱口而出的好像是湖心别墅吧？被大魔王套路了。温羽熙侧目，气呼呼地斜睨着笑得一脸得意的男人，可是车子已经在路上疾驰了，她又不能闹，不然非在车上扒了他。

夜一路都远远跟着欧凛辰的车子，看着他们出了市区以后就不跟了。欧凛辰的车还真的开回了湖心别墅。温羽熙冷着脸下了车，打开大门密码锁直接进了门。而后面还在车上的欧凛辰看着那个气呼呼的背影有些后悔自己的行为了。要是哄不好，那今晚他该不会要和小A睡楼下客厅吧？

欧凛辰微微叹了口气，把车开向大门左侧的位置，那里有一个停车位。车子正正地停在规划线里，右侧很高的围墙上突然有一道绿色的光线射出，把整个车子扫视了一遍，随后前面的空地上看似普通水泥的地面渐渐往两边拉开，一条通往地下的路出现在眼前。欧凛辰慢慢把车往前开，下了坡是一个小小的右拐弯，入眼的就是两排整齐摆放的豪华跑车。这是一个完全在别墅正下方的地下车库，建造这个别墅的设计师到底是什么神仙思维，胆子也够大的。欧凛辰停好车后一个人慢悠悠地从地下车库走出来，脑子里都在想一会儿怎么哄女朋友。

而温羽熙刚刚进到院子里，就被完全改变的院子吸引了，原本只有一个石凳的左边空地，现在多了一个秋千，地上还用白色粉末圈了一块，貌似还要搞什么东西，右边的地上也是规划着什么工程。最吸引眼球的还是原本空荡荡的围墙下现在全是盛开的玫瑰花还有已经爬墙的蔷薇。温羽熙开心地朝着那个秋千跑过去，一屁股坐了上去，开始摇晃了起来。侧门被打开，她开心的笑容立刻收了起来，停下来起身走回了客厅。

小A也不知道体内哪根电线又搭错了，又在唱歌："一千颗真心给你，你不要沉默不语，一万万句我爱你，我一定会来看你，宝贝对不起，不是不疼你，真的不愿意，又让你哭泣，宝贝对不起，不是不爱你，我也不愿意，又让你伤心。"温羽熙听着歌词很想笑，但是想着欧凛辰跟在后面，她抿了抿嘴强忍着笑意上了楼。欧凛辰默默跟在温羽熙身后也上了楼。

在小A看来，只要两人出现在别墅里就会制造狗粮，于是它立刻换了一首歌："身边的朋友都有女朋友，为什么我自己却没有，不是不明白爱情要看缘分，只是孤单它太残忍，我想找一个女朋友，这个世界时间不停留，究竟还要忍受多久沉默多久，孤单好难受……"如欧凛辰所料，门被反锁了，但是他这个门只要有他的指纹，反不反锁没什么差别，他把手指放在指纹锁屏，嘀嘀两声，门开了。看着反锁的门被打开，欧凛辰就这么大摇大摆进来了，温羽熙有些惊讶，这种门根本防不住他这头狼。

一心只想着躲欧凛辰的温羽熙没注意到整个房间的家纺都换了。她站在落地窗边，看着外面黑乎乎的一片，全是山林，没啥好看的，但是她就是想背对他站着。突然，一个温暖的怀抱包围了自己，暖暖的气息吹在她耳边："还在生我的气，嗯？"温羽熙轻轻颤了一下，冷冷开口："没有。"她可没生他的气，就是气自己太笨了，几句话就被他套路了。

"那为什么一直不理我？"欧凛辰靠着她的耳朵边，嘴唇有意无意地擦到她的耳廓。温羽熙只觉得一股电流从耳尖弥漫开来，渐渐袭满全身，她微微躲了躲，不敢说话。突然一个力道把她整个人转了过来，而后两只大手插在她腋下把她抬了起来。欧凛辰把人放在他的办公桌上，一手撑在桌子上，一手扶着她的腰，整张俊脸逼近她的小脸，鼻尖已经触碰在了一起。

　　"打我骂我都可以，不许一个人生闷气。"温柔的声音带着一丝霸道。面对这样撩人的欧凛辰，温羽熙已经不记得什么生不生气的了，看着近在咫尺的俊脸，她连语言能力都丧失了，整颗心都在剧烈跳动着。欧凛辰慢慢抬起放在她腰上的手，覆上她那纤细的后颈，侧头对两瓣粉唇吻了下去。没有得到温羽熙的回应，欧凛辰力道重了几分，撬开她唇齿肆意侵占。渐渐地温羽熙回应了起来，欧凛辰刚刚的霸道才又变得非常温柔。

　　在两人的呼吸都开始变得急促之后，欧凛辰才放开了她，一寸一寸抚摸着那红粉粉的脸蛋："不要生气，以后我什么都听你的。"温羽熙用迷离的盈眸看着他，听话地点点头，她都没听进他说的是什么，耳边全是那个低沉又听又有磁性的声音。欧凛辰再次侧头覆上那两片微肿的唇瓣，温柔辗转，有力的双臂托起温羽熙的屁股把她抱在了怀里，转身慢慢向大床走去。轻柔地把怀里的人放在床上后，他也欺身压了下去，再次噙住粉唇辗转许久不放开。

　　直到兜里的手机响了起来："我想忘了从前的一切，做一个凡事不问的俗人，从今天起远离人群，做一只狡猾的狐狸，那天我双手合十，看着镜子里狼狈的自己，我用了一半的青春，来思考做人的道理，对不起年少的自己，行千万里再别忘了初心……"是一首歌词听起来就很伤感又现实的歌。铃声响了一次又一次，振动也不停止，欧凛辰这才慢悠悠地离开柔软的双唇，双眸充满了情欲地看着她："你先去洗澡，今晚早点儿睡。"而后他快速起身拿出兜里的手机，看清楚了备注之后冷着一张脸按下了接听。不知道那边说了什么，欧凛辰的眉头越皱越紧，脸色愈加地阴沉起来。

温羽熙侧身看着他，高大的背影那么健硕迷人，隔着衬衫都能清楚地看到背后倒三角的轮廓。她的手摸着身下的被单，无意间触摸到那个刺绣的羽毛印花，目光终于落在了身下的被单上，这一看微微愣住了，这不是她在酒吧房间的那一款吗？温羽熙新奇地起身，目光触及的都是浅蓝色，还都是自己熟悉的羽毛图案。她转头看向那个还在打电话的男人，眼眶里不禁泛上了水雾。

她不知道的是，中午那些人来量好尺寸后，欧凛辰就要求他们今天必须把所有他想要的都赶工做出来，因为也不多，就是一个窗帘和一套床单被套，以及一个小沙发的沙发套，剩下更换的那些可以推迟几天。这些也是他们回来前不久刚换上去的，下午欧凛辰刚出去没多久人家就把东西送过来了，李泽洲只好认命地没吃晚饭就拿去清洗烘干再拿回来换上。一直在听着电话不吭声的欧凛辰突然转过头来看了一眼，却看见了床上女人蓝眸里晶莹的泪光。"我明晚再过去！"欧凛辰冷冷地吐出一句话就挂掉了电话。

第十四章　等我回来

　　欧凛辰疾步走过来把手机扔在一旁就半跪在床上心疼地捧起了温羽熙的脸："丫头，你怎么了？"温羽熙直接扑进他怀里，她也是不想哭，但是他所做的一切让她感动得眼泪停不下来。欧凛辰第一次见到这样的温羽熙，除了心疼他不知道要怎么办，双手轻轻拥着她却有些无措："是不是我做错什么了？"温羽熙只是摇摇头，哽咽得说不出话，泪水很快就浸湿了欧凛辰胸前那薄薄的衣服，他的心更痛了几分："丫头，别哭，我……我不知道该怎么办。"断续的话说明他真的无措到紧张起来。他会逗她，会撩她，可是他不会安慰这样突然哭泣的她。

　　"辰哥哥，我爱你，往后余生都会好好爱你。"温羽熙突然哭出声，纤细的手臂紧紧搂着欧凛辰的腰。温羽熙的话和欧凛辰遥远的记忆里某一句话重合了："城儿，妈妈爱你，余生都会好好爱你。"一个和他长得酷似的优雅女人把已经八岁的他环抱在怀里，捏着他那时候还有些婴儿肥的脸颊说出了这句话，那是妈妈最后一次抱他。欧凛辰愣住了，抱着她的手一动不动，薄唇轻启着说不出话来，许多沉积的回忆涌进他脑海里。

　　许久之后，他才加重手上的力道，紧紧抱住怀里的人："丫头。"两人就这样抱着坐了许久，直到怀里的哭声停止，欧凛辰才放开温羽熙，却发现那张全是泪痕的小脸已经睡得一脸恬静。他有些无奈地笑了笑，慢慢伸手掀开被子，然后轻轻地把她放下。欧凛辰在温羽熙身边躺了下来，抬手一点点十分轻柔地擦拭掉她脸上的泪痕，深邃的眸底尽是柔情。

"丫头，我把我的余生交给你了，你可要好好爱。"欧凛辰轻轻地在她唇上落下一个浅吻，抬手关掉大灯，随后才轻轻地起身进了浴室。十点多湖心别墅已经一片静谧，可是酒吧真正的喧嚣才刚刚开始。今天刚好是周六，酒吧里的人异常多，温呆一个人忙得焦头烂额，才十点多，他不知道已经用自己的麒麟臂摇晃出来多少杯鸡尾酒了，可他心目中的救星熙姐却依然迟迟不来。"四小姐也是重色轻友之人，唉，可怜我单身狗一个人在这里忙了，不知道大少爷啥时候再招个女调酒师过来。"温呆晃着酸痛的手臂一个人嘀咕着。

好不容易这会儿有了点儿空当，一个穿一身黑色，但是看似很普通的陌生男人向吧台走了过来，直接坐在外面的高脚椅上。"小哥，来一杯威士忌。"男人目光含笑地看着温呆。还好不是鸡尾酒，温呆机械性地勾唇笑了笑，快速拿出杯子和酒瓶给他倒了一杯。

男人喝了一大口才把杯子放下，而后依然笑得很文雅地看着温呆："小哥，不是说你们这里来了个很漂亮的女调酒师吗？人呢？"温呆抬眸看了他一眼，悠悠然开口："她今天不来。""我听说前几晚她也不在，你们调酒师是可以随便调班的吗？"男人又问道。带有目的性的问题让温呆不由得再次抬眸仔细看了一眼眼前的男人，陌生面孔，长相普通，穿着普通，不像是舍得来这种高档酒吧消费的人。他天天都在酒吧遇到各种各样的人，看人虽然不能说百分之百准，但也大差不差，这个人肯定有问题。

温呆礼貌地勾了勾唇，说道："也不是，她今天请假了。"看温呆每一个问题都会回答，男人越加自然熟起来："那，小哥，你平时也可以这样经常请假吗？"温杲眼底划过一抹不耐，不过出于服务态度还是回答了："生病就会请假。""那个女调酒师是生病了请假还是家里有事啊？"男人眸子里逐渐放光，仿佛在温杲这里看到了希望。看着他这样迫不及待的样子，温杲忍不住蹙了蹙眉，脸上的神色冷了几分，所以是来打探四小姐行踪的吗？

"哥们儿，你该不会想打探什么消息吧？"温杲淡淡地笑着，只是那笑意却有些阴森森，语气里完全听不出来他是认真的还是开玩笑的。男人脸上闪过一抹心虚，尴尬地笑了笑："呵呵，我能打探什么消息，就是他们都把她传得神乎其神的，我就是想一睹芳容。""哦。"温杲轻轻点点头。

温杲那一副坦然的模样让男人觉得他应该是没有察觉到什么，又继续开口问："小哥，你跟她也是一起共事的，他们都说她挺神秘的，是哪里人都不知道，你知道吗？"温杲摇摇头，一脸的认真："我也不知道，人是老板找来的，我们就是同事而已。"

"你们平时不交流的吗？"男人又问。"聊啊，可是我也不好意思问人家姑娘来自哪里，免得被误会说我想泡她，我们不是天天一起工作，一个星期也就那么几个晚上一起在这里调酒，万一关系搞僵了我可是会被老板骂的，你说是吧？"温杲表面上一本正经地和他聊着，心里却偷笑，知道也不告诉你，我急死你。

"你们老板对她很特殊吗？"温杲笑了笑，故意有些不解地问道："你说的特殊是哪种特殊？"男人想了想说道："就是送她比较贵重的东西，比如手表啊，车啊这种的。""送啊，不过这个算不上特殊，老板也送我了，你看。"温杲笑得很开心地拉起自己的袖子，露出了那亮灿灿的劳力士，而后又拉下袖子盖住，然后又悠然地继续开口，"车的话老板也送了我一辆，银色的法拉利。"

这手表不是温羽晢送的，是温羽博送的，他那代言商送了他许多，他都拿回来给家里的用人了，虽然钻不多，但也是有那么几颗的，而且还是特别定制款的。车确实是温羽哲送的，虽然不是新车，但也是温羽哲让他在车库里自己挑的。

男人面上闪过一抹羡慕，他忍不住咽了咽口水："你们在这里工作待遇这么好吗？"温呆笑了笑，继续淡定地说道："也不是每个人都有这种待遇，你不犯错就好了，犯错的话这些奖励都要收回去的。"聊着聊着，温呆彻底把男人的话题带偏了，彻底躲过了关于温羽熙的问题，开始吹起牛来。和温呆聊了很久，酒也喝得醉醺醺，直到离开酒吧，男人一点儿有用的信息都没有问到。

翌日，男人把昨晚打听到的所有内容一五一十地告诉了姜倩青。对于慕瑾烨的猜测，多疑的她还是存在怀疑的，温羽博既然不公开恋情，那就不可能这么高调地为一个女人出面，其实她不太相信白羽熙和温羽博是恋人这种关系，所以还是派人去酒吧探了探口风。现在知道这个女调酒师没有什么特殊身份，而且东西都是温家送的，那她就放心了。

而温呆又把昨晚的情况一五一十地告诉了温羽哲。温羽哲听完后只是淡淡地笑了笑，有些讥讽地开口："应该是慕家的人吧，老三那辆车把他们弄蒙了。"继而他抬眼看着温呆，脸上带着一抹欣慰，"阿呆，你做得很好，想要什么奖励尽管开口。"温呆不好意思地挠挠头："大少爷，我现在也没有什么缺的了，要不你给我一点点奖金吧。"他不是个爱财的人，钱也不缺，他就是想多存点钱买NR集团的机器人。

"呵呵。"温羽哲忍不住无奈失笑，爽快地答应，"可以，这个月多十万块奖金够了吗？"温呆被这个数字搞得有些微微愣，一时间不知道说什么了，木讷地看着温羽哲。"不够？那就二十万。"温羽哲以为他嫌少了，又开口。"不……不……不，不是，十万够了，够了。"被吓到的温呆赶紧摆手。

一个月五万固定工资加五万固定提成已经是温羽哲给他很好的

福利了，温杲的月薪比其他酒吧或者娱乐会所里的调酒师都要高出很多了。现在又加十万奖金，他都受宠若惊了，怎么还敢狮子大开口。温羽哲无奈地摇摇头，表情又变得严肃起来："你以后在酒吧还是要机灵一点儿，有可疑的人或者刻意打听熙熙情况的都要及时跟我报告。"

"是，大少爷。"温杲恭敬地颔首。"没事你先下去吧，奖金几天后会和工资一起发。"温羽哲神色柔和地说道。"谢谢大少爷。"温杲微微鞠躬，开心地离开了温羽哲的书房。"哈哈，又多存了十万，我亲爱的机器人，哥哥会很快去带你回家的。"温杲嘴上嘀咕着，一蹦一跳十分开心地蹦回了大别墅后面那栋温家用人宿舍楼。

温杲离开书房后，温羽哲的脸色就冷了下来，凉薄的唇紧抿成一条线，微微眯起的眼底噙着肃杀之意，手指一下一下地敲击着桌面，深邃的双眸让人根本看不懂他在想什么。湖心别墅这边，温羽熙昨晚睡得那么早今天还是起晚了，和欧凛辰两人也是接近中午才到的商场。刚刚进了个昂贵的女装店，欧凛辰的电话就响了，似乎还是昨晚的事情，他的脸色很不好看。看温羽熙正专心地挑着衣服，他便转身出去接起了电话。

温羽熙抄起衣服买也是粗暴，把店里看起来酷酷的套装，特别是类似小舞穿的那种二装套装全部抱在了怀里，好像就是带着这个目的来的。就在温羽熙刚刚从试衣间换了一套墨绿色工装连体短裤装出来，还在镜子前臭美地欣赏的时候。"白羽熙！竟然是你。"一个错愕又带着轻蔑语气的女声在一旁响起来。

慕瑾薇看着温羽熙的胳膊和大长腿在墨绿色的衣服下显得更加嫩白，她整个眼底都是浓浓的嫉妒。由于她脸上的伤过于明显，家里的粉底液和遮瑕膏根本遮不住，所以她今天才一个人出来买更好的遮瑕膏，没想到突然想买条裙子的她竟然冤家路窄地碰到温羽熙。温羽熙侧目冷冷地瞥了一眼慕瑾薇，根本不想和她说话。不过这一看倒是有点儿惊奇，她前两天明明被打得那么惨，脸上竟然没有瘀青了，而且不知道是不是店里灯光的原因，竟然觉得慕瑾薇的脸比之前白而且皮肤竟然变好了。

见温羽熙无视自己，慕瑾薇向前靠近她并且大力地掰过来她的肩膀，抬起粗短的手指愤愤地指着她的鼻子："那天晚上没想到你还能逃了，还害得我哥要坐牢。"第一次在这么亮的灯光下又靠得这么近看着温羽熙的脸，发现她的皮肤嫩白得简直吹弹可破，目光触及她脖子，隐约看到没有消下去的吻痕，慕瑾薇嫌弃地拿开了放在她肩膀上的手，语气带着不屑的耻笑："白羽熙，和男人鬼混，连脖子上的痕迹都不舍得遮掩一下就出来买衣服，呵，你昨晚又和哪个男的睡了？人家舍得花钱给你进这么贵的女装店？"

温羽熙蓝眸微微眯起，靠得这么近才看清楚慕瑾薇是拿遮瑕膏遮盖了脸上的瘀青，厚厚的一层但是还挺贴合肤色，所以远看看不出来。不过她的重点没放在慕瑾薇最后一句话上，而是前面的一句，犀利的目光带着质疑审视着她："知道是我而且还逃了，你这话的意思是说那天晚上其实就是你让你哥来围堵我的对吧。"质疑的问句却带着肯定的语气。温羽熙冰冷又犀利的目光让慕瑾薇心虚地别过头，怒吼道："你乱说什么，别乱诬陷人。"的确是她叫慕瑾烨去的，不过她不知道慕瑾烨早就见色起意了。

温羽熙看着慕瑾薇眼底闪过的慌乱故意拉长语调："哦，"而后又慢悠悠地说道，"原来是我诬陷你了呀，那你消息挺灵通啊，都知道我逃了。"那一抹似笑非笑的表情下，含笑的眼底冷然一片。慕瑾薇愈加心虚不敢看温羽熙，焦急而又愤怒地出声："怎么不知道，我都去医院看过我哥了，你害得我哥断了脊椎进了医院，病好了还得坐牢，你不仅是个乱勾人的狐狸精还是个害人精。"她不仅去医院看慕瑾烨了，还在门外听到了他们的争吵，所以，慕瑾烨说白羽熙是温羽博的女人这句话她自然也听到了，而且深信不疑。

慕瑾薇说完又扫视了一圈店里还有没有别的什么男人，讽刺地笑看着温羽熙："先是温羽博然后又到欧凛辰，白羽熙，你挺可以的啊，不知今天又是哪个见色沦陷的倒霉男人啊？"见她提到自己三哥，温羽熙秀眉微微蹙起："什么温羽博？"看着她装傻，慕瑾薇愈加恼怒，吼道："白羽熙，你别装了，你的车是温羽博送的，你要不是和他有一腿，他会送你那么贵的车？开着温羽博送的车又和欧凛辰勾搭不清，脚踏两只船还心安理得，你还真是贱，不过也对，你不贱怎么会看上欧凛辰那种被抛弃过的人，你和他一样贱命。"和温羽博有一腿？温羽熙嘴角抽了抽，看白痴一样看着面前气呼呼的慕瑾薇，目光触及她那呼之欲出的胸，脑海里突然闪过一个词：胸大无脑！

就在温羽熙刚想怼回去的时候，一个力道将她拦腰抱起微微侧过身子，紧接着就响起了一个很大力的巴掌声。"啪！"欧凛辰重重的一巴掌落在慕瑾薇的右脸颊上，他放下温羽熙后就拿出手巾厌恶地擦拭刚刚用来打慕瑾薇的手背。力的作用是相互的，本来这一巴掌就扇得他手背发红，经过这么用力的擦拭就更红了。欧凛辰平时都是抬脚就踹，今天的场地不适合他抬脚，第一次亲自动手打女人，触碰的感觉让他感到恶心。

慕瑾薇被这一巴掌扇得撞上了一旁墙上的镜子，而后又摔在地上，捂着半边热辣辣的脸惊恐地看向居高临下的欧凛辰，惊愕的同时一脸的不服："欧凛辰，你敢打我？""滚！"欧凛辰嫌恶地低吼出声，擦拭的动作依然没有停下来。"欧凛辰，你以为你是谁啊？就算你现在高高在上，依然掩盖不了曾经……"慕瑾薇捂着脸狼狈而又不屈地从地上爬起来，讥讥地对欧凛辰怒吼，可是话还没说完又再次响起一个巴掌声。

"啪！"又是重重的一巴掌扇在慕瑾薇同一边脸颊上。"你最好能管好自己的嘴巴，不然这张嘴以后就不用再说话了。"欧凛辰冷冷地睥睨着再次摔坐在地上的慕瑾薇，一字一句极为森然地说。慕瑾薇瑟缩了一下，嘴里泛起铁锈味，两巴掌扇得她嘴角都出血了，纵然害怕，一向高傲的她还是不屈地抬起头恶狠狠地瞪着欧凛辰："欧凛辰，我是打不过你，今天的两巴掌，以后我一定加倍奉还在你的女人身上。"

欧凛辰擦拭的动作突然顿住，目光带着杀意直接剜在慕瑾薇身上，声音更为森然："如果你敢动她一下，我敢保证你的结局会比慕瑾烨还惨。"慕瑾薇被欧凛辰的眼神吓得心中一颤，颤抖着往后挪了一下，而后又倔强地再次从地上爬起来，恶狠狠地瞪了一眼躲在他身后的温羽熙，讽刺地冷声道："欧凛辰，也就只有你这样的男人会疼爱她这种女人，你知道这个白羽熙脚踏多少只船吗？"说完就狼狈地逃离了服装店，再待下去她怕自己又被打。

温羽熙一直处在错愕中，看着欧凛辰还在擦拭手背，已经红彤彤的手背就要脱皮了，她心疼地刚要阻止他，下一秒整个人却被他抵在了墙面的镜子上。"脚踏几只船，嗯？"欧凛辰双眸危险地眯起，手臂弯曲撑在她耳边，整个俊脸靠得非常近，一双墨瞳就这么直勾勾地盯着那双清澈的蓝色眸子。温羽熙似乎闻到了一股醋酸味，她浅浅地勾唇，抬起自己白嫩的小手搭在他坚硬的胸肌上，还不安分地乱摸着，邪笑地看着近在咫尺的俊脸："她说我的车是温羽博送的，所以我和他有过一腿。"

欧凛辰挑挑眉，醋意瞬间散了许多，低眸淡淡地瞥了一眼那只还在自己胸膛上作乱的小手，目光重新落回笑得狡黠的小脸上。"你只能是我的。"他突然侧头吻住了温羽熙，霸道地宣示着主权。温羽哲、温羽昊、温羽博，听到这三个名字他都可以接受，但是别让他听到除了她三个哥哥以外的其他男人的名字。

温羽熙错愕地瞪大双眼，被他的霸道撩得心脏怦怦跳。而其他店员当作没看到一般躲在角落里，欧凛辰生气的那一声"滚！"就已经把她们吓得瑟缩在一起，谁也不敢上前拦着他打人。现在他在更衣间外强吻女朋友这种事她们就更加不敢上前了，酸就算了，谁知道惹到他会不会像刚刚那个女人一样被打。反正店里没有损失就行了，就当刚刚的一切没发生吧。不过被这么帅的男人强吻好浪漫啊，而且他刚刚霸气护妻好有男友力啊。

　　就在温羽熙嘴里的空气快被抢完的时候，欧凛辰才放开小脸已经爆红的她，坦然地指着她身上的衣服说："裤子太短，腿全露出来了，换一件。"温柔宠溺的模样和刚刚那个满身戾气动手打人的冷面阎罗简直判若两人。在温羽熙还因为他的话错愕的时候，欧凛辰已经走到更衣室门外的衣服架子边，把刚刚温羽熙挑的所有短裤的套装都提了出来。温羽熙满头黑人问号地看着正在认真挑衣服的男人，大热天的不给她穿短裤想闷坏她吗？

　　最终，温羽熙只能去试穿那些九分裤的套装，快试完所有衣服的时候，转头却不见了坐在沙发上的男人。"小姐姐，把这几件全部放在袋子最下方。"温羽熙一脸得逞地笑着把刚刚自己挑中的几件短裤套装塞给收银员，让她先扫码出货。而此刻的欧凛辰已经提着两个衣服袋子从斜对面的睡衣店出来了。温羽熙刚刚拿出自己的卡递给收银员，又再次被拦腰抱起转了一圈，欧凛辰直接把她抱到身后，然后把自己的卡递了过去。

　　温羽熙小手拿着卡，看着大门的方向愣愣地眨巴着那双大眼睛，这一转居然把她转了个一百八十度，自己刚刚明明背对着大门付款来着。"走了，丫头。"就在她还在发愣的时候，欧凛辰的大手已经再次揽上她的小腰把人往门口带了，左手上拎着一堆衣服袋子。温羽熙侧过头抬眸看向欧凛辰，完美的侧面，刀削一样的下颌，唇角浮着一抹浅浅的笑意，完美勾勒着一副赏心悦目的盛世美颜。温羽熙心脏"怦怦怦"跳得越加剧烈，她对这个男人的爱更加疯狂了。

　　欧凛辰突然转过头，越加放肆地勾起唇角，邪魅地笑看着她，语气低沉："是不是沉浸在我完美的男色中无法自拔了，嗯？"温羽熙快速地别过头，小脸又红了起来，小声嘟囔着："才没有，也就那么一点点。"欧凛辰无奈失笑，俊颜上一直荡着开心的笑容。

两人的身影彻底消失后，刚刚那个服装店的几个服务员花痴得要疯了。

"呜呜呜……刚刚那个男人好帅啊，又霸道，如果我也有这样一个男朋友就好了。"

"对啊，对啊，你看看刚刚那个付款，直接霸道地把女朋友抬走，然后自己闷声付款，超级会的。"

"而且好豪气啊，他女朋友一共买了三百多万的衣服他眉头都没皱一下。"

"不过你们不觉得他好像有些眼熟吗？"

"有吗？可能你看到帅哥都会觉得眼熟吧，哈哈哈……"

"是真的眼熟，他长得好像NR集团的总裁啊。"

"去去去，别逗了，谁不知道NR集团的总裁是出了名的厌恶女人，怎么可能有女朋友，散了散了，干活儿去。"

同时疯狂的还有斜对面那个睡衣店的服务员，还沉浸在欧凛辰亲自帮女朋友挑选睡衣和贴身衣物的视觉冲击中。一个超帅的男人一脸坦然地认真帮女朋友挑选贴身衣服，而且完完全全掌握尺码，眼光也是独到，是个女人都要感动死了。

温羽熙这一趟就是为了买衣服，她昨晚就是觉得自己可能气场不够强硬，所以就想买一些和小舞的一样看起来酷酷的衣服，让自己看起来没那么软糯好欺负，所以两人买完衣服就回湖心别墅了。车子停在门口，欧凛辰把副驾驶座上已经睡着的温羽熙抱进了别墅，小A拿着刚买回来的衣服去清洗。欧凛辰把温羽熙放在床上，坐在床边抬手轻轻抚摸着那嫩滑白皙的脸颊，墨瞳中泛着浓浓的不舍。

许久之后，他起身走进了衣帽间，再出来的时候，手里已经多了一个行李箱，双眸不舍地看着床上睡熟的女人，还是忍不住走了过去。"丫头，等我回来。"欧凛辰最后在那粉润的双唇上轻轻落下一吻，最终还是拉着行李箱离开了房间。"傻A，等她醒了就把我的行程告诉她，别让她着急了，我到了那边会打电话找她。"欧凛辰出门前吩咐着小A，再次抬眸看向二楼自己房间的方向，眼底尽是不舍。最后跑车还是再次驶离了湖心别墅。

慕瑾薇捂着半张红肿的脸哭着跑进了慕家的大门，却与刚要出门给慕瑾烨送午饭的姜倩青撞了个满怀，手里的餐盒滚落，撒了一地的饭菜。"慕瑾薇，这么大了怎么还是莽莽撞撞的？"姜倩青忍不住对她大吼了一声，抬眸却看到了梨花带雨的一张脸。"薇薇，你怎么了？被人欺负了？"姜倩青瞬间收了怒意，变得一脸心疼地看着慕瑾薇。

"妈，呜呜呜……欧凛辰打我，呜呜呜……"慕瑾薇委屈地哭诉了出来，把一直遮住脸颊的手拿下来，露出了那半边又红又肿的脸。姜倩青看着那触目惊心的红肿不由得心脏抽痛一下，眼底露出一抹恶毒，不过很快掩去，拉起慕瑾薇的手往客厅方向回去："快快快，妈妈先带你去擦药。"

两人回到客厅刚好撞见也想要出门的苏梓樱。苏梓樱看着慕瑾薇脸上的伤也是微微一愣，转身跟着她们走了回去。"这又是怎么回事？怎么又被打成这样？"苏梓樱冷声询问着。"还不是您一直惦记的那个大孙子打的！"慕瑾薇愤愤地出声，委屈地看着苏梓樱。

奶奶为什么看到妳受伤了都不愿意多给她一点点温柔？她不也是孙女吗？难道自己和哥哥就那么比不上那个被抛弃的慕瑾城吗？苏梓樱微微蹙眉，心里痛了几分，城儿到底多恨慕家才会对同父异母的妹妹下这么重的手？不过想想慕家这二十年来欠了他多少，又伤了他多少。

"唉……"苏梓樱无奈地叹了一口气，冷漠地说，"你不去招惹他，他又怎会打你呢？"慕瑾薇心虚地低下双眸，声音小了几分："我招惹的又不是他。"她当时骂的是白羽熙，谁知道欧凛辰突然出现，只是没想到他那么宠那个贱女人，明明是个不干不净又没身份地位的女人，他却那么宠爱她。既然他那么爱那个女人，这两巴掌，她以后一定加倍奉还在那个女人脸上。

"他为什么无缘无故打你？"姜倩青帮慕瑾薇擦着消肿药，心里虽然恨欧凛辰打她女儿，可是还是忍不住想知道原因。"我说白羽熙脚踏两只船，欧凛辰就突然出现直接扇了我一巴掌，我就和他顶嘴了一句，他又打了我一巴掌，还威胁以后敢动白羽熙一下，他就让我比哥哥的结局还惨。"慕瑾薇半真半假地陈述着，完全避开了自己辱骂欧凛辰的那些话。听着她的话，苏梓樱的眉头蹙得更紧了，有些不太相信地审视着慕瑾薇，看着她那半边红肿的脸，语气还是柔和了下来："薇薇啊，不是奶奶针对你，人不犯我我不犯人，所有人都有他的逆鳞，你触碰了人家的逆鳞肯定会受伤的，你想想你心中是不是也有不想被别人乱动的东西？"

苏梓樱说完便转身回了房间，本来想出门看看能不能偶遇欧凛辰他们的，现在看来不需要出去了。欧凛辰太恨慕家了，她不确定这个孙儿还愿不愿意见她这个老太婆。而对于慕瑾薇，苏梓樱平时是不疼爱这个孙女的，她被姜倩青惯得蛮横了点儿，但是怎么说都是慕家的子孙，她也不希望慕瑾薇天天在外面被人家各种打，而且现在还是被同父异母的哥哥打。

慕瑾薇委屈地低着头不再说话，姜倩青嘴上没说什么，可是心里已经气到不行。又是白羽熙，她的儿子因为这个女人受伤还要面对坐牢的未来，她的女儿也是因为这个女人被打成这样。本来今早听到她无权无势后还想放过她的，现在看来自己不出手就对不起儿女们受的伤痛。还有那个欧凛辰，竟然下手这么重，虽然她不想承认，但是怎么说慕瑾薇都是他妹妹，有血缘关系的。姜倩青微微低头把手里的药膏盖上，阴沉的眼底划过一抹恶毒的算计。

下午三点多，温羽熙才从大床上悠悠醒来，身边空落落的，不知道是不是自己的错觉，她觉得心里也空落落的，整个别墅除了能听到鸟叫声，安静得出奇。"辰哥哥。"温羽熙迷糊地叫了一声，没有人回应她。"欧凛辰。"她再次加大音量叫了一声，依然没有人回应。温羽熙快速起身下床，打开卧室的门就冲向楼梯方向，一楼也是安安静静的，毫无生气。"辰哥哥。"温羽熙心急地呼唤着欧凛辰，只觉得心里空落落的感觉更加明显了。

　　听到声音的小A从院子里的石凳上起身，向着别墅客厅走了回来。"熙熙小姐，主人已经不在家了，他出国了，他说等他到了那边会给你打电话的，让你不要着急。"小A把欧凛辰的嘱咐一五一十告诉了温羽熙。

　　听了小A的话，温羽熙有些委屈，为什么他要出国了却不叫醒自己再告别呢？其实她不知道，欧凛辰何尝不想叫醒她，他甚至还想再尝一尝她的味道再走，可是他怕这样就更加舍不得她了。温羽熙恹恹地走回二楼卧室，仿佛欧凛辰一走把她的魂也带走了。她走进衣帽间打开了柜子，果然里面的西装少了很多套。温羽熙呆呆地站了好久才进浴室简单梳洗了一下，然后又下楼了。

　　小A依然坐在院子里的石凳上，抬头仰望着天空，看起来好孤独。温羽熙走过去坐在了离它不远的秋千上："小A，你看起来好孤独，为什么不让辰哥哥带一个女机器人给你？"

　　"这倒是个很好的主意，但你不知道NR集团是不生产女性机器人的吗？主人他以前厌恶所有雌性生物，熙熙小姐，你饿不饿？"

　　温羽熙挑挑眉新奇地转过头看向小A："小A，那你知道他为什么会厌恶女人吗。"

　　"不知道，我才四岁半，还只是个孩子。熙熙小姐，你到底饿不饿？"

　　温羽熙不禁翻了个白眼，墨丞轩到底是个什么人才，给小A装了个这么搞笑的芯片。

　　"我还不饿！那你总该知道辰哥哥出国去了哪里吧？"

"这个当然知道，C国NR原来的总部。熙熙小姐，你什么时候肚子饿？"

温羽熙微微蹙眉："是不是公司出什么事了，他才这么着急走？"

温羽熙的话音落下好久小A才突然以一种十分滑稽的声音出声："涅，偶也不是很清楚的涅，不过肯定是工作上的事情涅，你到底什么时候肚子饿涅？"

"……"温羽熙被小A这突然奇怪的语调搞得有点儿无语，还有它干吗一直纠结她饿不饿？不过这个倒是让温羽熙落寞的心情却好了许多，她浅浅地笑了笑："小A，等我饿了再告诉你好不好？""哦。"小A淡淡地应了一声，又抬头看着天空。温羽熙有些无奈地摇摇头，既然欧凛辰是忙公司的事情，那她也没什么可矫情的，就乖乖等他的电话咯。结果这一等就等到了凌晨一点多。

这一下午她都在院子里和小A聊天，晚餐还是小A煮的，她也没有去酒吧，和温羽哲报备了自己的情况后就一直躺在床上看着那个一直不亮屏的手机。温羽哲没有怪她一直待在欧凛辰家里，只要她喜欢，想做什么都可以，其实她不经常去酒吧也好，省得又被某些无聊的人盯上。温羽熙一次又一次地睁开打架的眼皮，闭上了又努力睁开，一次又一次，就在真的坚持不住的时候，铃声响起来了。

突然的铃声瞬间赶走了她的瞌睡虫，看到备注就欣喜地按下了接听，直接开心地叫出声："辰哥哥。"软糯俏皮的声音传来，欧凛辰一天的疲惫也一扫而空，心里暖暖的，声音出奇地温柔宠溺："丫头，还没睡吗？还是我吵醒你了？""没有睡哦，就是等你的电话。"听着她的话，欧凛辰心底涌出一股更浓烈的暖意，不过却突然戏谑地说道："起来没看到我，是不是哭鼻子了？""才没有呢，就是有点儿气你不亲口告诉我。""我怕叫醒你就更舍不得你了。"欧凛辰的声音温柔似水，磁性低沉的声线泛着一抹浓浓的爱意。

本来前天晚上就应该出国的，为了陪她逛街，他硬是把自己的行程往后推了一天。在他拉着行李箱出门的时候，真的好想抱起熟睡的她一起带走。温羽熙嘴角不自觉地上扬，怎么压都压不住："哼，你别以为这样说我就原京你了，除非你完好无损地从国外回来，还给我带礼物，不然我就换了你家的门锁让你睡外面。"嘴上说着生气的话，心里却是甜滋滋的，脸上的笑意也越来越幸福肆意。

"呵呵呵……"欧凛辰被她逗得不禁失笑，磁性粲然的笑声好听又魔魅。"你不许笑，你要是生病了感冒了受伤了，我就哭给你看。"本来只是吓唬的话，可是当这话一出口，温羽熙的鼻子就酸了。"好，我会照顾好自己，那你是不是也应该答应我，好好照顾自己等我回去，还有你要保护好自己，出门一定要带保镖，知道吗？"欧凛辰认真地嘱咐着。

想起那天晚上她被慕瑾烨围堵，他心里还有一些后怕，要是这几天自己不在她身边，她再次遇到这种事情伤到了哪里，他会疯掉的。听着他的嘱咐，温羽熙的鼻子越来越酸，这次是真的要哭鼻子了，她忍了忍眼底的泪水，故作嫌弃地说道："哦哦哦，知道了，你好啰唆哦。"不过出门带保镖这事，她不想带也会有人自己跟着她的。

两人聊了好久，直到温羽熙这边突然安静，只剩下她均匀的呼吸声。欧凛辰并不舍得挂掉电话，听着那柔柔浅浅的呼吸声，他也想这样听着和她一起睡，可是两国有很大的时差，他那边已经太阳高升，而且他已经迟了一天过来，工作上的事情必须先处理。挂掉电话的欧凛辰直接去旧总部和柏俊卿他们会合了，墨丞轩还在域江城的NR镇守着，只有李泽洲和柏俊卿先过来了。欧凛辰怎么也想不到，这一去差点儿丢了他的命。

第十五章　丫头别哭

　　邻近郊区的一个外表像钻石一样耀眼而又极具个性的建筑里，全封闭的实验室，用防弹玻璃围起来的透明玻璃房内，一个大约一米五高的人形机器人闪烁着一双红眼睛，一直在用力地撞击着四周的玻璃。好几个穿着白大褂的人正焦急地敲打着自己面前的电脑，柏俊卿坐在监控数据的总电脑前，冷冰冰地看着屏幕里不断跳动的数据，时不时抬头看着玻璃房内依然暴躁的机器人。而站在他身后的李泽洲则是不停地看着腕表，似乎在等着谁。

　　门外传来脚步声以及说话的声音，紧接着，欧凛辰迈着大长腿冷着一张脸走了进来，长途飞行加上时差让他看起来有些疲惫，纵然这样也依然掩盖不住他身上那一股凛冽的气息。"辰，你终于来了。"柏俊卿转过头看到欧凛辰后立刻站了起来，看着他略显疲惫的脸有些担忧，"你真的不去休息一下再过来吗？""不用，现在是什么情况？"欧凛辰说着，俯下颀长的身子靠近电脑看着上面一直胡乱跳动的数据，黑色的眸子一直快速地跟着那些不断变化的数据不停地转动着，仿佛想把它们都记下来。

　　"它的系统完全错乱了，加上之前也没有完全安装成功，现在根本没办法用电脑控制，一直处于暴走状态。"本来给这个机器人装的都是新开发的芯片，之前每一个都是成功的，却唯独在为它安装的过程中中了病毒。本来不具有攻击属性的机器人现在除了攻击人什么都不会了。"自爆系统呢？"欧凛辰微微蹙眉，修长的手指在键盘上不停敲击着。

"我试过了，它现在过于暴躁，信号一直对不上。"柏俊卿冷酷的俊脸上多了一抹无力感。欧凛辰在他刚刚坐的椅子上坐下，修长的十指更加快速地敲击着键盘，神色认真迷人，俊颜轮廓在灯光下如刀削般精美绝伦，棱角分明又透着一股说不出来的冷酷。就在所有人都在看他操作的时候，玻璃房里的机器人却突然爆炸了，封闭的空间让爆炸的威力增强了几倍，直接震碎了玻璃，火焰喷涌而出，所有人根本来不及躲闪。

李泽洲眼疾手快地想要护住柏俊卿和欧凛辰趴下，可最终根本快不过爆炸的威力，所有人瞬间被喷射而出的冲击力弹飞。所有仪器瞬间被撞击成碎片，整个实验室的电路也受到了损坏，整栋楼的报警器都响了起来。因为欧凛辰是坐着的，直接面对了来自前面的冲击力，还承受了他面前的电脑和桌子的撞击，所有东西都撞在了他身上，炸开的碎片在他的脸颊上划了好几个口子，最后整个人又重重地被弹飞摔在了地上。十几个小时没睡的他根本反应不过来，强大的撞击力震得他浑身碎了一般，脑子里嗡嗡的根本听不见其他声音。"丫头……"他嘴里轻轻呢喃了一句，渐渐失去了所有意识。

凌晨三点，温羽熙从床上惊醒，没开灯的房间，只有外面的月亮照射进来的月光。温羽熙捂着胸口，整颗心脏有些抽痛，她不知道怎么了，没有噩梦却突然醒来，整个人充满了不安。她轻轻掀开被子下床，站在窗边能清晰地看到挂在空中的月亮，弯弯的亮得皎洁。夜里的风有点儿凉，温羽熙忍不住搓了搓手臂，抬手把窗户又关了一点儿，转身再次回到床上躺着，可是却怎么也睡不着了，脑海里一直浮现着欧凛辰那张俊脸。

接下来的一天，两天，三天，温羽熙每时每刻都在等欧凛辰的电话，她也尝试过打给他，可永远都是关机。听说原本还待在NR集团没有跟着出国的墨丞轩也突然消失了。或许真的是工作太忙了，温羽熙一直这样自我安慰着，为了不让自己乱想，她把自己关在EQ的秘密房间里制作首饰。一天又一天，整整一个星期过去了，她的辰哥哥就像彻底消失了一般。就在她决定出国去找他的时候，她的手机接到了一个来自C国的陌生号码来电，温羽熙带着期望按下了接听。

"丫头，是我。"是她心心念念的那个声音。此时仍在重症监护室的欧凛辰刚刚苏醒过来，缠着一身的绷带，苍白的俊颜上还有几处擦伤，就连平时樱红的唇色也泛着病态的白。整个人看着虚弱无比，可是讲电话的时候他依然带着温柔的笑容，强撑着让自己的声音听起来正常一点儿。"辰哥哥……"温羽熙的心态崩了，强装了那么多天的不在乎在这一刻全部崩盘了。就这么不争气地湿了眼眶，而后眼泪快速滑落，她依然紧紧地咬住下唇不让自己哭出来。

听着那带着哭腔却又强忍着哭声的声音，欧凛辰心里一阵揪痛："丫头，别哭，对不起，我工作忙加上手机坏了，所以……"话说了一半他却不得不顿住了。因为听筒那边的温羽熙哭了，忍不住地哭出了声音。这让本来还想撒谎说自己还有工作不能那么快回去的欧凛辰改变了最初的想法。

他原本想以工作为由在这边多休养几天，让自己的伤看起来没那么严重之后才回去的。其实也瞒不住了，他刚刚苏醒，加上刚刚听到她哭声后揪心的痛让他忍不住咳出声："喀喀喀喀喀……"越咳越痛，越痛越咳得停不下来。温羽熙的哭声顿住了，仔细听着欧凛辰这边的声音，从一开始她就觉得他的声音和平时不一样，加上现在这虚弱的咳嗽声，她可以断定欧凛辰受伤了，所以才这么多天不找她。原本她以为他可能真的是工作太忙，加上时差的原因，所以一直不找她，所以她一直放任着没有派人去查他的具体行程。

"欧凛辰，把地址告诉我，不然我现在就动用温家所有关系把你挖出来。"想着刚刚欧凛辰还想瞒着自己，温羽熙有些愠怒地低吼出声，愤愤不平的小脸上依然挂着泪痕，眼底却都是心疼。瞒也瞒不住了，拗又拗不过她，欧凛辰只好把具体的地址告诉温羽熙。其实想想自己偶尔跟小女朋友撒撒娇应该也挺好吧。

温羽熙和小舞到C国机场的时候，已经是C国的凌晨了，C国比域江城的气温还要凉一点点。李泽洲和柏俊卿都受伤了，后面赶来的墨丞轩每天轮流照顾三个人，这会儿已经累趴在柏俊卿病房的沙发上呼呼大睡了。温羽熙搓了搓手臂，打算和小舞打的去医院，两人刚刚拉着行李走出机场，就看到一个外国男人直接朝着她们走了过来。

"Miss Bai, Mr.O asked me to pick you up。"很恭敬的神色，和善的眼神，绅士的举动。可是第一次来C国的温羽熙还是十分警惕的，看着男人微微蹙眉，很是疏离。看着小心翼翼的温羽熙，男人很有耐心地拿出手机拨了欧凛辰的号码，接通后就绅士地递给了温羽熙。看着那个熟悉的号码，温羽熙放松了几分警惕接过手机接听。

"丫头，他是我派去的人。"听筒里，欧凛辰的声音听着依然很虚弱。不过听到他的声音，温羽熙的不安也消失了，既然是他的人，那就应该不需要担心什么，她和小舞一起上了车。是一辆劳斯莱斯幻影，回国后的欧凛辰一直都是开双人座的顶级跑车，一直也没见过他用这样的商务车出行。

医院的VIP病房里，欧凛辰躺在床上，目光一直注视着门口的方向，等待着他的女孩儿。时不时的咳嗽让他痛苦地皱皱眉，而后又继续静静地看着门口。爆炸发生的时候，他的胸口承受了身前电脑和桌子的巨大撞击力，加上吸入了一些爆炸的粉尘，他的肺部轻微感染，所以醒来后一直咳嗽不断。这一次的事故完全不在大家的估测范围内，就连观察了差不多一天的柏俊卿也料想不到，一直对不上信号的自爆系统会突然爆炸，当时在场的所有人都受了重伤，好在没有人员死亡。

李泽洲和柏俊卿站得比较靠后，除了爆炸的冲击力把他们弹飞，没有遭受来自其他东西的撞击，所以伤势没有欧凛辰这么严重。等待的时间总是那么漫长，许久之后，病房的门才被轻轻推开。温羽熙步伐轻柔地走了进来，她怕吵到他，可是刚抬眸就对上了男人那双温柔又炙热的黑目。苍白的俊脸挂着温柔的笑容，就这样直勾勾地锁定着她，仿佛她就是他的全世界，她一来全世界都亮了。

温羽熙一阵心疼，忍了忍眼底的泪水，慢慢地走过去在床边坐下。"丫头，我想你了。"欧凛辰立刻伸手握住了她的小手，轻柔地用指腹摩挲着她的手背。"你怎么把自己搞成这样了？不是答应过我会照顾好自己的吗？"在进门见到他那一刻，温羽熙的鼻子就酸了，现在一开口，声音不仅带着哭腔，连眼泪也忍不住溢出了眼眶。欧凛辰在温羽熙面前一直都是那样强势，打架什么的都不在话下，第一次见到这样病恹恹的他。

"别哭，我心疼。"欧凛辰抬手擦掉她已经滑出眼角的泪滴，心疼地抚摸着她的脸颊，过一会儿才轻轻开口，"对不起，是我食言了，没有好好照顾自己，但是等我好了你再罚我好吗？我现在很疼，哪儿哪儿都疼。"欧凛辰的俊脸苍白无血色，他委屈巴巴地看着她，仿佛一个做错了事求原谅的小孩儿。爱情面前可能所有人都会这样吧，平时再怎么高高在上，在爱人面前都会撤掉一身冷傲的伪装变得像个小孩儿，他也愿意把虚弱的一面展现给你。

温羽熙有些无奈地轻笑，抬手拿开他的大手，故作生气地说："好啊，到时候你可别又耍赖了。"欧凛辰浅浅地勾唇，墨瞳深深地看着面前的小女人，满目柔情："丫头，抱抱我好吗？我现在哪儿哪儿都疼。"温羽熙假装不悦地嗔视了他一眼，嫌弃地说道："既然疼还抱什么抱？"不过还是乖乖地趴进了他怀里，双手撑着他身下的床板根本不敢压得太重。

欧凛辰一只手轻轻揽上她的背，一只手轻柔地抚摸着她的脸颊，微微低头在她头顶浅吻了一下："丫头，你来了我就不疼了。"可是话音刚落，他又猛烈地咳嗽了起来。温羽熙赶紧从他怀里起来，害怕而又不知所措："辰哥哥，你怎么了？是我刚刚压到你了吗？"好一会儿，欧凛辰的咳嗽才控制下来，目光恳切地看向温羽熙："我没事，很晚了，你上来和我睡好吗？"话音未落，他就已经掀起了身边的被子拍了拍身边的空位。

床看着很大，但是两个人还是有点儿挤，再加上他是个伤员，一米八的床也窄了点儿。"辰哥哥，这里是医院，你还受伤。"温羽熙脸色微红地别过视线。不是她乱想什么事，只是万一明天护士或者谁进来看到了多尴尬。没等欧凛辰开口，她继续说道："而且小舞还在外面，我怎么能扔下她一个人。"欧凛辰眉头忍不住一皱，俊脸上显得越发委屈："让她去附近酒店住就好了，难道你就舍得扔下我一个人吗？你看我都伤成这样了，现在心又好痛，哦……心好痛。"说着就抬手夸张地捂住胸口，一直用委屈无比的眼神偷瞄温羽熙。

温羽熙就这样定定地看着他装，哟，大魔王还撒娇了，说好的高冷呢？温羽熙看着面前这个耍赖的男人，莫非这次连脑袋都伤了？看着不为所动的温羽熙，欧凛辰只好悻悻地收掉了自己夸张的演技，傲娇地翻了个身背对着她："算了，你就和你的小舞去酒店吧，反正我一个人也习惯了。"温羽熙看着这个连后脑勺儿都透着高傲的男人就忍不住想笑，但还是憋住了，不声不响地起身就出了门。

听着病房的门被轻轻关上，欧凛辰忍不住转过头看了一眼，温羽熙真的走了，他生气地蹬了一下脚，嘴里嘀咕："没良心的丫头，真的就这样走了。"只是没多久，房门又再次被人打开，欧凛辰虽闭上了眼睛，耳朵却时刻关注着进来人的所有声响。只觉得床边陷了下去，有人拉开了被子钻了进来，熟悉又安神的体香味掩盖住消毒水的味道，侵入了他鼻间。一只小手轻轻地揽上他的腰，往他怀里靠了靠。欧凛辰嘴角抑制不住地上扬，长臂一捞把人往自己怀里又带了一些。

　　只是怀里的人不说话也不动，欧凛辰偷偷把一只眼睛睁开了一条缝，却猛然撞入一双有些愠怒地瞪着他的蓝眸里，然后他又马上闭上，装作什么都没有发生。"别装了，上扬的嘴角出卖了你。"温羽熙那高雅的蓝眸就这样有些鄙视地看着那张近在咫尺的俊颜。欧凛辰缓缓睁开眼睛，优美的薄唇勾起更加粲然的笑容："你还是心疼我的。"只是温羽熙不笑反怒，拿起那只在她腰上不安分乱动的手："欧凛辰，你受着伤，要是再敢乱动我现在就起身去追小舞。"

　　"不可以！"淡淡的三个字，霸道无比，不过瞬间又怂了，"丫头，我是个伤员，你要对我好一点儿。"他慢慢地低头靠近，额头贴上温羽熙的额头，学着她平时那样委屈地�’起嘴："丫头，你就不能对你的男朋友温柔一点点吗？就一点点。"只是唇角勾起的弧度越发邪魅。温羽熙刚想开口，嘴里的空气就瞬间被抢了，怕伤到他又不敢乱动，终是敌不过思念，她只能浅浅地回应起来。不过这个吻注定不能持续太久，欧凛辰因为剧烈的咳嗽不得不放开她，不过尝到一点点甜头他似乎已经很满足了，后面就没有再乱动。夜已经很深，欧凛辰不再乱动后，两人就安稳地睡着了。

　　翌日，两人睡到日上三竿还没起，医院的医生也算人性化，来了见人没起又走了，轻轻地来轻轻地走，没有打扰。直到温羽熙的肚子响了起来，她才迷迷糊糊地睁开眼睛，然后揉了揉，转了个身，窗外的阳光已经很刺眼了，其实也不算晚起，只是盛夏的天亮得很早，八点多太阳就已经升得很高了。当她再把头转过来的时候，刚好对上欧凛辰那温柔的目光，带着些惺忪的睡意。

　　"对不起，吵醒你了吗？"温羽熙歉意地抚上那张看起来比之前消瘦了许多的俊脸，原本就棱角分明，现在瘦了显得五官更深邃了。欧凛辰再次把她拥进怀里，懒洋洋地开口："对，所以你再陪我睡一会儿？""可是我饿了。"温羽熙嘴上说着，肚子也准时响了起来。她接到电话知道他出事就马不停蹄地订飞机票飞过来了，虽然飞机上有飞机餐，但是不好吃，她也没什么心情吃，所以已经饿了一天了。

欧凛辰睁开眼睛，蹙眉低眸看了她一眼，有些不舍得松开，不过很快还是妥协了："好吧，那就起来吃饭。"温羽熙下床的时候，已经饿得双腿都发软了。刚好墨丞轩推门进来，手上拿着几个餐盒："小嫂子，你们终于醒了，饿了吧，我买了早餐。"他笑吟吟地对温羽熙说着，娴熟地把餐盒放在病床边的桌子上。前些天都是往李泽洲和柏俊卿的房间带吃的，这两天才开始往欧凛辰这边送，之前都是去重症监护室看着他那毫无生机的脸。

欧凛辰也慢悠悠地起身，他咳嗽的时候上半身都是疼的，不咳嗽的时候其他疼痛他还是能忍的。这时，温舞也推门走了进来，手里拿的是温羽熙洗漱需要用的东西还有一袋早餐，她其实也不知道已经有人送早餐了，这是昨晚她带着行李离开医院之前温羽熙交代她的。温羽熙扶着欧凛辰一同走了卫生间，虽然一直过着大小姐被人照顾的生活，但是温羽熙除了不会做饭，在其他的事情上还是可以照顾人的。

在闻声转身看到温舞的瞬间，墨丞轩脸上的笑容渐渐转为惊艳，含笑的目光定格在那张冷艳的容颜上，就像看到梦中情人一般，双腿已经不自觉走了过来。"你好，我叫墨丞轩。"本来就爱笑的墨丞轩这一刻的笑容犹如夏日里的微风，让人备感舒适，不过就是有点儿犯花痴。温舞一身冷酷的工装套装，不施粉黛的脸冷冰冰的，却是他喜欢的那种冷艳，总之这女人太符合他的口味了。温舞抬眸淡淡地瞥了他一眼，冷漠出声："温舞。"说完马上别过视线，然后微微靠后一步，所有举动都对墨丞轩充满了疏离。

不过犯花痴的墨丞轩完全没注意这些细节，或者说他注意到了却自动忽略了，紧接着又往前靠近一步，俊颜上越发神采飞扬："你是小嫂子的朋友吗？"温舞只是点了一下头，并未出声，紧接着转身就出了病房。墨丞轩立刻跟了上去，嘴上开始喋喋不休："你是和小嫂子从国内过来的，还是你本来就是这里的人啊？"温舞在病房外某个位置站定，双手环胸靠着墙站着，冷冷吐出两个字："国内。"

"小嫂子是调酒师，那你也是吗？我看你穿得很酷，你好像女杀手啊，你到底是做什么工作的？"墨丞轩紧追不舍地追问着，温舞越不想理会他，他越想靠近。温舞微微蹙眉，漂亮的凤目里目光渐凉："无可奉告。"她不喜欢话太多的人，而且还是这种一直讲个不停的男人。墨丞轩微微蹙眉，不过马上又恢复了一脸的阳光笑容，新奇的目光一直落在温舞面无表情的脸上："哎，别啊，你是小嫂子的朋友，那我们也是朋友了，不是吗？"温舞眼底溢出不耐，一股压抑的气息开始从她身上扩散，厌烦地闭上了眼睛："不是。"

若是放在别的女孩子身上，墨丞轩这种活跃气氛的大暖男绝对很受欢迎，但对于她温舞来说那就是烦人，不管是还在部队的时候，还是已经到了温家当保镖，她平时不爱讲话，一直以来都是和像夜影尊那种也不怎么说话的人为伍。墨丞轩完全没察觉到从她身上散发出来的危险气息，抬手搭上了她的肩膀："那没关系，我们可以开始认识，然后……嗷！"话还没说完，墨丞轩的身子就被一阵翻转然后重重摔在了地上。墨丞轩捂着剧痛的屁股抬眸看着居高临下的温舞，他刚刚是怎么摔的？是不是有人先掰过他的手腕，然后扯了一下他的手臂，再然后他屁股就先着地了？温舞冷冷地瞥了一眼躺在地上的墨丞轩，转身直接离开。

看着温舞冷漠又无情的背影，墨丞轩慢慢从地上爬起来，拍了拍自己的屁股，无所谓地挑了挑眉："够野，小爷喜欢。"而后又悠然悠然地走到柏俊卿的病房，温羽熙在欧凛辰的房间里，他才不会进去当电灯泡。回到病房里，墨丞轩又直接倒在了那个沙发上："哎哟，真疼，刚刚被一个小美人摔了我一个过肩摔，尾椎疼。"正在吃饭的柏俊卿微微抬头，冷眸淡漠地瞥了他一眼幽幽开口："怎么就没摔得你屁股开花？"不用想，他肯定又是去找别人叽里呱啦说了一大堆废话才会被人打。

这家伙啥都好，就是嘴巴停不下来，太烦人。早已习惯柏俊卿毒舌的墨丞轩倒也不恼怒，一脸坦然："对了二哥，那女人是小嫂子带过来的朋友，和你一样冷冰冰的。"想着温舞那张冷艳的小脸，他不自觉地又开始傻笑起来。不知道是不是有被虐倾向，刚刚那个过肩摔让他更喜欢这个女人了，虽然她貌似对他没一点儿好感，但是俗话说越有阻力越有动力。"哦。"柏俊卿漫不经心地随口应了一声。

不过提到温羽熙，他又再次想到了上次麒麟轩外面那辆车。最近欧凛辰和她走得很近，他也不知道两人具体发展到什么程度了，他们几个除了上次在麒麟车见过温羽熙，后来就没机会再遇到了。那丫头似乎让欧凛辰改变了许多，这事也不知道是好是坏。"话说这小嫂子真好，大老远跑过来看辰哥，昨晚还住在病房里陪了他一整晚，我什么时候也能有个女人陪我呢？"墨丞轩把脸闷在沙发里，慢悠悠地闷声嘀咕着。

"你太烦人了，不会有女人喜欢你的。"柏俊卿毫不客气地怼了一句，字字带刀。墨丞轩抬起头无语地瞪了他一眼，撇撇嘴不想说话，这人说句好听的会死吗？他那叫活泼、开朗、阳光，哪里烦人了？看着墨丞轩终于安静了下来，柏俊卿微微勾唇，继续优雅地吃着早餐。

欧凛辰的病房里，梳洗出来的温羽熙细心地把所有餐盒都拿了出来给他放在病床上的餐桌上。温舞带过来的其实和墨丞轩带来的都是同一个店的早餐，不过温舞相对比较了解温羽熙的习惯，她打包过来的早餐里多了一份辣味的开胃菜。温羽熙看着那份辣菜咽了咽口水，还是又把它放回了袋子里，拎起袋子放回了另一边的桌子上。

一直盯着她看的欧凛辰早就捕捉到了她的所有小动作，柔声开口："你想吃就吃。"温羽熙微微一愣，有些不好意思地低下头："可是我怕那个味道呛到你。""没关系，我又不吃，闻闻而已不伤身的。"欧凛辰一脸温柔，眼底的宠溺就要溢出来了。温羽熙感激地笑了笑，端起自己的那碗粥走到另一边的桌子上放下，才打开了那道菜的盖子。辛香的辣味扑鼻而来，温羽熙快速夹起一大筷子放进自己的那碗粥里，然后又迅速地盖上盖子。

欧凛辰看着她那些小动作有些无奈失笑，他的女朋友怎么那么可爱？想着味道有点儿冲，温羽熙拉过来一把椅子打算自己在这边桌子吃。欧凛辰看着她的动作眉头一皱，冷声道："过来这里吃。""吃个早餐而已，哪里都行吧。"温羽熙低头舀起一口粥吹了吹就放进了嘴里，完全没在意欧凛辰生气的样子。欧凛辰把手里的勺子往碗里一放，双手环胸，傲娇地别过头："过来，不然我不吃了。"

看着似乎很认真的男人，温羽熙无语地翻了个白眼，终于还是端起自己的碗走了过来，嘴里忍不住吐槽："瞧把你能的。"某个高傲的男人嘴角忍不住勾起，这才重新拿起了勺子。"丫头，这些天你都在干吗？"温羽熙抬起头看向他，不假思索地直接脱口而出："想你，一天二十四小时都在想你，然后就是等你电话。"

欧凛辰眉头忍不住蹙了蹙，又感动又心疼，抬起手轻轻抚了抚她的脸颊："对不起，因为第一天就出事了，所以我……""别整天说对不起，等你好了我会把这些天你欠的债都讨回去的。"微微扬起的下巴、微噘的小嘴都表示着她很不开心。都答应过她会好好照顾自己了，结果第一天就出事了，如果她估算得没错，那就是两人通完电话没多久，怪不得那天夜里她没有做噩梦却突然惊醒，不安，这些天也害得她一直担心着。

看着欧凛辰时不时地又咳嗽，温羽熙眉头忍不住又蹙了起来："你还没告诉我为什么伤得这么重？"欧凛辰宠溺地笑着，收回了自己的手，又变得一脸坦然："机器人自爆，太突然了，所以没有反应过来。"温羽熙秀眉瞬间拧皱起来，放下手里的筷子，一脸严肃地看着欧凛辰："你的工作这么危险，干脆别做了，以后我养你得了。"

欧凛辰有些微愣，而后邪气地勾起唇角，邪魅地笑看着那张真挚的小脸，墨瞳直视着那双清澈的蓝眸："那我真的辞掉NR的总裁，然后天天在家待着等你养我咯？"温羽熙先是点点头而后又使劲摇头："不好不好，还是你养我比较好，但是你其实是可以不用去实验室的吧，不是都有科技人员，你一个总裁整天跑实验室干吗？坐在办公室数钱就好啦。"欧凛辰有些无奈失笑，慢慢地解释道："以前没有搬回国的时候所有的货都是从这个总部出去的，每一个机器人都是经过我的手植入的系统，也没发生过这种失误，所以我就想着这个实验室空缺着也是浪费，那就两个实验室一起出货，这个点的货物运往欧洲那边也比较方便，谁想到他们就失误了。"

这次的事故真的是NR成立以来第一次出现技术故障，其实那天如果那个机器人没有毫无预警地自爆的话，再给他一点点时间也不会损失掉这么一个成品。"是技术失误就好，我还怕是阴谋呢。"温羽熙忍不住嘀咕了一声。欧凛辰笑了笑没有说什么，这次的确只是技术人员的失误，不过以后再遇到什么事就不知道是不是阴谋了，毕竟回国已经招惹了某些人。

兴许是在温羽熙的陪伴下没什么忧愁，欧凛辰彻底放松了心情，在C国又休养了一个星期后，欧凛辰的面色终于又恢复了之前的状态，也是时候回国了。公司实验室爆炸事故的事情墨丞轩早已经去处理好了，虽然域江城的新总部还有很多公务要处理，不过副总和助理都躺在病床上呢，这几天几个人干脆都直接放牛了。这次，欧凛辰把这边的旧实验室也彻底搬回了域江城，一次技术上的失误会造成很大的损失，不仅是仪器设备，甚至可能造成人员伤亡，所以以后还是经过自己的手才比较安心。

被欧凛辰提前轰回国的墨丞轩和他心目中的冷艳女神温舞彻底失去了联系。今天终于在接机的时候再次看到了，但是仅此一眼，连说话的机会都没有。当时，温羽熙把车高价暂时停放在机场，现在她要直接回温家，欧凛辰也没有拦着。虽然身体没有完全恢复，但因为和温羽熙在飞机上十几个小时睡得很好，根本不需要考虑时差问题，欧凛辰直接就去了公司，两拨人就这样分开了。

温家大厅里，温羽哲就坐在沙发上，仿佛就是为了等温羽熙回来，刚刚看步入门口的人影就戏谑出声："我们家熙熙精神还这么好，欧凛辰那小子没被炸死啊？"听听那吃味的语气，巴不得欧凛辰炸得稀巴烂。温羽熙没有说什么，示意小舞把行李拿上楼，走过去在温羽哲身边坐下，蓝眸直勾勾地看着他："哥，我发现你变了，变得小气巴拉的。"温羽哲凝视着那张坦然的小脸蛋，反而自己变得有些促狭了，这丫头看出来他吃醋了。

他慢慢收回目光，不自然地别过一旁，语气冰冷："这么说那家伙完好无损地回来了？"温羽熙别有深意地勾了勾唇，很快又皱起了眉头："完好是完好，可当时伤得挺严重的，现在还没有完全恢复，所以我一会儿还得去照顾他，可让人心疼了呢，我回来就是想让你们知道我完好地回来了，所以现在先上楼收拾一下，一会儿又要出门了。"说着，温羽熙也站了起来，笑得一脸狡黠。温羽哲忍不住蹙眉，纵然知道这丫头戏精的毛病又犯了，可是他怎么还是那么吃味呢？

"站住。"温羽哲冷冷出声，从西装的胸前内兜里拿出来一块金色的令牌，上面镶着一个大大的"宝"字。他轻轻地把令牌放在茶几上，继续出声："明天就是花奶奶八十大寿，如果你今天不累的话就去拍卖场搞个礼物回来，下午会出一个白玉观音像，明天早上一场又会出一条白玉佛珠。"温羽熙惊奇地顿足转过身："明天就是花奶奶八十大寿啦，好突然哦。"小手已经不自觉地伸向了茶几上的令牌。

温羽哲目光柔和地看着温羽熙的一举一动，嘴角忍不住勾起，只是语气还是一片冰冷："对的，所以你再不自己回来我就准备派人出国抓你了。"温羽熙把令牌往包里一放，粲然出声："好的，保证完成任务。"说完她就开心地转身跑向了旋转楼梯。温羽哲忍不住转头看着那个俏皮的背影，俊脸上一阵无奈。

温羽熙回房快速洗了个澡，刚刚要出门手机铃声就催魂似的响了起来。"温羽熙，你人呢，不是叫你来机场接我吗？"刚刚一接听，听筒里直接传出来一阵怒吼。温羽熙嫌弃地把手机拿开，直接开了免提，笑道："小蕊蕊，你过来找我啦？""废话，快点儿来机场接我，老娘困死了。"关夕蕊忍不住又是一阵爆吼。"好的，好的，马上到。"温羽熙快速挂了电话，抓起车钥匙就出了门，然后又开始拨打小舞的电话，"小舞，你去大概收拾一下之前我买的那个别墅。"半个小时后，域江城的机场，关夕蕊病恹恹地拉着超大的行李箱往外走。

难得穿着黑色紧身裙的她本该一身冷艳高贵，却被那一脸颓然搞得有些滑稽，也顾不上什么淑女不淑女、气质不气质的了，扔掉行李箱直接往温羽熙怀里扑，"熙熙啊，怎么那么远啊，十三个小时啊，困死老娘了。"关夕蕊连眼皮都睁不开了，飞机上睡又睡不着，到了这里又有着十几个小时的时差，这会儿M国可是接近凌晨了，平时的她早就和周公约会了。

温羽熙有些无奈地拍了拍她肩膀，安慰道："好了，你先上车，我送你去别墅，我已经让小舞过去收拾了，你可以倒头就睡。""这还差不多，行李帮我扛一下，挺重的。"关夕蕊半眯着眼睛说着，有些分不清东南西北地乱指着根本不是她行李箱的方向，然后打开车门就上了车。这一坐下去就坐在了温羽熙的包包上，她翘了翘屁股，把包包扯出来往自己脖子上一挂，直接睡了过去，两个一模一样的古驰同款单肩包。

温羽熙看着已经紧闭的车门，再看看那个超大的行李箱有些哭笑不得，这个箱子她怎么觉得就算她扛得起来，后备厢也放不下呢？温羽熙半拉半拽终于把箱子勉勉强强地塞进了后备厢，等她坐进驾驶座的时候，关夕蕊已经睡得跟头猪一样了。车子最后在一栋小型的两层别墅门前停下，温舞也已经快速收拾好一间房，已经在门口等着了。

温羽熙虽然不忍心吵醒睡得安稳的关夕蕊，但是她还要去拍卖场，所以还是摇醒了正在和周公约会的她："蕊蕊，起来了，到了。"关夕蕊迷迷糊糊地睁开眼睛，一脸茫然："啊？哦，到了啊？"她拿起脖子上的一个包，不料却拿到了一直压在下面的那个背带，打开车门后把另一个包往座位上一扔，晃晃悠悠地进了别墅。

温舞只是暂时收拾一间房，其他的东西还是等关夕蕊睡醒了再根据自己的喜好收拾吧。看着真的倒头就睡的关夕蕊，温羽熙无奈地摇摇头，锁好门后带着温舞离开了。这一带别墅区很多人住，所以安保系统很健全，她并不担心只留下关夕蕊一个人。

第十六章　白玉观音

聚宝阁，是域江城里最大的拍卖会场，每天都会有两场拍卖，在这里不管是稀世珍宝、古代文物，还是珠宝首饰、名人字画，只要你出，有人出钱都可以交易出去。聚宝阁向来不看身份，只看令牌，有令牌者进，或者有物拍卖者进，否则即使你是天王老子，没有令牌也照样扔出去。它分发的令牌分三等，金牌是曾经在拍卖场上交易累计超过10个亿的人所持有的，相当于是本阁最高VIP，进场座位也是最靠前视野最好的位置，银牌是累计五个亿到十个亿之间的人持有，铜牌是五个亿以下的人持有。

温羽熙对这种有各种宝贝的地方最来电了，兴冲冲地就往门口冲，只是小手一摸进包里她就愣住了："怎么这么多东西？"想起刚刚关夕蕊那副状态，突然有种不好的预感。温羽熙强挤出一抹笑容与温舞对视了一眼，哭丧着一张脸慢慢低下头，如她所料，关夕蕊那个冒失鬼拿错包了。只见包里，一包纸巾、一个充电宝、一个手机、一个气垫、一支口红，丢有一个首饰盒。而她温羽熙平时的包里最多只会有一个手机、一个充电宝和一包纸巾，她不爱把化妆品这种东西放包里，因为不需要。

"小舞，完蛋了。"温羽熙欲哭无泪地看着温舞。温舞歪头耸耸肩，她也很无奈，这事她也没办法。温羽熙拿出关夕蕊的手机，按之前的密码尝试解了一下锁，还好她没换密码。而别墅里睡得正香的关夕蕊被一阵又一阵的手机铃声搞得都暴躁了。

"啊啊啊，谁老是打搅老娘睡觉。"她烦躁地抓了抓头发，顺着声音拉过包包，半眯着眼睛拿出里边的手机，"喂，哪个浑蛋啊？"语气非常不友好。"蕊蕊啊，是我，能不能麻烦你别睡了，把我的包给我送过来？我需要里面的令牌。"温羽熙小心翼翼地询问着。她一个来回要一个多钟头，到时候就赶不上白玉观音像的拍卖了，如果是关夕蕊送过来，也就半个钟。

关夕蕊的睡意消散了几分，睁开眼睛看了一眼手里的手机，确实不是她的，又摸了摸包包里，还真的摸出一个金灿灿的令牌，但是她不想送过去，只想睡觉。"我不送。你看我包里有个首饰盒，里面有一条这些天刚做好的手链，本来是留着自己戴的，你拿着它去拍卖吧，也好给我换点儿钱回来。"温羽熙嘴角抽了抽，拿出包里的首饰盒，打开一看，里面真的有一条非常漂亮的戒指手链，而且她认得，上面星星形状的蓝水翡翠就是之前赌石的那块，但是关夕蕊只拿走了两头的两小块。

整条手链的手腕位置全部由蓝水翡翠雕刻而成的星星形状玉石组成，用来连接戒指的是镶满上等粉钻的精细银链，戒指虽没有钻石装饰，但是采用了波浪纹图案，这让它看起来没有那么单调，整条手链在正午的阳光下闪烁着耀眼的光泽。"蕊蕊，你确定不是说梦话？这么漂亮的手链你也舍得拿去拍卖？""舍得，舍得，记得给我多换点儿钱，睡了。"关夕蕊说完就直接挂了电话，倒头又睡了下去。

温羽熙听着电话那头已经传来嘟嘟嘟的挂断声，盖上了首饰盒，其实她有点儿舍不得这条手链，真的挺漂亮的，不过拍卖的话最低价应该有两千万。可是她今天一定要拍到那个白玉观音像，因为花奶奶整天吃斋念佛，最喜欢的就是这种礼物了。

就在温羽熙还在纠结的时候，一道讥讽的声音在背后响起：
"哟，这不是那个夜魅酒吧的调酒师吗？被温家人包养了就是不一样
啊，都开始出入有钱人出入的地方了，不知道你是不是拿到了温三少
的黄金令牌啊？"慕瑾薇故意摇晃着手里的铜色令牌，一双充满嫉妒
的眼睛不屑地看着温羽熙。慕瑾薇的声音太有辨识度了，永远都带着
那种好像感冒没好哑哑的感觉，一听就知道是谁，还真是臭苍蝇满世
界乱飞啊，这都能遇到。

温羽熙淡漠地回过头，一脸看白痴的表情看着她，慕瑾薇的打扮
果然还是那样妖娆，不过大白天的没有化烟熏妆，而是换了比较精致
的妆容，让她看起来起码还像个人，不过说这种话就真的很不是人。
今天姜颖涵没有跟出来，不过姜倩青就站在慕瑾薇身边，一双势利又
带着审视的眼睛一直不停地从头到脚扫视着温羽熙。前几天她刚刚想
去找人耍一耍这个贱丫头，给自己的儿子女儿报仇，结果她却突然像
人间蒸发了一样不见了踪影，还有那个欧凛辰也消失了，这两个人是
干吗去了吗？

又是这种奇怪的眼神，温羽熙突然想起了在麒麟轩卫生间遇到的
那个女人，不就是面前这位吗，看着眉眼和慕瑾薇有些像，难道她就
是哥哥他们说的那个姜倩青，慕瑾薇的母亲？温羽熙没有多想，也不
想对上姜倩青那奇怪的目光，坦然地笑了笑，眼底眸光诡谲，慢悠悠
地说道："什么包不包养的，那些都是酒吧老板温大少送的奖励，我
可没有什么令牌呢，不知道这个地方除了令牌还有什么别的方法能进
去吗？我也想去看看有钱人的世界，开开眼。"嘴上这么否认着心里
却忍不住腹诽，那可不是包养嘛，温家所有人都包养她了，还把所有
宠爱都给她了呢，说出来怕气死你们。

知道她没有令牌，慕瑾薇越发得意起来，讥笑道："没有令牌
可进不去，你现在回去求一求温大少给你令牌也许还有时间。""没
有令牌者可以用拍卖品来换取进场资格。"突然，一个清脆的女声在

大门口响起，一个穿着金色鳞片旗袍的年轻女侍者浅笑着开口。慕瑾薇的脸上闪过一抹尴尬，扫视了一眼温羽熙和温舞之后，又讥讽地开口："我料她也是没有拍卖物品的，还是滚去一边待着去吧。"而后就扬着下巴得意扬扬地挽着姜倩青的手臂走进了大门，临进时还回头朝温羽熙嫌弃地冷哂了一声。

温羽熙再次低眸看了一眼手里的首饰盒，抬脚向那个女侍者走过去。"这个东西不知道可否拍卖？"嫩白的小手轻轻地掀开盒子的盖子，露出里面闪烁着璀璨亮光的首饰。女侍者没有丝毫惊讶，依然淡淡地浅笑着，向温羽熙微微鞠了个躬，轻声开口："请跟我来。"而后她就优雅地走在了前面，不过不是进门，而是向大门左侧走了过去。

一间宽大又极奢华的房间里，一张长桌摆在窗户边，桌上有大大小小的放大镜和鉴定工具，桌子周围还坐着四个都戴着手套的人，三男一女，都是上了一定年纪的，看着就是有一定阅历的鉴定师。女侍者伸出手对着桌子朝温羽熙做了个请的手势。温羽熙了然，把首饰盒放在了桌上，女侍者把盒子打开，四个鉴定师立刻站起来拿起自个儿的鉴定工具开始对手链进行鉴定估价。

"上等粉钻十七颗，雕工卓越，手工精美，最低估价三千五百万。""优质蓝水翡翠，但是有瑕疵，肉眼看不到，降低五百万估价。"拿着手电照着玉石的男人突然说道。温羽熙微微蹙眉，关夕蕊的手下怎么可能会有有瑕疵的首饰出来？"你请看。"男人似乎看出了温羽熙的疑惑，把手里的电筒递给了她。

温羽熙拿起电筒俯身认真地照看了一下，瑕疵不在明面上，只是在星星的一角那里，有两颗都有裂痕，好像是天然裂痕，应该是那块蓝水翡翠中自带的一点儿缺陷。温羽熙放下手电筒，有些无奈地失笑，怪不得关夕蕊那家伙那么爽快地就给拿来拍卖了，她肯定也是知道这条手链有瑕疵，不然以她的性格早就拿去给爸爸过目求称赞了，怎么可能舍得拿出来自己戴，现在又那么爽快拿出来进行拍卖。

"你们最后的估价是多少就多少吧。"温羽熙淡淡地勾着唇，笑意甜美动人。其实三千万最低价已经比她预想的还高了，到时候一竞拍，价格还会提高，关夕蕊那家伙要开心死了。最后，这条手链拿到了三千万的最低估价，温羽熙也获得了进场资格，不过这条手链放在了明天早上的那一场。

两人进去的时候拍卖会已经开始一会儿了。看着最后还是进来了的温羽熙和温舞，慕瑾薇气得脸都歪了。倒是一直不说话的姜倩青蹙眉疑惑地看着温羽熙，艳红唇瓣勾起的冷笑掩映着一张算计的脸。以前的她根本不会在意这种身份低微的女人，不过这小小的调酒师太神秘了，神秘得她想不在意都不行。

前面的拍品都是一些字画，好看是好看，买回去挂客厅其实也挺有气魄的，但是温羽熙就是为了白玉观音而来，所以没什么兴趣，有些无聊地低头抠着包包上的标志。"下一件拍品，白玉观音像，由整块羊脂白玉雕刻而成，高45厘米，底座50厘米，起拍价四千万，每次加码五十万。"随着主持人的声音响起，想打瞌睡的温羽熙瞬间清醒。"四千一百万。"温羽熙迫不及待地举起手中的牌子，空灵的声音响彻整个拍卖场。慕瑾薇和姜倩青同时错愕地转过头来看向温羽熙，一脸的不可思议。

"妈妈，你说她疯了吗？四千一百万拍一个观音回去干吗？再说了她真的有钱吗？"慕瑾薇目光轻蔑地看着温羽熙，反正她是不相信她有四千一百万拍下这个观音像。"不知道。"姜倩青淡淡地应了一声，似乎能看透人的犀利目光落在温羽熙那张淡定的脸上。听闻花家老夫人喜欢这种东西，明天就是她的八十大寿了，难道是温家的人给钱让她过来拍回去的？如果是这样，她手里应该有温羽哲的金色令牌才对啊，刚刚为何不直接进门，还是故意忽悠她们？

就在姜倩青还处于自己的思绪中的时候，观音像已经被喊到了五千一百万的价格了。温羽熙从一开始举牌后就一直没有举过，秀眉蹙得厉害，这些人没事跟她抢什么抢？五千万很好赚吗？

"五千一百万一次，五千一百万两次……"慕瑾薇以为温羽熙肯定没钱了才不敢再举牌，看着她的笑容又变得不屑。

可就在主持人第三锤即将落下的时候，温羽熙悠然地举起了手中的牌子："五千五百万。"众人一阵哗然，纷纷转过头看向她，一个看起来年纪轻轻的小丫头，居然开口这么大方。其实温羽熙心里还想着，要是谁还敢再往上加，她下一次就直接加到六千万。慕瑾薇不由得瞪大双眼看着温羽熙，眼底的嫉妒越发明显了。

"五千五百万一次，五千五百万两次，五千五百万三次，成交。"一槌落下，温羽熙的心也落下了，任务完成，可以走了。既然哥哥让她直接过来拍这个观音像，那说明他早就查清楚了它的来源，这些都不是她需要担心的。温舞拿着银行卡去后台结账，温羽熙本来想起身就走的，但是一个声音让她又坐了下来。因为之前一直不开口的慕瑾薇竟然开始竞拍了。

刚刚没仔细听主持人说的是什么，温羽熙好奇地往台上瞟了一眼，是一幅《奔马图》。听闻徐悲鸿的奔马图是六骏图，一直藏在徐悲鸿纪念馆里，所以台上这幅是从哪里来的？起拍价还挺低的，才十万，这个价钱应该不可能是真迹，不过好像慕瑾薇很感兴趣的样子，温羽熙顿时也来了兴趣，捉弄人的兴趣。零零星星的竞价，在慕瑾薇这里加到了十八万，已经没有人要加了。

温羽熙幽幽地举起手中的牌子，慵懒地开口："二十万。"慕瑾薇怨恨的目光立刻扫了过来，就连姜倩青这次都微微有些怒意地看着她。这幅画是慕鸿风让她们过来竞拍的，也不知道他从哪里得来的消息，一直坚信这幅画就是徐悲鸿真迹，所以今天势在必得，但是也定了不能超过三十万的标准。

"妈，白羽熙明显是来捣乱的。"慕瑾薇愤愤地说道，"再加上去三十万用完了，我们就没有零钱去逛街了。""恐怕三十万都不够用。"姜倩青咬牙切齿地说着，风韵犹存的脸上，一双算计而势利的眼睛一直紧盯着温羽熙。她怎么会不知道这个女人就是故意抬的价钱，如果不是慕鸿风坚决要这幅画，她这个年纪的人都不会喜欢，更何况一个二十来岁的小姑娘，她怎么会看上这样来路不明的画。

让母女二人更加意想不到的是，因为温羽熙的突然加价，原本对这幅画没兴趣的人竟然也开始加价。刚才她那么豪气地以五千五百万的价钱拍下那个观音像，让很多人都觉得她看上的东西应该不会差，这幅《奔马图》也瞬间就加到了三十七万。温羽熙淡淡地瞥了一眼慕瑾薇和姜倩青，一副与我无关的表情，放下了手里的牌子起身离开。"妈妈，三十七万了我们还拍吗？"慕瑾薇看着温羽熙离开的背影忍不住跺跺脚，气得整张脸更扭曲了。

"拍什么拍，哪里有钱拍？走了。"姜倩青忍不住低吼。她可不愿意拿出自己的私房钱去帮慕鸿风买这种乱七八糟的画。母女俩起身，愤然地离开了会场，紧随温羽熙来到停车场。"白羽熙，你这个贱人是故意的吧？"慕瑾薇气呼呼地上前就要掰过温羽熙的肩膀，不过却被温舞快速地扼住了手腕然后大力地甩开。

温羽熙委屈地皱皱眉头："什么故意的，那幅画可是徐悲鸿的画，我看它便宜就想拍下来，谁知道后面那些人也跟着加码，你知道我也没什么钱，拍了一个观音像就出不了那么多继续拍那幅画了，所以才忍痛割爱的。""你这个贱丫头，一次一次欺负我们家薇薇和涵涵，今天还欺负到我头上来了，你知道我是谁吗？"姜倩青有些气急败坏地朝温羽熙低吼。愤怒的表情让她原本精致的妆容变得异常扭曲，那一脸的尖酸刻薄越发明显。再看向温羽熙身后那辆与之前慕瑾烨砸的还一模一样的红色法拉利，她更气了。没想到温家对她那么好，坏了一辆还能有新的一辆。

温羽熙轻轻推开温舞向前走了一步，抬手环胸，微微扬起下巴倨傲地与姜倩青对视着："那还得劳烦你给我这个贱丫头介绍一下自己，我身份低微不认识高高在上不可一世的人。""你居然敢跟我顶嘴。"姜倩青愤怒地抬起手就要扇在温羽熙脸上，却被她直接抓住了手腕。温羽熙蓝眸里一片冷然，紧紧地抓着姜倩青的手腕不放，冷傲地开口："想打我？不知道你的身份配不配呢？"而后厌恶地甩开她的手。姜倩青微微往后踉跄了两步，还好慕瑾薇及时扶住，有些不可置信地看着柔弱外表下居然这么强势的温羽熙。

"白羽熙，你敢推我妈妈，你这个贱人！我今天一定要刮花你的脸报之前的仇。"慕瑾薇有些歇斯底里地朝温羽熙吼叫着，扬手就要上前打她。面对张牙舞爪的慕瑾薇，温羽熙依然坦然地站着，在她抓到自己之前扬手就甩了她一巴掌，冷声道："慕瑾薇，我可没招惹过你。在网球场，是你要和我们一起玩，网球无眼，你技不如人被打倒。在服装店，是你侮辱我在先，紧接着又侮辱欧凛辰在后，你所受的都是你对别人恶言相向该受的惩罚。"温羽熙心里冷嗤，果然是亲母女，看不起人的态度一模一样。

慕瑾薇捂着热辣的半边脸愣愣地看着温羽熙一张一合的嘴唇，一次又一次被扇巴掌，让她此刻委屈至极，已经听不进去她说的什么，只是呆呆地站着任由眼泪滑落。就连姜倩青也被温羽熙这突然的一巴掌给吓蒙了，这丫头不仅伶牙俐齿，居然还这么野，怪不得就连她儿子都栽了。"啊啊啊，贱丫头，你敢打我女儿。"回过神来的姜倩青毫无形象地朝温羽熙冲过来。温羽熙冷嗤一声，快速后退了一步，紧接着温舞立刻上前直接把姜倩青按在一旁的车子上。

"放开我，你们两个野丫头，你们知道我是谁吗？我可是慕家慕夫人，快放开我。"被钳制得不能动弹的姜倩青依然不依不饶地怒吼着。"哦……"温羽熙故意拉长语调，语气中的讥讽比之姜倩青有过之而无不及，"原来是慕家的主母慕夫人啊，我还以为是谁呢，上来一口一个贱丫头，一口一个野丫头地称呼我，我都不知道慕家主母的形象原来那么……"温羽熙故意欲言又止，一副很抱歉不小心说错话的委屈模样看着表情早已经龟裂的姜倩青。然后夸张地上前拦住温舞："小舞，还不放开人家慕夫人，这细皮嫩肉的一会儿伤了可不好看了。"温舞听命马上放开了姜倩青。

"野丫头，信不信我撕烂你的嘴？"恢复自由的姜倩青又蛮横了起来，纵然还在揉着被扭痛的手臂，脸上已经恢复了那一副高高在上不可一世的模样。"哎呀，慕夫人，你怎么又要撕烂我的嘴啊，你骂我贱丫头、野丫头就算了，我也没说什么呀。"温羽熙捂住自己的嘴巴，可怜兮兮地看着姜倩青，蓝眸里的泪水似乎马上就要夺眶而出，有些瑟缩害怕地往后退了两步。这边不大不小的声音，引来了一些路过和刚从拍卖会场出来的人。

"这不是慕夫人吗？怎么看着是她欺负人家女孩子了。"

"怎么说也是豪门贵族怎么能开口闭口骂人家贱丫头、野丫头呢？"

"这丫头看着那么乖巧，慕夫人，你是不是有些欺负人了？"

"慕家纵然家大业大也不能看不起人啊。"

"对啊，对啊，你怎么也是慕家主母就不能大度一点儿吗？"

有一个人出声，其他人也跟着出声，有些人早就跟姜倩青看不对眼了，平日里也知道她的手段，只是不敢正面刚。姜倩青气得脸上一阵青一阵白，她知道温羽熙在故意演戏，无奈在众人的注视下她又不敢做什么，而且温舞正在凛冽地看着她。姜倩青恶狠狠地瞪了一眼温羽熙，心里发誓：白习熙，下次一定让你好看！而后拉着一直站在一旁愣愣哭泣的慕瑾薇上了车。本来想教训一下这个小小的调酒师的，结果不仅被她反虐，还在人前丢了这么大的脸。

没戏看的众人也纷纷散去，温羽熙看着姜倩青的车子完全离开了停车场才收了自己那一副委屈的表情。"姜倩青！"她冷冷地勾唇，转身打开车门上了车。如果像温杲之前猜测的那样，辰哥哥的心理障碍是这个女人造成的，那么他背上的伤也和她有关。"小舞，查一下那个姜倩青，二十年前到现在所有的，顺带查一下慕家二十年前发生的那几件事。"温羽熙看着车窗外的后视镜，冰蓝的眸子越发深邃，不知道在想些什么。"是。"温舞淡淡地应了一声，启动车子离开。

刚从会议室回到办公室的欧凛辰迎来了一个意想不到的客人。沙发上，一个年轻的男人悠闲地坐着，他戴着超大的墨镜，两条长腿优雅地交叠放在茶几上，手里拿着杂志无聊地翻看着。欧凛辰微微蹙眉，虽然男人脸上戴着很大的墨镜，但是依然能认得出来是谁，先是二哥主动找他，现在轮到三哥了，不过刚好他也想接触温羽博，来了刚好就不用自己去找了。"嘿，你终于回来了。"一见欧凛辰进来，温羽博马上恢复一身认真，把脚放了下来，有些尴尬地笑着。刚刚还想着自己得表现得高傲一点，先给这个未来妹夫一个下马威，结果刚见到人就尿了。

"温三少怎么有空？"欧凛辰走到办公桌前坐下，没有痊愈的他偶尔还会咳嗽。知道是温羽熙的哥哥，他的态度比平时柔和了许多，毕竟这大舅子可不能惹，不然以后追老婆太辛苦。温羽博把眼镜拿下来，露出来那双和温羽熙一样颜色的蓝眸，笑眯眯地看着欧凛辰："你都知道我是谁了，那我也不拐弯抹角了，虽然我和你同龄，可能还比你小那么一两个月，但是你泡了我妹妹，你很可能就是我未来的妹夫，我只是过来看看你的伤，顺带谈一谈之前你们找我的那个代言。"

"呵呵呵……"欧凛辰无奈失笑，深邃的目光别有深意地看着温羽博，戏谑地出声："那我未来的小舅子，你对这个代言有什么不满意的吗？""没有，就算你不给我代言费都可以，不过……"温羽博顿了顿，脸上温和的笑容突然变得邪恶，"不过嘛，这些钱也不能不给，你就拿去多买些礼物给熙熙，宠她一点儿。"温羽博刚说完又摇摇头："不对不对，你宠爱熙熙应该拿自己的钱，那个代言费你还是得给我，我可给你打个亲情折扣，8.8折吧，呃……太多了，8折吧。"

　　欧凛辰有些无奈地看着自言自语的温羽博："那丫头喜欢自言自语的毛病该不会都是跟你学的吧？"温羽博抿抿嘴，有些不悦："瞎说什么，我这是在熏陶她，女孩子冷冰冰的可不招人喜欢，难道你不喜欢她在你身边叽叽喳喳的吗？"微微眯起的蓝眸审视着欧凛辰，要是欧凛辰胆敢说他妹妹太吵他立刻翻脸走人。欧凛辰摇摇头无奈地抚额，幸亏那丫头没有这个三哥那么多废话，不然还真的挺烦的，有这样的小舅子也不知道是好是坏，不过起码二哥和三哥都同意他们在一起，他离能成功娶到温羽熙又近了一步。

　　"就是最喜欢她这点，不过那丫头可没你那么吵。"欧凛辰也不怕得罪人，直接毒舌地说，诚挚的目光就这么对上了温羽博的蓝眸。不得不说，这双眼睛仔细一看和温羽熙的眼睛还是很像的，两人的五官笑起来的时候看着也像，如果站在一起一看就知道是兄妹，不过看温羽博那些戴了美瞳的照片和现在蓝眼珠的差别就不是一般的大了，主要还是他平时那个不一样的发色和戴了黑色美瞳的眼睛让人不会把他和温羽熙往兄妹的方向去想。

　　听了欧凛辰的话，温羽博非但没有生气，反而满意地笑了笑，蓝眸快速从头到脚扫视了他一眼："你的伤怎么样了？"欧凛辰淡淡浅笑着："已经没什么大碍，承蒙小舅子担心了。""既然你的伤没有什么事，那我就放心了，我最怕熙熙那丫头伤心了，代言的事就按照合同走吧，你可以把价格再打个8折，然后是拍照还是视频短片什么的，你们定好了就通知我，我最近没有其他行程，没别的什么事的话我就先闪人了，饭我就不请你吃了。"温羽博自顾自地说着，起身又把墨镜戴上，不说话还是那一副生人勿近的模样，只是这张嘴注定停不下来。

　　"来，未来妹夫，祝我们合作愉快，多赚点儿钱养熙熙。"离开之前还不忘伸出手和欧凛辰来一个正常商务谈判的握手。欧凛辰觉得既无奈又搞笑，不过还是握上了他的手。只是温羽博出了门又突然转头走了回来，拿出一个请帖递给欧凛辰："明天花家奶奶大寿，我也是顺路给你送个请帖，那丫头可能不太懂国内这种邀请礼节上的东西，害羞了不敢带你过去也不一定。""好，我明天一定到。"欧凛辰伸出修长的手接过了请帖。"行，那我先走了，明天见。"

终于把话痨症状和墨丞轩有的一拼的小舅子送走，确定他不会突然再转回来后，落单的欧凛辰就开始想温羽熙了。他拿出了自己的手机，没有直接指纹解锁，而是轻轻地按了一下开机键，屏幕亮起，上面是一张恬静的睡颜。欧凛辰用指腹轻轻地摩挲着那个干净的脸颊，嘴角宠溺地勾起，也不知道那丫头回去半天都在干吗？话说这张照片还是他偷拍的，在C国的医院里，温羽熙靠在他的病床边睡着了，他偷偷拍的这个照片。

而此刻被某个男人疯狂思念着的温羽熙刚刚给关夕蕊打包好饭菜回到别墅。别墅里还是很安静，关夕蕊依然睡得跟死猪一样雷打不动。只是本来一动不动的她突然像诈尸一样就坐了起来，吸了吸鼻子，有吃的！关夕蕊立刻爬下床，蓬乱的头发弄都不弄一下，鞋子也不穿就冲下了楼，也不知道是怎么睡的，脖子上还挂着拿错的那个温羽熙的包包："熙熙，有吃的啊？"光是闻着透过打包盒飘出来的香气口水都要流出来了，她立马把温羽熙推开，手伸进袋子里就把最上面的盒子拿了出来，盖子一掀开，手也不洗就抓了块肉放进嘴巴里，然后把脖子上的包往沙发那么一扔，这才开始找厨房在哪里。

"你是狗鼻子吗，这都能闻得到？"温羽熙看着关夕蕊那胡碰乱撞的背影忍不住吐槽出声。厨房里，有流水声，还有关夕蕊的声音："别说风凉话，我都饿了好久了。"关夕蕊快速地洗了手，飞奔出来坐在餐桌前，"唰唰唰"一股脑把温羽熙刚刚拿出来的所有打包盒的盖子掀开，然后暴力地用牙齿撕开筷子的包装，开始暴风式地往嘴里塞食物。

看着关夕蕊饿狼扑食的模样，温羽熙有些心疼地把所有饭盒都往她面前挪了挪："蕊蕊,你看你平时也懒得煮饭,要不去温家住得了,像你这样有上顿没下顿的,你的胃受不住的。"关夕蕊赶紧使劲摇头,一边咀嚼着嘴里的肉,一边嘟囔着说:"我才不要,温家庄园那么大,我怕我迷路.再说了,和你那几个哥哥一起吃饭我不习惯,你也知道我可不是什么大家闺秀,吃相一点儿也不文雅的,而且师父师娘又不在,我怕他门打我,听说温羽博那个超声大喇叭最近息影天天窝在家,我跟他不对付。"

又说她三哥是超声大喇叭,不过温羽熙突然想到之前关夕蕊和她三哥温羽博打架的场景,忍不住笑了出来:"哈哈哈……"温羽熙笑得太用力,过了好久才缓过来,继续说:"我平时吃相也不文雅啊,有大哥在,三哥他可浪不起来,而且爸爸妈妈可能明天就会回来,就算不回也应该很快了,你住外面我有点儿不放心。"

关夕蕊刚刚往嘴里塞了一大口,等全部咽了下去,才一本正经地看着温羽熙说:"熙熙啊,我只是懒得煮,又不是像你那样不会煮,打死我我都不会去温家庄园住。"而后又夹了块肉往嘴里塞,含混不清地说,"今天忘了跟你说,我那条手链有瑕疵的,你给我换了多少钱?够不够我买辆车?""车温家有啊,你还买什么?"温羽熙蹙蹙眉,这丫头想和他们温家全部撇清关系吗?

关夕蕊摇摇头:"得买啊,你大哥会让我随便挑他的车吗?"不过突然又笑得一脸奸诈,"他要是给的话我自然不会介意省掉那几百万。""他不给的话,我的车给你开。"温羽熙说着就把车钥匙放在了桌面上,不过一会儿她又拿起来了,"这辆红色的不能给你,换部白色的给你。"关夕蕊斜睨着她,邪恶地笑着:"小熙熙,这车该不会是你那个男朋友送的吧?话说你男朋友到底谁啊,不介绍给我认识认识?"

温羽熙忍不住鄙视地白了她一眼,认真地解释道:"不是他送的,我之前的车被人砸了,我哥换了一部一模一样的,这个车应该还被某些人紧盯着，你开了可能会有危险。"关夕蕊"啪"一下把筷子拍在桌面上，愤愤地说，"谁这么不长眼呀，敢动温家小魔头的车？"温羽熙微微眯起危险的蓝眸："你说谁小魔头呢？"关夕蕊迅速别过视线，重新拿起筷子往嘴里扒拉饭，故意装傻："有吗？谁说的？我刚刚说的是小公主啊。"

温羽熙忍不住翻了个大大的白眼，不过马上又恢复了严肃的神情："总之呢，我可能到哪儿都遭人嫉妒，最近也招惹到了一些不干不净的东西，她们不知道我的真实身份，所以你出去在外面还是叫我白羽熙。""啪！"关夕蕊再次把筷子拍在桌面上："他大爷的，熙熙啊，你下次带我见见她们，我这暴脾气，不把她们脸上的硅胶全部打掉我就不姓关。"温羽熙无奈地扶额，敷衍道："行行行，知道你关女侠最厉害了，下次打人这事让你来。"关夕蕊得意地挑挑眉，姿态傲然："呵……那是当然，老娘打遍天下绿茶无敌手。""……"温羽熙无语地睨着她，心里只想吐槽，在家里吹牛可以，出去就别吹了。

"对了，你那条手链明天才拍卖，三千万起拍价，你要去看看吗？还有下午是花家奶奶的寿宴，你要不要也一起过去混眼熟？""不！去！"关夕蕊想都不想直接傲娇地摇摇头，"我可没有钱准备礼物，还有我不想见到温羽博。""也不一定要送礼物啊，不过，蕊蕊，你干吗那么讨厌我三哥啊？"温羽熙忍不住蹙眉，为何觉得这丫头和三哥已经不只是之前打打闹闹的小恩小怨了。关夕蕊眸光闪了闪，故作漫不经心地说道："你还是小孩儿，你不懂。"

"哼……"温羽熙忍不住冷哼一声，翻了个白眼后一脸嫌弃地看着关夕蕊，"说的好像你很大一样，比我大半年了不起嘛！""总之能避免就避免吧。"关夕蕊的眸光突然变得暗淡，连语气都变得有些凉薄，不过很快被她掩盖过去了，转而气呼呼地嚷嚷，"我可不想到时候控制不住自己的洪荒之力，把他按在地上摩擦。"脸上苦涩的笑容根本无法掩饰她内心真实的情感。

温羽熙微微蹙眉。她自然也看出来关夕蕊的情绪变化，她很想问，但是想想虽然是很好的朋友，但是总不能什么都去干预，转而换了个轻松语气说："你人都在域江城了，我看避免不了，迟早要面对的，那就打一架，我也想知道你们谁会赢。"虽然笑得一脸狡黠，可是蓝眸依然认真地观察着关夕蕊脸上所有的表情变化。"啧啧啧。"关夕蕊啧啧啧几声，一副鄙视的神情斜睨着温羽熙，"瞧瞧，瞧瞧，温羽熙，你变坏了。"

温羽熙抬手托腮撑在桌面上，慵懒邪魅地笑看着关夕蕊，玩味地出声："哟，刚刚有人还叫我小魔头来着。"关夕蕊突然站了起来，伸手作势指着沙发，像一个服务员般礼貌地朝温羽熙微微鞠躬，说道："来，小魔头，这边请，我们继续探讨一下别的话题。"温羽熙轻轻挑眉站了起来，迈着优雅又不可一世的步子往沙发走去，只是人还没到就被关夕蕊从后面偷袭了。

"温羽熙，是不是老娘太久没虐你了，看看你都飘了。"关夕蕊突然伸手抓住温羽熙的腰，把她推倒在沙发上，上来就是一顿挠痒痒。"哈哈哈……不要，关夕蕊，你马上放开我，哈哈哈……"温羽熙使劲挣扎着，可是根本没办法翻身。关夕蕊是从背后按住她的，她整个人扑在沙发上，而此刻，关夕蕊毫不客气地压在了她的大腿上。

"哈哈哈……我错了，蕊蕊，蕊蕊，别挠了，哈哈哈……"温羽熙紧紧抓住关夕蕊的两只手，笑得蓝眸里已经闪出了泪花。"我看你好像不是很服气的样子。"关夕蕊努力挣脱温羽熙的钳制，又要往她腰上挠下去。"服气，服气。"温羽熙使劲点头，与她的声音同时响起的还有手机的声音。

第十七章 以牙还牙

听到声音的关夕蕊终于也停了下来，快速从温羽熙身上下来。温羽熙一边擦着笑出来的眼泪，一边从包里拿出手机。"哟，还辰哥哥，呕……温羽熙你太油腻了吧。"看到备注的关夕蕊故意做了一个干呕动作，不过很快又很不要脸地凑了过来看热闹。"走开，你这个电灯泡。"温羽熙故作不悦地把关夕蕊往旁边一推，这才按下了接听。"丫头。"低沉好听的声音传出来，一张笑得温柔的俊脸同时也出现在手机屏幕上，看到温羽熙的脸，那笑容扩得更大了。

温羽熙一阵欣喜："辰哥哥，你忙完了？""嗯。"欧凛辰点点头，眸光扫视了一眼桌面上的两三个文件，继续开口，"差不多了，你现在在哪里？等下要我过去接你吗？我想你了。"果然，没有人在场的欧凛辰不再是那只冷傲的狼，"我想你"这种那么肉麻的话，随时都能对温羽熙说。温羽熙心底一阵甜蜜，却故意笑得一脸狡黠地问："接我去哪里啊？"欧凛辰坦然地脱口而出："一起回家吃晚饭啊。"

这话一出口，连他自己都愣了一下，这么多年好像从来没有说过这句话。每次他回去只有空荡荡的别墅，还有一个冷冰冰的机器人。虽然小A懂很多，可是终究取代不了人，给不了他温暖，最多只是有个陪伴，有个一起说话的对象。家，以前他很恨这个字，可是他现在突然想和温羽熙有他们的家，仅仅两个人的小窝。看着腻腻歪歪的两个人，关夕蕊突然灵机一动，邪恶地勾起了唇角。

温羽熙刚想说话，突然一个听起来像小男生的声音响起："她今晚不陪你，留在这里陪我睡。"同时还有一只嫩白的手抚摸上了她的脸颊，还慢慢滑向她的脖子。欧凛辰的脸上瞬间阴沉了下来，紧盯着那只停顿在温羽熙脖子上的手。"丫头？"冷冷带着询问的声音，眉头紧皱着，带着审视的目光盯着温羽熙的小脸。这一刻，欧凛辰真的觉得自己的心口堵得慌，看着屏幕里的这一幕，他突然想到"背叛"这个词。

"哎呀，关夕蕊，你别闹了。"温羽熙无奈地拿开关夕蕊的手。只是下一秒，关夕蕊变成两只手抱住她，还是刚刚那个伪装的男声："亲爱的，你说的今晚陪我共度春宵的。"温羽熙无语地翻了个白眼，也不想再阻止她，而是看着屏幕上的俊脸笑道："辰哥哥，我现在就去找你，让这个疯女人自生自灭吧。""熙熙，你重色轻友。"关夕蕊很不服地坐了起来，轻轻地掐着温羽熙的脖子摇了摇，这次是用了自己的声音，而且半边脸也暴露在镜头里了。看着原来是个女生，欧凛辰的脸色终于好转，紧握的拳头也松开，刚刚他的醋意真的已经冒出来了，杀人的想法都有了。

温羽熙任由关夕蕊摇晃着自己，依然笑意粲然地对欧凛辰说："辰哥哥，我马上过去找你，一会儿见。""好，我在公司等你，你开车小心点儿。"温柔地嘱咐完温羽熙，欧凛辰就挂掉了视频通话。他虽然不认识这个女孩子是谁，不过和温羽熙这么亲近，应该是朋友，虽然他很想多看看温羽熙，但还是不打扰两姐妹打闹了。

温羽熙看着退回微信对话框的屏幕页面，忍不住把手机一扔，也抬手掐住了关夕蕊的脖子："关夕蕊，都怪你，他挂掉了。"关夕蕊放开温羽熙的脖子，双臂搭在她肩膀上，一脸戏谑地笑看着她："熙熙，这么帅的男朋友就是你用一杯鸡尾酒搞到的？说实话你有没有把人家吃干抹净了？"温羽熙放开掐着关夕蕊脖子的手，脸色微红地别过视线："吃什么吃，我哪有那么狼。"关夕蕊脸上邪魅的笑意愈加恣意，突然拉过温羽熙的领口往里面看了一眼："哈哈哈，你骗人，胸都大了。"说完麻利地从沙发上起来，跑向了楼梯。"关夕蕊，你个色女。"温羽熙捂着领口不悦地朝已经跑上一半楼梯的流氓女人大吼。

"哈哈哈，小熙熙，你还是去找那个帅哥，今晚继续被人家吃吧，我先睡咯，拜拜，爱你哦，mua~mua！"关夕蕊欠揍地对温羽熙狂抛着媚眼，然后转身跑回房间。看着空荡荡已经没有人影的楼梯口，温羽熙微红的小脸上一片无奈。又闹，又烦人，脾气又暴躁，还爱捉弄人，但有一点，和她在一起好像可以忘掉所有不开心。所以有这样的闺密不知道是好还是不好呢？

"会被吃吗？他的伤还没好呢。"温羽熙扯开领子低头看了一眼，才一次而已也没变大啊，温羽熙忍不住回想起之前和欧凛辰在一起的一些画面，脸上的红晕更艳了，突然觉得自己的想法过于猥琐，她赶紧拍了拍脑袋，"呸呸呸，温羽熙，你乱想什么呢！""关夕蕊，你明天到底去不去拍卖会？"温羽熙扯着嗓子对楼上大喊。"不去，你把钱拿回来给我就行。"关夕蕊的声音从二楼传下来。"那让小舞今晚把车送过来给你吗？""好的，爱你，我要睡了，你快滚去谈恋爱。"听听那语气，嫌弃的意味再明显不过了。"……"温羽熙一头黑线，过了几秒还是无奈轻笑出声，"呵……这女人。"她起身稍微整理了一下刚刚被关夕蕊弄乱的衣服，拿起包包就出了门。

而此刻，慕家的姜倩青还在为拍卖会的事情气得脸色发青，慕鸿风没有回来，今天发生的事情她只字未提。看着慕瑾薇那红肿的半边脸，再看看右手还不能自由活动的姜颖涵，还有只能扶着腰缓慢走路的慕瑾烨，她心里这口怨气更加咽不下去。姜倩青握着手机的手不由得收紧，脸上的狠毒毫不掩饰。只是上次慕瑾烨在温羽熙那里栽过跟头，再找人围堵她的车显然是在跟温家过不去，而且她身边那个穿着工装的女孩儿也有一定的功夫，不能明面上来了。不过没关系，她姜倩青向来都是耍暗地里的手段。姜倩青原本愤怒的脸渐渐勾起一抹冷笑，在艳红的嘴唇映衬下，整张脸的表情异常扭曲恐怖，心里暗暗较劲：死丫头，我一定把你往死里虐。

而刚从医院搬回家住的慕瑾烨已经能走路，躁动的内心就再次蠢蠢欲动了。在医院憋了半个月，积压的欲望迫不及待就要发泄了，一想起温羽熙那张绝美的脸蛋，他心底的不甘更甚。果然是姜倩青培养出来的儿子，比起那个说话做事不经大脑的妹妹慕瑾薇，慕瑾烨的心思就缜密多了。上次因为不知道那车是温家的，他才冲动地去砸坏它，有过这么一次教训，他以后可不会这么蠢地还明着来。

母子两个心底都各自盘算着自己的计划，而慕瑾薇回来就一直哭，哭够后就一直愣愣地发呆，脸上没有任何表情，谁都不知道她在想什么。

姜颖涵手上的绷带取下来了，可是右手一抬起来肩膀还是很痛，而且还会不停发抖。因为这个伤，她已经半个月没有去公司了，虽然上头的领导并没有说什么，但是为了一个多月后的珠宝设计大赛，她不能再这样待在家里。坐在客厅里的几个人都是想着自己的事情，都没有说话，气氛十分诡异。

"你们都干坐着干吗？冥想吗？"苏梓樱充满讽刺的声音响起才打破了这种气氛。姜倩青冷漠地回头看了她一眼，并未答话，慕瑾烨和慕瑾薇也不搭理她，倒是姜颖涵礼貌地笑了笑问道："奶奶，您这是要出门吗？"苏梓樱冷冷地勾了一下唇敷衍地回答："是的，去一趟庙里，今晚晚饭不用等我。"说完就和方柔互相搀扶着出了门。姜倩青看着两个苍老的背影，一脸嫌恶地收回自己的目光，心里腹诽，这么晚了还去庙里，这老太婆怕是想出去找她心心念念的孙子慕瑾城吧？

慕瑾烨突然也撑着沙发的边缘缓慢地站了起来，腰上的疼痛让他不禁皱了皱眉头。看着他往门口走，姜倩青忍不住蹙了蹙眉，冷声问道："你要去哪里？""去玩。"慕瑾烨头也不回地应了一声。"你的伤还没好，你玩什么玩？你不知道你身上还背着刑罚吗？"姜倩青忍不住怒吼。

她的话让刚想抬脚迈出门的慕瑾烨顿住了，他冷着脸转过身，好像听到了什么笑话一样的讥讽神情看着姜倩青："妈，你确定没说错话吗？我一个刚从医院出来还算是半个残废的人，我背什么刑罚？"姜倩青眼底闪过一抹疼惜，别过自己的目光不敢直视慕瑾烨："还不是你砸了温家的车让他们起诉了，所以等你伤好了要有期徒刑一年。"愤然的语气又带着一些无奈。一直到这一刻，姜倩青都没有意识到自己这些年对儿女的教育有什么问题，统统把今天要面对的这些结果归咎到外人身上。

慕瑾烨脸上的笑瞬间龟裂，看姜倩青认真的神情不像是在开玩笑，不禁往后踉跄了一步。坐一年牢，这会成为他一生的污点，再出来就会被那些朋友看不起，不可以，不可以去坐牢。慕瑾烨慌了，摇摇晃晃地朝沙发走回来，直接坐在姜倩青身边拉起她的手："妈，我不可以坐牢，不可以，我不要去坐牢，妈，你救救我，你救救我啊。"一直在发呆的慕瑾薇突然站了起来，一声不吭地离开客厅上了楼。

姜倩青不安地看了她一眼，然后看着慕瑾烨满是惊慌的脸，一脸痛苦地说道："小烨，妈妈也不知道怎么办啊，这次你惹的是温家啊，我和你爸爸知道的时候法院都已经判下来了，我们连请律师的机会都没有。""不，不会的，一定还有别的办法，我不想坐牢啊妈，你要救我，要救我啊。"慕瑾烨越加惊慌了。平时欺负人的时候有一群狐朋狗友撑腰，但真正遇到他对付不了的人，他就会尿得像只狗一样，就连欧凛辰他都害怕，他敢对欧凛辰嚣张是因为两人毕竟有血缘关系，温家那种存在是他完全招惹不起的。

"我之前看电视看到那种找人顶替的，不知道现实行不行。"姜颖涵突然幽幽地出声。姜倩青和慕瑾烨同时看向她，完全不知道她这话是什么意思。看着两人茫然的脸，姜颖涵继续开口解释："就是找一个很穷的人，或者是一个急需钱的人，给他一大笔钱，让他自愿顶替表弟去坐牢，再塞点儿钱给监狱那边堵住他们的嘴，有钱很好解决问题的，反正也就一年，不过以后表弟就要低调点儿了，最好是出国躲一躲。"

"对啊，妈，这个可以，找个人代替我去坐牢，我可以出国去躲，只要不去坐牢就可以。"慕瑾烨激动地拉着姜倩青的手说着。只要不进监狱就行，他出国一年后还是可以回来，而且这一年他还能在国外继续潇洒。姜倩青想了想，也不知道该不该直接答应他，但是她又心疼儿子，如果可以，她肯定是不愿意让慕瑾烨去承受牢狱之灾的。

"小烨，这事得等你爸爸回来商量商量可不可行，如果不行我们再想别的办法，你放心，妈不会让你去牢里受苦的。"如果不行，她就在慕瑾烨进监狱之前把温羽熙和欧凛辰都解决了，怎么都要拉个垫背的。为何要带上欧凛辰，是因为慕鸿风想把他带回慕家，如果她儿子进了监狱，那慕鸿风肯定会毫无顾忌地让欧凛辰回来。她怎么能忍受这些年的辛苦谋划拱手让给欧凛辰。

"这件事如果瞒得过去还好，如果瞒不过去被发现，我们都会因包庇罪被抓进去。"姜颖涵突然又慢悠悠地说着，还把手机屏幕上的内容递给姜倩青。这是她刚刚百度的内容，找人顶包和亲属包庇都是犯法的，其实这是一步险棋。只要慕瑾烨规规矩矩在国外躲一年，这步险棋还可以走，但是他中途要是还不收敛被人发现，那他们这些人就得跟着全玩完。

"哼，那我就算进去了也要拉个垫背的。"慕瑾烨突然咬牙切齿地说着，"进去一年还是两年都是进，进去之前我先报一下仇。"他心里暗暗发誓，如果他真的躲不过坐牢的结局，那在此之前，他一定要得到那个女调酒师，而且怎么也要把欧凛辰拉来垫背。似乎下定了什么决心的慕瑾烨突然放开姜倩青的手又站了起来："妈，我出去玩了。""小烨，你不能去啊，让警察知道你的伤恢复了你就要进监狱了。"姜倩青赶紧起身拉住他。

慕瑾烨却甩开了她的手："妈，我想好了，表姐这个办法或许真的行不通，你让我进去之前再出去玩一下吧。"说完就真的头也不回地往大门口走去，任由姜倩青怎么喊都无济于事。"姑姑，你也别着急了，我们等姑父回来再和他商量商量。"姜颖涵耐心地安慰着姜倩青。其实她也觉得慕瑾烨这事根本没有回旋的余地了，没想到温家那么狠，已经要求赔了三百万还要让他坐牢。姜倩青一脸颓然地跌坐在沙发上，心里对温羽熙的恨更大了。

此时，温羽熙已经到了NR集团的楼下。还没来得及跟前台开口，人家就先认出她了，前台小哥哥笑嘻嘻地看着她，"白小姐是来找总裁的吗？总裁电梯在那边。"温羽熙想说的话硬生生被了噎回去，她感激地点点头："谢谢。"她完全没想到会这么顺利。总裁电梯的门刚刚关闭，前台几个男人就开始八卦了。

"我就说总裁这次是真的裁了，你们以前什么时候看过总裁抱女人了？还记得那天吗，一来就抱在一起了。"

"那总裁厌恶女人的传闻岂不是不攻自破了？这样白小姐以后情敌很多啊。"

"人家主角都不怕，你瞎担忧什么，我们就是看戏的。"

"也对也对，但我还是觉得白小姐的姿色挺配得上总裁的，就是看着年龄小又没什么身份，怕是以后会被人欺负。"

"你怎么知道她没有身份，你看那一身高定名牌，你穿得起吗？"

"切，一看你就是下了班直接回家睡大觉的，白小姐就是夜魅酒吧的调酒师，传说中妖艳绝美的那个，域江城可没有姓白的大户人家，所以她只是一个调酒师而已。"

"这身份也挺牛的啊，不然怎么搞得定我们总裁？"

"算了算了，其中内情我们也不清楚，我们也不敢问，且走且看吧，赶紧收拾收拾准备下班了。"

几个人散开，一切都恢复寻常。

温羽熙一个人上到了楼顶，大家好像都在忙着下班前的工作，完全没人搭理她，她心想两栋楼是相对的，那她就按照平时自己在EQ的反方向走应该就能找到总裁办公室吧。迷迷糊糊中还真的被她撞对了，这里内部的格局和EQ不一样，这里秘书办，副总裁办公室这种办公室区域分得太多，太多拐弯了。看着总裁办公室的门紧闭着，温羽熙抬手礼貌性地敲了敲。

"进！"欧凛辰凛冽的声音从里面传出来。温羽熙忍不住吐槽，他平时对下属这么冷的吗？小手轻轻转动门把手，慢慢地推门而进。办公桌前的欧凛辰微微低着头，手上拿着那支温羽熙送的钢笔不停地在文件上写写画画，神色认真迷人，从落地窗射进来的夕阳光，就这样全部洒在了他身上，那一身凌厉的气息围绕周身，如神祇般的气质带着由内而外的冷酷却又让人忍不住想要靠近。

进来的人那么久都不说话，欧凛辰刚想发怒，抬头却看到了一脸花痴笑的温羽熙，他捨去身上所有冷意，温柔地对上那双紧盯着他看的蓝眸。"嘿嘿……"从花痴中回过神来的温羽熙尴尬地干笑了两声，抬脚向欧凛辰走过云，"抱歉，刚刚犯花痴了。"得嘞，承认得这么直接，也是没谁了。

温羽熙直接坐进欧凛辰怀里，抬手捏了捏他的俊脸："你说你怎么能这么帅？本小姐阅坤哥无数，自制力这么强的人都沦陷了。"欧凛辰大手娴熟地揽上她的腰，剑眉微挑，似笑非笑地开口："这不正合你意吗？你不就是喜欢帅的才对我一见钟情的？"温羽熙傲娇地嘴起小嘴："一见钟情那只是我见色起意的一个借口，本小姐就是看上你这帅气的脸蛋和完美的身材了。"

欧凛辰无奈地失笑，放在她腰上的手突然力道收紧，俊脸带着危险气息逼近她："阅帅哥无数？只喜欢脸蛋和身材，所以以前也对很多人见色起意了？""那倒没有。"温羽熙很真挚地摇摇头，"你的脸蛋和身材是我见过最好的、最完美的。"没有对别的男人动过情这个让欧凛辰很满意，但是："对于我只是喜欢脸蛋和身材而已，嗯？"温羽熙还不知危险将近，眨巴着一双蓝色大眼无辜地看着靠近的俊脸，故作疑惑地开口："对呀，不然还能喜欢什么呢？"

看着蠢萌得像小白兔的温羽熙，欧凛辰笑意温柔，眼角眉梢都透着柔情，只是那眼底透着一抹不易察觉的狡黠，声音低沉地开口："那我提醒一下你还应该喜欢我什么好不好？"温羽熙眨巴眨巴两下那浓浓密密蝶翼般卷翘的睫毛，粲然一笑："好呀。"欧凛辰唇角的笑意逐渐变得邪魅，一只手突然穿过温羽熙的大腿下面，打横把人抱了起来。

温羽熙似乎并不觉得惊讶，意料中的一样双手还自觉搂上了他的脖子。欧凛辰对于她这么顺从有些许惊讶地挑挑眉，但并没有察觉到其他，迈开长腿直接往休息间走去。把温羽熙扔在柔软的大床上后，他就站在床边居高临下地看着她，优哉游哉地开始解自己的领带。温羽熙则是侧身单手撑头悠然地等待着他。欧凛辰解扣子的手突然顿住，墨瞳微微眯起，有些怀疑地审视着温羽熙，这丫头貌似过于坦然了吧？

他突然俯身双臂撑在床上，俊目疑惑地紧盯着她："丫头，你是不是在酝酿着什么鬼主意？""没有哦。"温羽熙使劲摇摇头，撑着坐了起来，两只小手伸向欧凛辰的腰部，摸到他的皮带，"辰哥哥，脱就认真脱嘛，你不脱我帮你。""吧嗒"一下，皮带的扣解开，小手一拉，整条拉了出来往旁边一扔，两只手又转移到他未解开完的衬衫扣子上。欧凛辰微微眯着眼注视着温羽熙的一举一动，她小脸上的每一丝表情虽然都很认真，可是他的直觉告诉他这丫头绝对有阴谋。

他突然抓住还在努力解他衣服扣子的两只小手，长臂一捞把她整个人带了起来，大手不由分说地直接掀起她的上衣。“别啊，辰哥哥，我先帮你脱。”温羽熙快速地压住他的手，小脸上闪过一抹惊慌。欧凛辰忍不住勾唇，看着有些焦急的小脸笑得越发邪魅，拿开她的手，大手又往衣服里伸进去：“不要，一起脱。”

“不……不……不……不行。”慌乱的小脸上，蓝眸里浮现的一丝心虚和闪躲已经被欧凛辰看到了，俊颜上的笑越来越邪魅，语气低沉而勾人心：“行的，一起脱。”他快速握住她的手腕放在她身后，一只大手同时扣住两个细小的手腕，另一只手慢慢从她的腰往上滑走。完蛋了，温羽熙此刻脑子里只有这个词，她知道自己玩大了，直到温热的大手已经覆上她的胸部才哭嚷着认错：“我错了，我错了，辰哥哥，我不玩了。”

欧凛辰的手顿住，深黑的目光依然邪魅地笑看着她：“错哪儿了？”他就知道这丫头对于这种事情不会那么坦然自若，果然真的在酝酿着鬼主意。温羽熙委屈地噘起嘴，可怜巴巴地看着欧凛辰：“错在不该乱撩你。”欧凛辰放在她胸部的五指微微收了收，俊脸更加危险地逼近：“仅此而已？”“错在惹火了还灭不了。”温羽熙越加焦急，但是又动弹不得，声音越来越小，头也渐渐低下。

欧凛辰微微蹙眉，俊脸上疑惑不解：“为什么？”“来大姨妈了。”温羽熙的声音越来越小，几乎是嘟囔着从牙缝里挤出来的，低着头不敢看欧凛辰，却又忍不住偷偷瞄他。本来想逗一逗他，让他最后刹车后黑着一张脸看看会是怎么样的，结果自己反而被他看透了，又成了待宰的羔羊。欧凛辰定了好久突然失笑出声：“呵……”他气笑了，无奈又好笑。怪不得敢这么明目张胆地撩他，原来知道他不能把她怎么样。

看着怀里的女人，打又舍不得，他咬咬牙，最后终于把手从她衣服里拿出来，抬手捏住她的下巴，微微低下头，嘴角勾起一抹似笑非笑的笑意，冷声道：“丫头，下次再敢这么闹，我就带你‘浴血奋战'。"温羽熙蓝眸惊恐地微睁，赶紧摇头："不敢了，不敢了。"
欧凛辰低头在红唇上深深的印上了一个吻，这才完全松开温羽熙。

他有些无奈地叹了一口气，抬手宠溺地摸了摸她的头："再
等一下我，还有最后一点儿文件没处理完，处理好了我们一起回
家。""辰哥哥。"欧凛辰转身之际，温羽熙急忙拉住他，挤进他怀
里，"对不起，我玩过头了。"欧凛辰轻笑，抬手摸了摸她的头发，
柔声道："傻丫头，没怪你，你如果有什么不舒服就躺在床上等我，
我很快就处理好。"欧凛辰轻轻推开温羽熙转身走向门口，侧目瞥了
一眼床上的皮带，无奈地摇摇头，其实裤子本来也不松，干脆就不
系了。

欧凛辰出去后，温羽熙直接躺倒在大床上，看着天花板叹气。
"啧啧。"一边叹气一边哑巴着小嘴自言自语，"温羽熙啊温羽熙，
你真调皮，再这样下去你容易被打，你知道不？"她不知道自己嘀咕
的这些话都传入外边某个男人的耳朵里，欧凛辰抿了抿薄唇，想笑又
没让自己笑出声，他到底惹了个多鬼精灵的丫头？还好自己发觉得
早，真的被她撩到完全控制不住了，那他又得花时间洗冷水澡了，而
且现在大热天的，冷水也冷不到哪儿去。等他处理完公务再次回到休
息室的时候，床上的温羽熙已经睡着了。

他系好皮带后本想抱起她的，可温羽熙却自己悠悠地睁开了
眼睛："你忙完了吗？"欧凛辰抬手抚了抚她的脸颊，满目柔情：
"嗯，我们可以回去了，困的话继续睡，我抱你下去。"温羽熙摇摇
头，抬手搂上他的脖子："拉我起来。"欧凛辰揽过她的腰，轻轻地
把人带起，待她站定后微微侧头邪魅地笑看着她，"确定不要我抱着
你下去吗？""不要，我又不是小孩儿。"温羽熙傲娇地白了欧凛辰
一眼，轻轻推开他自己先走。

欧凛辰无奈地摇头，抬脚跟在了后面。两人出来的时候，公司
已经没什么人了，两人没有去地下停车场，而是直接出了公司，开温

羽熙的车回去。红色车子经过一个普通酒吧门口的时候，欧凛辰本来已经开过去了，却突然又退了回来，把车停在酒吧门口对面的马路边上，路边的阴影挡住了红色的车子。温羽熙看了看周围，除了一个小酒吧，都是一些关门很早的铺子，不免有些疑惑："辰哥哥，你干吗停下来？"欧凛辰淡淡地笑了笑，目光一直看着酒吧门口那辆黑色的跑车："看会儿热闹再走。"温羽熙好奇地随着他的视线看过去，只见一辆黑色的宝马跑车停在那里，这辆车她还挺熟悉的。

就在这时，黑色跑车的车窗突然打开，慕瑾烨伸手很没素质地把手里的烟头扔出窗外。他没发现对面马路暗影里的红色法拉利，拿好自己的钱包和手机，可是还没来得及推开车门下车，就被几部没有车牌的黑车瞬间围堵，天色刚刚暗下来，来酒吧的客人很少，刚刚他周围都没有其他车。十来个黑衣人下了车，都戴着墨镜和口罩，手里都拿着钢条，不由分说上前对着他的车窗、车顶到处乱砸。经过的几个路人看着都躲得远远的，没有一个人上前阻止，就连酒吧门口的保安都吓得躲进了门口。

慕瑾烨惊恐地抱着头躲在车里，玻璃窗的玻璃碴都散在他身上，耳边都是咚咚当当的打砸声。就在慕瑾烨以为自己今天会被这些人打死的时候，打砸声停了下来，这些人并不想把他拖出来，而是砸了车就走了。慕瑾烨惊魂未定地坐在车里，看着气势汹汹而来又气势汹汹而走的黑衣人，整个脑子都是蒙的，是他们砸错了还是他惹了什么不该惹的人？慕瑾烨颤抖着手拿出一根烟和打火机，以前只有他这样对人家的份儿，现在被困在车里让人家砸车真的好恐怖，他把烟含在嘴里，连牙齿都在打战。

温羽熙淡定地看完了全程，蓝眸带着感动看着一脸冷然的欧凛辰："辰哥哥，该不会是你专门找人砸他的车吧？"欧凛辰掩去脸上的冷肃，转过头给了她一个温柔的笑容："你看我像这么暴力的人吗？"温羽熙定定看着他的俊脸三秒，耸耸肩，不说话却每一个动作都像在说"就是你"。"真可怜，看他蒙得应该是被谁砸的车都不知道吧。"欧凛辰微微眯起眼眸，危险地凝视着蓝眸："怎么？你可怜他？"

"才不是，我巴不得他一会儿又被砸一次。"温羽熙也想不到这句话还真的成真了。就在欧凛辰开车带着她离开后不久，有刑在身不敢报警，只好开着破烂的车回家的慕瑾烨，半路又被人围堵了。这次的人比刚刚的还夸张，全是戴着墨镜穿着黑色西装，每个人就连身高和身形都差不多，就像是统一指令的机器人。众人看着慕瑾烨的车已经破烂不堪也是微微一愣，大家相互对视了一眼之后还是抬起手里的铁棍对着已经毫不值钱的跑车又是一顿乱砸。

直到最后这些人散去，慕瑾烨吓得魂都差点儿散了，他坐在极度变形的车里抽了一根又一根烟，以此来麻木神经而让自己不要那么害怕，可是颤抖的手和双腿还是很久都停不下来。夜幕已经降临，来来往往的车辆最多带着同情的目光看他一眼也就匆匆而去，没有人愿意伸出援手。慕瑾烨不知道自己是怎么开着这辆破烂不堪的车回到慕家的。他失了魂般地走进慕家大门，本该是晚饭时间，却听到了争吵声。

餐厅里，慕鸿风和姜倩青彼此怒视着，各自面前的碗筷都摔得七零八落。而慕瑾薇和姜颖涵拿着碗坐在客厅沙发上吃着自己的，对于餐厅的争吵视而不见。她们不是没劝过，只是根本劝不开，这二十年来慕家都不曾见过的争吵，最近他们却像要补足之前没吵的份儿，三天两头地吵。"这是包庇罪，查到我们就都进去了，你的脑子里装的什么，这点儿法律意识都没有吗？"找人顶替坐牢不仅仅是顶替和被顶替者有罪，他们作为知情甚至操作这件事的第三者，同样犯有包庇罪。

慕瑾烨刚刚踏入客厅门口，就听到慕鸿风大声怒斥姜倩青的声音。"那你就眼睁睁看着我们儿子进去里面受苦吗？"姜倩青不服气地怒怼回去。"那是他自找的，整天就知道惹事，进去也好磨一磨他的性子。"慕鸿风气急败坏地吼道，眼底闪烁着一股即将爆发的怒火，一激动就唾沫横飞。"慕鸿风，你什么时候变得这么绝情了？他可是你儿子。"姜倩青有些不可置信地看着说出这种话的慕鸿风，只觉得他已经不是二十年前自己初遇他的时候，那个温文尔雅的男人。

慕鸿风神色越发冷，抿着唇并不打算做出任何回答。他冷冷地看着姜倩青，绝情吗？当他亲自送走慕瑾城的时候就变绝情了吧。慕氏集团现在岌岌可危，虽然前段时间已经找到王氏集团合作，可是他们最近的盈利并不好，而且股票也在下跌，恐怕不久的将来又要产生别的亏损了。

"呵呵。"姜倩青突然讥讽地冷笑出声，因愤怒而扭曲的脸浮现出一抹冰冷的笑意，冷声道，"慕鸿风，你可以不考虑小烨的未来，那你也不考虑慕家的颜面吗？你慕鸿风的儿子进了监狱，那以后都要被人指指点点。"面对姜倩青的讽刺，慕鸿风也毫不客气地怒怼回去："如果顶包过程被发现，我们不仅会被人指指点点，还要跟着坐牢，你知道吗？你考虑过慕家的未来吗？小烨现在这件事除了我们和温家，以及当时接手的几个警员知道，就没有人知道了，一年后他出来我们声称他这一年出国了这事就可以掩盖过去了。"

"够了！"刚进门口的慕瑾烨突然怒吼出声，抬手愤怒地推翻身边那个半个人高、看起来价格不菲的青花瓷装饰瓶，瓷片碎了一地。"我进去蹲一年，总比在外面被人打死的好。"他说完就径直朝楼梯口走去，头也不回地上了楼。慕鸿风和姜倩青从餐厅里走出来，只看到一地的瓷器碎片，再转头看到慕瑾烨十分颓然的背影已经消失在楼梯口。

"他刚刚说的是什么意思？"慕鸿风的愤怒依然未散去，疑惑地瞥了一眼沙发上的慕瑾薇和姜颖涵。两人摇摇头，她们刚刚除了被慕瑾烨突然弄出来的声响吓到，也不明白为什么。姜倩青不悦地推开慕鸿风，刚想追着慕瑾烨上楼，家里的用人就急匆匆地进来了。

"慕总，烨少爷的车要怎么处理？已经被砸得一文不值了？"用人战战兢兢地询问着，眼神时不时害怕地偷瞄着姜倩青，似乎在这个家所有的用人都害怕这个女人。"被砸？谁砸的？"慕鸿风还没来得及开口，一只脚已经踏上楼梯的姜倩青尖酸刻薄的声音就马上响起。慕鸿风也懒得问了，直接抬脚向门口走去。姜倩青也立刻转身跟了出去，沙发上的姜颖涵和慕瑾薇对视一眼后也纷纷放下手里的碗起身疾步跟了出去。

慕家大门口，一辆被砸得完全看不出形状的黑色车子停在大门口正中间，可想而知它之前经历了怎样的对待，或许用破铜烂铁形容更为恰当。慕鸿风看着破烂不堪的车子，拳头紧紧地握了起来，急促的呼吸和额头暴起的青筋说明他气到了极点。"去把慕瑾烨给我叫出来！"慕鸿风冲着用人暴怒地吼出声。"是是是。"用人吓得连滚带爬地往门里跑。

慕瑾烨回到自己房间里后又点了一支烟，幽暗的房间内，白色的雾气瞬间就弥漫开来。从刚刚被砸车的恐惧中慢慢回过神来后，思来想去，他多少也猜到了砸车的人是谁派来的。一拨绝对是欧凛辰派的，至于另一拨应该就是温家。慕瑾烨深深地吸了一口烟，吐出白色烟雾，乌黑的双眸看着泛着昏黄灯光的窗外，周身烟雾缭绕，让他原本就颓然的气息更浓重了。一个女人，一个没身份、没地位的调酒师而已，欧凛辰和她拍拖，来砸他的车很正常，可是想不到，温家竟然也这么兴师动众地派人来打砸他的车。也正因如此，慕瑾烨心里对这个叫白羽熙的女人更有兴趣了，想得到她的欲望更加强烈了，他真的很想尝一尝这个同时能带动两批人找他报仇的女人。

"少爷，慕总叫你下去。"门外用人的声音让慕瑾烨从自己的思绪中回过神来，眼看着手里的烟都要烧到手指了，他立刻按灭烟头站起身。一楼客厅里，慕鸿风冷着一张脸坐在沙发上，剩下的几个人谁都不敢吭声。慕瑾烨一副不以为然的模样优哉游哉地慢慢走下楼梯，一声不吭就直接坐在了慕鸿风的对面沙发上，抬脚放在茶几上晃悠晃悠的，他把他那二世祖的气质表现得淋漓尽致。

慕鸿风看着他这副吊儿郎当的模样真想起身扇他一巴掌，不过终还是忍住了，冷冷出声："你的车怎么回事？"淡淡的语气竟让人听不出怒意。"温家砸的，你想管吗？"慕瑾烨抬眸冷冷地对上慕鸿风的眼睛。因为他的一句话，客厅里一阵沉寂。

看着沉默的慕鸿风，慕瑾烨只是讽刺地勾着唇："与其在外面担心哪天被他们打死，我不如进牢房去躲一躲，一年后兴许还能活着出来，所以进去之前我想玩什么你们就别阻止了。"慕瑾烨冷悠悠地说完又起身，冷眸更加讽刺地瞥了眼依然沉默的慕鸿风，自嘲地笑了笑："没什么事我上去睡了。"而后毅然决然地转身向楼梯走去，头也不回地直接上了楼。客厅里，谁也不说话，各自心里想着什么只有自己清楚。没吃完的晚餐也就这样了，所有人各怀心事地回房。

第十八章　不只是女朋友

　　一路回到湖心别墅，欧凛辰和温羽熙的心情都很好，而心情很好的似乎还有院子里自嗨的小A。"我身高一米八相貌还不差，不说貌若潘安也赛过刘德华，虽然没上过清华也没上过北大，但是各种鸟语也是用得出神入化，我上得厅堂下得厨房还会讲笑话，不说能力有多强吧反正一个能顶俩，别看我这么强也别看我这么棒，结果我主人一棒我照样倒在地上，别问是为啥反正他就是这么黑，一天天除了睡觉没事各种催，我要不是做好了饭菜我也不敢在这儿吹，主人一回来脾气爆炸我一会儿就会变成灰，啊……心好累！"温羽熙和欧凛辰推门而进，竟然看到小A拿着扫帚当吉他，Rap说得还挺销魂，复古的舞步也扭得销魂。

　　而背对着大门的小A似乎完全沉浸在自己的freestyle中，没注意到开门进来的两人。欧凛辰脸色一黑，扫视了一眼地面，目光落在那个空着的垃圾桶，他走过去拿起来直接对准小A的头扔了过去。温羽熙捂着嘴偷笑着，垃圾桶砸到小A那一刻忍不住替它痛了三秒，眯着眼不敢看。"哎哟喂，哪个蠢蛋砸老子咯？"小A捂着后脑勺儿悠悠转过身，看到欧凛辰那一刻，手里的扫帚掉落在地。在欧凛辰开口之前，小A突然抬起左手，然后用自己的右手按下胳肢窝的那个红色按键："系统休眠中……"随着提示音落下，小A身上所有亮着的灯光全部熄灭，就定定地站在那里。

"辰哥哥，它怎么了？"温羽熙好奇又有些担忧地跑过去，现在的小A就是死气沉沉的不会动的一堆人形铁块。"怕挨骂，自己关闭系统电源了。"欧凛辰拍了拍刚刚拿垃圾桶的手冷着脸说着，似乎已经见怪不怪了。'哈哈哈……这么搞笑的吗？"温羽熙忍不住大笑出声。这是什么神奇的机器人，还懂自断电源逃避被骂的后果，这家伙也太搞笑了吧。

温羽熙刚想抬起小A的手臂帮它重新开启系统，却被欧凛辰直接拉进了客厅："让它安静一会儿，吵。"淡淡的几个字，语气里是真的嫌弃。其实这些不是小A的系统里原本带的东西，就是它整天看电视学的。就是人们常说的"好的学不会，坏的学挺快"，小A自然也不例外。欧凛辰带着温羽熙直接进了餐厅，餐桌上确实已经摆着几个菜了，都用盖子盖着。

温羽熙突然想到小A歌词里某几句话，刚刚某个男人确实一边开车一边打电话，让小A三十分钟内煮好饭菜来着，她憋着笑跟着欧凛辰进厨房洗了手。桌上还是四菜一汤，但是和之前不同的是这次多了两个辣菜。温羽熙看着自己面前的那两盘菜，心里暖得一塌糊涂。

"辰哥哥，明天我想带你一起去花奶奶的寿宴可以吗？"安静的餐厅里，温羽熙突然出声，蓝眸有些期待地看着欧凛辰。欧凛辰微微抬眸，挑了挑眉毛并未直接给出答案，而是邪魅地笑看着温羽熙反问："那我以什么身份去呢？"温羽熙嫌弃地白了他一眼，爽然开口："当然是我的男朋友啊，不然去参加寿宴还带商务男伴吗？"欧凛辰一阵语噎，这丫头的智商一会儿在线一会儿不在线的，连他都把不准。

温羽熙突然狡黠一笑，神神秘秘地倾身靠近欧凛辰："辰哥哥，如果你想当商务男伴我也可以带你去别的活动哟。"欧凛辰唇角微勾，也倾身靠近她："什么活动？没有宝贝的活动我可没兴趣。"温羽熙放下筷子，一脸诚挚肯定地说道："当然有宝贝，各种各样的都有，只要你有钱，都是你的。""拍卖会？"

温羽熙微微愣了一下，随即粲然一笑："你真聪明，这样，明天早上那场有个白玉佛珠，我本想着一起拍下来送给花奶奶的，现在我已经有一个玉观音像了，你明天就拍那个做礼物，和我刚好凑一对，嗯？"蓝眸再次期待地紧盯着男人的脸。欧凛辰抿了抿嘴唇，有些过意不去地开口："可是我没有令牌进去。"他之前就没怎么参加这种拍卖会，回来域江城后也没进去，虽然听闻那个聚宝阁有很多稀有珠宝之类的，可是以前没有可送的人，所以他对那些东西也没什么兴趣。一开始墨丞轩有吵着闹着要去的，但是他们没有令牌，也没有可以拍卖的东西换取进场资格，所以一直也没进去过。

"我有啊。"温羽熙说着，起身跑向沙发拿出那个金灿灿的令牌。"噔噔噔……你看，blingbling闪闪发光，有没有觉得很酷？我大哥给我的。"温羽熙拿着令牌在欧凛辰面前晃了晃，那小表情可得意了。欧凛辰紧紧盯着她的小脸，只觉得一举一动都那么可爱。看入迷的欧凛辰只知道那个粉嘟嘟的小嘴巴一张一合的，她说的话他一个字都没听进去，忍不住抬手抚上那白皙又透着红粉的脸颊。

"辰哥哥，我问你要不要和我一起去吗？你干吗都不回答我。"温羽熙拿下脸上的大手，蹙眉有些不悦地看着欧凛辰。欧凛辰回神，促狭地笑了笑，点点头："去啊，我可爱又漂亮的女朋友都再三邀请了，我肯定得去，女朋友说的事情最重要。"温羽熙故作嫌弃地嗔视了他一眼，指着桌上的饭菜说："好了好了，菜都凉了，快吃。"心里却甜得发慌。这个高冷的男人说起情话来竟然一套一套的，还特别触动人心。

欧凛辰看着温羽熙那变得愈加红粉的小脸，俊颜上温柔的笑意逐渐扩大。两人吃完晚饭，温羽熙第一时间就想到了还在院子里的小

A，而欧凛辰则自己卷起袖子收拾餐具洗碗，厨房水槽前高大的身影显得格外温柔。他是个会下厨的男人，不过有了小A之后他就不怎么进厨房了，温羽熙还没来的时候，他回家等待吃饭的时间也是看文件，吃完饭还是看文件。

院子里，温羽熙帮小A打开了系统开关，它眼睛和胸口的灯立即又亮了起来，四肢也开始能动了。小A转了转脖子，伸伸手，扭一扭屁股，压了压腿，而后才重新恢复绅士的站姿，微微朝温羽熙鞠躬："熙熙小姐，晚上好。""哈哈，小A，你还好吗？"温羽熙笑嘻嘻地看着浑身都是戏的小A，有些戏谑地继续开口，"你一会儿不会又自己关闭系统了吧？"小A抬起粗大的手，伸出食指摆了摆："No No No，据我了解，主人现在已经不会对我生气了。"温羽熙挑挑眉，有些不太相信："你这么确定的呀？"小A有些傲娇地点点头："嗯哼！"

温羽熙忍不住失笑："哈哈，小A啊，到底谁教的你这招？"小A抬手理了理脖子上的蝴蝶领结，郑重其事地说道："这是求生本能，人皆有之。""那你的求生欲是真强，如果我不帮你打开系统，你觉得你什么时候能重获自由？"小A摸了摸下巴思考了三秒："等主人需要我的时候。""他需要你的时候是什么时候？"温羽熙忍不住好奇发问。"随时。"

"丫头，上去洗澡。"欧凛辰的声音从客厅里传出来，打断了院子里闲聊的一人一机器，他已经弯腰把沙发上的小包挂在了肩膀上。"好的。"温羽熙快速应了一声，转而看向小A笑了笑，抬手摸了摸它的头，"一会儿再下来找你玩。""丫头，快点儿！"欧凛辰的声音再次传出来。"来了。"温羽熙赶紧转身向客厅跑回去。

小A看着温羽熙那闪过客厅门口的纤瘦背影忍不住嘀咕："主人真是饥渴，刚刚吃饱饭就这么急。"三秒后，一只拖鞋从客厅里飞出来，正正地砸在小A的额头上，然后又掉在它脚边。它默默地弯腰捡起鞋子，转身走到那个石凳上坐下，又抬头仰望着天。销魂的歌声又响起："两个黄鹂鸣翠柳，我还没有女朋友；雌雄双兔傍地走，我还没有女朋友；一江春水向东流，我还没有女朋友；问君能有几多愁，我还没有女朋友；抽刀断水水更流，我还没有女朋友；举杯消愁愁更愁，我还没有女朋友；路见不平一声吼，我还没有女朋友；此曲只应天上有，我还没有女朋友；我也是条单身狗。"一曲完毕，小A深深叹了一口气："哎……上天不公。"

五分钟后，欧凛辰又下楼了，先是走向小A从它手里拿过自己的拖鞋套在脚上，然后一声不吭地转身走向大门口。围墙外，只听到"嘀嘀嘀"的系统输入的声音，然后地下车库的门开启，紧接着是跑车启动的声音。小A知道，欧凛辰是在给温羽熙的车录入车库的系统，下次再过来扫描车身就可以开进车库了。可是这种事情以前明明都是它做的，所以它失宠了吗？是不是自己最近太飘了？约莫十分钟后，欧凛辰再次回来的时候，看都不看小A一眼就直接上了楼。小A看着他冷漠的背影，落寞的气息又增加了几分。

温羽熙洗澡出来就滚在床上玩手机，睡裙本来就短，两条大长腿就那样全部暴露在欧凛辰眼前，吊带也是歪七扭八地滑落在手臂上。欧凛辰抬手揉了揉眉心，心里有点儿堵，他给她买这种睡衣就是想给自己多制造点儿福利，现在却变成了煎熬。冲了一个冷水澡出来后，依然看到温羽熙那两条白花花的大长腿那样交叠着，本来散去的火瞬间又上来了。

温羽熙已经睡熟，欧凛辰只好心情十分烦闷地爬上床躺在她身边，抱着她，体内的火更甚，不抱又忍不住，辗转了许久都定不下心来的他最后只能起身，打算下楼给自己灌半瓶冰水去去热。欧凛辰一下楼就看到小A又在看电视，还乐得哈哈笑，也不懂它一个机器人笑个鬼？欧凛辰从冰箱里拿了一瓶冰冻苏打水，想了想身上的伤还没好，又把水放了回去，转过去在饮水机那里倒了杯温水，然后回到客厅和小A坐在了沙发上。

"你笑什么？"很冷漠的声音，可终于还是舍得理会它了。"看电视剧呢，刚刚那个男的想和他女朋友睡，结果她女朋友来大姨妈了，那男的大冬天的给自己冲了半个小时的冷水澡，主人你说这事好不好笑？虽然我不知道冷是什么样子的，但是我依然替他感觉冷，哈哈哈。"小A说着，还拿起遥控把刚刚的剧情退了回去放给欧凛辰看。"喀喀喀……"欧凛辰被水呛到了，刚刚差点儿没忍住把嘴里的水喷出来。

小A闻声转过头就看到欧凛辰黑着一张脸斜睨着它，但它并不知道个所以然，所以不怕死地开口："主人，你怎么了？你还好吧？你是不是不开心？"欧凛辰极度郁闷地收回自己的目光，淡漠地出声："没有。"他抬起手中的水杯重新放在嘴边，可是小A接下来的一句话差点儿让他再次呛到。

"主人，你这么晚不睡，该不会是熙熙小姐也不给你睡她吧？"这话怎么还听出了那么一股嘲笑的感觉呢。"喀喀喀……"欧凛辰抬手轻轻捶打着胸口，本来没好的伤就会让他时不时咳嗽，这么一呛，咳得他五脏六腑都疼。小A意识到自己似乎说错话了，坐在一边有些不知所措。终于缓过来的欧凛辰不悦地冷冷瞪了一眼小A，抬起手中的杯子一饮而尽，然后重重地放回茶几上，起身还不忘再瞪它一眼，最后实在没忍住，弯腰拿起抱枕扔向它："你以后不许再看电视！"

小A任由着抱枕砸在它头上，转头目送欧凛辰那泛着戾气的背影，直到他的身影完全消失在二楼转角，它才抬起手中的遥控器关掉电视。"主人，其实我有件事忘记告诉你了，就是装修公司的人打电话来问你什么时候有空继续改装你的院子，已经停工半个月了，算了，我明天再告诉你吧。"小A自言自语地说着，从沙发上起身，然后又弯腰铺了铺它坐出来的凹陷，而后又默默地走到角落里给自己插上电源充电，最后才拿出遥控器关掉别墅所有的灯。

　　翌日，温羽熙和欧凛辰很早就起床了，因为拍卖会九点就开始了，嘱咐小A在家等李泽洲过来一起监督装修后，他们就起身去了聚宝阁。只是欧凛辰他们还没进聚宝阁的大门，就又遇到了某些冤家路窄的人。昨晚明明吵得不可开交的慕家人竟然齐刷刷一起出现在门口，这次慕瑾薇没有来，反而慕瑾烨跟来了，还真是不怕被警察带回牢房里。回国后第一次见到姜倩青，欧凛辰的拳头还是忍不住收紧了几分，他以为自己可以做到不在意，结果还是敌不过伤害的后遗症，心底沉积的恨瞬间就涌了上来。这个女人，他每时每刻都想亲手将她送入地狱。欧凛辰可怕的眼神像要杀人一般，姜倩青忍不住往慕鸿风身后躲了躲。

　　"瑾城，好久不见。"慕鸿风亲切地向前想要靠近欧凛辰。欧凛辰把自己怨恨的目光从姜倩青身上收回来，冷冷地看了一眼慕鸿风，带着温羽熙往后躲了一下他伸过来的手，讥讽道："慕先生真是贵人多忘事，我说了我叫欧凛辰，失陪了。"说完他揽着温羽熙的腰直接走进了聚宝阁的大门。慕鸿风看着那疏离决绝的背影，布满沧桑的脸上闪过一抹不甘，他真的要想办法让欧凛辰认回慕家长子的身份了，不然下次慕氏集团真的就要完全死在他手里了。

　　而姜倩青躲在慕鸿风身后，一直怒视着欧凛辰和温羽熙的背影，脸上的恶毒又显现了出来，在她儿子进监狱之前，她一定要这两个人付出代价。慕瑾烨痴情的目光一直落在温羽熙身上，恨不得现在就得到她。姜颖涵看着欧凛辰，眼神一刻都不愿意挪开，只是一个背影都能让她心跳加速，可是站在他身边的却是别的女人。一家人各怀心思地走进了大门。

　　今天不知道都有哪些宝贝，进来参加的人比昨天要多出一倍。这次有了令牌，温羽熙和欧凛辰就直接坐在了最前排的位置，而铜牌的慕家四人只是在靠后的位置坐着，离他们很远。"女士们先生们，欢迎大家来到今天第一场拍卖会现场，所有的规则全部在你们桌面的手册上，请大家仔细阅读，口途可以离开，但是请不要扰乱会场秩序，但凡违规者，请恕本阁无礼，如果现在大家没有别的什么事，就在自己的位置上坐好，三分钟后拍卖开始。"果然后台够硬就是不一样，就连一个主持人说话都这么嚣张硬气。

"辰哥哥，今天应该是有什么好东西，这人都比昨天下午我来的时候多一半还要多，慕家那几个又来了，昨天姜倩青她们母女两个想拍一幅假的《奔马图》，被我给搅黄了，哈哈。"趁着还没开始，温羽熙和欧凛辰靠近闲聊着。欧凛辰微微蹙眉，握着她的手不禁收紧："她惹到你了？"温羽熙温柔地笑了笑，轻轻摸了摸他的手背安慰道："你放心吧，谁惹谁还不一定呢，我是不可能在同一个地方再跌倒一次的。"

上次被慕瑾烨围堵纯属是在她的意料范围之外的事情，长这么大也没人那样对过她，是怕打不过才任由他砸车，既然已经有了前车之鉴，以后他们再敢动她就难了。纵然她这么乐观，欧凛辰的心还是放不下来，谁都不知道明天和意外哪个会先到来。"丫头，以后我都会尽量陪在你身边的。"欧凛辰紧紧地握着那只小手，一双深情的眼睛深深地看着温羽熙的侧脸。他知道因为自己，让温羽熙也不能幸免地卷进了和慕家的恩怨，但是他会一直保护她。

温羽熙转过头看向欧凛辰，笑得幸福肆意地点点头，浅粉莹润的唇瓣勾勒出一个完美的弧度，整个俏丽的小脸更加动人。欧凛辰忍不住低头在她唇上浅吻了一下。温羽熙微微一愣，小脸通红地啐了他一眼："干吗呢，那么多人。""无所谓，他们爱看不看，我亲我女朋友又不犯法。"欧凛辰一脸坦然地说着。

会场是台阶式的，越往后的位置越高，所以坐在后面的姜颖涵把这一幕看得清清楚楚，这一刻她的心就如刀绞一般疼，羡慕、嫉妒、怨恨统统都涌了出来。她羡慕温羽熙，嫉妒温羽熙，也怨恨温羽熙。她一直都觉得温羽熙占据了她的位置，却从来不想欧凛辰就算没有温羽熙也不会看她一眼。

慕鸿风也看着前面的两个人，看着这样当众亲吻女人的欧凛辰，他微微蹙着眉头，脸上闪过一抹复杂的情绪。"现在拍卖会正式开始。"因主持人一句话，原本人声嘈杂的会场瞬间安静了下来。"第一件拍品，翡翠与钻石相辉映，上等蓝水翡翠精心雕琢，十七颗上等粉钻相衬，含东方韵味又夹杂西方贵气的戒指手链一条，起拍价三千万，加码不限制，价高者得。"一锤定音，正式拉开拍卖会的序幕。

温羽熙浅笑着，蓝眸紧盯着那条在灯光下闪烁着耀眼光芒的手链，眸底都是欣赏。还好来得早，昨天拿来拍卖的手链竟然放在第一位，不得不说关夕蕊的手真的很巧，这条手链真的很漂亮，戒指和项链相结合很具个性，这样的手链如果搭配晚礼服出现在聚会场合，绝对很亮眼。可惜它上面有瑕疵，不然忽悠忽悠关夕蕊把项链放在EQ的旗舰店当镇店之宝也挺好的。

欧凛辰侧目看着温羽熙，看她眼睛直勾勾地盯着手链看，以为她喜欢，毫不犹豫地举起了前面小桌子上的牌子："三千五百万。"磁性低沉又极为好听的声音响起，顿时招来无数的目光。温羽熙惊愕地转过头看向他，不悦地拍了一下他的手背："你干吗？""你整个脸都写着喜欢啊，我买下来给你。"突然被打的欧凛辰有些委屈地看着她。

温羽熙抱歉地笑了笑，忘了告诉他手链是她挂的了，她轻轻摸了摸他的手背，十分歉意地说道："对不起啊，激动了激动了，那个是我挂上去的手链，你没看到那个翡翠的部分很眼熟吗？"欧凛辰忍不住又看了一眼台上的手链，确实很眼熟，好像在哪里见过。他把手伸进口袋里拿出那支钢笔，灯光下，和台上手链上的翡翠泛着同样的水蓝光泽。

欧凛辰有些惊讶，俊雅的目光好奇地落在温羽熙坦然的小脸上："所以这支钢笔是你亲手做的，上面那条手链也是你做的？"语气里充满了震惊。看着他着这一副震惊的模样，温羽熙不禁眉头微皱，小嘴噘起不悦地问道："所以你一直都觉得这支钢笔是我找别人做的吗？"欧凛辰诚实地点点头，他当初收到这支钢笔的时候以为是她找人订做的，虽然上面有个"熙"字，但是他真的看不出来大大咧咧的温羽熙会是个手艺人。

"哼！"温羽熙生气地别过头，"不想理你了，没眼力见儿的男朋友。""你也没说啊。"欧凛辰俊脸上变得愈加委屈，拉着她的手，"别生气了，是我太笨了好吧？"温羽熙转过头又看了他一眼，然后再次傲娇地别开："哼！"

欧凛辰有些无奈，这事不能怪他啊，是她隐藏得太深。欧凛辰看着她愤怒的小脸却笑得一脸邪肆，微微低头靠近她耳边："丫头，你再不理我我就亲你了。"温羽熙转过头时粉唇却意外擦到他的薄唇，小脸一下又红了起来，依然愤愤地嗔怪着他："你敢乱亲我，今晚就让你跟小A睡客厅。"欧凛辰看着那个粉嘟嘟的小脸没有说话，只是嘴角噙着一抹浅浅的笑意，如春日里的暖阳般温暖人心。没关系，她刚刚都自己亲到了。

"四千一百万一次……"随着主持人的声音响起，斗嘴的两人终于把注意力放回到台上的拍卖上。"四千一百一十万。"一个清脆的女声突然响起。温羽熙闻声转头看了过去，看到了一张熟悉但是又有点儿陌生的脸。那个不是之前在餐厅被她一脚踢开门然后撞坏整容鼻的王瑶瑶吗？哇，温羽熙心底忍不住惊呼，王瑶瑶这脸是又动了刀子吧？才半个月不见就恢复了？

王瑶瑶早就看到了温羽熙，和很多女人一样，她也仰慕欧凛辰，不过并没有像姜颖涵那样已经演变到病态的喜欢。见到温羽熙看过来，王瑶瑶脸上更加得意，欧凛辰一口价直接抬了五百万，她还以为这条手链他肯定会买下来，结果就喊了一次就不喊了，看来也并没有很疼这个女人。

"家里搞房地产的就是不一样啊，有钱哟。"温羽熙乐见其成地说着，嘴上夸着人家，心底巴不得她们把价钱喊得高一点儿。不过这事还多亏欧凛辰，直接就让他加了五百万，所以现在才有可能突破四千万，到时候聚宝阁再扣除一些中间的费用，怎么都还剩个四千万回去给关夕蕊。温羽熙淡漠地转身回头，完全无视了王瑶瑶脸上那得意的表情。"四千一百一十万一次，四千一百一十万两次，四千一百一十万三次，成交。"随着主持人一槌落下，温羽熙脸上笑开了花。

"哇，四千万啊，丫头，你包养我吧。"欧凛辰突然笑得贼兮兮地看着十分开心地温羽熙。温羽熙无语地翻了个白眼干笑两声："呵呵。"随后一脸痛意地说道，"虽然我也很想包养你，但是没办法的，这个手链是关夕蕊做的，所以钱也不是我的。""原来不是你的啊，害我从一开始就白白高兴了。"欧凛辰一脸惋惜地陪着她演着戏。"喀喀。"温羽熙瞬间收了自己戏精的模样，一本正经地对欧凛辰说道，"辰哥哥，高冷，高冷掉了，捡起来。"欧凛辰无奈失笑："呵呵呵……"他笑得有些停不下来，很难得地露出了亮白的八颗牙，确实高冷的他很少在人前这样笑，不过自从遇到温羽熙之后，他不介意在任何场合对她笑。

拍卖会还在进行着，确实有很多宝贝，各种珠宝首饰和名画瓷器，不过温羽熙此行的目的不在这些东西上，只是白玉佛珠好像是压轴的。现在拍卖的是一幅《观山图》，一直都很安静的慕家开始很积极地参与竞拍了。似乎还是慕鸿风追求的拍品，身边的姜倩青一脸索然无味，其实她对刚才的那些珠宝首饰都有兴趣，可是慕鸿风不给钱，她一直不相信慕鸿风说的慕家没有钱了，只是她一直也没有管账的权力，并不知道慕家现在具体的家产还有多少。最后慕鸿风以三十二万的价格拍下了这幅《观山图》，而慕瑾烨和姜颖涵此行的目的是什么只有自己知道了，或许只是凑个热闹吧。

百般无聊中，终于等到了最后一件拍品，纯羊脂白玉雕琢而成的一串佛珠，其实这个和昨天的白玉观音是一起的，不知道为何要分两次进行拍卖。起拍价一千万，还是没有加码限制，最后价高者得。

"一千一百万。"温羽熙率先举起了牌子。不少人认出她是昨天拍观音像的女孩，羡慕又好奇的目光都投向这边。两场拍卖，都挑最好的东西竞拍，这个人非富即贵，不输于任何一家大家族的千金名媛，却是一张陌生面孔。

就连姜倩青也忍不住猜测了一番，昨天先是观音像，今天又是佛珠，而且今天坐的位置明显就是金色令牌的位置。昨晚温家又砸了慕瑾烨的车，一个调酒师而已，温家就这么看重她吗？"呵呵，有意思，欧凛辰豪掷千金为红颜吗？这个白羽熙真行啊。"慕瑾烨突然沉闷地出声，欧凛辰和温羽熙的互动让他觉得非常刺眼。姜倩青出声否决他的话："并不是，这野丫头昨天花五千五百万拍了一个白玉观音像，今天这个佛珠看着就是一套的。"姜倩青的语气有些吃味，泛着一丝嫉妒，如果给她五千万，她才对观音像没有兴趣，倒是第一个出场的手链她很喜欢。

姜倩青这话一出，连慕鸿风都有些微愣："她哪里来的钱？瑾城给的？"姜倩青摇摇头："不是的吧，昨天他没有来，这个野丫头带了个很能打的丫头过来的，这个钱应该是温家的，域江城里能有金色令牌的人很少。"慕鸿风微微皱眉，看向温羽熙和欧凛辰两人的眼光更加复杂了，是温家的钱还是她藏得太深？

"一千九百万。"白玉佛珠已经只剩下单品了，所以很少有人喊价，可是几转之后到了温羽熙这里还是喊到了一千九百万的价。她是没什么耐心，但是说好了拍下这条佛珠给欧凛辰当作去花家的礼物，花的也是他的钱，她也不好直接一下子抬太高。欧凛辰只是侧目一脸柔情地看着她，并没有插手。"两千万。"又被人截了一道。"啧。"温羽熙眼底有些不耐。

"如果你没耐心了就喊到两千五百万，你男朋友我这点儿钱还是有的。"欧凛辰看着小脸已经不悦的温羽熙温柔出声，是他的话早就一下提高几百万直接断了其他人的念头。看来他的小女朋友和他一样耐心不是很好，不过他对她却很有耐心。"你真是钱多花着不心疼。"温羽熙忍不住看着他嘟囔了一句，却也抬起了手里的牌子，紧接着就清脆地开口，"两千五百万。"

欧凛辰只是看着温羽熙笑着，这可能就是她在闹他在笑。可是温羽熙这一抬价，原本那些一直和她较劲的人却望而却步了。没有几个人认识这个女孩儿，却极少有人不认识她身边的欧凛辰。毫无意外，这条佛珠最后以两千五百万的价格落在了温羽熙手里，随着主持人一槌落下，今天这场拍卖会落下了帷幕。两人随后一同去了后台，一个去结账一个去收钱。

"瑾城。"再次有机会靠近欧凛辰的慕鸿风怎么会放过这次机会。他也是进来付款的，在欧凛辰和温羽熙离开之前赶紧拦住了他们。欧凛辰嘴角扯出一抹讥讽的笑意，深黑的目光凛冽地看着拦住眼前去路的慕鸿风，语气极冷："慕先生，你我貌似不太认识吧？"纵然之前就见过欧凛辰的绝情，但就这样被他直接撇清关系，慕鸿风还是有些微怔："瑾城你……"不过他很快就换上了一脸的痛心疾首的表情："对，随便你怎么想都行，但是你我有血缘关系这件事是永远无法磨灭的，你可以不考虑我的想法，但你难道就不想回去看看你奶奶吗？她在深院中隐居了十五年，最近刚刚出来，她这十几年最惦记的就是你，你就忍心让一个老人就这样苦等着你？"

欧凛辰的眉头微微一皱，原本面无表情、冷若冰霜的俊颜上一抹痛意一闪而过，身子也不由自主地紧了几分。看着欧凛辰脸上表情的变化，慕鸿风有些沾沾自喜地勾了一下唇，果然还是提到老太太管用。看着他那一脸的虚情假意，欧凛辰的唇角突然勾起一抹优雅的弧度，一字一顿极为冰冷地说道："我对你们慕家的事没有任何兴趣。"说完就带着温羽熙直接绕过他离开。"瑾城……"

"慕鸿风先生，请到这边办理结款。"工作人员打断了慕鸿风的话，他只好不甘地看着欧凛辰毅然决然地离去。温羽熙侧头看向那个深邃的侧脸，她能感觉到，在慕鸿风提到奶奶之后，欧凛辰整个人的情绪就变了。"辰哥哥，其实你不恨你奶奶的是吧？"温羽熙突然顿足拉住欧凛辰，蓝眸里带着肯定凝视着他。

欧凛辰唇角紧紧抿起，看着温羽熙的眼底泛着令人难懂的情绪。恨不恨他说不清楚，应该是不恨的吧，但是他心里又有点儿计较奶奶当初拦不住慕鸿风，他被送出国后也不寻找他。正因为如此，他回国的这段时间有想过找苏梓樱，同时却又害怕连他心底惦记的唯一慕家人也忘了他。

"丫头，这是我的事情，你不要管。"沉默许久之后欧凛辰才冷冷地回应了这么一句话。温羽熙忍不住微微蹙眉，漂亮的蓝眸里，目光渐凉："辰哥哥，我是你女朋友，你可以尝试着和我分享你心里的事情，不要什么都自己一个人去承受。""我说了，这是我和他们的恩怨，你不要参与进来。"欧凛辰蹙着眉，那一脸的淡漠萦绕着几分凉凉的气息，这么疏离的话每一个字都砸得温羽熙心里生疼。

温羽熙秀眉紧蹙着，小脸上浮起一抹痛意："辰哥哥，我是你女朋友，我可以和你分担你的不开心，我可以陪你一起面对所有不好的事情，你不要这么疏离可以吗？""女朋友而已，我说不让你参与你就不要参与，你不能当个听话的女朋友吗？"欧凛辰的声音突然大了几分，冰冷的声音，每一个字都像一把利刃插在温羽熙心上。他只是不想让温羽熙参与到他的这些私人恩怨中来，不愿她有危险而已，却没有注意到自己因为生气脱口而出的话有多伤人。

温羽熙有些不可置信地看着那个第一次对自己这么冷酷淡漠的俊脸，握着他的手渐渐松开，蓝眸里瞬间盈满了水雾，整个脑海一直萦绕着那几个字："女朋友而已"。"好吧。"温羽熙有些自嘲地笑了笑，咬咬牙，心痛地转身跑开，转身那一刻，泪水终于决堤了。原来她对他来说只是女朋友而已，一个连心事他都不愿意分享的女朋友而已。

"丫头？"欧凛辰看着她突然跑离自己的落寞背影有些不明所以，蹙蹙眉，但还是很快抬脚跟了上去。温羽熙像失了魂一样眼泪潸然地向前跑着，突然一个力道直接把她往左侧一拉，整个人被拉进了距离大门只有几米的一条转角通道里。一只带着浓重男士香水味的手直接捂住她的嘴巴，另一只手则是快速勒上了她的脖子。

"小野猫，你身上还挺香的。"慕瑾烨因欲望而变得沙哑的声音在耳边响起。温羽熙蹙眉，毫不犹豫直接抬脚踩在他脚背上，双手用力掰开捂住她嘴巴的手，趁着慕瑾烨吃痛力道松了一点儿，抬手向后揪住他的衣领一个弯腰直接把他整个人翻起，狠狠摔在了面前。温羽熙向前刚想把人揪起来再打一顿，欧凛辰就浑身戾气地出现在了眼前。

欧凛辰快温羽熙一步，把手里那个装着几千万佛珠的盒子往地上一扔，直接弯腰掐住慕瑾烨的脖子把人拎了起来抵在墙上，黑目充满杀意地看着他，俊颜上充斥着雷霆之怒，眼底都是怒火："你敢动她？"慕瑾烨腰上的伤本来就没有好，被温羽熙这么一摔就更疼了。他蹙着眉强忍着，抬手抓住欧凛辰的手腕，一双狭长的眼睛依然邪肆地看着欧凛辰，笑得一脸阴冷："欧凛辰，你刚刚不是要抛弃她了吗？你看她哭得多伤心，你不要的女人留给我这个同父异母的弟弟也好啊，我不挑的。"说完暧昧猥琐的视线又转向一旁的温羽熙。欧凛辰转过头，目光落在温羽熙哭得梨花带雨的小脸上，心里一疼，可是他依然不解为什么她会哭，但是现在没时间纠结这些。

"把你那肮脏的目光从她身上移开。"欧凛辰手上的力道紧了一些，那双带着怒火又深不可测的眼睛让人觉得不寒而栗，所有举动都盈满了肃杀之意，深邃的眼底如同有火焰在跳跃着，周身那股危险的气息不断扩散。慕瑾烨心中不免被他的气场震慑到，脖子被掐得生疼，布满痛苦的脸上依然笑得一脸邪佞，别有深意地看着他讥讽道："欧凛辰，她不过是被温羽博玩过的女人，值得你这么疼惜吗？"词里行间都是嘲笑之意。

欧凛辰抿着唇，俊颜上风云密布，凛冽的目光死死盯着慕瑾烨："我看你是找死。"话落，他突然松开了慕瑾烨的脖子，挥起拳头就重重地打在他脸上。慕瑾烨整个人向一旁摔下去，还没反应过来，再次被欧凛辰揪起衣领，又是重重的一拳砸在脸上。温羽熙站在一旁冷眼看着，虽然她还在因为欧凛辰刚刚的话伤心，但是这一刻她只想说，打得好。如果刚刚欧凛辰不过来，她这个时候也是揪着慕瑾烨这般毒打，正好泄一下心里的气。

"瑾城，你在做什么？"后面出来的慕鸿风无意间看到了这一幕，赶紧疾步跑过来，一把拉开还想继续打慕瑾烨的欧凛辰。欧凛辰冷冷瞥了一眼慕鸿风，停下了自己的动作，掏出手巾优雅地擦拭着拳头上的血迹。被连续六拳打得脑袋发蒙的慕瑾烨在被慕鸿风搀扶起来后，依然讽刺地勾起满是血的唇角，讽刺的笑声有些肆无忌惮："哈哈哈，欧凛辰，你是不是也不知道她是个几手货啊？开着温羽博送的车和你拍拖，你觉得滋味如何，还是你都没尝过？"

"你今天是不是想死在这里？"欧凛辰淡淡地问着，冰冷的声音，一字一顿极为残忍，那想要洞穿慕瑾烨灵魂的视线冷冷地剜在他身上。"够了，瑾城，他做了什么让你这般迁怒于他，对于自己的弟弟你也忍心说出这种话吗？"慕鸿风忍不住低吼出声，阴沉的目光却落在温羽熙身上。不用想，肯定是这女人挑起的矛盾。

"弟弟？呵呵……"欧凛辰完美无缺的脸上浮出一抹讥讽而又冰冷的笑意，"他下次再敢看我的女人一眼，我就剜他的眼，再敢碰她一下，我就砍他的手，再敢出言侮辱她，我就割了他的舌头，再不收了他那肮脏的算计，我就让他死。"一字一顿，每一个字都锋锐得犹如一把把利刃，让人如同坠入冰窖。慕鸿风瞪大双眼不敢相信地看着他，就因为一个女人，他就对自己同父异母的弟弟这么残忍吗？

"瑾城，就为了一个女人，你就……""慕鸿风你闭嘴。"欧凛辰突然忍无可忍地对着慕鸿风怒吼，"她是我的全部，是我的命，我不像你那么薄情寡义，老婆尸骨未寒就带着你出轨的小三回家。"一向俊雅的容颜上第一次控制不住表情，这一刻只有愤怒和恨。"你们不要再来招惹我，不然我就让整个慕家给我妈陪葬！"欧凛辰声嘶力竭地怒吼着，声音冰冷无情。欧凛辰把带着慕瑾烨血的手巾往他身上一扔，转身弯腰拿起刚刚被扔在一旁装着白玉佛珠的盒子，拉着温羽熙直接就离开了。

慕鸿风看着那浑身冷戾又决然的背影，所有的话都堵在了喉咙里。欧凛辰第一次在他面前承认自己的身份，没想到却是在这种暴怒的情况下。温羽熙怔怔地任由欧凛辰拉着她走，不是说只是女朋友而已吗？怎么又变成他的全部、他的命了？车子一路都是以一百八十迈的速度疾驰回到的湖心别墅，一路上，欧凛辰身上的戾气丝毫不减半分。

回到别墅的欧凛辰直接把温羽熙扛上楼，然后把她扛进浴室放在洗漱台上，他先是给自己洗了手，然后打湿了毛巾仔细帮她擦拭手臂，手掌，以及各种裸露出来的地方，又暴力地撕扯掉她的外衣直接扔进垃圾桶里。温羽熙安安静静地任由着他折腾，可是看到欧凛辰也扯掉自己的衣服扔掉后她就不淡定了。"辰……啊……"话还没问出来，身子就突然一阵悬空。

欧凛辰抱起她直接就转身走出浴室，然后放在床上，温羽熙惊恐地看着他，下意识想要抵抗。可是欧凛辰并没有对她做什么，只是一声不吭地转身走向衣帽间，再出来的时候手里还拿着温羽熙的衣服，又是闷声在她身上一阵倒腾。"辰哥哥你……嗯……"帮温羽熙穿好衣服后，欧凛辰却突然倾身把她压在床上，直接朝着红唇吻了下去。温羽熙睁大眼睛有些不知所措，他刚刚一切的举动让她不太懂是啥意思。

没多久，欧凛辰主动放开了她，蹙着眉头，墨瞳牢牢地将那个小脸锁住："你为什么要突然跑离我，为什么要哭？"身上一股冰凉的气息依然在蔓延。温羽熙蓝眸对上他那双深若寒潭的黑目，语气有些清冷："你说我只是你女朋友而已。"欧凛辰眼眸微怔，回想着之前对她说过的话，这才想起当时气急脱口而出的那句话。"对不起，不是的。"欧凛辰神色心疼地看着她："丫头，不是那样的，你是我这辈子拼了命也想留在身边的人，是我最不能缺少的另一半，我愿意承受所有因为言语失当而让你伤心的惩罚，但是你不要哭。"欧凛辰神色温柔又带着疼惜地看着温羽熙，就如同看着全世界一样。

温羽熙心中一震，有些心疼地抚上他的脸庞："辰哥哥……"早在听到他对慕鸿风说出那些话之后她就不伤心了。因为慕家的那几个人，他心情本来就不好，现在却还要这么降低姿态地来安慰自己，如果她的眼泪不小心再流出来，那不是伤心，而是心疼他。欧凛辰突然把头埋进了温羽熙的颈窝，带着哽咽的语气说不出的疲惫："丫头，我很累，真的装得很累。"

"我恨，恨慕家，恨除了奶奶和保姆之外慕家所有人，他们剥夺了我妈妈的生命，剥夺了我应该幸福美满的童年，甚至还想剥夺我活下去的权利，我恨了二十年，很累却放不下，直到你的出现，给我原本一片阴暗的生活增添了一抹阳光，你给了我二十年来从没有过的快乐，我认为你就是我的救赎，我以为有了你我可以忘记那些痛苦的回忆，重新生活，可是没办法，他们那些人不想放过我，我不想让你参与进来，我害怕再次经历二十年前妈妈离开的那种痛苦。"一滴温热的眼泪从温羽熙的脖子慢慢滑落到她后颈。

没想到欧凛辰会和她吐露这些心声，外表高傲的男人竟然这么脆弱，这一刻她除了心疼还有震撼，她可能一辈子都无法体会欧凛辰这二十年经历的痛苦。"辰哥哥……"温羽熙除了心疼他有些不知道该说什么，她对这样的经历没办法做到感同身受。白嫩的小手本想抚上欧凛辰的后背安慰他，可是食指指腹却无意间摸到了位于他肩胛骨上最大的那条疤痕。

温羽熙的手颤着缩回了一下，突然想起上次看到他后背那些大小不一的伤痕，悬着的手有些不知所措，她不知道该不该继续放下。

"你摸到的这个伤，是我身上最大的伤痕，二十年前被刀砍到的。"欧凛辰又突然出声，声线轻微地有些颤动，似乎隐忍着巨大的恨意。温羽熙心中一窒，秀眉瞬间拧紧，表情更凝重了，二十年前他只有八岁，八岁的身体后背那么小，这么大的伤口岂不是鲜血淋漓？

欧凛辰突然从温羽熙身上翻身下来躺在一边，通红的双眼看着天花板："如果我没猜错的话，二十年前我被送出国之后，追杀我的那批人就是姜倩青那个女人派的。"他背后的伤全部是姜倩青造成的，那时候妈妈刚去世，慕鸿风就带姜倩青回来了，爷爷气得病倒也很快随之而去，姜倩青刚刚进门，为了充当一个好后妈就担起了照顾他的责任。可是这个女人在没人的时候都会用各种锋利的东西划伤他的后背，然后又威胁他不能说，伤了他又好心地给他上药，把他带血的衣服都处理得干干净净。

慕鸿风不想理他，奶奶伤心过度根本没有心思照顾他，所以他也是诉说无门，只能独自忍受着。欧凛辰此刻的表情看上去很痛苦，他开始追忆，和温羽熙讲述二十年前的事情。二十年前，慕鸿风一开始是把他扔在J国的，下了飞机就说要带他去看住的房子，说给他的卡里面有钱，说会有人过来照顾他带他去看学校。即使当时只有八岁，欧凛辰也根本就不相信，但是他那个时候没有反抗的余地。

令他最意想不到的事情是，当他被带到一个破旧的小巷子里，他转眼看到的不是自己的父亲，而是几个拿着刀、凶神恶煞的男人。几个人先是抢了他手上的行李箱和小包，然后拿刀架在他脖子上逼问他银行卡的密码。年幼的他遇到这种事情除了妥协毫无办法，他们知道密码后却举起刀子想要把他赶尽杀绝。

当初他咬了那个钳制住他的男人的手，所以得以挣脱，可是八岁的小孩终是跑不过成年人，他的背后还是被砍了一刀，在躲藏的过程中他不慎掉进了河里，他们以为他必死无疑才没有继续追。醒来的时候欧凛辰躺在一个摆放着很多新奇玩意儿和古董的房间里，一个发丝已经银白的老人就坐在床边守着他。那就是他的师父欧昇芃，他其实是个华人，他之前有个儿子，可是妻儿都意外去世了，本以为会孤独终老，没想到偶然救了一个八岁的孩子。很碰巧他姓欧，自己妈妈也姓欧。一开始欧凛辰很厌世，趁着欧昇芃不在的时候带着伤出逃了，过了几天小乞丐的生活，和流浪汉一起睡过大街，在他真的以为自己会冻死饿死的时候，欧昇芃又把他找了回去，绝望的欧凛辰在他说愿意收养自己的时候，毫不犹豫就同意了更名改姓。

欧昇芃的儿子叫欧珉晨，给当年的慕瑾城取名欧凛辰，多少有点儿是为了怀念自己的儿子，可是欧凛辰根本不在乎自己叫什么名字，只要能活着就好。欧昇芃虽然对外声称两人只是师徒关系，但平时对待欧凛辰就像对待亲生儿子一样，而且为了自己死后欧凛辰能有一个合法的身份继续生活，他用了各种方法动用了很多朋友的关系，最终让欧凛辰上了他的户口。也正因为办户口这件事，欧昇芃花了很多钱，本来生活就拮据的他又要养两个人，过得就更贫困了。

欧凛辰就是在别的小孩的嘲笑中长大的，在同龄人一声又一声的"低贱，穷人"的称呼中，欧凛辰也忍了下来，一直到十五岁才有身份进入正规学校，之前所学都是欧昇芃教的，所以对于欧昇芃搞的那些小发明他也是耳濡目染，恰好他对于这些东西也很感兴趣，于是他也走上了搞小发明这条路。对于这个救他养他教他的恩人，欧凛辰已经没有机会去报答他，因为人已经过世了，不过他记得欧昇芃说过，他这一生都想开一个很大的科技公司，他也奋斗过，但是正因为这样才让妻儿意外离世，这是他一生的梦想，也是遗憾。所以欧凛辰当初想要创立公司，一方面是为了完成欧昇芃未完成的梦想，另一方面是要壮大自己的实力然后报仇。

　　看中他发明的那个科技公司的老板是C国人，而后就带着他到了C国，并且给他办了绿卡，欧凛辰离开公司的时候那个老板并没有阻拦，年轻人敢于自己去闯他很欣慰。所以欧凛辰这一路除了一开始负债累累，在人际上走得很顺，因为原本的公司不仅没有打压他，还刻意给他让出了几条销售路线。他能走到今天，最感谢两个人，第一个是欧昇芃，第二个就是带他发展的那个老板，也算是他的伯乐了。温羽熙静静地倾听着，所以NR叫涅槃重生，真的是因为他差点儿死过。